COMO TERMINAR
UMA HISTÓRIA DE AMOR

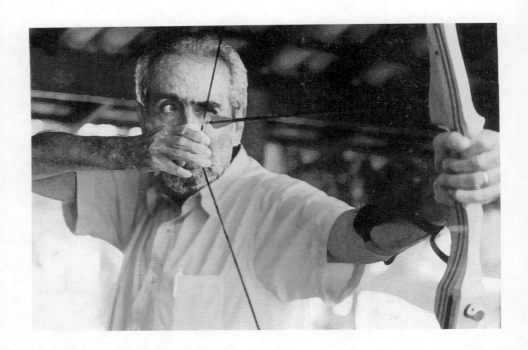

O Arqueiro

GERALDO JORDÃO PEREIRA (1938-2008) começou sua carreira aos 17 anos, quando foi trabalhar com seu pai, o célebre editor José Olympio, publicando obras marcantes como *O menino do dedo verde*, de Maurice Druon, e *Minha vida*, de Charles Chaplin.

Em 1976, fundou a Editora Salamandra com o propósito de formar uma nova geração de leitores e acabou criando um dos catálogos infantis mais premiados do Brasil. Em 1992, fugindo de sua linha editorial, lançou *Muitas vidas, muitos mestres*, de Brian Weiss, livro que deu origem à Editora Sextante.

Fã de histórias de suspense, Geraldo descobriu *O Código Da Vinci* antes mesmo de ele ser lançado nos Estados Unidos. A aposta em ficção, que não era o foco da Sextante, foi certeira: o título se transformou em um dos maiores fenômenos editoriais de todos os tempos.

Mas não foi só aos livros que se dedicou. Com seu desejo de ajudar o próximo, Geraldo desenvolveu diversos projetos sociais que se tornaram sua grande paixão.

Com a missão de publicar histórias empolgantes, tornar os livros cada vez mais acessíveis e despertar o amor pela leitura, a Editora Arqueiro é uma homenagem a esta figura extraordinária, capaz de enxergar mais além, mirar nas coisas verdadeiramente importantes e não perder o idealismo e a esperança diante dos desafios e contratempos da vida.

COMO TERMINAR UMA HISTÓRIA DE AMOR

YULIN KUANG

Traduzido por Cláudia Mello Belhassof

Título original: *How to End a Love Story*

Copyright © 2024 por Yulin Kuang
Copyright da tradução © 2024 por Editora Arqueiro Ltda.

Todos os direitos reservados. Nenhuma parte deste livro pode ser utilizada ou reproduzida sob quaisquer meios existentes sem autorização por escrito dos editores.

coordenação editorial: Gabriel Machado
produção editorial: Guilherme Bernardo
preparo de originais: Paula Lemos
revisão: Helena Mayrink e Suelen Lopes
diagramação: Guilherme Lima e Natali Nabekura
capa: Alan Dingman
adaptação de capa: Ana Paula Daudt Brandão
impressão e acabamento: Bartira Gráfica

CIP-BRASIL. CATALOGAÇÃO NA PUBLICAÇÃO
SINDICATO NACIONAL DOS EDITORES DE LIVROS, RJ

K96c

Kuang, Yulin
　　Como terminar uma história de amor / Yulin Kuang ; tradução Cláudia Mello Belhassof. - 1. ed. - São Paulo : Arqueiro, 2024.
　　352 p. ; 23 cm.

Tradução de: How to end a love story
ISBN 978-65-5565-661-9

1. Ficção sino-americana. I. Belhassof, Cláudia Mello. II. Título.

24-92161

CDD: 895.13
CDU: 82-3(510+73)

Gabriela Faray Ferreira Lopes - Bibliotecária - CRB-7/6643

Todos os direitos reservados, no Brasil, por
Editora Arqueiro Ltda.
Rua Artur de Azevedo, 1.767 – Conj. 177 – Pinheiros
05404-014 – São Paulo – SP
Tel.: (11) 2894-4987
E-mail: atendimento@editoraarqueiro.com.br
www.editoraarqueiro.com.br

Para Zack. Esta é uma carta de amor.

E para as filhas mais velhas de pais imigrantes.
Esta é uma carta de amor para vocês também.

NOTA DA AUTORA

Esta história contém discussões sobre um luto complicado, uma perda por suicídio e a morte de uma irmã.

1

O FUNERAL DA IRMÃ MAIS NOVA DELA é um acontecimento bem entediante, em todos os aspectos.

Helen Zhang (a boa, a inteligente, a *chata*, de acordo com Michelle, que ela descanse em paz) está sentada na primeira fileira, entre os pais enlutados. Se Michelle estivesse aqui, estaria rindo de alguma coisa inadequada, como o arranjo floral acidentalmente fálico pendurado sobre o próprio caixão fechado. Se Michelle estivesse aqui, estaria inquieta, batendo o pé, ansiosa para fumar um cigarro no banheiro, já planejando a fuga para ir a uma festa depois do velório. Se Michelle estivesse aqui, *não estaria esta droga de silêncio.*

A mãe de Helen treme com soluços silenciosos e aperta a mão direita da filha sobrevivente com tanta força que Helen perde a sensibilidade nos dedos durante a fala de boas-vindas do pastor. O pai olha para o cavalete de madeira que tem a foto de Michelle no segundo ano. O olhar dele se desloca primeiro para as persianas sem graça da janela da igreja (não pela primeira vez, Helen deseja que eles fossem cristãos, pelas energias positivas), depois para os sapatos do pastor. O pai olha para todos os lugares vazios, sem alguém que possa olhar de volta.

Helen esgotou as próprias lágrimas nas primeiras 48 horas, tremendo e chorando sozinha no quarto como um animal ferido estúpido até os olhos parecerem fendas inchadas, ponderando questões existenciais importantes demais para serem resumidas em algumas palavras patéticas. A fonte secou, e tudo que resta é um crescente poço de ressentimento que ameaça engoli-la por completo. Ela odeia as observações banais do pastor, que tenta imbuir a curta vida de Michelle de *significado,* odeia as lágrimas da mãe, odeia a falta delas no pai, talvez até odeie a *si mesma,* mas *por quê?* Sério, se tem alguém com quem ela *deveria* estar brava é *Michelle...*

Uma porta nos fundos da igreja se abre com um rangido – um enlutado atrasado –, e um arrepio repentino na nuca de Helen diz: é *ele.*

Sussurros abafados tomam conta do corredor e, embora Helen diga a si mesma para não virar a cabeça, não olhar, a mãe não está tão perdida no luto a ponto de não perceber a súbita mudança de atenção no ambiente. Ela se vira e solta um gemido dramático pelo qual Helen não consegue deixar de se sentir envergonhada.

Helen se vira, e seus olhos confirmam: *é Grant Shepard. Grant Babaca Shepard. Representante de turma, rei do baile, que ama festas, os amigos, os professores e futebol americano. E assassino da minha irmã.*

A última parte parece improvável de se sustentar num tribunal – havia testemunhas oculares suficientes para provar que Michelle Zhang, de 16 anos, se jogara na frente do SUV de Grant Shepard, de 18 anos, pouco depois das duas da manhã na última sexta-feira (provocando um engarrafamento na Rota 22) de propósito. E havia "termos de busca" suficientes no histórico do navegador de internet de Michelle para confirmar isso. E o golpe mais humilhante para os pais: havia o suficiente no relatório de toxicologia para justificar o uso da expressão *jovem problemática* pela imprensa local na cobertura do caso.

Todos se sentiram mal por Grant: que triste, trágico, *egoísta* que essa garota – praticamente uma desconhecida, uma qualquer do segundo ano com um impulso suicida – tenha feito algo assim, obrigando um jovem excepcional como ele a viver, pelo resto de sua vida brilhante e promissora, com o fato de que matou alguém por acidente.

– *Você* – diz a mãe, parada no meio do corredor, com a boca aberta em busca de ar, como se eles estivessem numa tragédia grega.

Grant Shepard fica parado, como se existisse apenas para deixar mães enlutadas boquiabertas e chocar tias e tios chineses de meia-idade.

Ele está exatamente como Helen imaginaria, com um suéter azul-marinho por cima da camisa social branca engomada, como se depois fosse a uma reunião do conselho estudantil para discutir os temas da noite de formatura. A gravata está com um nó perfeito, o cabelo castanho-escuro, arrumadinho, e ele parece bem demais – jovem, bonito e *vivo* demais – para ter permissão para estar neste ambiente.

Os suaves olhos castanhos de Grant percorrem a igreja. Ele sabe que cometeu um erro ao vir aqui, ela percebe. Deve ter pensado que seria tranquilo, que entenderiam por que ele queria homenageá-la, talvez – talvez até achasse que o perdoariam.

Que ego absurdo ele deve ter para imaginar que sua presença seria desejada aqui.

– *Não* – diz a mãe de Helen, com os lábios brancos, mas contundentes.

Grant levanta as mãos em um gesto quase apaziguador.

– Eu não queria…

– Ela quer que você vá embora – diz Helen por fim, com a voz firme. – Agora.

Os olhos de Grant pousam em Helen. Ele abaixa a cabeça, compreendendo. Quando se vira para sair, murmura algum pedido de desculpa.

É tudo tão dramático que Helen sente vontade de gritar para as costas dele: *E nunca mais mostre a sua cara idiota aqui!*

Como se eles estivessem num filme, e não numa igreja presbiteriana que não frequentam há mais de sete anos.

Mas não parece valer a pena, já que é muito improvável que os caminhos dos Grant Shepards do mundo cruzem com os das famílias Zhang enlutadas do mundo – mães ofegantes, pais esquivos, tias e tios fofoqueiros e tudo o mais – de novo.

Em vez disso, Helen leva a mãe de volta ao banco. Enquanto caminha pelo corredor, faz contato visual com o retrato sorridente de Michelle.

Aposto que você gostou disso, pensa Helen, desafiando a irmã a responder. *Aposto que essa foi a sua parte preferida de todo o funeral.*

2

Treze anos depois

Quando o celular toca na terça-feira de manhã, Helen já sabe que vai ser uma boa notícia. Sua agente literária, Chelsea Pierce, envia as más notícias em simpáticos e-mails sucintos – *eles não aceitaram; fodam-se eles* –, mas telefona para dar as boas.

– Espero que você odeie o seu apartamento, Helen, porque você vai pra Hollywood!

Helen ri e sente uma onda de energia cautelosa inundá-la de imediato. *Não fique animada demais, a papelada não está assinada, tudo ainda pode desmoronar.*

Ela se tornou supersticiosa. Quando publicou o primeiro livro do que se tornaria a série The Ivy Papers, disse a si mesma: *Não se precipite, as pessoas podem odiá-lo ou, pior ainda, talvez ninguém nem o leia.* Quando o livro se tornou best-seller e o *New York Times* a colocou numa lista de vozes promissoras da literatura para jovens adultos, ela se repreendeu: *Não importa, o trabalho ainda é o mesmo de antes de entrar na lista, e se eles não gostarem do segundo livro?*

Toda a carreira de Helen até agora pode ser ligada a um aviso mental cauteloso atrás do outro, até chegar ao anúncio de que pessoas chiques de Hollywood transformariam seus livros sobre adolescentes mal-humorados de uma escola preparatória que guardam segredos acadêmicos obscuros em uma produção para a TV mais novelesca e mais sensual.

– Como você lida com a síndrome do impostor? – perguntou ela uma vez a um autor mais velho, muito mais bem-sucedido, durante um brunch comemorativo.

– Bem, em dado momento ela se torna inconveniente – respondeu ele na época.

Seis semanas depois da ligação, ao abrir a porta do novo apartamento à beira-mar (com todas as despesas de moradia pagas pelo estúdio durante a preparação e a produção, além das diárias) em frente ao píer de Santa Monica, Helen acha que chegou a esse *dado momento*.

O lugar tem móveis bege caros e cheiro de hotel moderno. O sol do fim de setembro é filtrado pelas janelas do chão ao teto, que se abrem para a varanda particular, e isso faz Helen se perguntar se poderia se tornar uma pessoa totalmente diferente aqui, do tipo que tem rotinas matinais e paz interior. Há uma área comum compartilhada no último andar, que ela pode reservar para festas (Helen não conhece pessoas suficientes na cidade para dar uma festa, mas assentiu com educação para o administrador do prédio mesmo assim), e a janela da cozinha tem vista para o pátio da vizinha temporária: Frances McDormand, vencedora do Oscar.

– Isso é *tão* Los Angeles – dizem suas amigas da Costa Leste quando ela conta essa novidade.

– Quem? – pergunta a mãe durante a primeira chamada de vídeo de uma costa para outra.

– Frances McDormand, mãe. – Helen suspira enquanto desempacota as compras. – Ela é, tipo, uma atriz, você conhece. Trabalhou em...

Ela faz uma pausa enquanto a mente de súbito apaga toda a ilustre e premiada carreira de Frances McDormand. Ela trabalhou em *A vida num só dia,* mas a mãe não viu esse filme.

– Acho que ela interpretou a rainha em alguma produção. Ah, e ela é a mãe em *Moonrise Kingdom*!

– Eu não conheço essa mulher – responde a mãe. – Esquece. O que você vai fazer pro jantar?

Helen recita o cardápio do jantar obedientemente – *só uma coisinha fácil, ainda tenho que comprar mais panelas e frigideiras, sim, vou colocar alguma coisa verde, obrigada, mãe* – e é forçada a ouvir mais quarenta minutos de um discurso estressante sobre o histórico de terremotos no condado de Los Angeles.

– Se o chão se abrir, eu vou pular logo lá dentro, porque assim vai ser rápido e indolor – diz Helen, terminando a tigela de arroz com tomate e ovo. – Não precisa se preocupar tanto. Te amo, tchau!

Ela procura "mudança para um novo apartamento em Los Angeles" no Spotify e coloca uma playlist com a curadoria de outra pessoa nos alto-falantes bluetooth de última geração.

Helen nunca foi *cool* o suficiente para ser "uma pessoa musical". Ela prefere deixar isso para desconhecidos na internet que tiveram os mesmos momentos de vida dignos de uma trilha sonora – "manhã aconchegante de outubro na cozinha" ou "dirigindo em direção ao meu futuro incerto" –, na esperança de que eles lhe digam exatamente quais músicas destacariam melhor esses sentimentos, como um lenço roxo destaca olhos verdes.

Enquanto Stevie Nicks canta baixinho sobre como o tempo a deixou mais ousada e sobre o crescimento dos filhos, Helen pendura as roupas em ordem crescente de comprimento no closet e pensa nos momentos em que a vida se arquiva ordenadamente em capítulos.

Viajar é um jeito de virar a página, Helen lembra a si mesma, recitando o conselho do terapeuta. *Talvez você finalmente consiga escrever algo novo.*

Helen derruba mentalmente esse *talvez* com uma determinação selvagem.

Ela espera que o capítulo atual seja curto e produtivo.

QUANDO O CELULAR TOCA NA QUARTA-FEIRA, Grant já sabe que vai ser uma conversa de merda.

– É só aceitar a reunião – insiste a agente dele, Fern. – Qual é o problema de aceitar participar de uma reunião?

– Eu não gostei do livro – responde ele, sem falsidade.

Adolescentes de escola preparatória e a vida sexual deles não são exatamente a praia de Grant, e ele esperava acabar com o período de desemprego fazendo alguma coisa mais emocionante, como um filme (cujo roteiro especulativo ele vai terminar assim que tiver tempo) ou, pelo menos, um acordo de desenvolvimento de algum programa (não é culpa dele ter perdido a temporada de episódios-piloto porque a mãe contratou uns empreiteiros suspeitos que fizeram um trabalho tão ruim que ele teve que passar o verão inteiro em Nova Jersey desfazendo e refazendo o piso todo da casa dela).

– E daí que você não se identificou com o material? Isso não é nada que a gente não tenha superado antes – argumenta Fern. – No mínimo, isso significa que você é um candidato melhor do que um fracassado obcecado com os livros. Você consegue ver as falhas, sabe como consertar, blá-blá…

– Eu estudei com a autora no ensino médio – diz ele por fim.

– Isso é perfeito…

– Não – interrompe Grant de um jeito sombrio. – Não é, não. Ela não gostava de mim.

– Ah, isso é ridículo, todo mundo gosta de você – rebate Fern, parecendo um pouco ofendida por ele, como se fosse sua mãe. – Além disso, ela não vai estar na reunião; são só a showrunner e os produtores-executivos.

– Eu…

Ele respira fundo para se acalmar *(expira por mais tempo do que inspira)* e balança a cabeça.

– Eu não quero falar sobre isso agora. Não é possível que não tenha alguma outra coisa. E o spin-off de Jason? Aquela reunião foi boa, né?

– Eles não têm orçamento pra um roteirista do seu nível – responde Fern com calma. – E você não vai aceitar um corte salarial pra ser coprodutor quando a gente finalmente conseguiu te promover ao cargo de coprodutor-executivo.

O perfil de Grant no IMDb condensa sucintamente cada degrau da carreira dele até agora com uma descrição de uma linha: *roteirista assistente, editor de roteiro, editor-executivo de roteiro, coprodutor, produtor, coprodutor-executivo.* Vários roteiristas nunca conseguiram passar do primeiro posto, e não há muitas linhas separando *eles* de *Grant.* Ele sabe que não merece o sucesso que teve, por isso esse sucesso sempre pareceu muito mais precário.

Grant engole um Advil e massageia as têmporas.

– E filmes?

– Assim que você tiver um rascunho desse roteiro especulativo pra mim, vou ficar feliz de ler. Enquanto isso, você é roteirista de TV. Você ganha dinheiro pra nós dois como roteirista de TV. E este é um programa de TV encomendado, de prestígio…

Grant faz um ruído de escárnio, mas Fern não liga.

– ... e com *grande* repercussão – continua ela. – Todos os executivos do estúdio adoraram o seu material, a showrunner já leu a sua amostra. Você realmente vai me fazer dizer pra eles que perderam tempo?

Grant suspira. Ele já sabe, de alguma forma, que está cometendo um erro, mas ainda assim diz:

– Tudo bem, eu vou à reunião.

Naquela noite, ele passa um tempo pesquisando no Google: *Helen Zhang, autora de livros para jovens adultos*. A foto de autora surge primeiro, e ela tem mais ou menos a mesma aparência que ele recorda, só que mais velha e mais elegante. Os olhos são inteligentes e avaliadores, a postura tão ereta quanto naquele dia na igreja, no funeral da irmã. Ela não está sorrindo – ele não se lembra de ter visto Helen sorrir, então faz sentido –, e ele ainda consegue identificar nela a rígida e séria editora-chefe do jornal escolar, mesmo depois de tanto tempo.

Os caminhos dos dois se cruzaram raras vezes antes da noite que mudou a vida dele para sempre. Helen andava com a galera nerd obcecada pelas faculdades de elite e não era muito discreta nas críticas a ele e aos amigos dele do time de futebol americano e da equipe de líderes de torcida, revirando os olhos para encontros motivacionais, bailes e tudo que dava sentido à vida dele quando tinha 17 anos.

E, depois... depois, Helen nunca mais tinha olhado para Grant. Olhava através dele sempre que os dois estavam no mesmo ambiente.

Grant se pergunta o que Fern diria se ele falasse que não podia aceitar o trabalho por "questões de saúde mental". Ele ri sozinho. Fern provavelmente lembraria a ele da hipoteca (ele não devia ter comprado o bangalô em Silver Lake, mas achou que *The Guys* teria pelo menos mais uma temporada antes daquele cancelamento precoce), esfregaria números atraentes na cara dele (*menos dez por cento*) e diria que terapia custa dinheiro.

Quando ele recebe a ligação, alguns dias depois, com a oferta de emprego, já desistiu da batalha. Terapia *realmente* custa dinheiro, e se Helen Zhang criar problema por ele estar na equipe de roteiristas do programa de TV dela, paciência.

Ela que converse a respeito com o advogado dele.

3

Helen se espreguiça no estacionamento ao pé do Fryman Canyon, com o frio matinal ainda pairando sobre todos os carros como um cobertor sombrio.

"Estou estupidamente sobrecarregada de reuniões, mas adoraria que você se juntasse a mim na minha caminhada matinal diária", diz o e-mail de Suraya, a showrunner. "Caso você nunca tenha caminhado por lá, Fryman é um lugar bonito e fica na rua da minha casa."

Sentindo-se enxerida, Helen procura o endereço da casa de Suraya em Studio City (comprada por modestos 1,3 milhão de dólares nove anos atrás) no Zillow e clica em todas as fotos do interior. Outras pesquisas revelam que a parceira de Suraya é uma "artista de mídia mista" e que elas têm dois filhos fofos em idade escolar.

Helen pensa em enviar essas descobertas para as duas amigas escritoras mais próximas, Pallavi e Elyse. Houve uma época em que teria jogado aquele link do Zillow no chat em grupo sem pensar duas vezes, e elas teriam mergulhado na nova informação como formigas convidadas para um piquenique.

Pallavi, Elyse e Helen se conheceram quando eram todas jovens aspirantes, há quase uma década, em um evento de livraria superlotado. Elas estavam no fundo, onde era impossível ouvir as respostas do célebre autor. Na época, Pallavi tinha um número minguado de vinte mil inscritos no YouTube e Elyse já havia publicado uma coletânea de contos. Helen era assistente numa editora especializada em antologias acadêmicas e sonhava com o dia em que os chefes perceberiam que tinham nas mãos um gênio literário escrevendo e-mails de agendamento.

Elas não eram amigas do tipo que se reuniam todos os fins de semana para o brunch. Elyse achava que Pallavi era meio desesperada. Pallavi achava que Elyse era crítica demais. Helen tinha certeza de que ambas a achavam séria demais para ser divertida. Mas todas conseguiram os primeiros contratos editoriais com uma diferença de meses uma da outra – uma coincidência que pareceu destino aos 20 e poucos anos – e acabaram formando uma irmandade estratégica. Elas se encontravam várias vezes por mês para "sessões de conspiração", onde trocavam informações sobre os detalhes das próprias carreiras emergentes e respondiam às perguntas umas das outras *(qual foto de autora me faz parecer mais intrigante e você realmente escolheria o meu livro se ele tivesse essa capa horrível?)* com uma sinceridade típica de jovens esforçadas que respeitavam as ambições grandiosas de todas.

As sessões rarearam ao longo dos últimos anos, mas elas ainda comemoravam os lançamentos de livros umas das outras pessoalmente e nas redes sociais, trocavam mensagens hilárias sobre *essa coisa ridícula* que um conhecido em comum disse em uma entrevista, debatiam capturas de tela de e-mails *(estou maluca ou o meu novo editor me odeia?)* e encontravam tempo pelo menos uma vez por trimestre fiscal para se reunir e beber.

– Essa é a marca da amizade na vida adulta – disse Pallavi no último encontro delas, em abril. – Se eu conseguir tempo pra ver vocês pelo menos duas vezes por ano ao vivo, somos amigas próximas. Mais de duas vezes? Somos basicamente família.

Todas riram, e Helen sentiu alívio – *isso é a vida adulta.*

Mas ela tem menos certeza disso desde que a notícia da adaptação do livro para a televisão foi divulgada. Ela enviou uma mensagem para as duas em julho, quando o acordo foi fechado, e recebeu um breve *Parabéns! Isso é incrível!* de Pallavi e um emoji de confete de Elyse. Viu as duas bebendo sem ela no Instagram várias vezes depois disso e se perguntou se deixou passar alguma coisa óbvia e se dava para pedir uma explicação sem parecer patética e carente *(não,* concluiu). Ela propôs que as três se encontrassem para uns drinques, mas os horários nunca se alinhavam nos meses que antecederam a partida para Los Angeles.

Helen tem a triste sensação de que, se parasse de mandar mensagens para Pallavi e Elyse, nunca mais teria notícias delas.

Ela acha que esse é o tipo de coisa sobre a qual conversaria com uma irmã – uma irmã *de verdade,* não de uma família forçada. O tipo de irmã que cresce ao seu lado e entende sem nenhuma explicação *por que* seu cérebro falho não consegue processar a dinâmica sutilmente volúvel de um círculo social sem uma sensação dramática de desespero trágico. Pensando bem, Helen desconfia que nem sentiria a perda dessas amigas com tanta intensidade se ainda *tivesse* uma irmã com quem conversar, e obriga os pensamentos a mudarem de direção antes que ela os siga por um corredor antigo e perigoso.

Novo capítulo, novos problemas.

Quando Helen vê Suraya, a showrunner, se aproximando ("Finalmente! Reuniões pelo Zoom não capturam a *essência* de uma pessoa, não é?"), é difícil não ficar chocada e lisonjeada por essa mulher ocupada e importante querer estar no comando do programa dela. Suraya é mais baixa pessoalmente, por isso é uma surpresa que Helen tenha dificuldade em acompanhar o ritmo dela.

– Você é o gênio criativo, claro. Quarenta semanas na lista de best-sellers falam por si – diz Suraya enquanto as duas passam por um grupo bem-vestido de jovens influenciadores a caminho da trilha. – E temos muita sorte de ter você na sala dos roteiristas.

Helen pediu para fazer parte da sala dos roteiristas durante as reuniões iniciais com os produtores, achando que a resposta seria *não* – a agente dela havia contado histórias de terror sobre autores que entravam em brigas aos gritos com os roteiristas da adaptação e sobre projetos desmoronando porque um autor não *se colocava em seu lugar* e não deixava os especialistas lidarem com tudo.

– A gente pode pedir, mas eu não pressionaria – aconselhara Chelsea com delicadeza. – Pode ser difícil ver um monte de roteiristas reescrevendo a sua história.

Helen ficou surpresa quando Suraya imediatamente disse que sim, eles iam adorar tê-la por lá.

– Eu li todos os livros de roteiro que você recomendou – diz Helen agora, ansiosa para mostrar que fez o dever de casa. – E sei que algumas coisas dos livros vão mudar. Não vou ser superpreciosista nem irritante, eu juro.

Suraya faz um gesto de "deixa disso".

– Seja preciosista e irritante se for importante pra você, esse é o seu papel na sala. Proteja o livro quando a gente sair demais dos trilhos. Pra nós, não vale a pena ter tanto trabalho se os seus leitores odiarem tudo que fizermos.

Helen assente.

– Claro. Mas eles não vão odiar. Eu confio em vocês.

Suraya ri, olhando de soslaio para Helen.

– É muito legal da sua parte dizer isso. Mas, se eu fosse você, não sairia pela cidade falando esse tipo de coisa aos quatro ventos.

– Los Angeles é tão ruim assim?

Helen sabe que está parecendo uma caipira ingênua. Mas as pessoas vão pensar isso dela de qualquer maneira, então é melhor aproveitar.

– É uma cidade voltada pra indústria cinematográfica, e, se você for tão obcecada com o trabalho quanto eu, isso é uma coisa boa – explica Suraya. – Só que as pessoas têm um jeito muito amigável no início, e às vezes você esquece que os seus interesses e os delas não estão necessariamente alinhados com perfeição, e aí, de repente, você está no *Deadline*… Ah, *Deadline* é um site de notícias sobre a indústria de entretenimento. Se você ainda não lê, deveria… Enfim, de repente você vira notícia porque o seu projeto desmoronou por conta de "diferenças criativas".

– Ah – diz Helen, sem saber o que acrescentar.

Suraya olha para ela com astúcia.

– Nós duas queremos que essa série seja boa. Lembra disso quando as coisas que dissermos na sala te deixarem louca.

– Pode deixar. Mas isso não vai acontecer. Me sinto sortuda só de estar aqui – insiste Helen, e percebe que está sendo sincera.

– Ah, que fofa, mas vai acontecer, sim. – Suraya ri enquanto elas chegam a um pico na trilha. – Quando alguém passa muitas horas comigo, vê que sou uma pessoa muito irritante, e você vai passar. E essa sou só eu. Temos outros seis roteiristas na sala, e são pessoas demais para *não* acontecerem algumas crises interpessoais nas próximas vinte semanas.

– Estou ansiosa pra conhecer todo mundo.

– Eles são ótimos. Minha assistente está preparando um jantar e um coquetel antes de iniciarmos os trabalhos, assim você não chega sem conhecer ninguém. Está animada? Nervosa?

Helen assente.

– É muita emoção. Tipo o primeiro dia de aula.

Ela tem certeza de que é uma resposta sincera, embora não tenha certeza de que *emoção* seja a melhor palavra para descrever os fios de pensamentos emaranhados na própria cabeça. Ela *precisa* que isso dê certo. Ela *precisa* provar que abandonar a vida em Nova York para ter um período sabático em Hollywood foi uma boa decisão. Ela *precisa* corrigir esse bloqueio mental indesejado que faz com que comece e descarte propostas de novas séries de livros com premissas apelativas para jovens adultos com uma frequência tão alarmante que ela acabou levando o assunto ao terapeuta. *E se eu não* tiver *nenhuma outra história?*, perguntou ela, ao mesmo tempo que pensava (de um jeito idiota e vergonhoso): *Quem sou eu, se eu não for uma escritora de sucesso?*

Suraya sorri.

– Minha filha mais nova entrou no jardim de infância no ano passado. Ela estava muito animada, mas passou o primeiro dia inteiro chorando e pedindo pra gente ir buscá-la porque não gostava das outras crianças.

– Isso não vai acontecer comigo – promete Helen.

– Claro que não. Isso não foi uma metáfora, só estamos falando dos meus filhos agora – explica Suraya, rindo.

– Ah – diz Helen, levemente envergonhada.

– Risco ocupacional – afirma Suraya. – Nós compartilhamos demais e escavamos a nossa vida pessoal pra usar no trabalho, e inevitavelmente umas informações inúteis acabam surgindo, e você vai andar por Los Angeles na próxima década sabendo alguns detalhes aleatórios sobre os filhos de outra pessoa.

Helen apenas solta uma risada breve, como uma idiota.

– Você vai se acostumar. – Suraya bate de leve no ombro dela. – Ah, se você olhar ali pra cima, aquela é a casa do George Clooney.

GRANT TROCA DE CAMISA TRÊS VEZES antes do jantar e se sente idiota toda vez que faz isso.

Ele finalmente decide usar uma camiseta preta lisa sob uma jaqueta universitária que comprou no mercado de pulgas de Melrose há alguns anos com uma ex-namorada. Nunca tinha remado com uma equipe no ensino médio nem na faculdade, mas Karina garantira que isso não importava de verdade. *Vai ficar legal quando você usar no set*, dissera ela. E ficou mesmo. Ela nunca o aconselhava mal em relação a roupas, pelo menos.

Ele passou a última semana e meia questionando se devia entrar em contato com Helen antes do início do processo na sala dos roteiristas, depois adiou até ser tarde demais, e agora está em um Uber a caminho de um restaurante de frutos do mar no lado oeste da cidade, se perguntando se a jaqueta universitária foi um erro.

Talvez tudo isso tenha sido um erro, mas não dá mais para recuar.

Quando chega à mesa reservada e não vê Helen, ele sente uma pontada de pavor em vez de alívio. *Alguma coisa* vai acontecer: ele sente a balança cósmica pendendo contra ele e preferia acabar logo com isso.

– Que bom, você finalmente chegou – diz Suraya, com um bolinho de siri na mão. – Pessoal, esse é o Grant, meu braço direito.

É uma reunião dos personagens de sempre da edição Sala dos Roteiristas de Drama Novelesco Adolescente™: o casal de roteiristas, as pessoas de 20 e poucos anos inteligentes, engraçadas e agressivas e a mini-Suraya (o nome dela é Saskia), uma garota que claramente faz a showrunner lembrar de si mesma vinte anos atrás.

Suraya ergue o olhar e sorri, radiante.

– E essa é a nossa convidada de honra, Helen Zhang.

A mesa aplaude ruidosamente e Grant a encara.

É ela.

Helen Zhang, no tempo presente. Ela está... bonita. O cabelo está preso em um coque improvisado e o vestido de malha azul-escuro mostra um leve plissado azul-claro a cada passo que dá na direção da mesa. Ela parece intimidadora, elegante e *adulta,* e de repente ele se sente mal preparado em todos os sentidos para este momento.

Helen sorri hesitante enquanto olha para todos à mesa, e seus olhos passam direto por Grant de um jeito conveniente – ele não consegue identificar se é de propósito ou se ela simplesmente não o viu.

– Helen, esses são Tom, Eve, Owen, Saskia, Nicole e Grant.

O olhar de Helen se volta para Grant no mesmo instante, e ele se sente como um inseto grudado num papel.

– Nós já nos conhecemos – diz ela de um jeito elegante.

Há um tom afiado na voz dela que de repente faz Grant pensar em uma tesoura impiedosa, cortando perfeitamente qualquer fio do destino que tenha a ousadia de aparecer no momento.

– Grant e eu estudamos juntos no ensino médio.

ELA O NOTOU NO MESMO INSTANTE, parado ao lado de Suraya como uma piada cósmica. Ele ainda é maior que todos os outros na sala, embora a estrutura de Grant Shepard tenha diminuído desde a época do futebol americano no ensino médio. *Ele está usando uma jaqueta universitária?* Por um instante alucinado, Helen fica pensando se isso é algum tipo de pegadinha.

A showrunner ergue as sobrancelhas e lança um olhar perplexo para Grant *(Grant!)*.

– Você não mencionou isso na entrevista.

Grant tira a jaqueta e toma um gole de água, obviamente tentando ganhar tempo. Ele a observa por cima da borda do copo. Ela está perversamente fascinada pelo que ele vai dizer a seguir e observa os músculos da garganta dele (quando foi a última vez que ela pensou na garganta de *Grant Shepard*?) se mexendo com a expectativa. Por fim, ele engole em seco e baixa o copo devagar.

– Não parecia necessário. A escola nos livros não se parece nem um pouco com a escola onde a gente estudou – diz Grant casualmente, o olhar se afastando do dela como se aquilo não tivesse a menor importância. – Além do mais, eu queria conseguir o emprego porque você acreditou em mim como roteirista, Suraya.

– Puxa-saco. – Suraya revira os olhos. – Ele é o meu braço direito – acrescenta para Helen. – Se eu não estiver lá, o Grant é responsável por resolver as coisas na sala dos roteiristas.

– Ah – diz Helen.

Ela está com a boca seca, os batimentos pulsando violentamente na cabeça pelo esforço de *agir com naturalidade,* não importa o que isso signifique. Grant olha para ela nesse momento.

Vamos lá, a expressão dele parece sugerir, *essa situação não precisa ser estranha.*

É como se ele estivesse usando o tipo de conexão psíquica que só pode ser criada por treze anos tentando esquecer a mesma coisa, e ela sente que poderia vomitar.

– Você vai ter que contar histórias vergonhosas do Grant pra gente mais tarde. – Suraya sorri.

– O que vamos comer? – pergunta Helen, mudando de assunto.

E, mesmo sentindo com cada fibra do corpo que isso é errado, *que isso não pode estar acontecendo,* que talvez *leis* devessem existir para impedir que isso aconteça de novo, ela se vê compartilhando aperitivos intermináveis e rindo com educação de todas as piadas para quebrar o gelo, com *Grant Shepard* na outra ponta da mesa.

Eles fazem um jogo silencioso, competindo para ver quem consegue parecer mais *normal* em relação à situação – talvez eles até consigam passar aquelas vinte semanas inteiras trocando apenas olhares educados e respeitosos de lados opostos de uma mesa, sem ninguém trazer à tona a irmã morta de Helen nem o modo como ela morreu.

Às vezes eu queria que você não fosse minha irmã.

Quando Suraya sugere que eles rumem para o terraço para um coquetel pós-jantar, Helen sobe antes para pegar um lugar enquanto todos os outros vão ao banheiro e ligam para amigos e babás. Grant reaparece primeiro com dois drinques nas mãos: margaritas, que parecem inadequadamente festivas. Há um leve ar de hesitação na sua postura. Ela acha que isso não é *característico* dele, e de repente fica furiosa por pensar isso.

– Um desses é pra mim? – pergunta ela.

– Se você quiser.

Ele coloca o drinque na mesa.

A vida dos dois deveria tê-los levado para muito, muito longe um do outro, para nunca mais se encontrarem nem pensarem um no outro depois da formatura. Helen pega o drinque e sabe que vai perder qualquer que seja o jogo que eles estão jogando.

– Acho que você devia pedir demissão – diz ela abruptamente.

Grant ergue as sobrancelhas e toma um gole da bebida com tranquilidade.

– É mesmo? – indaga ele, parecendo entediado.

Ela odeia imediatamente o jeito como ele age, como nada do que ela diz ou faz parece desconcertá-lo, sendo que ela se sente totalmente *afetada*. Está vibrando com a sensação ao mesmo tempo familiar e estranha de estar inesperadamente perto *dele*. O coração martela no peito em um esforço impressionante para encontrar o chão do deque de madeira, ou talvez para enfrentar o assassino da irmã. *Isso não foi provado em juízo*, lembra ela a si mesma. *Não foi culpa dele*. O coração ferido ainda tenta atravessar o peito e dar um soco nele.

– É. É extremamente inapropriado, sem falar *cruel*, você estar aqui agora.

Helen tem consciência de que está soando estranhamente formal, como se tivesse sido criada por fantasmas vitorianos ou algo do tipo, e se arrepende na mesma hora de ter dito qualquer coisa.

– Você está exagerando um pouco, né? – replica ele, como um babaca.

– Não estou, não. Como… como foi que isso aconteceu?

– Eles me mandaram o seu livro, eu participei de uma reunião, a Suraya é ótima, ela acha que eu sou ótimo, e aqui estamos nós.

– Você não devia nem ter participado da reunião – diz Helen, sentindo as bochechas corarem com uma mistura inebriante de álcool e raiva. – Você devia ter negado. Procurado outra coisa. Qualquer coisa.

– É. – Ele ri. – Paciência.

– Você não se sente uma… uma pessoa terrível por aceitar esse trabalho? – pergunta ela.

– Não, na verdade, não – responde ele, tomando o resto da bebida de uma vez só. – Eu tenho uma hipoteca e contas a pagar e, ao contrário do que alguém que teve a sorte de conseguir um trabalho confortável de roteirista *dois segundos* depois de pousar em Los Angeles poderia pensar, empregos não caem do céu pro resto de nós.

Como você se atreve?, condenam os fantasmas vitorianos na mente dela.

– Eu não tive a *sorte* de conseguir esse emprego. É o *meu* livro – retruca ela, ácida. – E, se você está passando por um momento difícil, que pena, mas não é problema meu, né?

Grant expira e fecha os olhos com força, pressionando a têmpora com um dedo. Parece que ele está com dor, e Helen pensa: *Ótimo*. Quando ele finalmente fala, a voz está controlada e tranquila, e os olhos estão nela:

– Helen, eu não quis matar a sua irmã e tive que conviver com isso todos os dias desde aquela época. Não estou pedindo o seu perdão, mas você sabe tão bem quanto eu que ela podia ter pulado na frente do carro de qualquer pessoa. Por acaso foi o *meu*.

Helen mal consegue acreditar no que ouviu. Ela acha que vê um brilho de desespero nos olhos dele e, estranhamente, acaba se perguntando o que aconteceu na vida de Grant Shepard desde a última vez que o viu.

– Eu não me importo – sibila ela. – O carro era *seu*. Era *você* que estava dirigindo.

Grant se encolhe, e ela sente uma satisfação meio sanguinária. Esta noite devia ser o início de um novo capítulo, um marco em sua carreira. O fato de ela pensar em *Grant Babaca Shepard* hoje à noite parece uma pegadinha cruel do universo – é como se, mesmo do além, as irmãs mais novas tivessem talento para se meter onde *não foram chamadas*.

– Não quero *você* no programa – conclui Helen.

Ela sente vontade de pontuar as palavras com um soco no peito dele, mas acha que tocar em Grant Shepard pode ser a coisa mais inadequada neste momento.

– Bom, eu não vou pedir demissão – diz Grant, com os olhos tomados por um *vazio* frio e inabalável. – Então, se você quiser se livrar de mim, fala com a Suraya.

O som de um pequeno bando de roteiristas de TV subindo até o deque interrompe a conversa. Grant veste uma máscara de indiferença educada conforme eles se aproximam. *Que monstro*, pensa Helen automaticamente.

– Vou sair mais cedo – avisa ele a Tom, o marido do casal de roteiristas. – Foi ótimo rever vocês. Pessoal, estou ansioso pra trabalhar com todos.

Ele cumprimenta Helen com um sorriso amargo e um copo de água, depois se afasta.

A roteirista asiática baixinha que parece ter acabado de sair da escola – Saskia – toma o lugar que Grant desocupou e sorri para Helen de um jeito hesitante e esperançoso.

– É tão legal te conhecer – diz ela em um ímpeto de energia, o máximo que falou a noite toda. – Espero que você não se importe de eu dizer, mas sou uma grande fã sua. Esse é o meu primeiro trabalho com uma equipe de roteiristas. Eu nem acreditei na sorte que tive de conseguir uma entrevista.

Nova cena. Helen muda para uma nova página mental e força um sorriso em resposta a Saskia.

– Também é o meu primeiro trabalho na TV – admite ela. – Parece que eu fui jogada na parte mais difícil.

– Ah, então a gente pode cuidar uma da outra – sugere Saskia, empolgada. – Eu nem acredito em como você é jovem, sendo que já fez tanta coisa.

Helen percebe algo familiar na frase. Nos últimos anos, ela se acostumou a ser abordada por outras jovens escritoras asiáticas – em eventos, por mensagens nas redes sociais e algumas vezes por e-mail, quando as intrépidas conseguem encontrar uma brecha. Elas a veem como um modelo a ser seguido, é o que dizem. Querem saber como ela conseguiu, sentem orgulho dela e talvez também tenham um pouco de inveja. Ela costumava responder a todos os pedidos de conselhos – ficava lisonjeada, ansiosa para ajudar, e talvez também fosse uma maneira segura de canalizar uma culpa negligenciada. *Eu sou um bom exemplo*, dizia a si mesma a cada resposta elaborada com cuidado. *Sou uma boa integrante da minha comunidade. Deixo roteiros e placas de sinalização para quem vier depois.* Mas isso acabou ficando difícil demais – com mais sucesso, houve um dilúvio de mensagens –, e ela sentia mais culpa a cada vez que não respondia a alguém.

Ela olha para Saskia agora e tenta ver algo parecido com uma irmãzinha.

Michelle teria te odiado. O pensamento cruel vem do nada. *Desesperada demais.*

Do outro lado do deque, Suraya dá a Helen uma olhada do tipo "você está bem?".

Helen engole em seco. *Eu não estou bem.*

O pensamento toma conta de seu coração e sua mente e, em seguida, de *todo o seu corpo*, com vontade, e ela imagina como seria dizer aquilo em voz alta. Imagina como Suraya olharia para ela se começasse a detonar a equipe, escolhida com tanto cuidado e aparentemente amada, antes mesmo do primeiro dia na sala dos roteiristas. Ela pensa em pedir demissão e voltar para Manhattan com o rabo entre as pernas – acontece que Frank Sinatra estava errado, e conseguir algo em Nova York não significa que você também vai conseguir em qualquer outro lugar.

Ela endireita os ombros. Consegue lidar com isso.

Não vai dar essa satisfação a *Grant Shepard*.

Helen assente para Suraya e sorri. Ela está *ótima*.

Grant consegue evitar o ataque de pânico durante toda a viagem de 45 minutos no Uber do lado oeste até Silver Lake. Porém, assim que pisa em casa e seu sistema de segurança residencial apita, tudo desmorona.

A visão está irregular, há um leve zumbido nos ouvidos e não há *ar* o bastante no ambiente quando ele entra cambaleando na cozinha. Ele pega o celular com as mãos trêmulas e rola a lista de contatos de maneira desajeitada. Podia ligar para a terapeuta, mas já está tarde e ela tem filhos. Fern, sua agente, é descartada imediatamente como opção – ela é alérgica a sentimentos.

Ele passa por outros contatos – outros roteiristas de TV, pessoas para quem abriu o coração em ambientes fechados quando estavam todos revelando a própria vida pessoal no trabalho, tentando garimpar o ouro de uma história. Não tem intimidade suficiente com nenhum deles para que o ajudem a superar um ataque de pânico perto das onze da noite de uma sexta-feira.

No fim, o polegar passa por cima das lágrimas na tela – *porra, já estou chorando* – e pousa em "Karina, figurinos".

Ela atende no terceiro toque.

– Eu tenho cinco minutos, depois preciso voltar pro set. O que aconteceu? – pergunta ela.

– Eu, hum, estou… estou tendo um ataque de pânico – diz Grant.

– Merda. Tem alguém com você?

– Não – responde ele, se sentindo um fracassado.

– Respira – instrui ela. – Expira por mais tempo do que inspira. Um… dois… três…

Ela continua contando até dez no telefone, e a respiração dele volta ao normal.

– Obrigado – agradece ele. – Desculpa ter te incomodado no trabalho. É que… eu não tenho mais ninguém pra quem ligar.

– Quer me contar o que aconteceu?

– Hum.

Ele pensa que isso é muito injusto com ela, que eles se separaram há cinco meses, que ele ainda precisa devolver alguns discos de vinil dela.

– Não. Não é nada importante. Pode voltar pro set – conclui.

Há uma pausa do outro lado da linha.

Aí ela suspira.

– Você devia encontrar alguém pra conversar, Grant. Não eu, obviamente, mas... alguém.

– É. Obrigado.

– Boa noite – diz ela e desliga.

Grant sabe que provavelmente conseguiria encontrar *alguém para conversar* com muita facilidade. Tem a terapeuta, para começar; ele faltou uma sessão. Mas também houve uma época em que ele achava que onze horas não era tão tarde e podia ir para um bar e encontrar um rosto bonito com um ouvido empático antes da meia-noite. *Todo mundo gosta de você,* dissera a agente dele, e é verdade, na maioria das vezes. Ele é bom de olhar e triste apenas o suficiente para ser interessante.

O problema de Grant nunca tinham sido os começos. O problema é que nenhum dos relacionamentos parecia capaz de sobreviver a um segundo ato. Namorar com ele, morar com ele e amá-lo se tornam coisas tristes *demais,* ele precisa de você *demais,* e Grant sempre parece se sentir atraído por mulheres bonitas e complicadas que são inteligentes o suficiente para reconhecer que *não é responsabilidade delas consertá-lo, embora elas esperem sinceramente que um dia ele se cure.*

Enquanto escova os dentes para eliminar o gosto da noite fracassada, Grant se pergunta se Helen já contou a Suraya. Ele fica pensando em como seria essa conversa.

Você sabe que contratou um assassino?

Suraya ia ofegar, garantir a Helen que não tinha a menor ideia, ligar para a agência de Grant e surtar com eles por a terem colocado numa posição tão terrível sem avisar. Ele seria demitido e ficaria sem emprego não só nesse projeto, mas para sempre, e todos com quem já trabalhou iam sussurrar: *A gente sabia, a gente sabia que tinha alguma coisa errada com ele, a gente sentiu isso.*

Ele sabe que está fazendo tempestade em copo d'água, que esse tipo de pensamento tecnicamente não é saudável, mas de alguma forma isso faz com que ele se sinta melhor. Imaginar o passado finalmente o alcançando, o dia que ele temeu por tanto tempo chegando. Ele fica remoendo todos os piores cenários possíveis até chegar ao mais antigo de seus pensamentos mais reprimidos, enterrado profundamente sob anos de terapia e palavras de apoio dos amigos nas quais ele não acredita tanto quanto acredita na verdade – *ele podia ter impedido que aquilo acontecesse, se ele tivesse pisado no freio mais rápido, se estivesse prestando mais atenção.*

Grant sabe que tem razão de se sentir culpado, que provavelmente o certo é se sentir um pouco culpado para sempre – e esse não é um preço tão terrível a pagar, pensando no equilíbrio relativo das coisas.

Ele devia ter se desculpado com Helen quando teve a oportunidade. Teria feito isso se estivesse em sã consciência. Pedindo desculpas agora, talvez consiga salvar a situação. Ele decide que vai mandar um e-mail para ela amanhã.

Isso o acalma o suficiente para dormir, e seu último pensamento é uma lembrança nebulosa de Helen Zhang o encarando com olhos frios e exigentes, primeiro adolescente, depois já adulta, as duas versões dizendo com firmeza aquilo que ele sempre soube em segredo: que a presença dele não é bem-vinda, que ele deve ir embora antes de ofender a todos ainda mais.

Eu sei, diz ele a Helen no sonho-lembrança. *Quando é que você vai parar de me lembrar disso?*

H ELEN NÃO CONSEGUE DORMIR, então sai da cama e faz o que sempre faz quando está nessa situação e não se ama o suficiente para se deter. Ela pega a mala que está embaixo da cama, abre um compartimento interno e tira um HD velho (*assombrado,* seu eu adolescente sempre acrescenta). Então, o conecta ao laptop e começa a cutucar uma velha ferida emocional que nunca cicatrizou.

Arquivos ▾ 🗁 Michelle está trabalhando
    ▶ 🗀 Biologia Av.
    ▶ 🗀 Inglês Av.
    ▶ 🗀 Latim 2
    ▶ 🗀 Pré-Cálculo
    ▶ 🗀 Ed. Fís.
    ▶ 🗀 Fotografia
    ▶ 🗀 Culturas Mundiais

Helen analisa os arquivos, o resumo digital do último semestre de vida da irmã mais nova. Ela clica nas pastas conhecidas. Michelle escreveu um diário durante poucos dias no sétimo ano antes de Helen alertar: *Por quê, meu Deus? Por que você quer deixar evidências por escrito pra mamãe e o papai encontrarem?*

Helen nunca vai perdoar seu eu de 14 anos por isso.

Em vez de um diário, ela ficou com um HD cheio de redações e tarefas de matemática antigas. Helen já teve a ideia romântica de que talvez fosse possível entender melhor a irmã mais nova após a morte, de que ela descobriria alguma coisa nova lendo as entrelinhas dos fragmentos de redações de Michelle sobre a fotografia da era Dust Bowl e a vida das irmãs Brontë.

Elas não eram próximas o suficiente para confiar uma na outra depois do ensino fundamental – Helen achava a existência da irmã mais nova meio vergonhosa diante dos amigos na nova escola de ensino médio, e Michelle, ao que parecia, tinha decidido que o sentimento era inteiramente recíproco já no oitavo ano.

Na memória de Helen, Michelle sempre será uma adolescente rabugenta surgindo na porta de seu quarto, que parecia uma caverna e sempre tinha um leve cheiro de fruta quase podre, ou entrando no corredor com um mau humor violento por causa de alguma injustiça cometida pela família, pelos professores ou pelo mundo.

Em segredo, Helen sempre teve esperança de fazer uma grande descoberta nas excursões arqueológicas ao antigo HD – alguma coisa que desvendasse o mistério dos últimos anos de Michelle, nas palavras da irmã: talvez o esboço inicial de um romance, de poemas ou até mesmo o rascunho de uma *carta de suicídio*.

Mas nada apareceu, e Helen abandonou o esforço como se ele fosse uma forma profundamente *idiota* de autodestruição com a qual ela era inteligente demais para se envolver. Tão inteligente, na verdade, que ela escreveu sobre essa busca por cartas perdidas nos próprios livros – obras sobre adolescentes brilhantes em busca de segredos acadêmicos havia muito perdidos, cuja narrativa se desenrolava na sequência de um trágico acidente de carro que tirara a vida da irmã mais nova da protagonista. *E esses livros vão se tornar um programa de TV*, lembra Helen a si mesma. Ela transformou essa ferida pessoal em ouro muitas vezes, e é hora de deixá-la ir, pois seu propósito como grão para o moinho criativo já foi cumprido há muito tempo.

Encontre uma nova cicatriz emocional para futucar – essa é chata, Helen repreende a si mesma. *Conte uma nova história.*

Mas, ainda assim, ela se senta diante do laptop e clica.

Talvez eu tenha deixado passar alguma coisa na outra pasta.

4

— Gostei do seu nome — diz a recepcionista, abrindo um sorriso para Grant Shepard no balcão de entrada.

Helen acha que precisa voltar para o carro imediatamente. Ela está parada na calçada em frente ao restaurante ao ar livre em Mid-City, onde eles combinaram de se encontrar, e Grant está flertando com a recepcionista.

— Não posso levar o crédito por isso — responde ele com um sorriso torto. — Mas obrigado. Eu também gostei do seu.

— Precisamos de outro cardápio — comenta Helen, irritada.

Grant e a recepcionista-com-o-nome-que-ele-gosta *(Rose,* diz o crachá) olham para Helen como se tivessem acabado de lembrar que ela está ali.

— Claro — diz Rose, a recepcionista, lançando a Grant um olhar compreensivo enquanto pega outro cardápio. — Por aqui.

Eles são acomodados a uma mesa no pátio com vista para a rua, sob a sombra de uma buganvília. De repente, Helen percebe o quanto estão expostos e se arrepende de ter aceitado este encontro. O e-mail dele (sem assunto) foi curto e inesperado: *Eu gostaria de conversar antes do início do trabalho na sala dos roteiristas, se você estiver aberta a isso. Almoço?*

Helen encaminhou o e-mail para a assistente da agente dela, que entendeu a tarefa tácita e combinou um horário e um local sem alvoroço e sem contato direto entre os dois.

— Então... — diz ela, depois que o garçom ofereceu água com e sem gás, leu os especiais do dia (*tagliata de carne bovina, sopa de casamento italiana*), anotou os pedidos e saiu.

Finalmente.

– Então... – repete Grant, com um sorriso meio hesitante.

Ela acha que essa deve ser a melhor arma dele em qualquer discussão.

– Sobre o que você queria conversar? – pergunta Helen.

Grant faz uma pausa, como se estivesse considerando as opções.

– Eu não tive mais notícias da Suraya depois do coquetel de boas-vindas – diz ele, batendo os óculos de sol na mesa. – Só da assistente dela, que queria confirmar os meus detalhes de acesso ao estacionamento pra segunda-feira.

Helen olha para a rua. Espera que ele não ache que ela o perdoou.

– Se você não tem a decência de desistir, vai da sua consciência – alfineta ela. – Eu não vou sabotar a sala com problemas de última hora, mesmo que eu devesse saber antes quem eram as pessoas.

Ela lança um olhar de profunda repulsa para ele. A boca de Grant se retorce, como se achasse isso engraçado de alguma forma. Ela odeia o fato de sempre se sentir ridícula tentando expressar a própria raiva – como se o sentimento fosse uma roupa que não cabe mais depois de muitos invernos no fundo do armário e ela insistisse em vesti-la.

– Esse é um problema de Hollywood – comenta ele, enchendo os copos de água dos dois. – Sobraram pouquíssimas pessoas decentes na nossa indústria.

Ela fica com a impressão de que ele está rindo dela por dentro – a pobre Helen e sua *moral* bobinha – e se vê ansiando por aquela sensação de *vitória* sanguinária sobre ele de novo.

– Aposto que você se acha decente – diz ela, despreocupada, quando ele levanta o copo para tomar um gole. – "Sinto muito por ter matado a sua irmã, deixa eu pagar o seu almoço."

O copo de Grant congela a caminho da boca. Ele o baixa e ela observa as veias do pescoço dele saltarem de maneira espetacular.

– Helen – murmura ele. – Acho que a gente precisa estabelecer umas regras básicas.

– Regras básicas – repete ela devagar.

As palavras dele soam estranhas na língua dela.

– Se nós dois vamos estar na sala dos roteiristas, é melhor pro programa que nós sejamos... cordiais – diz Grant. – De roteirista pra roteirista.

Você é bonito demais para ser roteirista, Helen quer dizer em voz alta na mesma hora. *Você não teve uma fase adolescente esquisita que te obrigou a desenvolver a beleza interior para compensar.*

O cabelo dele, castanho-escuro e despenteado, parece quase castanho--claro ao sol; os feixes de luz se misturam às sombras apenas o suficiente para destacar as linhas atraentes e bem marcadas de seu rosto. Helen acha que é uma injustiça amarga os dois terem a mesma profissão, já que ele tem esse rosto. Ela lembra que o jovem Grant Shepard era bonito de um jeito vagamente inalcançável.

O Grant Shepard adulto é dolorosamente envolvente.

– Cordiais – repete Helen. – Claro. Profissionalmente, pelo menos.

Se Grant percebe o adendo, não parece se importar muito. Ele tamborila na toalha de mesa de linho, pensativo.

– É comum a gente falar muito sobre a nossa vida pessoal na sala – diz ele. – Seus livros se passam no ensino médio, e eles provavelmente vão nos perguntar sobre as experiências que compartilhamos naquela época.

Que experiências nós compartilhamos? Eles nunca se falaram muito antes do acidente e com certeza não se falaram depois. Ela acha que isso pode ter sido planejado, que os professores e colegas os guiaram cuidadosamente em direções opostas nas últimas três semanas de aula, como se tivessem medo de Helen um dia trazer à tona seu luto cuidadosamente guardado, deixando-o explodir em Grant de maneira inadequada.

– A sala deve ser um espaço seguro para conversas – continua ele, observando-a com atenção. – Quero saber se tem algum tópico pra gente evitar. Por exemplo, eu me perguntei o quanto você se inspirou na sua vida quando escreveu sobre a irmã...

– A Michelle fica fora das conversas – interrompe Helen abruptamente. – Eu não quero falar sobre ela. Nunca.

Helen engole em seco. Ultimamente, é raro dizer o nome de Michelle em voz alta.

Ele assente de um jeito conciso – *entendido*.

O fantasma de um pensamento familiar passa pela mente dela: *Como foi a sua vida depois de tudo?* É um pensamento do qual ela sempre se afastou o mais rápido possível, porque o questionamento inevitavelmente se transformaria em imaginação, e a imaginação se transformaria em um momento de empatia voluntária, *deve ter sido tão horrível para você,* e essa empatia amadureceria e viraria culpa – culpa por ele ter que pensar sobre isso, algo que a própria Helen se recusava a deixar que determinasse mais a vida dela do que já tinha determinado. E aí ela se ressentiria da culpa, porque *ela* não era a única responsável por ele ter aquela lembrança, e ela encontraria o caminho de volta para a *raiva*, a realidade imutável do suicídio da irmã, e a pergunta *de quem você está com raiva de verdade?*, tudo isso entrando em uma espiral doentia que continuaria sem parar até o passado e o presente se misturarem na mesma realidade, *revivendo em vez de refletir*, como o terapeuta dela dissera uma vez. E assim ela sempre voltava à regra geral de que era melhor nem pensar em Grant Shepard.

O Grant Shepard do presente parece estar esperando que ela diga mais alguma coisa, e Helen tenta dissipar a névoa dos velhos fantasmas por tempo suficiente para voltar à conversa.

– Todo o resto… acho que… é justo falar a respeito, se for ajudar o desenvolvimento do programa – diz ela.

Grant ergue uma sobrancelha.

– Tudo?

Helen dá de ombros.

– Claro.

– Por quem você tinha uma queda no ensino médio? – pergunta ele, se recostando e franzindo a testa.

Ela balança a cabeça e ri.

– Ninguém que andava com você.

– Você vai ter que fazer melhor do que isso quando estivermos na sala – diz ele, e Helen sente que acabou de ser julgada em uma competição da qual não sabia que estava participando. – Os detalhes ajudam.

– Eu sei – retruca ela, irritada. – Eu *sou* escritora.

A comida chega neste momento (massa artesanal para ele, salada para ela), e Helen percebe que ele a está observando enquanto o garçom coloca uma cesta de pão fresco na toalha de mesa de linho entre eles.

– Você não acha que a gente precisa de uma palavra de segurança pra quando estiver falando de coisas do ensino médio? – pergunta ele, e ela não se deixa enganar pelo tom de voz tranquilo; há um fio tenso de alguma coisa *cuidadosa* em toda a postura de Grant. – E se os meus sentimentos forem feridos?

Não é com os próprios sentimentos que ele está preocupado, pensa ela, e espeta um croûton.

– Aposto que você é mais durão do que pensa – diz ela. – Caso contrário, não teria conseguido o emprego.

Ele solta uma risada e pega o garfo.

– Sabe, eu sou *bom* no meu trabalho – comenta ele, enfiando uma garfada de macarrão na boca. – Algumas pessoas podem argumentar que você me contratou por um preço abaixo do mercado.

– Se dependesse de mim, você nem estaria no programa – lembra Helen a ele, e se pergunta quanto tempo os dois têm que aguentar ficar sentados aqui antes de poderem chamar o garçom para pedir a conta.

Se dependesse de mim, você nem estaria no programa.

Grant resiste à vontade de passar a mão no rosto para arrancar a máscara de *polidez* agradável e malcontida e revelar como realmente se sente – um monstro hediondo, a quem a terapeuta sentiu a necessidade de lembrar: "Existem coisas que *podemos* fazer, mas é bom se perguntar se *devemos* fazê-las."

Ele sabe que deve pedir demissão. Helen tinha exigido isso dele com tanta autoridade naquela primeira noite que, por um momento, Grant tinha se imaginado ajoelhado, beijando o anel no dedo dela e implorando por perdão.

Mas ele também tem certeza de que *pode* fazer um bom trabalho – um ótimo trabalho, até – e reflete filosoficamente que, embora *devesse* ter feito muitas coisas, ele está aqui agora, os dois estão caminhando em direção a algo inevitável, e não seria mais positivo para todos os envolvidos se ele começasse a usar a própria energia para ser *útil*?

– Quem é o seu personagem preferido? – pergunta Grant, na esperança de voltar a um território seguro.

Helen dá de ombros.

– Todos – responde.

– Gosto de pensar que eu sou um Bellamy com um toque de Phoebe – brinca Grant.

Ela franze a testa para ele.

– Você não é – diz ela, direta.

Ele fica um pouco irritado com a resposta. *Não estamos falando de como você se sente em relação a mim, estamos falando da arte da adaptação!*, sente vontade de dizer, como o artista pretensioso que suspeita ser em segredo, sob o disfarce tipo Clark Kent de um roteirista medíocre de Hollywood. Ele precisa encontrar um pedaço de si mesmo no trabalho de outra pessoa, essa é sua função. Ele desenvolveu um talento para isso: ler e identificar rapidamente *aquela parte, aquele caco de vidro que reflete um pedaço de mim.* O mais estranho na experiência de ler o livro de Helen foi que ele já sabia o que estava procurando, o que tinha esperança de ver, antes mesmo de danificar a lombada. *Mas ela não quer falar sobre isso com ele.*

– A palavra da própria deusa. – Grant levanta o copo de água, cheio de deferência. – Quem você acha que eu sou, então?

– Ninguém – responde Helen, observando-o com uma expressão indecifrável. – Você nem está no livro.

– Acho que eu deveria ser grato por isso – diz Grant, seco.

Helen olha de novo para a rua, em silêncio.

Foi logo no início – quando começou a faculdade – que Grant mais pensou em Helen. Era estranho saber que alguém ligado à mesma tragédia que ele também estava passando pelos mesmos rituais de ir para a faculdade: semana de orientação, se mudar para um novo dormitório, conhecer a nova colega de quarto e aprender sobre a nova cidade. Ele se perguntou como eram todas essas experiências pelos olhos dela, se pensava naquela noite com a mesma frequência que ele ou se ela conseguia suprimir melhor as lembranças. Grant não tinha irmãos para fazer o papel de confidente na vida dele. Quando pensava em alguém com quem gostaria de se abrir sobre as consequências daquela noite, seus pensamentos sempre vagavam estranhamente na direção de Helen Zhang. Ele se lembra de uma tarefa de escrita criativa especialmente idiota, na qual escreveu todas as conversas que queria ter com ela na forma de poemas.

Em algum lugar em um HD antigo, tenho poesias horríveis sobre essa mulher.

Grant analisa Helen do outro lado da mesa e pensa em quantas outras experiências espelhadas eles devem ter tido nos últimos treze anos para os dois acabarem aqui. Ele tem a impressão de que ela mantém todos os pensamentos e sentimentos reais atrás de um muro brilhante e impenetrável, e pode ser necessário usar todas as picaretas do mundo para tirar uma única lasca dele.

Grant pega uma picareta mental e faz uma tentativa:

– Como você se sente em relação ao primeiro dia de aula na segunda-feira?

Grant acha que percebe um vislumbre de humor por trás dos olhos dela.

– Bem – responde ela simplesmente.

Ele fica pensando no que seria necessário para fazê-la rir.

– Eu sei que você me odeia – diz, dando mais uma garfada no macarrão. – Mas isso pode ser divertido, se a gente permitir que seja.

– Para com isso – explode Helen.

Grant ergue o olhar. Ela está com raiva, e ele fica surpreso tanto pela veemência quanto pelo caráter repentino da reação.

– Eu sei o que você está fazendo – continua ela. – Você está sendo… o Grant Shepard charmoso, rei do baile, representante de turma, e eu sou a única pessoa, *a única pessoa,* com quem isso nunca vai funcionar.

Tem certeza disso?, ele quer perguntar, só para estressá-la ainda mais. *E se eu me esforçar muito?*

– Tudo bem – diz ele em vez disso. – Nada de jogar charme pra Helen. Anotado.

Ele toma um gole de água e começa a contar mentalmente quantas semanas ainda faltam *(vinte, com alguns feriados)* para eles poderem sair da vida um do outro de novo.

A mãe de Helen liga quando ela está no carro alugado, voltando para o lado oeste.

– Ah, você pode retornar minha ligação quando não estiver dirigindo – diz a mãe.

Logo em seguida, começa a fazer vinte "últimas perguntas antes de desligar" sobre como está a vida em Los Angeles, se ela precisa que um dos amigos em Yorba Linda dê uma olhada nela, em qual supermercado ela está fazendo as compras.

Quando Helen abre a porta do apartamento, está fazendo um relato indiferente da ida ao mercado 99 Ranch e listando hortaliças chinesas enquanto a mãe grunhe em aprovação ou desaprovação.

– Você vai ter que fazer o espinafre-chinês logo – sugere a mãe. – Vou te mandar uma receita.

– Tá bom – concorda Helen. – Obrigada. É só isso?

Há uma pausa do outro lado da linha. Helen sente uma pitada de culpa vinda diretamente de Nova Jersey para alcançá-la na orla do Oceano Pacífico.

– Me liga de volta quando puder. A gente sabe que você tá ocupada.

– Tá bem, pode deixar – promete Helen.

Então, desliga e apoia a testa nas portas do armário da cozinha.

Ela não contou aos pais que ele vai trabalhar no programa.

Helen sabe que a mãe e o pai já sentiram um nível de dor não merecida equivalente a algumas vidas inteiras. Às vezes, parece que ela passou toda a fase adulta afastando-os cuidadosamente de objetos pontiagudos e do desespero.

Ainda se lembra da sensação de liberdade de quando finalmente partiu para a faculdade – ela passara o verão todo levando comida e água para o pai, que via novelas chinesas toda noite na sala de estar com olhos vazios e inexpressivos, e a mãe, que passava dias chorando em silêncio no quarto principal entre os episódios de limpeza obsessiva da casa para receber o fluxo constante de visitas que apareciam com comida e condolências. A própria Helen encarava a porta fechada do quarto de Michelle toda manhã e toda noite, querendo que ela se abrisse, que Michelle revelasse que tudo aquilo tinha sido uma pegadinha doentia de despedida. *Duvido que você saia daí.*

A faculdade foi a primeira chance de Helen escrever a própria história do zero. Ela mergulhou na oportunidade de conhecer pessoas novas, desenvolver novas rotinas, descobrir novos vícios, e ignorou com determinação a estranha pontada no peito que sentia todo fim de semana, quando a colega de quarto conversava pelo Skype com o irmão.

Ela se lembra com algum constrangimento da primeira vez que disse a um garoto que o amava – eles tinham se conhecido na primeira noite de orientação, enquanto caminhavam pelo campus em grandes grupos, um bando de adolescentes experimentando a idade adulta pela primeira vez.

Eles ouviram o rugido de uma multidão distante, e Helen se perguntou em voz alta: "O que tá acontecendo ali?" O garoto ao lado dela dissera "Não sei. Quer descobrir?" e a ergueu sobre os ombros, como se estivessem numa cena fofa de comédia romântica.

Aquele foi o começo, quando o coração cansado dela ganhou vida pela primeira vez no que parecia uma eternidade.

Helen se lembra de ter ficado surpresa com a intensidade da amizade dos dois, de como eles insistiam que *parece que aqui o tempo passa diferente de como passa em casa.* Ela descobriu mais sobre ele em uma semana do que sentia que sabia sobre qualquer pessoa que conhecera no ensino médio – ele se chamava Ethan, era de Pittsburgh, os pais eram professores e nunca tinham tempo para ensinar nada ao próprio filho, ele tinha uma namorada do ensino médio que estudava numa faculdade a três horas de distância e era *o garoto mais bonito que tinha sorrido para ela na vida.*

– Eu te amo – deixou escapar Helen uma noite, apenas uma semana depois de eles se conhecerem.

Os dois estavam sentados ao ar livre, na grama, depois de explorar o campus já escuro, como faziam toda noite desde a primeira. Ela contou a ele sobre os pais, a irmã, seus pensamentos mais mesquinhos e segredos mais vergonhosos, e ele ouviu e acariciou seu cabelo e segurou sua mão, e ela pensou: *eu nunca me senti tão compreendida.*

– Você me *ama*? – Ele riu, meio provocando, meio envergonhado. – A gente só se conhece há uma semana.

Aquilo não era amor, Helen repreende a si mesma. *Você não é mais tão burra. Não se apaixona por qualquer um que sorri para você.*

Às vezes ela se pergunta se é incapaz de amar do jeito como as outras pessoas amam, e se aqueles mais próximos a ela conseguem perceber isso.

Quando o contrato com a TV foi anunciado oficialmente, a agente de Helen a levou para comemorar com um almoço. Chelsea deu uma risadinha fofoqueira quando viu o ex de Helen do outro lado do salão: Oliver, correspondente internacional. Eles tiveram uma boa vida juntos durante dois anos – ele havia praticamente se mudado para a casa de Helen, o porteiro sabia seu nome e ele conhecia todos os locais preferidos dela para tomar café da manhã e jantar num raio de quatro quarteirões. Ele dizia a ela que a amava com frequência suficiente para ser reconfortante e não sufocante, e aceitava que, depois de dois anos, ela ainda não tivesse dito a mesma coisa para ele. "Diga quando tiver certeza", ele sempre acrescentava.

Mas, sete meses antes, no Dia dos Namorados, Helen confundiu um gesto para pegar a carteira com um gesto para puxar um anel de noivado e deixou escapar:

– Eu não quero me casar.

Ele piscou, surpreso, e mostrou lentamente o cartão de crédito para pagar a conta, e ela ficou quase tão vermelha quanto o cardápio de pratos especiais sobre a mesa.

– Acho melhor a gente dar um tempo – disse Oliver com uma voz gentil ao chegarem em casa. – Pra descobrir se é isso mesmo que a gente quer.

Ela assentiu, esperando que eles conseguissem superar isso, e uma semana depois ele determinara:

– Eu mereço alguém que também possa me amar. E acho que você não é capaz disso.

– Ele deve estar arrependido agora – disse Chelsea no almoço e pediu mais uma rodada de drinques para a mesa.

Helen se viu virando o segundo martíni de um jeito inesperado.

– Isso é idiotice – falou ela, e fez um gesto brusco para secar os olhos enquanto Chelsea fazia a cortesia de fingir não reparar, ficando repentinamente fascinada com a toalha de mesa. – Eu só estou pensando na vida que eu quase tive com ele e em como teria sido bom se eu tivesse conseguido dizer que o amava, como a *porra de uma pessoa normal,* mas estou sendo idiota.

– Você não é idiota – responde Chelsea, a voz suave. – Você é uma autora best-seller número um do *New York Times.*

Ela odiou a rapidez com que isso *realmente* a fez se sentir bem.

Helen tem o cuidado especial de agir da melhor forma possível com as poucas pessoas que *realmente* ama. Ela pensa com pesar em velhos amigos que não devem sentir falta do tipo defeituoso de amor de Helen – *dá para incluir uma irmã também* – e pensa nos pais, aqueles que a amaram primeiro. Ela nunca foi capaz de apagar totalmente a sombra do desespero nos olhos deles, mas fez o melhor que pôde.

Isso não é fazer o melhor que pode.

Ela fica pensando se ainda dá para cancelar tudo. Detectou um olhar familiar de culpa complicada nos olhos de Grant no almoço e acha que, se pegasse o celular agora para ligar, ele atenderia. *Mudei de ideia*, ela diria a ele. *Eu preciso que você saia do programa. Acho que você me deve um ou dois favores.*

Depois, uma parte contrária dela decide: *não, é tarde demais – ele fica.*

Helen abre a torneira da pia e lava os pratos da noite passada enquanto determina: *nada disso diz respeito a ele de fato.* Diz respeito a uma rebelião particular que ela se vê saboreando com a ideia de manter Grant na equipe de roteiro, apesar de os dois terem passado as duas últimas interações em uma hostilidade escancarada.

O que vai acontecer agora?, ela fica se perguntando quando está na companhia dele.

Faz muito tempo que não se sente tão interessada por alguma coisa, mesmo que seja um interesse embrulhado em uma combinação inebriante de *isso é errado* e *fuja.*

A situação faz com que ela se sinta uma pessoa diferente – como se ela não fosse uma boazinha chata que ainda escreve ficção para jovens adultos principalmente porque acha que os pais não conseguiriam lidar com a leitura de "coisas mais pesadas", como sua agente descreveu. Não há nada nos livros de Helen que sugira que ela transou ou se envolveu em comportamentos de risco de qualquer tipo.

Os personagens dela anseiam uns pelos outros com a tensão de um romance do século XIX enquanto se debruçam sobre textos acadêmicos do século XVIII há muito esquecidos. A irmã fictícia morreu como uma santa, sem um pingo de heroína nas veias.

– Eles todos podiam se beneficiar de uma boa trepada e alguns vícios – disse Suraya na primeira reunião, dando seu ponto de vista sobre uma adaptação mais novelesca da série.

Talvez os pais dela descubram que Grant Shepard está trabalhando em *The Ivy Papers* um dia (*ele ainda pode se queimar profissionalmente, ou morrer num acidente de carro, ou o episódio dele pode ser cancelado pela emissora de TV por motivos além do controle de qualquer pessoa*, pensa ela com otimismo), mas esse dia não será hoje, e ela sente um novo e emocionante tipo de poder por ter as rédeas dessa informação.

Helen encara o próprio reflexo no armário de vidro e fica pensando no que a segunda-feira – *o primeiro dia de aula, como ele chamou* – trará.

5

– Helen, você gostaria de dizer alguma coisa pra começar?

Ela ergue o olhar, assustada com a pergunta de Suraya. *Eu devia ter preparado alguma coisa?* De repente, Helen vê uma imagem mental de si mesma fazendo um discurso inspirador e empolgante para a sala cheia de desconhecidos (e Grant) e quase ri. *Quem você pensa que é?*

– Hum, não, acho que não – diz em voz alta.

Suraya sorri para ela como se dissesse *não se preocupa* e se vira para o resto da sala.

– Bem, vocês estão todos aqui por um motivo, então não tenham medo de falar alto e com frequência. Temos uma ótima fonte de material pra nos inspirar – ela acena para Helen – e eu estou animada, porque somos nós que vamos apresentar esses livros fantásticos a um público totalmente novo. Vamos deixar o público e a autora, *que está nos observando bem de perto,* orgulhosos.

Isso provoca algumas risadas na sala, e Helen tem esperança, pela milésima vez, de que não esteja sendo ridícula por estar aqui, de que não deveria estar em algum lugar no centro de Manhattan com Pallavi e Elyse, bebendo um martíni e dizendo com indiferença: *Acho que eles vão começar a escrever os roteiros da minha série hoje. Legal, né?*

Suraya se vira para a direita e Helen tem uma sensação de formigamento do tipo *as coisas estão prestes a piorar.*

– Grant, você quer acrescentar alguma coisa?

Ele está sentado bem em frente a Helen, brincando com uma caneta retrátil de um jeito que ela acha vagamente familiar. Eles estão separados por uma mesa longa e oval feita de madeira maciça.

– Quero, sim. – Grant pigarreia. – Sejam vulneráveis. Se eu não vir cada um de vocês chorando até o fim do processo, estão demitidos.

Todos riem e Helen fica surpresa. Ele tem mesmo esse tipo de autoridade? Ele é ouvido pela showrunner, e isso significa alguma coisa. Mas, pensando por esse lado, Helen também é.

Ela devia ter dito alguma coisa primeiro, quando teve a chance.

Grant a olha por uma fração de segundo, e ela sente um calor crescente subindo pela lateral do pescoço. Continua queimando mesmo depois que ele redireciona a atenção para o resto da sala.

– Não, agora é sério. – Ele sorri torto daquele jeito amigável e *vencedor* só dele. – Eu tenho muita sorte de estar fazendo arte com vocês todos. Parece arrogante, mas é isso que a gente vai fazer aqui, então vou contar pra vocês o meu segredo mais sombrio.

A garganta de Helen parece se fechar enquanto ela olha para a lateral da cabeça dele.

– Quando eu tinha 19 anos, tive um sonho erótico com a minha mãe, e minha terapeuta me disse que isso é muito *normal*.

Helen pisca. *O quê?*

Nicole gargalha, Saskia explode numa risada envergonhada e Helen percebe Suraya sorrindo e assentindo sutilmente para Grant em aprovação.

– Bem, isso me faz sentir melhor comigo mesmo – diz o roteirista mais jovem, Owen. – É a minha vez? Meu segredo mais sombrio é… hum, a gente pode ir bem fundo? Fundo tipo "Eu odeio a mulher do meu irmão"?

Owen começa a contar uma história sobre o fim de semana do casamento do irmão mais velho, e Helen calcula mentalmente quantas pessoas precisam falar antes de chegar a vez dela. Esse exercício de vínculo espontâneo parece estar acontecendo só por capricho de Grant Shepard. Claro que, se fosse mesmo necessário, Suraya teria começado, não?

Helen nem tem certeza do que se qualifica como um segredo obscuro. Ela se lembra de todas as vezes que ficou em silêncio em conversas excruciantes em grupo, que nunca pareciam dar certo para ela. Sempre acaba esperando tempo demais por um momento em que pareça natural intervir e, quando finalmente fala, costuma ser algo que percebe na mesma hora que era a coisa errada a dizer – ela compartilha mais do que deveria, ou menos do que deveria, ou faz uma pergunta intrusiva demais, quando só queria ser educada.

O casal de roteiristas – Tom e Eve – conta que Tom já teve um caso de uma noite com uma ex-atriz mirim que era a obsessão de Eve quando jovem, e que eles esbarraram com ela no primeiro encontro dos dois, anos mais tarde.

Helen dá uma olhada para Suraya. A showrunner está assentindo e rindo. Helen tenta moldar as próprias feições numa expressão divertida, como se dissesse *estou ouvindo ativamente*.

– Podemos comentar que você quis transar comigo mais ainda depois que descobriu isso? – pergunta Tom, com a sobrancelha erguida.

– Às vezes eu imagino vocês dois juntos e isso me dá tesão, desculpa – diz Eve.

Suraya interrompe com uma anedota, porque eles a fizeram lembrar de uma vez em que sua parceira a irritou tanto que ela quase abandonou a filha delas, que na época tinha 3 anos.

Helen tem uma sensação de formigamento na lateral do rosto e sabe que Grant a está observando. Ela tenta fingir uma postura do tipo *isso não me incomoda*, apoiando o cotovelo na mesa, escorando o queixo na mão, determinada a não olhar para ele. Ela acha que ouve uma risada curta vindo do lado dele.

Quando chega a vez de Helen, a sala parece fervilhar de energia das piadas internas recém-descobertas, e ela tenta não se sentir em desvantagem ao ficar por último.

– Eu não sei se tenho algum segredo obscuro – começa Helen.

– Tudo bem, a gente já passou tempo suficiente procrastinando – diz Suraya, e se vira para o gigantesco quadro de vidro com quase dois metros de largura na parede. – Vamos falar sobre o nosso programa.

De imediato, Helen se sente ao mesmo tempo aliviada e desprezada.

Suraya levanta e rabisca *pátio, desenterrando a caixa secreta* no canto superior esquerdo do quadro, depois adiciona *pátio, enterrando segredos + um corpo* no canto inferior direito.

Em seguida, ela se vira para a sala e pergunta:

– Bem, o que acontece no meio?

E eles começam a comentar *de quem é o corpo* (nos livros, é de um professor) e *como a pessoa morreu,* e a jovem roteirista com um delineado incrível – Nicole – levanta a mão e conta uma história sobre a morte da avó de quem menos gostava e, de alguma forma, eles voltam ao trem dos segredos obscuros e Helen pensa de um jeito saudoso no bar em Midtown, onde ela poderia estar tomando um martíni.

GRANT LEMBRA A SI MESMO que *tentou* avisar a ela, durante o almoço e no discurso que fez para todos na sala, que as conversas educadas e sérias tinham pouquíssima utilidade numa sala de roteiristas. Ele observa o rosto de Helen corar nitidamente com uma vergonha característica da Costa Leste ao ouvir uma história que ele tem certeza que Nicole já contou para desconhecidos pelo menos uma dúzia de vezes.

Essa é a maior diferença entre as interações dele em Los Angeles e as interações com velhos amigos em Dunollie, Nova Jersey. Ele passou a maior parte da vida adulta em uma cidade onde pecar pela vulnerabilidade extrema é algo recompensado na profissão – todo roteirista que ele conhece tem um arsenal de três ou quatro histórias que os fazem parecer *pessoas terríveis,* como se estivessem confessando *segredos obscuros,* quando, na verdade, são bem fáceis de revelar.

Os momentos de que Grant mais gosta na sala dos roteiristas costumam vir depois que todos revelaram seus arsenais pessoais de histórias. Isso acontece após alguns dias, às vezes algumas semanas, se a sala for de pessoas mais velhas, e sempre há uma bolha de silêncio depois que as risadas da última história bem explorada silenciam.

Finalmente, a parte boa, ele sempre se pega pensando.

É o momento em que uma sala cheia de desconhecidos se torna uma sala cheia de pessoas que entraram rapidamente no território da amizade – elas sabem coisas umas sobre as outras que os próprios parceiros, pais e amigos *não* sabem, ou pelo menos não ouviram serem contadas desse jeito.

E enganam a si mesmos pensando que não importa *de verdade,* que são apenas histórias que eles contam como roteiristas para impulsionar o trabalho – mas, no fim, acabam ficando sem mais histórias que não importam de verdade, e de repente estão sentados numa sala cheia de pessoas que realmente sabem *muito* sobre eles.

É aí que costumam se virar coletivamente para encarar o quadro, quebrando a cabeça para pensar em algum detalhe da história que simplesmente *não está funcionando,* e alguém diz alguma coisa do tipo: *Eu só acho que não é assim que uma pessoa realmente* se comportaria *nessa situação.*

E eles abrem a discussão, e alguém chama de besteira a resposta de outra pessoa – *a gente sabe que você ama essa merda, Shepard* –, e outro fala de alguma coisa que aconteceu *ontem à noite* no jantar, e todos contam essas histórias de forma hesitante, sem piadas, franzindo a testa ao examinar os próprios sentimentos a cada instante da interação enquanto todos os outros que ouvem tentam descobrir: *O que eu teria feito, como eu me sentiria, nessa situação?*

Não é uma amizade verdadeira – ele sabe que não é *amigo* de todo mundo com quem já trabalhou –, mas ele gosta de *saber coisas* sobre outras pessoas. Sente-se melhor ouvindo as histórias que ficam na mente delas, as interações que as mantêm acordadas à noite, as coisas pelas quais ficam obcecadas e com as quais se importam contra a própria vontade. As coisas que as fazem se sentir vulneráveis e humanas também.

Ele arrisca mais uma olhada para Helen do outro lado da mesa – ela está com um sorriso nervoso que não chega aos olhos enquanto ouve Nicole explicar alguns detalhes sobre o legista da avó morta.

Grant fica pensando em como seria *saber alguma coisa* sobre Helen Zhang.

HELEN ACHA QUE PODE ser alérgica a esta sala.

Ao meio-dia, a pele dela está arrepiada pela quantidade de horas ouvindo, ouvindo, ouvindo. Ela pensa com um anseio meio nostálgico no primeiro emprego pós-faculdade, quando estagiava numa pequena editora na cidade. Em como ela saía do prédio todo dia para almoçar no parque do outro lado da rua – às vezes ouvindo música, às vezes sem ouvir nada – e sempre alegremente *sozinha.*

Aqui, a assistente dos roteiristas anota os pedidos de almoço, e, cerca de quarenta minutos depois, eles estão todos sentados ao redor da mesa comendo e *ainda conversando.*

– Eu quero demitir o nosso piscineiro – diz Eve, jogando com leveza o molho na tigela de salada. – Mas ele é amigo da mãe do Tom.

– Isso é péssimo – concorda Suraya. – Você já pensou em pedir o divórcio?

– Essa conversa tá fazendo eu me sentir pobre – diz Owen como um aparte dirigido ao outro lado da mesa, e Saskia e Nicole riem.

Helen não sabe muito bem como eles fazem isso – como todos sempre parecem saber exatamente o que dizer, atingindo um equilíbrio perfeito em uma alquimia que os faz parecer maliciosos e interessantes. É uma torrente exaustiva e constante de conversas. E ela é péssima nisso.

Eles são sempre tão gentis e tão pacientes e tão respeitosos quando ela levanta a mão e pergunta, de um jeito envergonhado: "Hum, eu posso só… Tem uma coisa sobre a qual a gente estava falando, eu sei que a gente já mudou de assunto, mas…"

Ela sente os olhos dos outros como holofotes, todos esperando que ela diga alguma coisa brilhante ou pelo menos relevante, e a ideia de que ela possa dizer alguma coisa obviamente *idiota* para essas pessoas muito inteligentes e muito mais *experientes* se torna uma premonição de uma clareza entorpecente. Os pensamentos dela gaguejam e tropeçam uns nos outros no caminho entre o cérebro e a boca, e ela sente raiva das próprias palavras por a traírem nesse momento de desespero.

Helen sente uma pontada estranha de humilhação ao pensar que Grant está testemunhando tudo isso de um assento na primeira fila. Ele sempre foi tão *melhor* nisso do que ela, em convencer uma sala cheia de pessoas de que as ideias dele são o caminho ideal a seguir. No ensino médio, eles nunca foram parceiros de trabalhos em grupo nem nada que colocasse as ideias dos dois numa competição direta, nada tão importante nem dramático.

As lembranças dela de Grant Shepard em sala de aula geralmente envolvem Helen sentada em um aglomerado de mesas com seus colegas céticos, depois ouvindo risadas agudas e palmas do outro lado da sala, e então procurando a origem dos sons e encontrando *Grant* sempre no centro de tudo.

Ela tem o pensamento fugaz e *idiota* de que gostaria de mostrar a ele uma captura de tela do saldo da própria conta bancária, tipo: *ei, as pessoas realmente me pagam muito dinheiro pela minha inteligência agora!*

Perto do fim do almoço, ela percebe uma interação breve e potencialmente inútil:

Grant digita alguma coisa no celular e olha na direção de Suraya.

Suraya olha para o próprio celular e assente discretamente para ele.

O que eles estão comentando em particular?

É sobre mim?

Helen tenta lembrar que a característica que *menos gosta* em si mesma é o quanto se importa com o que as outras pessoas pensam. E que eles provavelmente não estão nem pensando nela, no fim das contas.

Tenta acreditar nisso, mas o monstrinho do ego no cérebro dela, deformado e atrofiado como está, insiste: *É, mas na verdade você é muito boa em adivinhar o que as outras pessoas pensam de você. Você geralmente está certa, e deve ser por isso que você é uma escritora de sucesso.*

O dia finalmente termina por volta das cinco da tarde.

– É bom ter uma sala com uma carga horária menor pelo menos uma vez na vida. – É o que Helen ouve Eve murmurar para Tom.

Menor?!, pensa ela enquanto arruma a bolsa.

Ela se demora depois que todos os outros saíram e paira desajeitada perto da porta enquanto Suraya e a assistente dos roteiristas revisam as anotações no quadro.

– Vocês precisam de mais alguma coisa de mim? – pergunta Helen, tentando parecer casual.

Suraya sorri de um jeito meio indulgente.

– Como você está se sentindo com tudo?

– Ah, hum. – Helen faz uma pausa, porque ela nunca sabe que tipo de resposta as pessoas esperam para esse tipo de pergunta. – Ótima. Bem, eu acho. Foi um bom primeiro dia, né? Você deve saber melhor do que eu.

Suraya assente e também começa a arrumar a bolsa.

– Fica mais fácil depois – comenta ela. – Conforme você entende o ritmo da sala.

– É, faz sentido – mente Helen.

Suraya ergue o olhar e a analisa por um instante.

– Se você for um pouco parecida comigo, e eu desconfio que seja – diz ela, balançando um dedo –, você tem imagens mentais suficientes no seu cérebro pra repetir até o fim de semana.

– Rá – solta Helen, de um jeito fraco.

– Tenta não gastar muito tempo remoendo as coisas – aconselha Suraya. – Eu juro que ninguém está pensando em nada que você disse tanto quanto está pensando em si mesmo e em como vai impressionar todo mundo amanhã.

– Tá bem – responde Helen.

Suraya hesita por uma fração de segundo antes de acrescentar:

– Você se saiu bem hoje. Te vejo amanhã.

Helen se esforça muito para não repetir várias vezes a imagem mental daquela fração de segundo de hesitação ao descer de elevador.

Ela sai do prédio e no mesmo instante colide sem a menor graciosidade com as costas de Grant Shepard, que está parado perto da porta com o celular no ouvido.

– ... não é o melhor uso do meu tempo – conclui ele ao telefone, antes de se virar e vê-la. – Eu te ligo de volta.

Helen endireita os ombros – *eu não me importo* – e passa direto por ele.

– Ei – chama Grant, e os dois andam lado a lado durante alguns passos curtos. – Helen, espera.

– Eu tenho muito trabalho pra fazer em casa – diz ela.

– Eu também – responde ele, e ela pensa: *merda, será que eu também devia ter um dever de casa de verdade?* – Eu não estava falando sobre a sala naquela ligação. Minha agente tá tentando me encaixar numa reunião pra outro programa que ainda nem tem certeza de que vai acontecer, e...

– Você devia participar da reunião – opina Helen, como se soubesse alguma coisa sobre essa indústria. – Você sabe que eu não sentiria a sua falta.

Grant hesita um passo, depois solta uma lufada de ar e redobra o ritmo ao lado dela.

– Obrigado por isso – diz ele, seco, com um tom subjacente de *foda-se você também*.

Helen sabe que está sendo babaca, mas parte dela se sente extremamente aliviada ao descobrir que ainda tem uma voz que não é uma sequência gaguejante de *nadas*.

– Sabe, se você me desse meia chance, eu poderia te *ajudar* – continua Grant.

– Eu não *preciso* da sua ajuda – retruca Helen.

– Que surpresa – ironiza Grant enquanto os dois caminham em direção ao estacionamento.

– Hoje eu só estava sendo... observadora – comenta Helen. – Eu não sinto a necessidade de dominar todos os cômodos em que entro... aliás, quer saber, eu não preciso me explicar pra você. Foda-se você.

– Foda-se você também – explode ele, e ela tem uma sensação de vingança: *eu sabia que era isso que você estava pensando.*

Grant congela, como se tivesse acabado de perceber o que disse em voz alta.

– *Porra,* eu não quis dizer isso... droga, Helen, eu tinha esperança de que pudéssemos ser amigos.

Tinha mesmo? Helen duvida.

– Somos cordiais – diz ela. – Na sala. É só não falar comigo fora da sala e a gente vai poder continuar assim.

– Helen – começa ele, a voz dolorosamente *suave.*

– Por favor, para – replica ela com uma pressa ofegante, esperando que os próprios olhos não estejam se enchendo d'água como ela sente que estão. – Para com isso. Para de tentar ser legal comigo, para de tentar me explicar as coisas, para de nos chamar de amigos, para de tentar *ajudar.* Eu não quero a sua ajuda, eu *nunca* quis a sua ajuda, e tudo isso seria tão *melhor* se pudéssemos, por favor... ter o mínimo de interação possível fora da sala.

Ela o encara com uma expressão de sofrimento. Algo indecifrável cintila por trás dos olhos dele.

Grant engole em seco, depois assente.

– Até amanhã, então – diz ele, em um sussurro baixo que quase parece uma risada, e vai embora.

Helen o observa se afastando e sente uma mistura frustrada de orgulho e tristeza, além de uma necessidade esmagadora de *consertar isso.* Ela pensa no próprio desconforto mais cedo na sala e diz a si mesma que tudo que precisa fazer é *superar.*

Ela se lembra de um dicionário de aforismos em inglês que os pais tinham em casa para aprender o idioma dos colegas norte-americanos; a expressão preferida dos pais era *a mente acima da matéria.* "A mente acima da matéria", recitavam eles um para o outro, da mesma forma que os católicos recitavam o Pai Nosso. "A mente acima da matéria", diziam quando ela estava lutando contra as lágrimas enquanto o pai fazia curativo nos joelhos esfolados dela aos 7 anos. "A mente acima da matéria", diziam quando estavam naquele primeiro apartamento minúsculo sem ar-condicionado porque eles não tinham dinheiro para isso na época. *A mente acima da matéria,* diziam durante todo o funeral, quando o luto dos parentes era tamanho que ela não conseguia encontrar um espaço vazio para colocar o próprio.

A mente acima da matéria. Ela vai terminar essa experiência em Los Angeles, acumular algumas novas histórias fabulosamente interessantes para contar em jantares, e aí terá *resolvido o problema.* Vai voltar para Nova York e escrever e escrever e escrever, depois vai vender o que escreveu e editar e editar e editar até publicar, e vai voltar ao ritmo normal. Helen é *boa em ganhar* ou, pelo menos, em parecer que é.

Tudo que preciso fazer é superar isso, ela lembra a si mesma, e sabe que vai.

UMA SEMANA JÁ FOI, *faltam dezenove.*

Grant olha fixo para o relógio acima da porta, contando os segundos para Suraya finalmente liberá-los para curtir o fim de semana. Ele ignora o impulso de olhar cerca de dois graus para a direita e um pouco para baixo, onde Helen está tamborilando os dedos na mesa.

– É que eu meio que... discordo fundamentalmente de tudo que você está dizendo – comenta ela. Está usando aquela voz horrível e *cordial* que usa sempre que fala com Grant sem olhar para ele. – É pra ser um romance *slow burn,* uma coisa gradual. A gente ia entregar a história muito cedo se movesse essa peça do final mais pra frente.

– Eu te entendo – diz ele. – Mas a gente ainda precisa de um episódio que mostre *alguma coisa* entre Celia e James, senão estaremos só matando tempo até o último.

– Eu odeio dar essa cartada, mas eles são *meus* personagens – afirma Helen com teimosia. – Estou disposta a fincar o pé nisso.

– Você não pode fincar o pé em *todas* as situações – resmunga Grant.

– Tá bom, acho que já fizemos um bom trabalho – murmura Suraya e fecha o laptop. – A gente continua na segunda-feira. Mas eu concordo com a Helen: o romance gradual funciona porque é surpreendente.

– Então a gente precisa de outra coisa, literalmente qualquer outra coisa, que faça a gente se importar com os quatro episódios do meio – insiste Grant.

– Grant – diz Suraya, com as sobrancelhas levemente arqueadas. – *Bom fim de semana*.

Grant assente de um jeito firme. Isso é vergonhoso. Ele geralmente entende melhor o clima da sala. Helen lança um olhar triunfante para ele antes de sair. *Eu não quero brigar com você,* ele sente vontade de gritar para as costas dela. Os outros roteiristas saem, e o zumbido maçante na cabeça dele diminui apenas o suficiente para se sentir algo além de um merda.

– Posso dizer uma coisa, aqui entre nós? – pergunta ele enquanto Suraya espera a assistente tirar fotos do quadro cheio de coisas escritas.

– Seja rápido. Estou pensando no cardápio do meu jantar – diz ela.

– A Helen tem um problema comigo – declara Grant, a voz uniforme, o tom comedido.

Suraya dá de ombros.

– É natural vocês dois terem confrontos. A lealdade dela é em relação aos próprios livros e leitores; a sua é só com o programa e a sala. Essa tensão é o que mantém a gente onde deveríamos estar. Vocês dois são profissionais. Não estou preocupada.

Grant solta o ar rapidamente.

– Tá bom, me tira da equação. Ela ainda não está entrosada com a sala, e é mais do que apenas nervosismo. No primeiro dia foi nervosismo, nós dois vimos isso, mas ela não teve *nenhum* problema pra se manifestar desde aquele dia. E, sempre que ela se manifesta, há oitenta por cento de chance de interromper totalmente o fluxo da sala. Ainda não é um problema, mas eu consigo ver que, se ela continuar por esse caminho, lutando contra a gente em todos os detalhes…

Ele balança a cabeça.

– Você me disse, quando a gente se conheceu, que roteiristas felizes escrevem programas melhores. *Eu* estou triste pra caralho, e talvez isso seja culpa minha, talvez o problema seja eu e meu passado, mas posso dizer com certeza que não sou o único que precisa de um belo e drástico incentivo moral depois de apenas uma semana.

Suraya aperta os lábios.

– O que você está insinuando?

– Eu… não sei. – Grant suspira. – É como se ela não conseguisse entender que a diversão pode ser produtiva. Ela é *assim*, ela sempre foi assim, desde o ensino médio. Alguém tem que falar com ela sobre isso, e não pode ser eu.

– Isso *é* você e seu passado – replica Suraya, seca. – Não acho que seja tão ruim quanto você está fazendo parecer.

– Eu estou prevendo o futuro – afirma Grant categoricamente.

Ele observa Suraya pegar uma borracha e limpar o quadro. Um nó se forma na garganta dele, um sentimento desesperado que ele não consegue identificar.

– Eu não devia ter tocado no assunto. Não sei. Desculpa.

Suraya balança a cabeça.

– Fico feliz por você ter tocado no assunto; é bom estar prestando atenção às coisas. Vou monitorar a situação, Grant. Se isso se tornar um problema maior, eu te prometo que vou lidar com ele. Agora vai pra casa e *bom fim de semana*.

O sentimento de indignação presunçosa o leva ao estacionamento.

E aí a bolha estoura. *O que é que eu estou fazendo aqui?*

Grant sabe que poderia simplesmente se ater às demandas contratuais e técnicas do trabalho: chegar na hora, ter conversas agradáveis no almoço, lançar algumas ideias quando elas surgissem e jogar as mãos para o alto em rendição se elas fossem derrubadas, porque, no fim das contas, isso é apenas um *emprego*.

Ele poderia facilitar as coisas e seguir com tranquilidade pelas próximas dezenove semanas, e isso provavelmente seria melhor para a dinâmica da sala.

Mas não seria melhor para o programa.

Ele fecha os olhos, o rosto sério de Helen Zhang aparece de maneira instantânea e irritante. Ela está fria e indiferente como sempre na lembrança dele, e parece só um pouco *frágil*.

Grant solta o ar e abre os olhos. Ele se sente meio ridículo. Não vai destruir a própria reputação e a carreira por causa de um trabalho que nem queria tanto desde o início.

Ele decide que, a partir de segunda-feira, vai recalcular a rota.

Ele vai ser agradável.

Ele vai ser *perfeito*.

Helen Zhang não vai poder dizer nada sobre ele.

6

– Foda-se, eu adoro um bom sanduíche – diz Grant enquanto dá mordidas famintas no almoço que a assistente dos roteiristas entregou.

É a terceira semana deles na sala dos roteiristas, e hoje foi a vez dele de escolher o local do almoço. Helen nota que a escolha dele é um sucesso com todos na sala.

Que coisa irritante.

– O jeito como você gosta das coisas é pornográfico – comenta Suraya com uma repulsa cômica enquanto joga uma latinha de balas de hortelã em Grant.

– Eu também te acho sexy, Suraya – responde Grant, pegando a lata com habilidade e jogando algumas balas na boca com uma piscadela.

Flertar com a chefe gay e casada é meio que o esporte preferido da sala, Helen descobriu. Suraya recompensa isso com risadas, e essas risadas se transformam em trocas de piadas que acabam no quadro de ideias. Sem nenhuma surpresa, Grant é o melhor nisso.

Ele não tem a decência de parar por aí.

Grant pergunta das viagens que Tom e Eve fizeram no fim de semana e que ele viu no Instagram, leva DVDs e livros para os filhos de Suraya "para educá-los na cultura pop", ri com Owen e Nicole de fofocas sobre conflitos na internet, e ela tem quase certeza de que Saskia tem um crush nele (*traidora*), porque, no instante em que ele entra em um ambiente, a garota tagarela fica vermelha como um tomate e se cala.

A única pessoa com quem ele não desperdiça os próprios esforços é *Helen*. Com ela, ele é infalivelmente educado. Nunca é interessante o suficiente para ser charmoso, nem irritante, nem *nada*.

"Isso pode servir", diz ele sempre que ela lança uma ideia, esperando que outra pessoa a impulsione ou mate.

"Eu percebi", diz ele quando ela expressa preocupação com uma subtrama idiota que está crescendo como uma erva daninha.

"Eu te entendo", diz ele quando ela fica frustrada com alguma coisa. "Mas…"

Mas, mas, mas. Ele envolve os estilingues e as flechas em polidez, depois derruba todas as ideias dela, uma atrás da outra. Helen tem um desenho do rosto dele com bundas ao redor, que Saskia fez para ela depois de um dia especialmente frustrante.

Helen não consegue entender como foi que isso aconteceu, como foi que ela deixou de ser a célebre autora que *criou o livro em que o programa se baseia* para ser a voz menos importante da sala em questão de semanas.

Será que isso tudo é só porque ela não foi à festa de aniversário/Halloween antecipado – um bacanal regado a álcool – de Owen?

Helen nem havia pensado muito antes de recusar – tinha idade suficiente para se conhecer, para saber que não *gostava* de festas com desconhecidos, e, de qualquer forma, seria melhor usar aquele tempo para pensar seriamente no próximo livro. (Ela acabou maratonando um reality show sobre corretores de imóveis de luxo em Hollywood e dormindo no sofá.)

Mesmo assim, achava que tinha salvado todo mundo de um constrangimento desnecessário após um convite feito por obrigação. Mas, ao ouvir Owen e Nicole comentarem sobre a festa caótica na segunda-feira seguinte (até Tom e Eve, casados e com filhos, haviam passado por lá!), Helen não consegue deixar de sentir que fez alguma merda e se prendeu em um velho padrão de reclusão que achou que tinha eliminado há muito, muito tempo.

Ela sente que a presença dela aqui não é *necessária*. Dá para perceber na maneira como todos evitam o contato visual quando ela fala, na maneira como Owen e Nicole olham para Grant como se perguntassem: *Ela também era irritante assim no ensino médio?*

Helen odeia se sentir como se estivesse voltando a ser uma adolescente carente, olhando para Suraya em busca de aprovação, se juntando com Saskia em um canto depois da aula para falar sobre como *todos os outros devem ter um grupo de mensagens sem nós.* Ela se pergunta o que Michelle diria, depois desliga o pensamento como se fosse uma luz esquecida na varanda.

– Eu entendo o seu raciocínio – Grant está se esquivando agora –, mas acho que, no contexto do nosso *programa,* a Saskia tá certa: isso abre mais espaço na história pra nós no futuro.

Saskia fica vermelha e olha para Helen como se pedisse desculpas.

– Acho que a gente já trabalhou o suficiente por hoje – diz Suraya rapidamente. – Helen, você pode ficar e conversar sobre uns assuntos de elenco?

Helen assente enquanto todos saem.

– Você tem um problema com o Grant – declara Suraya quando elas ficam sozinhas.

– Não. Quero dizer, eu não o odeio nem nada assim. – Helen está agitada. – É só que toda vez que eu abro a boca, toda vez mesmo, ele está lá pra derrubar as minhas ideias.

– Hum – diz Suraya, franzindo a testa.

– Eu estou fazendo alguma coisa errada? – pergunta Helen. – Estou sendo irritante, falando demais, não falando o suficiente ou…

– Não, você só está… nervosa – responde Suraya. – Todo mundo percebe isso. A Saskia também é uma roteirista novata nervosa, e até ela percebe. E você estar nervosa deixa todo mundo nervoso. Eles estão pensando: "E se estivermos errados? E se ela for mais inteligente do que nós e estivermos fodendo com tudo? E se esse programa der errado e todos nós afundarmos com esse navio e nunca mais conseguirmos trabalho?"

– Eles não estão pensando isso – discorda Helen. – Estão?

Suraya dá de ombros.

– O que a gente pode fazer pra te deixar menos nervosa?

Helen pensa. *Nervosa.* Ela vê o próprio desempenho na sala nas últimas semanas com uma nova clareza repentina, sentindo vergonha.

– Provavelmente nada – diz finalmente, com uma risada. – Esse é o meu bebê, e essa é a coisa mais importante que ele já fez. É como se eu tivesse seguido ele até a faculdade quando, na verdade, devia ter deixado ele crescer sem mim. Talvez você devesse simplesmente me demitir.

– Isso não está sendo cogitado. – Suraya revira os olhos. – Não vamos dividir a casa logo no início do jogo. O estúdio perderia toda a fé em nós.

– Eu só não sou muito boa em ser *legal* – confessa Helen. – Nunca vou ser igual ao Grant.

Suraya ri.

– Eu não preciso que você seja igual ao Grant; eu preciso que você seja igual a *você*. Essa garota nervosa e assustada não é você. Isso é só... – Ela estala os dedos. – Isso é só porque você ainda não confia na gente. É culpa minha.

– Não, Suraya, você tem sido ótima...

Suraya levanta a mão.

– Eu sou a chefe, posso botar a culpa em quem eu quiser, e ela é sempre minha. Eu devia ter percebido que ia precisar de mais do que um jantar e um coquetel pra te conquistar.

– Eu já fui conquistada – diz Helen, baixinho. – Eu já falei que confio em você.

– Meu bem, você tem que ficar melhor nesse negócio de detectar as próprias mentiras. – Suraya ri. – Tá tudo bem. A gente vai consertar tudo. Vai pra casa.

Na manhã seguinte, quando Suraya informa que todos vão para um "acampamento pela união da sala dos roteiristas" obrigatório no primeiro fim de semana de novembro, Helen se sente um pouco envergonhada por saber que a culpa é dela.

– Oba – solta Eve, lançando um olhar sutil para Tom como se dissesse: *Merda, vamos precisar de uma babá.*

– Acampamento, tipo, na floresta? – pergunta Owen, instintivamente pegando o celular como se ele fosse um cachorro de apoio emocional. – Com insetos e ursos e, tipo, folhas e essas merdas todas?

– Quero o beliche de cima – diz Grant, girando na cadeira.

Ele já sabia que isso ia acontecer?, Helen se pergunta. Ela sente a ferroada quente do fracasso quando Grant lança a ela um sorriso vago e amigável.

7

Helen opta por dirigir até a cabana – aparentemente todo mundo mora no lado leste ou no Vale, e ela não está a fim de dirigir 45 minutos para pegar uma carona sufocante do outro lado da cidade. Além disso, gosta de dirigir sozinha. Ouvindo música sem se preocupar com o que os outros pensam das suas playlists feitas por outras pessoas e mudando para podcasts quando cansa dos próprios pensamentos, ela se sente mais ela mesma do que em todo o tempo que passou em Los Angeles. A viagem de duas horas de Santa Monica até Forest Falls é rápida, e as montanhas de San Bernardino ao longe ficam cada vez maiores, até acabarem desaparecendo, quando ela passa a percorrê-las de fato.

A primeira pessoa que ela vê é Grant, sentado numa cadeira dobrável no deque que rodeia toda a cabana em forma de A. Ele se levanta quando ela estaciona.

– Oi – cumprimenta Helen, hesitante.

Eles não tiveram nenhuma interação sozinhos fora da sala dos roteiristas desde aquela primeira semana no estacionamento. *Você já falou com Grant Shepard por livre e espontânea vontade fora do horário oficial das aulas? Não, claro que não, Meritíssimo.*

– Quem mais já chegou? – pergunta.

– Todos os outros saíram quinze minutos atrasados e ficaram presos no trânsito – conta Grant.

Ela vai até o porta-malas pegar a bolsa de viagem.

– Eu posso pegar...

– Não, obrigada – diz ela, tirando a bolsa.

– Não seja idiota – replica Grant e pega a bolsa mesmo assim.

O interior da cabana não é o que ela esperava – só tem um cômodo. É uma planta aberta com dois grandes sofás-camas no andar de baixo e quatro beliches no mezanino. Há um grande candelabro feito de chifres que lança sombras macabras nas paredes de madeira, onde cada centímetro é coberto por pinturas de paisagens emolduradas.

Grant a segue, carregando a bolsa de viagem.

– O banheiro do andar de baixo com certeza é assombrado – anuncia ele. – Por aranhas. Vou ficar num dos beliches lá em cima. Onde você quer dormir?

– Vou ficar num dos sofás-camas. Posso dividir com a Saskia – diz ela.

Grant larga a bolsa dela no chão, e os dois percebem ao mesmo tempo que não há nada a fazer agora a não ser esperar os outros chegarem. Ocorre a Helen que talvez ela esteja bem-vestida demais para o ambiente, com uma blusa de gola rulê preta e leggings. Ele está usando um conjunto cinza desbotado de casaco e calça de moletom e está parecendo... *o namorado de alguém*. O pensamento vem espontaneamente, e ela procura uma desculpa para olhar para qualquer outro lugar.

– Tem chá? – pergunta ela, indo em direção à cozinha sem esperar uma resposta.

Helen abre portas de armários ao acaso e encontra canecas e chá, mas nenhuma chaleira. Sente o calor repentino e palpável do corpo dele atrás de si quando ele estende a mão sobre ela para pegar uma chaleira de prata manchada na prateleira de cima.

– Aqui – diz Grant, lhe entregando a chaleira.

Ela a pega e vai até a pia. Hesita, mas então...

– Você quer?

Ele ergue o olhar, surpreso.

– Claro.

Ela enche a chaleira e a coloca no fogão a gás e, depois de alguns segundos de esforço, consegue acender o fogo.

– A Suraya acha que você não confia na gente – diz Grant.

Helen não se vira.

– Então ela falou mesmo disso com você.

– É – confirma ele. – Quer conversar sobre isso?

Helen suspira.

– Não com você.

Grant balança a cabeça.

– Por que você é sempre assim?

– Você vai ter que ser mais específico.

– Você torna as coisas mais difíceis pra você mesma. Fica na defensiva sem necessidade.

– O quê, eu devia tentar ser como você e fazer campanha pra ser a pessoa preferida de todos, no mundo todo, *o tempo todo*? – pergunta ela, seca, enquanto a chaleira começa a assobiar.

– Não seja escrota – diz ele, e a porta se abre.

São Tom e Eve, parecendo cansados da viagem e com cheiro de hambúrgueres da In-N-Out.

– O trânsito estava *caótico*. Eu quase voltei e liguei pra dizer que estava com uma intoxicação alimentar, mas teria levado mais tempo ainda pra chegar em casa – explica Eve. – Uau, este lugar é estranho.

– Eu me sinto num acampamento de verão nos anos 1970, e esta é a cabana sexy e mal-assombrada dos monitores – comenta Tom. Ele dá uma corridinha escada acima. – Tem beliches de verdade aqui!

Eve revira os olhos para Grant e Helen.

– Ele vai querer dormir em um.

– Eu vou dormir em um com certeza! – grita Tom do andar de cima.

SURAYA CHEGA POUCO ANTES do pôr do sol, cheia de desculpas, histórias sobre inimigos no trânsito e bebidas. Grant está um pouco ressentido porque a líder destemida chegou bem tarde na viagem obrigatória que ela mesma inventou; por ser o braço direito dela, ele passou a maior parte do dia bancando o anfitrião contra a própria vontade. Parte dele desconfia que ela fez isso de propósito. Suraya é o tipo de pessoa que faria isso – um plano maquiavélico para as pessoas se acostumarem melhor umas com as outras sem a chefe por perto, e para ver quantas delas chegariam atrasadas por causa do trânsito. Ele ajudou Tom e Eve a arrumarem os beliches lado a lado ("Podemos fazer o papel de monitores sexy do acampamento", disse Tom de um jeito sugestivo, e Eve bateu nele com o travesseiro), empurrou os sofás a pedido de Saskia e Nicole para elas compararem seus arsenais de cartas de tarô, cristais e sálvia e procurou um carregador de iPhone para Owen, que esqueceu o dele.

E ainda tem que lidar com Helen, que se fecha mais a cada pessoa que chega.

– Aqui, um *hot toddy* – diz ele de um jeito ríspido, entregando a ela uma caneca nova. – Receita especial da Suraya.

Helen ergue o olhar para ele, sentada na cadeira do deque, aquela em que ele ficou sentado durante meia hora antes que mais alguém chegasse.

– Obrigada – murmura ela.

Todos os outros estão dentro da cabana, aproveitando o resto da sobremesa caseira que Nicole levou. Helen tinha pedido licença para tomar um pouco de ar, e ele percebeu o olhar decepcionado de Suraya antes de ela assentir.

Grant gostaria que houvesse um jeito de derrubar as defesas de Helen. Se ela fosse qualquer outra pessoa, ele tem certeza de que conseguiria. Diria alguma coisa engraçada e meio boba e encontraria um jeito de mostrar que estava prestando atenção às piadas que ela contou na sala, sempre baixinho e envergonhada demais para qualquer outra pessoa ouvir.

Ela se enrola em um cobertor com força, e ele acha que nunca viu alguém precisando tanto de um abraço na vida.

– Você odeia isso – declara ele por fim.

– É demais estar perto das pessoas *o tempo todo* – comenta ela. – Eu não sei como você aguenta.

– É fácil: eu gosto de pessoas – diz Grant simplesmente. – Você não gosta.

Helen faz uma cara feia.

– Tem um motivo pra algumas pessoas se tornarem célebres autoras best-sellers do *New York Times* e outras se tornarem roteiristas – continua ele. – Você é escritora, você escreve pra se sustentar. Eu sou um medíocre de Hollywood. Só sou bom em falar em salas.

Helen solta a respiração de um jeito curto e desdenhoso.

– Você é bom nisso – afirma ela por fim.

Ele se senta em frente a ela.

– Uma vez eu tentei escrever um romance – comenta ele.

Helen não responde.

– Você não vai me perguntar do que se trata?

Helen faz um som de escárnio.

– Todo mundo já tentou escrever um romance em algum momento... o colega de pesca do meu pai já tentou escrever um romance uma vez. Confia em mim, é melhor se eu não souber do que se trata. Se for bom, você vai ter medo que eu roube. E, se for ruim, eu não sei fazer cara de paisagem.

– Eu sei – provoca Grant. – Dá pra ver na maneira como você me olha furiosa durante o almoço todo dia.

– Você é muito irritante no almoço – replica ela, rabugenta de um jeito que ele quase acha cativante, de tão familiar. Quase. – É a parte do dia em que você faz a campanha mais pesada pra ser o roteirista preferido de todo mundo.

– Bem, a eleição está chegando, então...

Helen dá uma bufada sarcástica que não soa muito diferente de uma risada.

– Eu não devia ter vindo – diz ela por fim. – Não fui feita pra esse tipo de... coisa de Hollywood.

– Claro que foi – discorda Grant. – Todo mundo tem inveja de todo mundo aqui. Você fica feliz pensando que as pessoas te odeiam. Eu me lembro do ensino médio.

Ela encontra o olhar dele com calma.

– Eu também me lembro do ensino médio.

Grant fica desconfortável com o jeito como o olhar dela parece atravessar todas as suas camadas de polimento duramente conquistado e chegar até a pedra bruta lá no fundo.

– Eu te vejo num contexto – explica ele, tentando recuperar o equilíbrio. – Foi isso que eu quis dizer.

– Eu gostaria que você parasse de tocar nesse assunto. Eu não gosto do contexto em que você me vê.

Ele expira de um jeito curto. Também não gosta do contexto em que *ela* o vê, mas parece contraproducente trazer isso à tona agora.

– Tudo bem – diz ele por fim. Lembrando-se do motivo para estar ali, acrescenta: – Mas você precisa se esforçar mais com os outros. Pelo bem da sala, ou pelo bem dos seus livros, se você não se importar com o resto de nós.

Ele se vira e a deixa sozinha para curtir o mau humor.

Owen traz um tabuleiro Ouija quando todos já estão de pijama.

– Quem quer falar com uns fantasmas? – pergunta. Ele tomou alguns *hot toddies* e um chocolate quente alcoólico. Todo mundo tomou. – Eu comprei isso numa liquidação depois do Halloween.

Houve uma época, poucos anos depois da morte da irmã, em que Helen se questionou se era possível se comunicar com os mortos. Seus pais eram cientistas e consideravam a ciência algo mais sagrado do que as poucas aulas de escola dominical que ela e Michelle frequentaram (pela socialização, não pela alma de cada uma). Para exorcizar esse questionamento obsessivo, Helen escreveu um artigo sobre o assunto na faculdade, e agora se lembra de um parágrafo sobre tabuleiros Ouija.

Ela achava o conceito bobo, como uma lenta conexão telefônica com a vida após a morte.

Se esforce mais.

– Vocês sabiam que os tabuleiros Ouija foram criados como um jogo de salão vitoriano pras pessoas poderem flertar? – comenta ela, hesitante.

– Por que a gente saberia disso? – pergunta Nicole.

Helen sente vontade de se encolher até desaparecer nas rachaduras das tábuas do assoalho, mas, ao lado dela, Tom diz:

– Eu sabia, já que não sou um porco sem cultura.

Nicole solta uma risada.

– Tá bom, então eu quero flertar com um fantasma vitoriano.

Grant acende a lareira enquanto os outros se ajoelham em um círculo no chão, com o tabuleiro Ouija no meio da mesa de centro.

– Grant, vem cá, a gente vai invocar um fantasma pra Nicole! – grita Owen.

Helen se pergunta de repente se Grant Shepard acredita em fantasmas.

– Divirtam-se – diz ele. – Vou ficar de fora dessa.

Ele joga as pernas compridas em um sofá de dois lugares e pega o Kindle.

– Bobão – provoca Eve.

– Todo mundo tem que colocar um dedo na placa – diz Owen, lendo as instruções. – Depois a gente faz uma pergunta simples, tipo "Você é gente boa?" ou "Quantos espíritos estão aqui hoje à noite?".

– Você é gente boa? – pergunta Saskia ao candelabro de chifres.

Helen olha para Grant. Ele não olha de volta, e ela não consegue se lembrar da última vez que os olhares dos dois se encontraram sem que alguma coisa horrível fosse transmitida entre eles.

A placa se move bem devagar sob os dedos deles até chegar ao *Sim* no canto superior esquerdo.

– Ah, que legal – diz Saskia. – Oi, fantasma… fantasmas? Quantos são?

Eles se entreolham enquanto a placa passeia pelo tabuleiro.

– Eu não estou mexendo nela – confessa Tom.

– É um negócio psicológico – explica Eve. – Todo mundo move um pouco a placa de um jeito inconsciente em direção à resposta que deseja.

– Para de ser tão lógica – replica Suraya. – Os fantasmas estão falando.

A placa para entre os números dois e três.

– Então aqui tem… dois fantasmas e meio? Ou vinte e três? – pergunta Helen, franzindo a testa.

– Eu gosto de dois e meio – diz Nicole. – Qual metade? A de baixo?

A placa fica parada.

– Acho que os fantasmas não gostaram dessa pergunta – observa Saskia.

– Vocês morreram aqui? – pergunta Tom.

A placa se move até o *Sim*.

– Sinistro – comenta Owen.

– Vocês eram gostosos? – pergunta Nicole.

A placa continua no *Sim*.

– Quer dizer que a gente tem dois fantasmas gostosos e meio que morreram aqui – resume Nicole. – Acho que pode rolar uma orgia de fantasmas.

– A gente devia perguntar pra eles sobre pessoas mortas que a gente conhece – sugere Owen.

Helen olha para Grant. Ela podia jurar que sentiu o calor formigante do olhar dele, mas ele está concentrado lendo o Kindle.

– Você conhece a minha avó Ruth? – pergunta Nicole. – Ela morreu no ano passado.

A placa se move até o *Não*.

– Bom, faz sentido. Provavelmente tem um monte de fantasmas no mundo espiritual – acrescenta Nicole. – Mais alguém quer tentar?

– Helen, você quer falar com algum fantasma? – pergunta Suraya.

Helen engole em seco. De repente, se lembra daquelas horas terríveis que passou no escritório do psicólogo da escola nas últimas semanas do ensino médio, quando ouvia sussurros a cada passo que dava – "Não acredito que ela está aqui", "Era a irmã mais nova dela", "Se fosse comigo, eu não viria pra escola normalmente". Ela se lembra dos adultos tentando ajudá-la, perguntando com muita paciência e condescendência: "E o que você diria se pudesse conversar com a sua irmã agora?"

Você precisa se esforçar mais, pensa Helen, de um jeito triste.

– Eu tenho um fantasma – diz Grant de repente. – Chega pra lá.

Ele se espreme entre Suraya e Owen e coloca o dedo na placa. Helen olha para ele, e isso é um erro, porque os olhos castanhos de Grant se viram instantaneamente para os dela. Helen percebe a agitação de alguma coisa bruta, terrível e oculta dentro dele, então ele desvia o olhar. *Volta aqui*, ela quer dizer. *Quero te olhar melhor.*

Grant pigarreia.

– Meu tio morreu em dezembro do ano passado. Fred Shepard. Ele tem um monte de caixas no porão que ainda precisamos analisar, e eu acho que a gente devia simplesmente jogar tudo fora. Podemos fazer isso?

A placa se move até *T... I... R... A...*

Owen puxa a mão.

– Não, não, não. Isso está ficando assustador demais pra mim.

– *Tira* é muito assustador pra você? – Grant ri.

– A gente não precisa saber como a frase termina – insiste Owen. – Já chega, estou com sono. Vamos abençoar esse negócio e ir pra cama.

Saskia insiste em queimar um pouco de sálvia no ambiente antes de eles guardarem o tabuleiro. Por algum motivo, Helen tem a estranha sensação de que deveria agradecer a Grant, mas ele vai para a cama sem olhar para trás. Então ela fica para ajudar a limpar a sala, pegando canecas e garrafas vazias de bebidas alcoólicas espalhadas.

– A gente bebeu muito mais desse negócio do que eu pensava – diz ela, com uma sensação quente e picante na barriga, enquanto analisa uma garrafa vazia de Southern Comfort.

– Receita especial da Suraya – resmunga Saskia.

Um *tum* no andar de cima chama a atenção delas.

– Ai – soa a conhecida voz retumbante de Grant.

Saskia dá uma risadinha.

– Ele é alto demais pro beliche de cima.

Grant aparece diante delas alguns instantes depois, embrulhado no edredom.

– Vou dormir lá fora – resmunga ele, indo em direção à porta.

Helen pisca, atônita.

– Você não pode dormir lá fora. Tem… ursos e essas merdas – diz ela.

Grant parece sonolento e se divertindo.

– Ursos e essas merdas – murmura ele.

Helen indica com a cabeça o sofá de dois lugares entre os dois sofás-camas.

– Dorme ali.

– Pra acordar parecendo um acordeão humano? Não, obrigado – replica ele, e segue em frente.

– A gente fica com os beliches, então – fala Saskia. – Você pode ficar com o nosso sofá-cama. Certo?

Ela cutuca Helen.

– Certo – confirma Helen.

Grant boceja.

– Estou cansado demais pra ser cavalheiro. Tem dois beliches vazios lá em cima – diz ele, e se joga no colchão mais próximo.

Saskia e Helen sobem a escada. Restam apenas dois lugares nos beliches de cima, e Saskia pega o que fica mais perto do banheiro. Helen apaga a luz e sobe com cuidado para não acordar Owen, que está roncando suavemente na cama de baixo. Ela percebe o próprio erro assim que chega lá – é a cama em que Grant estava, e ele levou o edredom lá para baixo.

– Grant Babaca Shepard – murmura para si mesma.

Ela desce do beliche usando o celular como lanterna e segue escada abaixo na ponta dos pés. Então, tateia a mobília na escuridão até encontrar o sofá-cama. A respiração de Grant é superficial; os olhos estão fechados e as feições, relaxadas. Ele já está dormindo.

Helen aponta a lanterna para o entorno dele e encontra lençóis sobressalentes empilhados perto das almofadas do sofá. Ela passa pé ante pé por ele para pegar a roupa de cama e, de repente, dedos fortes seguram o pulso dela e a puxam para a frente.

Helen levanta a mão livre para impedir a queda, pousa em um pedaço de pele nua e sente a pulsação falhar.

Grant se senta, irradiando calor, bem acordado.

– O que você está fazendo? – pergunta ele, com a voz rouca e baixa.

– Os lençóis – consegue dizer ela. – Você pegou o edredom.

Tem plena consciência de que sua mão direita ainda está no peito dele e que, se alguém acendesse as luzes, os dois iam parecer estar fazendo pose para a capa de um romance de quinta categoria.

Grant olha para baixo, como se tivesse acabado de se dar conta do edredom ao seu redor. Ele ri sozinho.

– Certo. Desculpa. Me dá um segundo.

Ele a solta, e Helen sente o ar frio voltando ao próprio corpo na ausência dele.

– Eu posso só pegar os lençóis – murmura ela, indo na direção deles.

– Não, tudo bem, só… leva o edredom.

Grant joga o edredom para Helen, que o pega e larga os lençóis no colchão.

Ela para no pé da cama.

– Hum, boa noite.

Seus olhos já se ajustaram à escuridão, e ela consegue ver os dele brilhando nas sombras azuis.

– Boa noite – responde ele por fim.

Helen se vira e sobe apressada, sentindo que está fugindo de uma cena de crime, o que é ridículo. Ela estende o edredom roubado no beliche de cima, rasteja para baixo dele e…

No mesmo instante, é envolvida pelo aroma de *Grant Babaca Shepard*.

A respiração dela falha – parece íntimo demais respirar ali; ela se sente muito exposta, mesmo no escuro. Puxa o edredom sobre a cabeça, formando um casulo enquanto seus sentidos são inundados por Grant. Consegue sentir o cheiro da lenha queimada que ele atiçou no andar de baixo, o sal do suor dele misturado com a loção pós-barba – uma coisa picante e amadeirada ao mesmo tempo.

Helen repete mentalmente o segundo em que ele pergunta "O que você está fazendo?" em um loop insistente, um salto no registro mental misturado à sensação fantasma do aperto dele em seu pulso. Na mente dela, ele parece puxá-la um tiquinho mais perto a cada vez.

Sou uma pervertida, pensa ela enquanto inspira fundo no edredom dele pela última vez antes de puxá-lo para baixo dos ombros.

Se ela tiver cuidado, se não afundar muito no travesseiro, se virar o rosto para não enterrar o nariz no tecido ao redor *(por que* todos os instintos no corpo dela dizem para fazer isso?), ela pode *evitá-lo.*

Depois de algumas respirações lentas, fica com sono demais ou acostumada demais ao aroma amadeirado e íntimo de Grant Shepard para percebê-lo na cama, e apaga.

Helen sonha com o calor de um peitoral firme e um corpo forte ao redor do dela, inundando seus sentidos.

– O que você está fazendo? – pergunta ela no sonho.

– O que você acha? – responde ele enquanto se aproxima, a boca cobrindo a pele corada dela, cada toque uma espécie de promessa febril.

Ela acorda em um sobressalto, à beira de um orgasmo, e morde o lábio para não gemer de frustração. É cedo, e ela ouve rangidos no andar de baixo enquanto as pessoas se vestem. Helen suspira, trêmula, inspira fundo e estabiliza a respiração antes de se sentar.

Ao descer a escada, encontra Grant sonolento, sentado no sofá-cama, com o cabelo castanho ainda despenteado da noite. Tom e Eve estão atarefados na cozinha.

– Bom dia – cumprimenta ela, esperando que o rosto não esteja tão vermelho quanto parece.

– Dormiu bem? – pergunta ele casualmente.

– Aham – responde, como se usar mais sílabas pudesse entregá-la.

Ela dá uma olhada para a porta do banheiro atrás de si.

– Você precisa…

– Pode ir primeiro – diz ele, olhando de relance para baixo. – Eu preciso de um minuto.

– Ah. Tá bom.

Helen entra apressada no banheiro enquanto uma placa neon pisca em seu cérebro, anunciando a súbita percepção insistente: *Grant Shepard está de pau duro.*

8

— Esta trilha é traiçoeira! – grita Suraya.

Eles saem para uma caminhada depois do café da manhã do segundo dia do retiro, e Helen nunca teve tanta certeza de que não é fã da vida ao ar livre. Ela curte caminhadas ocasionais na natureza, mas declives íngremes e caminhos inexplorados são pouco atraentes e práticos.

— Estou com você, garota – diz Owen quando ela geme em voz alta ao ver a trilha.

Ele está usando um colar de contas que diz "Campista Feliz", mas com certeza é tudo menos isso. Enfia a mão no bolso e tira um saco colorido de jujubas.

— Balinha mágica? – oferece ele. – O efeito vai começar quando a gente voltar pra cabana, aí vamos poder esquecer essa confusão dos infernos. Além disso, ouvi um boato de que tem *s'mores* esperando por nós lá.

— Ah, é pra compartilhar? Eu quero uma – pede Nicole, e Owen entrega uma jujuba roxa-escura de aparência inofensiva.

— Hum – diz Helen.

A única experiência que ela teve com cannabis foi na faculdade, quando tentou fumar com a colega de quarto, e passou uma hora inteira repetindo: "Acho que não está funcionando." Ela foi considerada estraga-prazeres e nunca mais foi convidada para fumar. Até hoje, ainda associa a maconha a um estilo de vida meio boêmio, *laissez-faire* e clandestino, mais *cool* do que ela jamais vai ser na vida, embora saiba que a droga foi legalizada na Califórnia há tanto tempo que já virou rotina passar por dispensários de cannabis de qualidade que poderiam muito bem ser lojas da Apple.

– Eu não costumo comer balinhas mágicas – comenta ela, esperando não soar um pé no saco.

– Meu Deus, sei como é, eu desmaio e fico totalmente inútil depois de comer uma dessas – diz Eve atrás deles. – Pensando bem, isso pode me fazer escapar do próximo exercício de criação de vínculo.

Owen oferece a Eve o saco de jujubas.

– Tem dez miligramas em cada.

– Putz, eu estou velha, vou ter que dividir – fala Eve. Ela morde metade e dá um tapinha no ombro do marido para colocar a outra metade na boca dele. – Toma.

– Você acabou de me drogar? – pergunta Tom.

– Toda a galera *cool* está participando – afirma Eve, e sai em disparada, rindo.

– É fofo como eles mantêm viva a chama do casamento – comenta Owen, depois estremece. – Eu nunca conseguiria. Helen?

Helen pisca. *Não seja estraga-prazeres.*

– Bom, se toda a galera *cool* está participando – cede, e pega uma balinha mágica com determinação.

A jujuba tem gosto de bala de amora, com um toque inconfundível de maconha no fim.

– Quanto tempo você acha que vai demorar pra fazer efeito? – pergunta ela.

– Sei lá, talvez uns quarenta minutos, talvez duas horas? – Owen dá de ombros.

Ao ver a expressão de Helen, Owen ri de repente.

– Ah, meu bem, me diz que não é a sua primeira balinha mágica!

– Eu sou da Costa Leste – responde Helen.

Owen passa um braço pelos ombros dela.

– Isso vai ser divertido – promete ele.

Helen ri, sentindo-se estranhamente leve – com certeza é cedo demais para a balinha mágica estar funcionando, não é?

Enquanto Nicole e Owen a ajudam a subir a trilha, ela percebe: não é a balinha mágica, é o sentimento de *aceitação*. De repente, o fato de ter sido convidada a participar parece significar muito.

Ela nunca se sentiu muito segura com as amizades de Nova York – Pallavi e Elyse tinham amigos de quem pareciam um pouco mais próximas, fora do trio delas. E sempre havia um ar de cordialidade competitiva nos círculos mais amplos de Helen, formados por autores de livros para jovens adultos; com frequência, ela se perguntava se algum deles realmente *gostava* um do outro ou se todos estavam só fingindo para os leitores no Instagram. Nunca conseguia se livrar da sensação de que não era um membro vital de nenhum grupo – ela não era a divertida, nem a boa em planejar coisas, nem a gostosa tipo modelo.

Então se jogava no trabalho e apresentava as próprias conquistas como moedas de troca nos círculos sociais: *Viu só como eu sou útil como amiga? Não pareço valiosa como investimento a longo prazo, mesmo que eu não seja tão divertida?* Mais de uma pessoa já a havia apresentado como "Helen, minha amiga mais *impressionante*".

Mas ela não tem sido muito impressionante na sala dos roteiristas.

Talvez ser ruim em coisas na frente de outras pessoas seja o segredo das amizades.

O pensamento se acende como uma árvore de Natal no estômago dela, e é aí que Helen percebe que a balinha mágica *de fato* bateu.

Ah, não, pensa ela com uma risada, *eu tenho 31 anos e a pressão social ainda tem poder sobre mim.*

Cerca de uma hora depois do início da caminhada, Grant está totalmente ciente de que mais ou menos metade do grupo está completamente chapado.

– Vocês já pensaram sobre... *Árvores!* – exclama Eve, agitando as mãos ao olhar para cima e ver a copa das árvores com folhas douradas.

Tom bufa.

– Você parece tão burra agora. *Árvores!*

– Não, é que, tipo, elas são tão grandes e tão velhas e tão *lindas,* tipo, elas são as mesmas desde, tipo, os velhos tempos – diz Eve. – É como se eu e uma dama vitoriana pudéssemos ter contemplado as *mesmas árvores.*

– Não, eu sei o que você quer dizer – concorda Tom. – A gente devia reescrever aquele roteiro especulativo de faroeste.

– *Isso.*

Eve estala os dedos.

– Continuem – diz Suraya, seguindo rapidamente com Saskia na frente do grupo. – Estamos quase chegando ao mirante, e aí a gente pode voltar pra comer *s'mores*.

Um murmúrio coletivo animado ecoa atrás de Grant ao som da palavra *s'mores*.

Ele está surpreso de ver que Helen faz parte da metade chapada do grupo. Ela está rindo de uma piada que Nicole acabou de sussurrar no ouvido dela e olha para ele antes de ter uma crise de riso. Grant nunca a viu tão feliz.

Ele sente uma contração involuntária no canto da boca e rapidamente se obriga a voltar para uma expressão neutra. Em seguida, oferece a mão para todo mundo que está passando, ajudando a subir a leve inclinação.

– Obrigada, papai – solta Nicole, depois ela e Helen explodem em outra rodada de risadinhas.

– Eu consigo subir sozinha – garante Helen, fazendo um gesto para dispensá-lo.

– Claro que consegue – diz Grant, olhando para as botas de trilha novíssimas com zero tração que ela calça.

Ele estende a mão para apoiar o cotovelo dela, e Helen se afasta dele com um tranco.

– Eu falei que consigo.

A força do tranco a desequilibra, e Grant se inclina para a frente por instinto para segurá-la pelos braços, que giram como um moinho.

– Ah – solta ela, encarando Grant. – Acho que eu não consegui.

Ela ri, e o choque de ouvir aquela risada faz Grant perder o próprio equilíbrio. De repente, os dois estão *caindo ladeira abaixo*.

– Puta que pariu – xinga ele, tentando assumir a maior parte dos danos.

– Nãonãonãonãonãonão – diz Helen, e sua respiração sai ofegante e curta no pescoço dele.

Eles terminam a queda na base da ladeira cheia de folhas e olham para cima, vendo que seis silhuetas os encaram.

– Merda – diz Helen, se levantando num salto. – A gente está bem! – grita ela para cima.

Grant dá um impulso com a mão para se levantar e sente o protesto doloroso das palmas ao fazer isso. Ele olha para baixo e as vê esfoladas e vermelhas.

– Ai, porra! – exclama ela. – Você não está bem.

– Eu estou bem.

– O Grant está sangrando! – grita Helen para os outros.

– Eu estou bem! – grita ele de volta.

– Ele não está bem, ele precisa de… cuidados médicos – insiste Helen, dirigindo-se em parte a Grant, em parte aos outros.

– Ela está sendo dramática! – berra ele para cima. – Eu só preciso lavar as mãos.

– Quer voltar pra cabana antes? – grita Suraya para ele. – Só faltam alguns passos até o mirante. Eu posso guiar todo mundo.

– Você não devia voltar sozinho – diz Helen de um jeito heroico. – E se acontecer alguma coisa?

Grant ergue uma sobrancelha de um jeito irônico.

– Você está me oferecendo a sua proteção?

– Eu vou com ele! – grita Helen para cima. – Eu detesto trilhas, de qualquer forma.

Pela comemoração no alto na ladeira, Grant percebe que ela não é a única que se sente assim.

– Não comam todos os *s'mores* sem a gente! – grita Owen para os dois lá embaixo. – Sua vaca sortuda.

– Vem – chama ela, dando um tapinha no peito de Grant. – Vamos lá.

Grant deixa Helen seguir na frente por uma distância curta antes de decidir que é mais seguro ficar ao lado dela.

– O que foi? – pergunta ela quando sente a presença dele.

– Você está chapada – diz ele por fim, tentando não rir. – É só que… eu nunca pensei que ia ver isso.

– Alguém trouxe jujubas – comenta Helen, franzindo a testa. – Eu sucumbi à pressão social.

Grant ri *muito* disso.

– A Sra. Granuzzo ficaria tão decepcionada neste momento… – avalia ele, pensando na professora de rosto magro e pálido que dava orientação sobre drogas na escola deles. – Você esqueceu do "Diga não às drogas"?

– Eu estava tentando me esforçar pra ser como os outros – replica ela, mal-humorada. – Certas pessoas me disseram que isso era importante.

– Eu não falei pra você ser como os outros; só falei pra você se esforçar mais *com* os outros.

– Mas não com você, porque seria uma perda de tempo – concorda ela.

– Isso.

– Ahhhh – diz ela, olhando de lado para ele. – Eu te magoei.

– Não seja ridícula.

– Eu sou tão má com você – afirma Helen de repente. – E você é tão… putz… tão legal. Eu sou horrível.

– Você não é horrível.

– Sou, sim, eu sou péssima – retruca ela, apressada, dando a impressão de que pode chorar a qualquer momento. – Eu sou egoísta e obcecada em parecer uma vencedora aos olhos de pessoas do ensino médio com quem eu nem *falo* mais, sendo que eu *não sou*, eu estou tão longe de vencer na vida que chega a ser ridículo, tipo, por que eu ainda *me importo* com o ensino médio? E por que você está sempre por perto quando eu me sinto… me sinto…

– Eu estou sempre por perto quando você se sente…?

– Quando eu sinto que não sou superincrível e bem-sucedida e vencedora – completa ela, de um jeito patético. – Às vezes eu me sinto assim, sabe?

– Algumas pessoas simplesmente despertam o pior umas nas outras – diz ele.

Helen suspira e olha ao redor.

– É bonito *mesmo* – comenta ela, falando de lado. – Eu não sabia que era possível ver cores de outono tão perto de Los Angeles.

Grant aceita a virada radical na conversa, que estava mergulhando em águas emocionais profundas.

– Tem alguns lugares assim – diz ele. – Tipo um jardim botânico chamado Descanso que fica a vinte minutos de distância. Eu vou até lá quando sinto saudade da Costa Leste.

– Você vai pra casa no Natal?

– Este ano eu vou, sim. Tenho que ajudar minha mãe a esvaziar a casa do meu tio.

– Ah, sim – diz ela. – Sinto muito.

– Ele era meio babaca. Não que alguém mereça um ataque cardíaco aos 60 anos, mas…

– Hum, na verdade, melhor a gente não falar nisso. Estou pensando demais no meu coração e nos meus órgãos agora – confessa ela, massageando o peito com o punho. – Tum, tum.

– Você quer falar do quê? – pergunta ele.

– De nada – diz ela. – Vamos só… curtir a caminhada.

– Tá bom – concorda ele.

Os dois andam em silêncio pelo resto do caminho. Grant dá uma olhada para Helen de vez em quando e se pergunta se ela está mesmo curtindo andar com ele. Grant sente uma leve pressão atordoante na cabeça de tanto pensar.

Quando eles chegam à cabana, Helen parece estar vibrando de energia. Ela inclina a cabeça de um lado para o outro como Meg Ryan em uma comédia romântica, só que em velocidade acelerada, e começa um movimento de borboleta com os braços cruzados na frente, como se estivesse abraçando a si mesma, dando uns tapinhas nos próprios ombros em um padrão alternado.

– Minha terapeuta me manda fazer isso de vez em quando – explica ela. – Quando estou consciente demais dos meus órgãos.

– Você estava pensando nos seus órgãos esse tempo todo? – pergunta ele, incrédulo.

Helen faz uma pausa, depois balança a cabeça.

– Não, mas agora estou. Você precisa lavar as mãos – lembra ela.

Ele vai até a pia e sibila de leve quando a água toca as palmas esfoladas.

– Ai – diz ela, observando-o.

– Você pode pegar o kit de primeiros socorros? – pede ele.

Helen leva o kit até o sofá. Depois de secar as mãos com uma toalha, ele a segue. Ela derramou álcool isopropílico em um pedaço de gaze e está com a mão estendida, esperando.

– Precisamos desinfetar isso – declara ela.

– Eu consigo fazer isso sozinho – afirma ele, depois grita: – Ai!

Ela sorri torto; acabou de colocar o pedaço de gaze na palma de Grant, fazendo um sanduíche com a mão direita dele entre as suas.

– Te peguei – diz ela.

O estômago dele se revira em uma cambalhota divertida com a frase. Grant não consegue se lembrar da última vez que alguém cuidou dos seus cortes e escoriações desse jeito, e faz uma anotação mental para não registrar demais a sensação da ponta dos dedos dela roçando nas mãos dele.

– Que nojento – comenta Helen quando tira a gaze e olha para a pele esfolada. Tem uma mancha amarela no tecido.

Grant bufa.

– Obrigado.

Ele faz um movimento para afastar a mão, mas ela a segura.

– Neosporin – diz ela com firmeza.

– Eu consigo fazer isso…

– … sozinho, eu sei – interrompe ela, revirando os olhos e apertando o tubo de gel nos cortes. – Você pode me deixar ser útil pelo menos uma vez? É culpa minha você estar machucado.

– Eu não estou machucado – rebate ele enquanto ela espalha o gel com o dedo indicador. – E se for para culpar alguém, é quem te deu essa balinha mágica. Foi o Owen, né?

– Eu não vou te contar – replica ela, e sopra de leve a mão dele.

– Ele devia saber que não se pode fazer isso no meio de uma trilha – insiste Grant, irritado. – Babaca.

– Fica quieto – diz Helen, pegando um band-aid no kit.

– Você tem sorte de não ter se machucado sério – continua ele. – Você não devia usar drogas pela primeira vez na porra da floresta, onde tudo pode acontecer e ninguém está prestando atenção em você.

– Você estava prestando atenção – argumenta ela, alisando o band-aid na mão dele. – Me dá a outra.

Grant estende a mão esquerda. Não está tão cortada quanto a direita, mas ela parece determinada a sujeitá-la ao mesmo tratamento, e quem é ele para impedi-la?

Helen toca de leve a pele avermelhada e a observa por um longo instante. A garganta dele de repente fica apertada e seca, e ele percebe o peso da própria mão apoiada na dela.

Ela passa um dedo pela palma dolorida dele de forma tranquilizadora, depois se inclina para a frente e dá um beijo de leve. A sensação dispara pelo corpo dele e vai direto para o pau, que desperta com uma consciência quase cômica, parecendo perguntar: *O que está acontecendo? Isso é real?*

Helen lança um olhar vago e suave para ele por um instante antes de entender o que está acontecendo e ficar horrorizada.

– Eu… eu não queria fazer isso – diz ela. – Eu só estava… chapada.

Ela se afasta, empurrando a mão dele como se a queimasse. Ele ri.

– Está tudo bem – garante ele. – É… é um gesto bonito. Eu não consigo me lembrar da última vez que alguém tentou beijar um machucado meu para curar.

Helen joga a coberta sobre a cabeça dramaticamente.

– Helen – chama ele com delicadeza.

A figura em formato de Helen sob a coberta balança a cabeça.

– Não olha pra mim. Eu vou morrer.

– Vou fazer *s'mores* – diz ele, levantando e se ajeitando. – Vou fazer um pra você, pro caso de você sobreviver.

Ele dá um tapinha de leve na coxa dela – um tapinha *cordial* – e sai do sofá.

O chá se espalha quentinho pelo estômago de Helen, e a fogueira no deque arde de forma exuberante. Ela se sente envolvida pelo calor de um jeito inédito, como se estivesse consciente de cada molécula do corpo se aquecendo, uma de cada vez.

– Desculpa – diz Owen ao lado dela, parecendo arrependido. – Eu devia ter te dado meia dose por ser a sua primeira vez.

Helen o dispensa com um gesto, sentindo o corpo todo quente, líquido e confortável.

– Você não sabia. E eu estou me divertindo.

Ela se recosta e apoia a cabeça no ombro de Owen.

– Viu? Ela está se divertindo – afirma ele, erguendo o olhar para Grant, que distribui *s'mores*.

Grant finge que não ouviu e alerta com frieza:

– Cuidado, os *s'mores* estão quentes.

Quando ele se afasta, Owen dá uma risadinha debochada.

– Acho que ele ainda está com raiva.

– A Suraya sabe? – pergunta Helen.

– Se eu sei que vocês todos estão completamente chapados? – pergunta Suraya bem alto na frente dela.

– Eu não estou chapada – diz Saskia, parecendo assustada. – Quem disse que estamos todos chapados?

– Só não contem pro estúdio – pede Suraya. – Temos contratos de responsabilidade e tal.

– A gente devia contar histórias de terror – sugere Nicole, estendendo as mãos sobre o fogo.

– Bu – diz Helen. – Eu não quero ficar assustada.

– Vocês sabem as regras – diz Suraya. – Não descartem uma ideia sem corrigi-la.

Ela está se referindo à regra de ouro da sala dos roteiristas, e Helen se sente orgulhosa por se lembrar disso num momento como este.

– Hum – diz Helen. – Que tal histórias de primeiros beijos?

– Como assim, os primeiros beijos da vida ou um com o outro? – pergunta Tom, enquanto Eve ronca de leve no ombro dele.

– Óbvio que é a primeira opção… nós nunca nos beijamos – fala Nicole, depois pisca para Saskia. – Por enquanto.

Helen olha de relance para Grant e descobre, surpresa, que ele já está olhando para ela. Ele franze a testa e ela baixa rapidamente o olhar.

– Meu primeiro beijo foi quando eu tinha 17 anos – conta Helen.

– Atrasadinha – diz Owen.

– O nome dele era Ian Rhymer – continua ela, e Grant ergue as sobrancelhas.

– Sério? – pergunta ele.

– Sério – responde ela. – Foi na seção de turismo da biblioteca onde eu trabalhava. Ele fazia corrida e às vezes cortava caminho pela biblioteca pra me ver durante o treino.

– Meu Deus, que merda saudável – comenta Nicole. – O meu foi no estacionamento de uma Starbucks com um cara cujo nome eu nem me lembro mais. Mas eu lembro de dar uns pegas no melhor amigo dele, Derek, uma semana depois… Ele era meu traficante.

– Meu primeiro beijo *técnico* foi com a minha melhor amiga Bethany no jardim de infância – conta Owen. – Nós dois queríamos saber como era. Meu primeiro beijo *de verdade* foi quando eu tinha 16 anos, com um cara do acampamento de matemática.

– O meu foi com a Brittany Clark, no sétimo ano – diz Grant. – Em uma festa com jogo da verdade.

Os outros gritam e assobiam diante disso. Helen franze a testa.

– Você não namorou a melhor amiga dela no ensino médio? – pergunta Helen.

Grant dá de ombros.

– É, no terceiro ano... uma eternidade depois.

– Como era a Helen no ensino médio? – pergunta Saskia.

– É, vocês dois chegaram a... – Nicole cutuca Helen, mas, ao ver a expressão escandalizada dela, debocha: – O que foi? Óbvio que todo mundo estava se perguntando isso.

Helen hesita ao ouvir essa informação.

– Quem estava se perguntando isso?

Owen levanta a mão, seguido por Tom, que também ergue a mão de Eve, cochilando ao lado.

Saskia faz o mesmo e dá de ombros como se pedisse desculpas.

– Quer dizer... não de um jeito sério. Só de um jeito tipo "Ah, será que tem alguma fofoca ali?".

– Não tem nenhuma fofoca – diz Helen. – A gente mal se falava no ensino médio. Eu era...

– Má – completa Grant. – E muito crítica em relação às pessoas populares.

– Eu não era má – discorda Helen. – Eu era... tímida.

Grant balança a cabeça.

– Você falou pra Mindy Fielding que ela não estava se esforçando o suficiente como editora do jornal da escola e que, se ela passasse menos tempo em festas e mais tempo trabalhando nas matérias, talvez tivéssemos uma chance de ganhar o prêmio regional de jornais estudantis.

– Nerd! – solta Owen.

– É, bom, a gente ficou em quarto lugar em Central Jersey na primeira edição depois que ela saiu do *Ampersand* – resmunga Helen.

– Viu? Má. – Grant sorri.

– Você era literalmente o rei do baile – retruca Helen. – Ninguém precisa sentir pena de você.

– Os reis do baile também têm coração, Helen – comenta Grant, fingindo que levou uma flechada no peito.

– Parem de flertar. Isso é fofo demais – diz Nicole.

Helen fica vermelha.

– Não estamos flertando – garante Helen, e se dirige a Grant mais diretamente: – Não *estávamos*.

A risada nos olhos dele desvanece, e ele abaixa a cabeça para atiçar o fogo.

– Não leve as coisas tão a sério. Eu flerto com todo mundo.

Helen não sabe com certeza, mas tem a sensação de que acabou de desfazer alguma coisa que estava perto de ser consertada.

– É A IRMÃ DELA, NÉ? – pergunta Tom a Grant enquanto os dois arrumam tudo depois do jantar.

– Hã?

Grant está lavando a louça. É a tarefa preferida dele: uma limpeza distraída e repetitiva.

– Aquela história que você contou na sala de *Edendale* alguns anos atrás. Sobre o acidente que aconteceu quando você estava no ensino médio – diz Tom. – A garota que morreu. Era a irmã da Helen, né?

Grant para de mexer na louça, com os ouvidos zumbindo.

– Como é que você sabe?

– Eu pesquisei a Helen no Google. Ela mencionou a irmã em algumas entrevistas antigas.

Grant começa a esfregar um resto teimoso e solidificado de ketchup no prato. Eles deviam ter deixado de molho mais cedo.

– Que situação foda, hein? – acrescenta Tom, diante do silêncio.

– É.

– Você está… bem? – pergunta Tom. – Eu nem consigo imaginar… Quer dizer, se um dia você precisar falar com alguém…

– Obrigado, cara – diz Grant, tentando manter um tom amigável e *normal*.

– Imagina – Tom dá uma conferida ao redor. Está quase tudo um brinco. – Olha só pra nós, uma dupla de donos de casa.

Grant seca as mãos. É quase meia-noite; já está tarde, considerando que vão pegar a estrada amanhã cedo.

– Boa noite, então – diz Tom. – Boa noite, Helen.

Grant se vira e vê Helen parada sob a luz da cozinha, usando um pijama de flanela.

– Eu vim pegar água – diz ela enquanto Tom sai.

Grant assente. Ele pega a garrafa na geladeira, meio que esperando o bordão de sempre: "Eu consigo fazer isso sozinha." Mas ela simplesmente espera ele servir a água numa caneca com tampa e pega da mão dele com os olhos baixos.

– Boa noite – diz ele, e segue em frente para passar por ela.

– Ei – chama Helen, e ele para. – Me desculpa por… mais cedo.

– Não precisa pedir desculpa – diz ele de um jeito brusco.

– Eu não quero que as coisas sejam horríveis entre nós o tempo todo – fala ela de repente.

Ele para, surpreso.

– Não é… não é justo. Com você, com a série, com… ninguém. Eu só… eu só estou *muito* cansada – continua ela, parecendo fraca. – Eu queria saber como facilitar as coisas.

– O Tom sabe da nossa história – conta Grant.

De repente, parece importante que ela saiba disso e saiba que ele não está escondendo isso dela.

– Anos atrás, eu… falei sobre algumas coisas do meu passado, quando a gente estava trabalhando em outra sala juntos. E ele jogou seu nome no Google.

Helen dá uma risada curta.

– Certo. Isso significa que a Eve também sabe. Logo, metade da sala sabe.

Grant não consegue identificar se isso é bom ou ruim.

– Sinto muito por estar sendo difícil pra você – comenta ele. – E uma boa parte disso provavelmente é culpa minha.

– Não dê tanto crédito a si mesmo. Eu estou numa cidade nova, numa costa nova, num emprego novo. Que eu só aceitei porque… porque parece que eu não consigo mais fazer o meu trabalho de verdade – confessa ela, de forma apressada. – Eu trabalhei em Ivy Papers durante sete anos e quero fazer alguma coisa nova, mas, toda vez que eu me sento para escrever, não sai nada substancial, e eu nunca quis ser uma daquelas autoras que não consegue largar o osso e *seguir em frente* depois da primeira série de livros, mas eu sinto que é isso que está acontecendo… As únicas ideias que eu tenho se passam no mesmo universo, mas são ideias *piores*, inferiores e preguiçosas e… eu só achei que… talvez, se eu trabalhasse na série como um programa de TV, eu finalmente ia conseguir… fechar esse capítulo.

Ela balança a cabeça e bebe água.

– Se serve de alguma coisa – começa Grant devagar, esperando Helen olhar para ele para continuar, pois quer que ela saiba que ele está falando sério. – Esse trabalho… não é *fácil*. Você está lidando melhor com o estresse do que eu lidei na minha primeira sala de roteiristas. E, mesmo se você nunca mais escrever outra palavra e a série der errado e nunca for ao ar… você vai continuar sendo a pessoa mais impressionante que eu conheço.

– Obrigada – diz ela, olhando para o chão.

– Eu estou falando sério. Não só por tudo que você conquistou até aqui, embora isso também seja impressionante. Mas porque eu tenho uma vaga ideia de como o seu último ano do ensino médio foi uma merda. E passar por tudo isso e ser… persistente como você é, forte como você é… isso é impressionante pra caralho, Helen. Eu sei que sou a pessoa errada pra dizer tudo isso e que a minha opinião é a última que você considera, mas eu acho que você devia saber que eu… eu te admiro pra caralho. Como pessoa.

Helen seca o rosto.

– Eu nunca sei o que fazer quando as pessoas me consolam – diz ela baixinho. – Acho que deve ter algo errado comigo, porque isso sempre me dá vontade de… de…

Ela ofega de leve, e ele percebe que ela está chorando.

– Caralho – xinga Grant.

Ele se aproxima dela antes mesmo de perceber o que está fazendo. Depois, a puxa para o próprio peito, a encaixa sob o queixo e acaricia as costas dela devagar.

– Sinto muito.

Ele sente as lágrimas molhando o colarinho da camiseta. Ela não aceita o abraço com naturalidade – está constrangida e rígida, resistindo quando outras pessoas se entregariam. Depois de um instante, Helen aparenta ceder – ele sente a testa dela desabar no pescoço dele e registra a respiração lenta enquanto ela parece se derreter no corpo dele. Grant não sabe por quanto tempo eles ficam assim, grudados como páginas de um livro. Então, de repente, os dedos dela, esmagados no peito dele, enrijecem e o empurram. Ela inspira e expira devagar, e aí o encara com os olhos vermelhos.

Seu idiota, pensa ele. *Ela acabou de dizer que não gosta quando as pessoas a consolam.*

– Eu, hum… – Ela limpa o nariz. – Eu devia ir dormir.

Os dois olham na direção da escada atrás dela, que parece muito distante neste momento. Ela se vira para ir, depois para.

– Obrigada pela água.

Helen respira fundo para se acalmar e se afasta de Grant. Ele ignora o puxão no estômago que parece segui-la.

9

— Eu ainda acho que a gente devia colocar aquela parte com o Bellamy e a Phoebe mais cedo – diz Eve.

— A gente já tem uma dimensão de sofrimento gradual, o *slow burn* angustiado da Celia e do James; precisamos de outro clima para dar um sabor.

Helen analisa o enorme quadro de vidro, coberto de escritos em azul, vermelho e roxo.

— Hum. – Suraya se recosta na cadeira, pensativa. – Mas onde? Se anteciparmos pra qualquer momento, eles ainda estarão se odiando.

— Mas, olha, isso pode ser sexy, hein? – opina Nicole. – Eu voto pelo episódio três. Quem nunca teve vontade de um sexo na base do ódio com um inimigo?

— Mas eles se conhecem o suficiente nesse episódio pra saber que vão ser inimigos? – contrapõe Owen. – A Phoebe só odeia o Bellamy por causa do que ele fez com a ex-melhor amiga dela. Isso não é pessoal o suficiente pra ser um sexo na base do ódio de verdade.

— Eu estava tentando contar uma história sobre perdão com eles – explica Helen. – Enquanto a história com a Celia e o James era mais… cheia de tesão.

— Bom, é cheia de tesão nos livros – concorda Eve. – Mas, se a gente pensar no que eles fazem de verdade, eles só estão… *se encarando*. Isso é sensual, mas não necessariamente dá um tesão do tipo "Não posso ver isso com os meus pais no mesmo ambiente".

— Será que ainda dá pra ser uma história sobre perdão se eles transarem antes? – pergunta Nicole. – Tipo, eu já fiquei com pessoas e continuei ficando porque isso fazia eu me sentir uma merda, e era o que eu sentia que merecia na época.

– Ô, meu bem… – diz Owen, apertando o ombro dela.

– Vai se foder, eu faço terapia. – Nicole revira os olhos.

– Eu estou com a Nicole nessa – diz Grant.

Ele pega um marcador azul e escreve "Sexo na base do ódio entre Bellamy e Phoebe??" no quadro de vidro.

– Se a gente transformar isso no gancho do fim do episódio três, deixando o suspense no ar, vamos ter um segredo maior pra provocar um desentendimento entre a Phoebe e a Iris, e isso também vai mudar a dinâmica do Baile de Outono – conclui ele.

– Então, em vez de se aproximarem antes do sexo, vai ser o contrário. – Suraya analisa o quadro. – Eu gostei. Helen?

Helen sente o calor súbito de todos os olhares voltados para ela. Percebeu que Suraya decidiu confirmar sempre que eles tentam fazer mudanças maiores na história dos livros – nunca mais de uma vez e sempre com um curto "Helen?".

– É, eu acho que isso seria divertido de assistir – diz ela. – Acho que só estou tentando imaginar como seria. Quem daria o primeiro passo, quem ficaria querendo mais, quem faria acontecer pela segunda vez.

– Você e a sua obsessão com segundos beijos – comenta Eve, rindo.

Ela está fazendo referência a uma conversa que as duas tiveram uns dias atrás, quando Helen insistiu que *o primeiro beijo é só para quebrar o gelo*.

– Eles são mais importantes do que os primeiros beijos! – exclama Helen. – Transformam uma coisa que poderia ser passageira numa coisa que pode ser significativa.

– Tá, mas eles não vão só se beijar – opina Owen. – Aquela tensão toda já está acumulada.

– Eu acho que é ela quem toma a iniciativa – sugere Grant, encarando o quadro. – Ela está se sentindo pra baixo, procurando um jeito de se vingar da melhor amiga, e então vira uma esquina e pronto, ali está ele, exatamente quando ela precisa de uma desculpa.

– Não sei – diz Helen, reflexiva. – Eu acho que é mais sensual se ele der o primeiro passo. É mais… perverso.

Grant ergue uma sobrancelha.

– E isso é mais sensual?

Helen fica ruborizada.

– É.

– Eu estou com a Helen – concorda Saskia. – Você meio que quer que pareça que ele está fazendo isso pra irritá-la.

– E aí ela surpreende os dois porque fica interessada de verdade – acrescenta Eve.

Tom levanta a mão.

– Espera… isso não vai levar a gente pra um campo minado sobre questões de consentimento?

– Não, tudo bem, já sei, já sei – diz Nicole. – Ele a segue até o banheiro depois do drama na biblioteca. Ela fica toda "blá-blá-blá, eu te odeio, vai se foder, que saco". E ele… cresce pra cima dela, age de um jeito intimidador de propósito, e vira um jogo; nenhum dos dois quer recuar.

– Isso, isso, isso. – Suraya assente. – Ele a beija primeiro…

– Pensando que ela vai odiar e ele simplesmente vai embora depois – acrescenta Saskia.

– Mas aí ela o puxa de volta e *já era* – diz Helen.

– Um sexo gostoso no banheiro, sem tirar as roupas e bem autodepreciativo – descreve Eve, assentindo.

– Acho que vou ligar pra minha ex – diz Nicole.

– Isso dá tesão nas mulheres? – pergunta Tom.

– Sim! – respondem Helen, Nicole, Eve e Saskia em conjunto.

– Na ficção, amor – acrescenta Eve, dando um tapinha no braço dele. – Na vida real, eu prefiro um cara legal que sabe fazer uma lasanha maravilhosa.

– Ser… mais… malvado… com… as… mulheres – diz Grant, fingindo digitar no aplicativo de notas.

– Como se ele precisasse de um lembrete – comenta Owen, com uma risadinha debochada.

– Eu não tenho um segundo encontro desde o Dia do Trabalho – contesta Grant. – E a Helen concorda: é o segundo que traz significado.

– Só se você estiver procurando alguma coisa profunda – observa Helen.

– Eu sempre vou fundo. – Grant dá uma piscadinha para ela.

– Ai, meu Deus, a menos que você pretenda trepar com uma de nós aqui nesta mesa enquanto os outros assistem, por favor, cala a boca – diz Nicole.

Helen ri. Ela percebe que deve estar se acostumando ao ritmo da sala, porque um mês atrás ficaria chocada e em silêncio com o surto de Nicole. Em vez disso, diz:

– A Nicole se oferece como tributo.

– Por favor, né, ele é certinho demais pra mim – rebate Nicole. – Além disso, todos nós sabemos que a Helen tem uma tara por reis de baile.

Grant ergue as sobrancelhas, depois se vira e morde o marcador de um jeito "sexy".

– O que você me diz, Helen, você vota em mim?

Helen bufa e cai na gargalhada com o resto da sala.

Tom e Eve convidam todo mundo para a festa de Natal em que cada um leva um prato antes que a sala de roteiristas faça uma pausa para as festas de fim de ano. Helen faz questão de participar, depois de um Dia de Ação de Graças meio triste maratonando *Gilmore Girls* e vendo outras pessoas indo a festas de amigos no Instagram. Ela achou que alguém talvez a convidasse para uma, mas ninguém que estava nos seus contatos do celular parecia ser o anfitrião. Suraya saiu da cidade e foi para a casa dos sogros ("Rezem por mim, porque me deram a tarefa de cozinhar vagem", disse ela) e Grant foi para Las Vegas com o pai, que o estava visitando (não que estivesse esperando qualquer tipo de convite dele). Ela acabou fazendo uma chamada de vídeo com os pais e dizendo a eles que ia encontrar alguns amigos mais tarde; depois, desligou e foi assistir à viagem de carro de Lorelai e Rory até Harvard.

Helen agora está dirigindo pelo Reservatório de Silver Lake, procurando uma vaga. Ela adora dirigir, mas odeia estacionar. Na primeira semana com o carro alugado, tentou fazer baliza na Ocean Avenue e acabou arranhando todo o lado direito do veículo. Ela deixou um bilhete apressado no para-brisa do outro carro, voltou direto para casa e deu um perdido no cara do Hinge que estava indo encontrar.

Ela fez umas poucas tentativas de marcar encontros em Los Angeles – sinceramente, acha o jogo de passar para o lado, mandar mensagem e flertar um pouco entediante e vergonhoso. Não devia existir um registro escrito das suas tentativas iniciais de marcar encontros.

Quando finalmente acha uma vaga onde tem quase certeza de que vai conseguir encaixar o Prius hatch, ela freia ao lado do carro da frente. Porém, assim que dá ré para entrar, percebe que calculou mal – não tem como a frente do carro dela caber na vaga. Ela tenta sair, mas já é tarde demais; de algum jeito, acabou ficando emperrada ali.

Ela resmunga e se permite um momento de comiseração antes de abrir a porta e sair para avaliar os danos. Tem pelo menos dois centímetros e meio de vaga ali. Será que ela consegue manobrar para sair, centímetro por centímetro?

– Precisa de ajuda?

Helen ergue o olhar e vê Grant parado do outro lado da rua, na calçada. Ele está segurando alguma coisa enrolada em papel-alumínio (droga, ela esqueceu os biscoitos que comprou) e usando um casaco escuro que dá a impressão de que ele estaria mais à vontade na Costa Leste.

– Eu não consigo sair – diz ela.

– Você vai sair da festa cedo assim?

– Não, quis dizer da vaga. O carro não cabe.

Ele inclina a cabeça e analisa o espaço.

– Claro que cabe.

Ela solta o ar brevemente. Abaixa a cabeça. E admite:

– Eu não sei fazer baliza.

Grant ergue uma sobrancelha.

– Você não passou na prova da autoescola como todos nós?

– Você vai me ajudar ou vai só ficar parado aí me enchendo o saco?

Grant sorri, dando a impressão de que é exatamente isso que quer fazer. Em vez disso, atravessa a rua com uma corridinha, para bem na frente dela, pousando uma das mãos no carro, e olha para o assento do motorista.

– Você quer que eu faça pra você ou prefere que eu te diga o que fazer?

De repente, ele está perto demais para Helen se sentir à vontade – perto o suficiente para ela sentir o cheiro da loção pós-barba (cedro + bourbon) e ver a sombra da barba no maxilar dele. *Você quer que eu faça pra você ou prefere que eu te diga o que fazer?*

Helen engole em seco.

– Hum, pode fazer.

Ela sai do caminho e Grant se senta ao volante. Ele ajeita o assento, verifica os retrovisores e posiciona o carro na vaga com calma. Depois de estacionar, sai e deixa a chave na palma da mão dela.

– Obrigada.

– Agora estou me lembrando – diz ele. – Você não passou na prova da autoescola.

– Eu passei, sim, só que tive que fazer mais de uma vez. Não era uma prioridade. – Ela bufa. – Eu não precisava ir a lugar nenhum.

Grant ri.

– Quantas vezes?

Helen faz uma pausa.

– Três.

Grant balança a cabeça enquanto eles descem os degraus.

– *Helen.*

– Eu estava focada no vestibular! – protesta Helen.

A porta se abre.

– Ah, olha – diz Eve, que está usando um vestido vermelho de tricô e brincos de cereja. – O Grant e a Helen chegaram. Tom! O Grant e a Helen chegaram juntos. E eles trouxeram…

Grant mostra uma torta com cobertura de açúcar.

– Torta de amoras.

Helen fica vermelha.

– Eu esqueci de trazer alguma coisa.

– Ah, tudo bem, a gente já tem coisa demais, na verdade – diz Eve, puxando os dois para dentro de casa.

Ela coloca a torta em uma mesa enquanto Tom traz duas canecas.

– Eles trouxeram torta de amora.

– Foi o Grant que trouxe. Eu sou uma péssima convidada – assume Helen.

– É, Helen, caramba, para de tentar roubar o crédito pela minha torta – diz Grant.

Tom entrega uma caneca a cada um.

– Cidra quente pra vocês. Quase não tem álcool.

Mais ou menos uma hora depois, Helen já está agradavelmente aqueci-da pela cidra e entretida em uma conversa com Nicole e seu ficante, Ben ("Um cara que eu vou despachar assim que o tempo esquentar", disse ela). Ele é surpreendentemente *normal* para Nicole, e Helen percebe, pelo jeito como ele a olha, que ele está encantado e que não tem nada a ver com ela.

– Vocês foram até Forest Falls e não foram até o Big Bear? – comenta ele. – Ah, a gente precisa fazer uma viagem juntos. Talvez em fevereiro.

– Você pode pegar mais uma dessas pra mim? – Nicole coloca uma ca-neca vazia de cidra quente na mão dele, que se afasta obedientemente. Ela balança a cabeça para Helen. – Nós *não* vamos ao Big Bear com o Ben.

Nicole estremece com a ideia. Helen sorri.

– Ele parece… legal.

– É, exatamente. Alguém que minha mãe adoraria se eu namorasse. Eu juro que ele parecia mais… perturbado quando a gente se conheceu. Pode ficar com ele, se quiser.

Helen ri.

– Acho que eu estou bem.

– Você trouxe alguém? – pergunta Nicole, olhando ao redor.

– Não. Estou dando um tempo desse negócio de… conhecer pessoas.

– Boa. Se precisar de recomendações pra comprar um bom vibrador, pode falar comigo.

– Obrigada – diz Helen, olhando ao redor para se certificar de que os filhos de Tom e Eve não estão por perto.

– Você acha que vai continuar em Los Angeles depois que esse processo terminar?

– Ah, eu vou ficar pra ver a filmagem. E depois… não sei.

– Não sabe o quê? – pergunta Grant, se aproximando com uma fatia de torta e dois garfos.

Ben volta e entrega outra caneca de cidra para Nicole.

– Ela está pensando se vai ou não fugir de volta pra Costa Leste quando a série estiver pronta – explica Nicole. – Porque ela odeia Los Angeles e o sol e tudo que nós, a elite de Hollywood, representamos.

– Eu estou gostando de Los Angeles – diz Helen. – Na verdade, mais do que eu achava que ia gostar. Só que eu sempre me vi como uma pessoa da

Costa Leste. Eu cresci em Nova Jersey, estudei em New Hampshire e me mudei pra Nova York assim que pude. Noventa por cento do meu guarda-roupa só funciona dez por cento do ano aqui.

Ela pega um garfo da mão de Grant e prova um pedaço da torta.

– É só comprar roupas novas – opina Grant, dando de ombros.

– Sem contar que eu acho que sentiria saudade do clima de lá.

– Essa é a minha maior cruz – diz Nicole. – Eu adoro frio. Eu devia morar onde é sempre clima de inverno. Eu juro que um dia desses ainda vou jogar tudo pro alto e me mudar pro Canadá.

– Mas você também pode dirigir até onde estiver frio – observa Ben. – E, se for da Costa Leste, sempre pode voltar.

– Você vai voltar este ano, né? – pergunta Grant.

– Aham. – Helen assente. – Eu não ia, porque só faz uns meses que estou aqui, mas a minha mãe ligou e... a época do Natal é difícil pros meus pais.

A expressão de Grant vacila, e ela resiste à estranha vontade de tranquilizá-lo em relação a alguma coisa.

Ele pigarreia.

– De qual aeroporto sai o seu voo?

– LAX?

– Coisa de principiante – diz ele. – Sempre que possível, eu reservo voos que saem de Burbank, se forem voos domésticos. Metade do tempo de espera... é meu aeroporto preferido no mundo todo.

Helen ri.

Ele ergue uma sobrancelha.

– É só que, no ensino médio... eu nunca pensei que conheceria o aeroporto preferido do Grant no mundo todo – comenta ela.

– Eles estudaram juntos no ensino médio – explica Nicole a Ben, apontando para os dois com a caneca. – Supostamente, eles nunca nem transaram, mas eu ainda acho difícil acreditar nisso.

Helen engasga com a torta de amoras. Grant dá um tapa nas costas dela.

– Para de envergonhar a Helen, Nicole – pede ele. – Senão a gente nunca vai te contar sobre o que aconteceu nas férias do segundo ano.

– Rá – diz Helen, sorrindo.

– Lembra do que eu disse sobre os vibradores – ressalta Nicole. – Eu também tenho recomendações de jogos multiplayer.

Duas horas depois, Helen tenta fugir sem se despedir de ninguém. Seu voo é depois de amanhã, e ela ainda nem começou a fazer as malas. Enquanto segue pelo corredor, a porta da frente se abre e Grant aparece com um saco de gelo.

– O gelo acabou, então fui comprar – explica ele.

Ele a analisa e nota o casaco e a bolsa.

– Você já está indo?

Helen assente. Grant hesita na porta, como se estivesse pensando se devia dizer alguma coisa. Mas só se despede:

– Boa noite, então.

Ao sair, ela ouve as pessoas gritando o nome dele, animadas, como um lembrete de que, por mais que eles deixem o passado para trás, algumas coisas nunca mudam.

Grant aparece no Terminal 7 do aeroporto LAX com uma mala de mão e muito determinado a conseguir um voo para sair dessa cidade deprimente, de um jeito ou de outro, antes da meia-noite. Depois de perder o primeiro voo no Burbank porque a vizinha idosa precisou de ajuda para recuperar o gato fujão que estava embaixo do alpendre, e depois que o segundo voo foi cancelado por causa de tempestades no Texas, ele reserva um voo de LAX para Newark e promete a si mesmo que nunca mais vai viajar na semana do Natal.

Passa um pouco das quatro da tarde quando ele dá uma gorjeta para o taxista e segue para a inspeção de segurança do aeroporto, mas descobre que a fila está quase chegando a outro prédio. *Claro.*

Já passa das seis quando ele finalmente é liberado e vai em direção ao portão. Seu estômago resmunga que está na hora de comer, mas ele não vai perder o terceiro voo hoje de jeito nenhum.

Enquanto caminha de forma resoluta em direção ao portão 27B, ele escuta:

– Grant? Grant Shepard!

Ele se vira e vê… *Helen.* Ela está sentada no bar de vinhos do terminal, usando uma roupa de viagem macia, cinza e confortável. Suas bochechas estão levemente ruborizadas por ter gritado o nome dele, e ele sente uma pontada de prazer pela surpresa de ser *ela* ali. Ele franze a testa – seus planos de voo ainda podem dar errado.

– Eu perdi o meu voo – diz ele, verificando o relógio. – Depois o outro foi cancelado. E agora estou aqui. Tenho que chegar até o 27B. O embarque é daqui a...

– Duas horas – completa ela. – Está atrasado.

Ele deve estar com uma expressão arrasada, porque ela dá um tapinha no assento ao lado e pede mais uma rodada.

– Eu odeio pegar voos no LAX – resmunga ele enquanto termina de beber o vinho que ela deslizou em sua direção.

– Não é tão ruim – diz ela, olhando ao redor. – Tem um wi-fi bom e muitas lojinhas.

– E comida caríssima, e quilômetros de caminhada entre um ponto e outro, e um milhão de lojas que só existem pra tirar seu dinheiro enquanto você está preso aqui – reclama ele.

– Você não gosta muito de viajar, né?

– Eu tento evitar sempre que posso.

– Quando foi a última vez que você foi pra casa?

– Minha casa é em Los Angeles – responde ele, inspecionando o cardápio e fazendo uma careta por causa de uma pizza de 32 dólares. – Mas eu volto a cada dois anos, normalmente.

Ele pede um hambúrguer e verifica o celular. Nada novo além de três mensagens da companhia aérea.

– Você está ansioso pra ver as pessoas?

Grant dá de ombros.

– Na verdade, não.

– Fico surpresa – diz Helen, saboreando um *crème brûlée* caríssimo. – Eu achava que...

– O quê, que eu adoro reviver os meus dias de glória num porão com todos os meus antigos companheiros de futebol americano? – Grant ergue uma sobrancelha. – Me respeita, Helen.

Ela limpa a boca com um guardanapo.

– Eu sempre tive a impressão de que vocês todos continuaram amigos, pelo Facebook e tal. Tipo, todo ano eu via um post seu saindo com aquela galera do passado.

Grant abre um sorriso irônico.

– Você estava me vigiando?

Helen bufa.

– Eu só quis dizer que quando *eu* vou pra lá não... não é assim.

Grant franze a testa. Ele não gosta de pensar em Helen solitária na cidadezinha dos dois.

– Eu mantive contato com a galera do passado – diz ele. – Kevin Palermo dá uma festa de Ano-Novo todo ano, e eu sempre acabo indo parar lá quando estou na cidade. E vejo alguns dos outros por lá também. Mas, nos últimos anos, é como se... as nossas vidas estivessem se movendo em direções diferentes. Eles todos estão casando, tendo filhos, comprando casas.

– Você tem uma casa – observa ela.

Ele ri.

– É, um bangalô de dois quartos em Silver Lake. Não uma casa colonial de quatro quartos com um quintal enorme e espaço pra aumentar a família.

– Você tem vontade de ter o que eles têm?

Grant pensa na pergunta.

– Eu gostaria de me casar um dia. Ter uma família. Mas não agora.

– Está ocupado demais com os seus contatinhos – diz ela de um jeito sábio, bebericando outra taça de vinho.

– Deixa os meus contatinhos fora disso – retruca ele, e ela ri. – Não, é só que... eu preciso trabalhar algumas coisas em mim. Acho que não seria muito justo jogar esse peso em alguém de maneira permanente até eu ter resolvido algumas merdas.

Ele sente os olhos analíticos de Helen o percorrendo calorosamente.

– Jogar esse peso em alguém – murmura ela com os lábios franzidos. Ele ergue uma sobrancelha, e ela diz de um jeito seco para a taça de vinho: – Eu aposto que as mulheres de Los Angeles não se importam muito com isso.

Grant dá uma risadinha, o canto da boca de Helen se curva para cima e ele fica pensando se isso significa o que ele acha que significa.

– Mas eu entendo – continua ela, tomando o chardonnay. – Minha mãe tem me mandado fotos dos casamentos de todas as filhas das amigas sempre que tem chance. E fica dando umas dicas não muito sutis sobre ter netos enquanto ela ainda está aqui para pegá-los no colo.

– Você quer ter filhos?

– Tenho pensado muito nisso. A maioria das minhas amigas escritoras é casada e tem filhos ou congelou óvulos. Eu costumava achar que a maternidade seria uma certeza, mas, quanto mais eu penso nisso, não sei. – Ela inclina a cabeça. – Acho que tenho medo de ser responsável por alguém que nunca pediu pra nascer. E não quero fazer isso sozinha.

Ela olha para baixo nesse momento, e Grant pensa que não sabe muita coisa da vida pessoal de Helen. Ele nunca a ouviu mencionar alguém que estivesse esperando por ela em casa.

– Nenhum contatinho atualmente?

– Não – responde ela, e ele não consegue identificar se ela sente alguma coisa específica em relação a isso.

– E o Ian Rhymer? – pergunta ele. – Ouvi dizer que ele ainda está de bobeira em Dunollie.

Helen ri.

– Eu sei, sempre passo na pizzaria dele quando estou na cidade. Mas ele fez um moicano no último ano, e eu nunca superei isso.

– Que fútil. – Grant abre um sorriso torto.

– E você? – Ela olha para ele enquanto Grant termina o hambúrguer. – Você pega alguma das suas antigas paixões quando vai pra lá?

Ele desvia o olhar, e ela dá um tapinha no braço dele, chocada de um jeito divertido.

– Pega, sim! Você tem uma amizade colorida dos velhos tempos!

– Vamos falar de outra coisa – sugere ele. – O que você vai fazer no Natal?

Helen dá uma risada sarcástica.

– Aposto que eu consigo adivinhar quem é. Brittany Clark. Não, espera, Desiree Evans.

– A Desiree se casou no ano passado – diz ele calmamente. – Mandei um belo cartão e um dinheiro pra vaquinha da lua de mel.

– Quem era aquela outra garota, aquela que você pegou no último ano por pouco tempo, aquela de franja…

– Lauren – responde ele baixinho. – Lauren DiSantos.

– Isso, ela mesma – confirma Helen. – Eu sempre esqueço dela porque não era líder de torcida. É ela, né?

Parece estranho falar da Lauren e de Dunollie, Nova Jersey, enquanto ele ainda está em solo californiano. Grant se sente um pouco incomodado por pensar nisso, como se fosse uma pessoa horrível e não soubesse quem está decepcionando. Lauren, talvez, embora ele ache que ela não se importaria se soubesse que ele está comentando sobre ela fora de Nova Jersey. Talvez ele só esteja decepcionando a si mesmo.

– Eu não a vejo há um tempo – responde ele com sinceridade.

– Mas você vai vê-la nessa viagem?

Ele dá de ombros, evasivo.

– Como foi que começou? – pergunta Helen.

– Não sei. Eu fui pra casa nas férias de inverno da faculdade e ela gostou de ter companhia – conta ele. – Por que você está tão curiosa?

– É meio romântico de um jeito bobo – responde Helen. – Você é o garoto da cidade que fez sucesso e ela é sua namoradinha do ensino médio que espera você voltar pra casa todo Natal, na esperança de você ficar lá de vez.

– Para de idealizar.

Grant sente uma pontada de irritação. Lauren não está esperando por ele nem tem esperanças em relação a ele; os dois sabem o que eles têm.

– Ela não faz muitas perguntas e você gosta disso, mas só porque ela pesquisa você no Google o resto do ano – continua Helen.

– Para com isso – insiste ele. – A Lauren é uma pessoa de verdade, não uma das suas personagens que a gente vai colocar na tela.

Helen parece magoada, e Grant quer bater em si mesmo por ter provocado aquele olhar sentido.

– Desculpa – diz ela. – Você está certo, não é da minha conta.

– Tudo bem – responde ele, e desvia o olhar.

– Eu tenho dificuldade com as pessoas do ensino médio – admite ela por fim.

– Eu sei – diz ele e, quando olha de novo para Helen, ela também está olhando para ele.

– Eu não gostava muito de mim naquela época. E aí, quando vejo pessoas que me conheciam, fico preocupada de elas ainda me verem do mesmo jeito. Então eu crio histórias malvadas sobre elas na minha cabeça para torná-las menos importantes, mas isso não faz sentido, porque eu nunca mais vou ver ninguém mesmo.

Os cantos da boca de Grant se curvam em um sorriso ao ouvir isso.

– Mas você não precisou inventar histórias malvadas sobre mim, né?

Ela é salva de ter que responder, porque um anúncio avisa que o embarque para o voo atrasado começou.

No avião, Grant convence a idosa ao lado dele a trocar de assento com Helen.

– É a primeira vez que a minha amiga vai andar de avião, e ela está nervosa – diz ele.

A mulher concorda alegremente, dizendo alguma coisa sobre aquilo ser *adorável*, e Helen revira os olhos quando se senta ao lado dele.

– O seu ego não quis aceitar ser a pessoa que fica nervosa ao andar de avião, né?

Grant dá de ombros.

– Janela ou corredor?

Helen prefere a janela. Ela gosta de olhar por cima da asa para ver o momento em que o avião decola.

– Ótimo. Eu odeio ter que pedir licença pra outra pessoa pra ir ao banheiro – diz Grant.

Eles dividem guloseimas que Helen comprou no terminal e, depois de trocarem farpas sobre as escolhas iniciais do que o outro ia ver durante a viagem – *Duro de matar* para ele ("Tão óbvio", disse ela) e *Bake Off Reino Unido: Mão na Massa* para ela ("Qual é o sentido, se você não pode experimentar a comida?", questionou ele) –, os dois concordam em assistir ao mesmo filme.

– Eu adoro esse – comenta ela, colocando um fone no ouvido esquerdo enquanto ele pega o outro e coloca no ouvido direito.

– É um clássico – concorda ele. – E é um filme de Natal, embora ninguém considere que seja.

Quando três ratinhos aparecem na tela para narrar o primeiro capítulo de *Babe – o porquinho atrapalhado,* Helen afunda mais sob o cobertor fino fornecido pela companhia aérea e se permite se sentir *aconchegada.* Ela olha de soslaio para Grant, que parece hipnotizado o suficiente pelas aventuras de um porquinho animado para que ela consiga analisá-lo sem achar que vai ser pega facilmente.

Ele parece mais jovem deste ângulo; assim, ela ainda consegue ver o adolescente nele. O Grant Shepard com quem ela passou as últimas dez semanas é esperto, engraçado e usa o próprio carisma como armadura. Esse Grant sentado ao lado dela agora parece menos reservado – cansado, meio esgotado da viagem e, de algum jeito, menos constrangido e se encantando com mais facilidade.

Não seja ridícula, ela alerta a si mesma. *É o mesmo Grant, só existe um.*

– Eu amo a gata malvada mais do que todos – comenta ele. – Por que não fizeram um filme só com ela?

Helen ri e volta a atenção para a tela. O calor do braço direito dele encosta de um jeito reconfortante no ombro esquerdo dela, e quando o estômago dela dá uma cambalhota divertida, Helen culpa a turbulência.

EM ALGUM LUGAR ACIMA DE CHICAGO e depois de vinte minutos apáticos vendo *Babe – o porquinho atrapalhado na cidade,* Helen cai no sono. Grant acha que essa não é a primeira vez que fica perto de Helen enquanto ela está dormindo, mas é a primeira vez que fica próximo o suficiente para notar que ela dorme com uma sobrancelha levemente franzida. Como se até nos sonhos encontrasse alguma coisa para criticar, alguma coisa que poderia ser um pouquinho *melhor.* Isso é a cara da Helen.

– Bebida?

A comissária de bordo empurra o carrinho barulhento até a fileira deles, e Grant a dispensa com um gesto silencioso.

Helen franze a testa ao virar a cabeça e encostá-la no apoio, fazendo um *"Humpf"* suave e lamurioso que parece invadir o peito de Grant, preenchendo-o com um desejo estranho e desconhecido.

Então, ele desconecta em silêncio os fones de ouvido que os dois estão compartilhando do apoio de braço entre eles. Quando a cabeça dela pende para o lado, ele mexe um pouquinho o braço e ela cai no ombro dele. Helen vira a bochecha e enterra o rosto nele suavemente. Grant resiste à vontade de afundar o nariz no cabelo dela – *porra, Shepard, não seja bizarro* – e decide pegar o Kindle no bolso do assento à frente.

Ele percebe que leu o mesmo parágrafo umas vinte vezes sem absorver nada quando o piloto anuncia pelos alto-falantes que eles estão se preparando para aterrissar em Newark.

– Hum – faz ela no pescoço dele.

– Estamos pousando – diz ele, fazendo um leve sinal com a cabeça na direção dela.

Ele quase sente o segundo em que ela volta à plena consciência – quando a sonolência quente e suave no corpo desaparece e é substituída por uma tensão afiada que ele associa a Helen Zhang.

As luzes na cabine se acendem e ela levanta a cabeça bruscamente. Em seguida, olha para o ombro dele. Grant prende a respiração.

– Você é um péssimo travesseiro, Shep – diz ela por fim, bocejando enquanto estala o pescoço.

Ele ri.

– Você baba – retruca ele. – Vou te mandar a conta da lavanderia.

Eles desembarcam e Grant cuida das malas de Helen enquanto ela faz uma parada no banheiro para escovar os dentes.

Helen encara o próprio reflexo no espelho e fica pensando se tem alguma coisa relacionada a estar em Nova Jersey que faz seu cabelo parecer mais opaco e o rosto mais cansado e abatido. Ela passa os dedos no cabelo e o vira para um lado, depois para o outro, numa tentativa vã de criar um pouco de volume.

Esquece, repreende a si mesma. *Ninguém que importa vai te ver desse jeito.*

Ela sente um rubor quente de vergonha subir pelo pescoço enquanto pensa em como Grant a viu no avião – e a prova é aquela poça de baba cheia de carência no ombro dele. Queria conseguir esquecer da sensação inicial do calor familiar do corpo dele e da loção pós-barba com aroma de cedro que inundaram os sentidos dela quando o cérebro consciente começou a voltar à vida, da maneira como as próprias sinapses dispararam lembretes enérgicos: *Esta não é a primeira vez que você dormiu aninhada no aroma de Grant Shepard!*

– Você precisa ir ao banheiro também? – pergunta ela quando o vê esperando ao lado do bebedouro.

Ele balança a cabeça negativamente e os dois caminham juntos pelo corredor comprido até a esteira de bagagem.

– Você tem malas despachadas?

– Só uma – responde ela, e ele assente.

Grant espera enquanto ela vasculha a esteira. Eles passam pela mulher que trocou de assento com eles – *adorável* – e a veem reencontrando o marido e o filho.

– É aquela – diz Helen, indicando uma grande mala verde-menta que combina com a de mão.

Grant se inclina para a frente e puxa a mala com um movimento rápido e determinado.

– Obrigada – agradece ela.

Ele olha para as placas dos pontos de táxi.

– Como é que você vai pra casa?

– Táxi – responde ela. – Meus pais devem estar dormindo, e eu tenho a chave. E você?

– Mesma coisa.

Nenhum dos dois se move. Helen percebe que, a cada passo, eles parecem estar seguindo cada vez mais em direção ao passado. Progressivamente se afastando da relação de provocações tranquilas que desenvolveram ao longo das últimas semanas e voltando a um mundo no qual os Grant Shepards e as Helen Zhangs do planeta não têm o menor motivo para trocar olhares, quanto mais compartilhar fones de ouvido e apoios de braço.

Por algum motivo, o pensamento a deixa insuportavelmente triste.

– É melhor a gente ir – diz ele, e os dois seguem para a fila do táxi.

Eles esperam em silêncio e verificam as notificações dos celulares. Ela não consegue parar de se perguntar se os dois estão fazendo isso de propósito – caso alguém veja, caso seja importante que ninguém que passe por ali de carro perceba alguma coisa interessante em relação a esses dois desconhecidos no meio-fio.

A vez de Helen na fila chega primeiro e o motorista coloca a bagagem dela no porta-malas. Ela se vira e nota Grant observando-a com a testa um pouco franzida.

– Bem – diz ela por fim. – Boas férias pra você.

Ele assente.

– Pra você também. – Após uma hesitação, ele acrescenta: – Me liga se ficar entediada.

– Rá – responde ela. – Tá bom.

Helen entra no táxi, que se afasta, levando-a para cada vez mais longe de Grant Shepard e seus ombros fortes e quentes.

10

A verdade é que Helen odeia ir para casa nas festas de fim de ano.

Ela sente muita culpa em relação a isso, o que não ajuda em nada. Há um altar montado no antigo quarto de Michelle, que foi transformado em escritório e é sempre a primeira parada de Helen nas visitas. Ela não tem a menor ideia de quando foi, naquele primeiro ano, que os pais decidiram fazer aquelas mudanças, e ainda se lembra do susto de voltar para casa nas férias de verão e ver a porta, que vivia fechada, de repente aberta para um cômodo que ela nunca tinha visto.

Por que eles não me perguntaram nada antes de mudar tudo? Ela ficou revoltada por Michelle. *Eu devia ter te protegido disso.*

As paredes estão tomadas por estantes brancas da IKEA. A primeira à esquerda está preenchida por livros didáticos de química orgânica e apostilas de preparação para provas de chinês dos anos 1980 – relíquias das faculdades dos pais. Uma grande seção – duas estantes cheias – é dedicada aos livros que Helen escreveu, cada prateleira contendo pelo menos uma dezena de exemplares de cada volume da série The Ivy Papers, além de diversas traduções e edições especiais para clubes de livros. Abaixo da única janela do quarto, uma estante mais baixa contém a pequena coleção que Helen e Michelle compartilhavam: uma mistura de clássicos de ficção científica que o pai lia para elas quando crianças e de obras cuidadosamente escolhidas pelas duas na feira de livros infantis. No topo, há uma fileira bem arrumadinha de porta-retratos de moldura prateada com fotos dos avós falecidos e de Michelle.

Helen acende dois incensos e faz uma reverência, depois coloca o que é de queima lenta no incensário ao lado do retrato de Michelle. O aroma inebriante sempre traz de volta na fumaça uma lembrança da primeira vez em que fez esse ritual – com Michelle, ao visitarem a China quando tinham 12 e 10 anos. Elas estavam no interior com parentes distantes, prestando homenagens a pessoas que nunca conheceram, mortas havia muito tempo. O altar ficava em uma lareira dentro de uma cozinha que, em qualquer outra ocasião, era muito agitada. Helen se lembra de fazer uma expressão séria e agir como se soubesse o que estava fazendo, e Michelle copiava cuidadosamente os movimentos da irmã enquanto os parentes mais velhos murmuravam em aprovação ao fundo.

Se você estivesse aqui, a gente estaria fofocando num bar.

O que Helen tem mais dificuldade para imaginar é como seria a irmã hoje em dia, se as coisas tivessem seguido o fluxo normal. É como se seu cérebro cambaleasse, subitamente confuso todas as vezes: *Você chegou ao fim da linha e está ultrapassando a fronteira da cidade das coisas imagináveis.*

Michelle chegaria aos 30 no ano seguinte, mas como seria isso? Ela estaria solteira ou casada? Teria um animal de estimação? Em qual cidade moraria? Como seria o apartamento dela? Helen não consegue imaginar nada disso – todas as conjecturas parecem vagas e frágeis, menos reais do que todos os personagens fictícios que ela criou.

A verdadeira Michelle não queria estar aqui.

Helen se senta em uma poltrona perto da janela e pega um livro: *A inquilina de Wildfell Hall.* Ela continua a ler de onde parou na última visita. Às vezes, encontra uma página com a ponta dobrada ou uma passagem sublinhada que mostra onde Michelle parou. Helen já leu toda a coleção compartilhada duas vezes (só para o caso de ter perdido alguma coisa).

A partir de agora, as outras rotinas de volta para casa serão mundanas. A mãe sempre esfrega os pisos até deixá-los brilhando e prepara uma refeição com todos os pratos caseiros preferidos de Helen, que fica pronta esperando por ela, não importa a hora em que ela chegue. O pai é mais ríspido – normalmente eles ficam sem assunto no segundo dia ("Como está o trabalho?", "Eu vi um artigo sobre outra autora chinesa…") –, mas solta grunhidos de aprovação sempre que Helen os atualiza sobre a vida e o trabalho.

Helen só compartilha as coisas boas – um anúncio de livro, uma resenha positiva, uma novidade sobre o desenvolvimento da série de TV, um retiro de escrita com amigas. Ela odeia notar qualquer *preocupação* nos olhos deles; faz com que se lembre demais de uma infância sufocada pela ansiedade dos pais e desperta uma vaga sensação claustrofóbica que a faz querer sair correndo até o asfalto se transformar na praia da Califórnia sob seus pés.

Ela nunca os apresentou a nenhum dos homens que namorou ao longo dos anos. A ideia de ter que contar para eles sobre um término é um conceito tão impossível que chega a ser risível.

Os amigos brancos nos grupos de autores não entendiam isso, mas os amigos asiáticos frequentemente assentiam com empatia.

– Mas... *nunca*? Tipo, nem unzinho?! – exclamou Elyse, com os olhos arregalados.

– Eles podem conhecer quando ela estiver com uma aliança no dedo – disse Pallavi, dispensando o comentário. – Senão, qual é o sentido?

Elyse diria que o *sentido* era os pais saberem o que está acontecendo na sua vida. Mas Helen criou uma janela muito específica para a própria vida que é exclusiva para os pais. *Não olhem aí, a vista não é tão boa,* diria ela, fechando a cortina para esconder um quarto encontro zoado, um rolo fracassado, um término ruim e uma noite bêbada. Ela armazena as más notícias como esquilos armazenam nozes para o inverno, apresentando-as em pequenas doses quando finalmente tem boas notícias para aliviar o impacto. "A revisão foi difícil, mas eu finalmente entreguei e a editora adorou!", dizia. "Eu não tinha notícias da Elyse fazia um tempo e achei que ela estava chateada comigo, mas, na verdade, ela está esperando o primeiro filho e queria surpreender todo mundo!", contava.

– Você se responsabiliza demais pelos sentimentos das outras pessoas – disse uma vez o terapeuta, quando Helen descreveu o jeitinho cuidadoso como emoldurava a própria vida para os pais.

Deve ser verdade. As juntas dos dedos da mãe ainda ficam brancas de apertar o volante sempre que elas dirigem por aquele trecho da Rota 22 a caminho do shopping. Uma vez, Helen teve a ousadia de perguntar por que eles simplesmente não se mudavam para outro lugar, um lugar onde não sentissem o peso de saber que deveria haver duas irmãs Zhang se movimentando pelo mundo.

– Qual é o sentido? – perguntou a mãe. – A gente conhece este lugar, e somos velhos demais para começar em outro e ter que aprender tudo de novo. Além do mais, a sua irmã está aqui.

Helen sabe que ela não está falando da alma de Michelle. A mãe rejeita qualquer tipo de superstição. Ela quer dizer que o corpo de Michelle está aqui, em um cemitério do outro lado da montanha que delimita as fronteiras entre Dunollie, Nova Jersey e as cidades vizinhas.

Helen olha ao redor do escritório, tentando sentir a alma de Michelle. *Nada.*

Na terceira noite em casa, na véspera da véspera de Natal, Helen diz para a mãe tirar uma folga da cozinha. Ela dirige até a pizzaria Rhymer's e pede duas pizzas grandes de pepperoni e uma porção de pão de alho ao adolescente cheio de espinhas do outro lado do balcão. Alguns instantes depois, o responsável por seu primeiro beijo, Ian Rhymer, sai da cozinha, os olhos franzidos pelo sorriso constante e os braços estendidos para um abraço que ela aceita com alegria.

– É a minha amiga autora famosa – diz Ian. – Ouvi dizer que você se mudou pra Los Angeles e agora é uma figurona de Hollywood.

Helen bufa.

– Você está falando igual a um personagem de desenho animado – replica ela. – "Figurona de Hollywood"... não fode.

Ian sorri torto e puxa uma cadeira para se sentar com ela.

– Parece que faz séculos que não te vejo. Como está a sua vida?

– A mesma coisa de sempre. Escrever, odiar a minha escrita, revisar, convencer a mim mesma de que eu sou um gênio, depois começar tudo de novo. Me fala da sua vida.

Ian balança a cabeça.

– Nada disso, você não vai escapar com tanta facilidade. Você se mudou pro outro lado do país, onde eles nem mesmo têm pizzas decentes. Como é que você está?

– Sinceramente? Quanto mais longe estou dos meus pais, mais feliz eu fico.

Ela diz isso sem pensar, o tipo de piadinha que eles contavam um para o outro quando eram adolescentes. Mas será que está falando sério?

– Então você está gostando de lá.

Helen pensa no apartamento em Santa Monica, nos podcasts que escuta nos longos trajetos de manhã até o trabalho, no céu azul brilhante, nas palmeiras e no som dos caminhões descarregando no estacionamento do estúdio enquanto ela segue para a sala dos roteiristas.

– Estou, sim.

– Isso é ótimo, Helen. É bom te ver feliz.

Helen abre um sorriso, depois o cutuca.

– E você? Agora você é um *homem de família*.

Ele sorri torto e pega o celular para mostrar fotos.

– A Deanna quer ter o segundo filho ano que vem – conta ele. – Mas olha só essa bolinha fofa. Ele tinha tanto cabelo quando nasceu que a Dee quase chorou de rir.

Enquanto leva as pizzas e os pães de alho até o carro, Helen pensa no quanto a paternidade faz sentido para Ian Rhymer. Ele não é mais o garoto magrelo que falta ao treino de corrida para beijá-la na biblioteca; parece mais estável, mais confiável.

Como se ele tivesse crescido, pensa ela, e sente a pontada de um sentimento agridoce.

– Ei – chama uma voz familiar quando ela chega ao estacionamento.

Ela se vira e vê Grant parado do outro lado do terreno ao lado de um CRV cinza desconhecido. Ele aperta o controle para trancar as portas com um apito.

– Oi – cumprimenta ela, apoiando as pizzas no capô do carro. – Que surpresa te ver aqui.

Ele parece achar um pouco engraçada a forma antiquada como ela o cumprimenta, e ela sente vontade de sair correndo e desaparecer na floresta.

– O que foi que você comprou?

– Pepperoni. E pães de alho – responde ela.

– Eu nunca comprei pão de alho aqui.

– Você devia provar.

Grant olha para o céu. Está com um tom cinza-claro meio pesado.

– Acho que vai nevar mais tarde – comenta ele.

Ela inclina o pescoço e também olha para cima.

– Acho que já está nevando do outro lado da montanha.

– É melhor eu pegar minhas pizzas logo, então.

– É melhor eu ir pra casa antes que as minhas esfriem.

Ele assente e segue para a pizzaria, mas então para na calçada em frente e se vira para acenar para ela.

– Foi bom te ver – diz ele.

– Você também – responde ela, e entra no carro.

TERIA SIDO BOM SABER *mais cedo que você estava na cidade.*

Grant olha fixo para a mensagem de Lauren no celular, aquela que ele ainda não respondeu.

Ele tem estado ocupado e sabe que ela entenderia se ele explicasse isso. Tem levado a mãe da casa deles até a casa do tio na cidade ao lado todos os dias, passando horas no porão de Fred Shepard vasculhando caixas de antigas fotos de família, recibos guardados e cartas – uma vida inteira de papéis.

É um trabalho emotivo para a mãe, e às vezes Grant queria que eles jogassem todas as caixas na rua com o resto do lixo depois do Natal e acabassem logo com isso. Mas Lisa Shepard insiste em ver cada foto, soltando muxoxos e risadinhas, explicando a ele quem ela *acha* que é cada conhecido que aparece ao fundo e suspirando.

– É só um lembrete horrível de que é assim que tudo termina – diz ela, olhando ao redor do porão úmido. – Onde todos nós acabamos. E aí a sua família fica vasculhando as suas caixas, decidindo o que guardar e o que descartar.

Fred nem é irmão da mãe, mas do pai de Grant. No entanto, como Lisa cresceu na casa ao lado dos dois e Fred nunca se casou, eles o acolheram na família como um membro adicional nas férias, aniversários e comemorações em geral. "Ele precisa socializar mais", Grant sempre ouviu os pais sussurrando um para o outro.

Grant tem quase certeza de que o tio Fred não gostava da preocupação deles, e ele se perguntou mais de uma vez se existiria um universo alternativo em que Lisa tinha se casado com Fred e não com o irmão. Se teria funcionado melhor desse jeito para todos os envolvidos, em vez de um casamento que desmoronou (ou talvez simplesmente tenha parado de tentar manter as aparências) assim que Grant foi para a faculdade.

Teria sido bom saber mais cedo que você estava na cidade.

A verdade é que Grant não teve vontade de ver Lauren nessa visita. Já faz mais de um ano que a viu pela última vez (ela estava de férias em Aruba quando ele esteve aqui no verão), e parte dele pensa: *a gente não está ficando velho demais pra isso?*

Ele nunca teve intenção de manter esse rolo por tanto tempo. Começou como um jeito de passar o tempo em casa quando ele estava na faculdade e, de alguma forma, mais de uma década depois, ocorre a Grant que esse pode ser considerado seu relacionamento mais longo.

Ele sempre achou que um dos dois encontraria um motivo para terminar – ele começaria a namorar alguém seriamente ou ela ficaria noiva e ele veria no Facebook. Em vez disso, ela se tornou um marco tão familiar para ele em Dunollie quanto o Washington Rock, o mirante no topo da montanha onde George Washington supostamente observou as tropas britânicas no passado. Possivelmente.

Seu senso de decência não consegue deixar a mensagem – com um tom levemente acusatório – sem resposta, e poucas horas depois ele está saindo de casa para encontrar Lauren no único bar de Dunollie que fica aberto depois das dez da noite.

– Você está diferente – observa ela, os olhos vasculhando do cabelo até o peito dele, enquanto os dois estão sentados de frente um para o outro.

Ela está igual, com o cabelo escuro preso em um rabo de cavalo elegante. Veste uma calça legging e um suéter enorme e quentinho.

– Você está bonita – diz ele, procurando alguma coisa para dizer. – Vi que você correu uma maratona em abril.

Ela sorri.

– Todas as garotas do consultório se inscreveram – conta ela.

Lauren trabalha em um consultório de dentista na parte mais rica de Dunollie, e ele tem quase certeza de que está lá desde a formatura.

– Mas eu consegui o melhor tempo – acrescenta.

Grant assente, e um garçom se aproxima para anotar os pedidos de bebida.

Ela pede a mesma coisa de sempre – um amaretto sour com duas cerejas, um negócio tão doce e açucarado que o gosto ainda estaria lá quando ele a beijasse. Ele não está muito a fim de beber agora; até pensa em pedir uma cerveja só para ela não se sentir constrangida com a própria bebida, mas acaba optando por um café descafeinado.

Lauren ergue uma sobrancelha.

– Você não vai beber?

– Tenho que acordar cedo amanhã – diz ele. – Uns caras do depósito vão lá pegar as coisas do tio Fred.

Ela assente. E inclina a cabeça ao olhar para ele.

– Você está saindo com alguém atualmente?

Grant balança a cabeça e faz um som baixinho de negação.

– E você?

Lauren dá de ombros.

– Ninguém fixo.

Ele percebe que fica à vontade perto de Lauren. Seu corpo está relaxado de um jeito que não fica há semanas. Ele se pergunta se esse sentimento é amor, depois pensa aleatoriamente na maneira como Ian Rhymer mostrou fotos da família quando ele foi à pizzaria na mesma tarde.

Grant tem uma sensação incômoda ao se lembrar de ver Helen no estacionamento e da conversa sobre Lauren no bar do LAX.

– Você tem vontade de… – começa ele, depois pensa melhor, mas decide perguntar mesmo assim. – Você tem vontade de encontrar alguém mais fixo?

Lauren ri.

– Por quê, você está querendo me arrumar alguém?

Grant dá de ombros.

– O que você está procurando? Talvez eu conheça alguém.

Ela arqueia a sobrancelha para ele de modo sagaz, e seria fácil – muito fácil – levar essa conversa por um caminho familiar de flerte.

– Minha mãe vai vender a casa – diz ele em vez disso, mudando de assunto. – Vai anunciar em janeiro.

– Eu não tenho condições de comprar – replica Lauren, franzindo a testa.

– Ah, não, eu só estava… compartilhando. Ela quer se mudar pra Irlanda depois de vender.

– Irlanda – diz Lauren, erguendo as sobrancelhas.

– Parece que ela sempre quis morar lá em algum momento da vida, mas nunca era a hora certa.

– Ah.

Lauren o analisa por um instante, depois pergunta:

– Por que você acha que a gente nunca se apaixonou?

Grant percebe que não está surpreso com a pergunta.

– Não sei – responde. – Eu não... não quero que você pense que eu não me importo com você. Eu me importo.

Ela dá um sorriso meio triste para ele.

– Eu sei. Eu não estava falando de nós dois. Nós nunca devíamos ter passado do ensino médio. Quer dizer, por que você acha que a gente nunca se apaixonou por outras pessoas?

Grant quer realizar uma investigação minuciosa dessa pergunta – quer cercá-la e percorrer o perímetro completo enquanto a examina por todos os ângulos. Mas ele sabe, antes mesmo de conseguir elaborar o pensamento: *provavelmente tem alguma coisa errada comigo.*

– Não sei – responde ele por fim. – Talvez não seja nosso destino.

– Eu gostaria que fosse – comenta ela. – Parece que seria legal.

De repente, ele se lembra da primeira faísca do romance dos dois: aquele fim de semana em uma casa de praia alugada depois do baile de formatura. Ele tinha terminado com a namorada, Desiree, porque sabia que ia para uma faculdade distante e não queria continuar, mas a tinha levado ao baile antes porque achava que devia isso a ela.

– Você é um idiota – disse a garota quando ele tentou terminar tudo com delicadeza no carro a caminho da casa em Seaside Heights, e o fez estacionar em uma parada para que uma das amigas dela pudesse buscá-la e levá-la para o mesmo lugar.

Lauren estava acompanhada de outra pessoa naquele fim de semana – ele nem se lembra quem. Ela não fazia parte do grupo de sempre; andava mais com os maconheiros e os futuros estudantes de artes. Mas, conforme o fim do ensino médio se aproximava, essas linhas tão definidas que separavam os grupos pareciam se dissolver, e ele se lembra de bebidas rolando em uma banheira de hidromassagem, de um jogo de verdade ou consequência e de um primeiro beijo com o cabelo úmido e grudado e bocas ávidas.

Ela foi a primeira pessoa para quem ele ligou depois do acidente uma semana depois; a garota acariciou o cabelo dele enquanto ele chorava em seu colo. Grant tinha ficado envergonhado de pedir tanto de alguém que mal conhecia, mas Lauren não pareceu se importar. Isso os conectou de um jeito estranho.

– Você quer se casar? – pergunta ela. Depois acrescenta: – Não estou te pedindo em casamento. Só estava pensando em termos gerais.

Grant ri e pensa no que disse a Helen no aeroporto. *Eu gostaria de me casar um dia.* Ele estava falando sério e pensa que talvez esse seja o motivo para ter contado que a mãe vai vender a casa. Lauren é um fio que o mantém amarrado a este lugar, e não parece muito justo com nenhum dos dois.

– Quero, sim – responde ele. – Um dia. Eu devia fazer alguma coisa em relação a isso.

Lauren sorri enquanto inclina a cabeça. O gesto é tão familiar que o coração de Grant meio que anseia por ele.

– Espero que você consiga – diz ela.

Quando eles saem do bar, Lauren demora a encontrar as chaves.

– Você está bem pra dirigir? – pergunta Grant.

– Vou ficar bem – garante ela. – Os drinques aqui ficam mais fracos a cada ano.

Ela dá uma olhada nele.

– Você vai pra casa?

Tem um convite em algum lugar dessa pergunta. *Uma última vez?*

– Vou, sim – responde ele. – Se cuida.

– Você também.

Ela estende a mão e toca de leve o rosto dele, passando o polegar pela barba.

Ele pega a mão dela de repente e dá um beijo na parte de trás. Ela ri, surpresa.

– Bem, essa foi a coisa mais romântica que você já fez. Feliz Natal, Grant.

Começa a nevar quando ela diz isso, e ele sente que os dois estão vivendo o fim de uma comédia romântica de outras pessoas. Talvez todos os fins de filme tenham personagens secundários no pano de fundo andando em direção ao resto da vida deles.

– Feliz Natal.

Ela abre a porta do carro, depois para.

– Você merece ser feliz. Espero que você saiba disso.

Lauren sorri, e Grant sente um nó se apertar no estômago enquanto tenta retribuir. Depois que ela entra no carro e se afasta, ele fica parado ali, com flocos de neve grossos caindo do céu e salpicando seu cabelo, seus ombros e o chão.

Ele pega o celular e rola a tela, sentindo-se entorpecido, até achar o nome que está procurando. Então, aperta o botão de discar antes de conseguir se convencer a não fazer isso. Percebe que está prendendo a respiração, porque a solta assim que ouve a voz do outro lado.

– Alô? – atende Helen, com a voz baixa e tranquila.

– Quer almoçar comigo amanhã? – pergunta ele, como se isso fosse normal para os dois, como se ligasse sempre para ela. – Eu tenho que terminar de limpar a casa do meu tio de manhã, mas estou livre depois e acho que vou surtar se passar mais um dia sozinho em casa.

Há uma pausa, em seguida o clique de uma porta se fechando ao fundo. Helen parece mais perto do celular quando fala de novo.

– Me manda o endereço – diz ela.

11

Helen diz aos pais que vai encontrar uma amiga e dirige até uma loja de bagels na cidade mais próxima. Ela faz uma anotação mental para levar uma dúzia de bagels para casa e prepara uma história sobre ter comido sanduíches de café da manhã com uma velha amiga do *Ampersand* que chegou inesperadamente à cidade. Parece quase uma cena de espionagem, como se os vigiados fossem bagels torrados de canela e passas. Ela sente um nervosismo meio trêmulo quando passa pela porta e o vê parado na fila – o ponto de encontro dos dois.

– Faz séculos que eu não venho aqui – diz ela, tentando não parecer que leu livros de espionagem demais. – A gente comprava sacolas gigantescas de bagels aqui pra vender nos eventos pra angariar fundos pro jornal da escola.

– Eu me lembro – comenta ele.

Pedem sanduíches de bagel para viagem e dirigem até o Washington Rock para comê-los. Há um minúsculo e lastimável projeto de trilha saindo da ponta distante do estacionamento em direção à natureza, e ele sugere que andem por ela. É uma véspera de Natal cinza e soturna, e parece improvável encontrarem outras pessoas no local. Tem uns rastros de neve da noite passada no chão, mas não são suficientes para esconder o caminho enlameado e coberto de folhas.

– Minha mãe vai vender a casa dela – conta ele. – Eu encontrei o corretor dela hoje de manhã.

– Ah – diz Helen. – Vocês estão naquela casa há muito tempo.

Ela se lembra de passar pela casa de Grant na rota diária do ônibus da escola, antes de qualquer um deles ter carro. Era uma bela casa vitoriana perto do topo da montanha, com janelas perfeitamente alinhadas que captavam uma luz espetacular ao nascer e ao pôr do sol, e ela costumava ansiar pela parte da manhã em que via a casa se aproximando no horizonte.

– Estou surpreso por minha mãe ter ficado tanto tempo lá – diz ele. – Ela está falando em se mudar pra Irlanda e trabalhar numa fazenda de ovelhas. Acho que ela pode fazer isso mesmo.

Helen tenta se lembrar da Sra. Shepard, que ela só viu algumas vezes em eventos de pais e professores para angariar fundos. Ela se lembra de uma mulher loura minúscula usando um cardigã cor-de-rosa e joias de ouro.

– Seu pai mora em Boston agora? – pergunta ela.

– Há doze anos – responde ele. – Praticamente desde que eles se separaram.

– Você visita ele?

Grant dá de ombros.

– Ele prefere me visitar. Gosta do sol e das praias.

Helen assente.

– E os seus pais? – pergunta Grant. – Como eles estão?

Ela chuta uma pedrinha no caminho.

– Estão bem. Meu pai anda ocupado jogando golfe e a minha mãe está no meio de uma guerra com uns esquilos no jardim. Acho que eles nunca vão se mudar.

Grant também assente e joga a embalagem do bagel numa lata de lixo próxima. Eles já chegaram ao fim da trilha.

– Caminhada curta – comenta ele, olhando ao redor.

– Acho que eu nunca tinha feito essa trilha.

– Nem eu. O que você costuma fazer quando está na cidade?

– Basicamente, nada. – Helen ri. – Fico emburrada no meu quarto e volto ao meu eu adolescente, em geral. É como se o tempo não passasse na nossa casa.

Eles se viram e caminham de volta para o estacionamento. Helen não consegue evitar sentir que o encontro foi um fracasso, e ela não o culparia se eles se separassem ali e nunca mais se falassem até voltarem em segurança para Los Angeles.

Quando os dois chegam até os carros, Grant se vira para ela e pergunta:

– Você quer ir ver a nossa escola?

– Claro – responde Helen. – Você dirige.

GRANT NÃO ESPERAVA QUE HELEN dissesse sim quando perguntou, quanto mais se oferecesse para ir de carona com ele.

Ela se senta no banco do carona e sorri quando os clássicos de Natal da 106,7 Lite FM começam a tocar no rádio.

– Meus pais sempre ouvem essa estação no carro também – comenta.

Ele dirige descendo a parte de trás da montanha, passando pelas casas que lhe costumavam ser tão familiares quanto os rostos dos amigos e professores. Algumas mudaram ao longo dos anos desde que ele partiu – uma camada nova de tinta aqui, uma nova adição ao alpendre em volta da casa ali –, e Grant sempre sente um leve choque de surpresa indesejada ao descobrir que a antiga cidadezinha também continua mudando e seguindo em frente sem ele.

Para no estacionamento superior atrás do lado norte do campus. Era ali que estacionava toda manhã a caminho do treino de futebol americano.

– Uau – diz ela. – Eu não vejo a escola há tanto tempo.

– Eles acrescentaram mais uma ala – comenta ele.

Grant ainda não desligou o carro; está relutando em estourar a bolha de calor.

– Você acha que a gente consegue entrar? – pergunta ela.

Ele abre a porta.

– Vamos descobrir.

A primeira porta que eles tentam está trancada. A segunda também. Grant está prestes a sugerir que simplesmente explorem a área externa quando se lembra da porta lateral perto do corredor da sala de professores por onde os amigos costumavam entrar depois de matar aula.

– A tranca daquela porta está quebrada. Ela só precisa de um bom… *puxão*.

A porta cede e, depois de um tinido metálico, os dois estão olhando para os corredores vazios da escola onde estudaram.

– Está tão… – começa Helen ao entrar. Ele a segue e fecha a porta. – … tão vazia.

– Pra onde você quer ir? – pergunta Grant, enfiando as mãos nos bolsos.

De repente, se sente nervoso, como se eles pudessem estar encrencados, como se ela pudesse achar que isso é tão bobo quanto a trilha no Washington Rock. Como se ela pudesse achar que ele é um fracassado pelo simples fato de ter sugerido isso.

– Será que o refeitório mudou? – pergunta ela, e segue pelo corredor.

Eles não demoram a encontrar o antigo refeitório. O piso parece ter sido renovado, mas todo o resto – as mesas e cadeiras, as paredes, as janelas, o inexplicável aroma de biscoito doce que permeia o ar, não importando quantas pizzas gordurosas tenham sido consumidas ali – está exatamente igual.

– Eles tiraram as máquinas de venda automática – comenta Helen quando entram. – Tinha um carrinho de café ali.

– Acho que eles não têm mais permissão pra servir café pra menores de idade – reflete Grant.

– Eu costumava colocar três pacotes de açúcar no meu café gelado – diz Helen, olhando ao redor com um leve espanto.

Eles continuam percorrendo o perímetro até Helen parar em uma mesa perto da janela.

– Eu me sentava aqui pra almoçar. Você lembra onde sentava?

Grant se vira e aponta para o canto oposto.

– Ali.

Helen assente, fitando a antiga mesa dele como se pudesse ver suas versões do passado almoçando. Ele se senta na mesa "dela", com as pernas balançando na borda.

– Essa mesa tem uma bela visão.

– Eu gostava de ter uma janela bem perto – concorda ela.

– Mas devia ser mais frio no inverno – observa ele.

Ela dá de ombros.

– Eu não costumava estar aqui no fim de dezembro. O que você quer ver agora?

Grant escolhe a sala onde os dois fizeram aula de inglês no terceiro ano, mas está trancada e eles só conseguem espiar pela janelinha da porta.

– Não reconheço o nome de nenhum desses professores – diz Helen enquanto eles andam pela ala de língua inglesa. – Acho que todos os nossos professores se aposentaram.

– Você manteve contato com algum deles?

– Não. Eu devia ter feito isso. Ouvi dizer que o meu professor preferido, Sr. Choi, representante do corpo docente no *Ampersand,* morreu alguns anos atrás. Logo antes de eu publicar o meu primeiro livro.

– Sinto muito – diz ele com sinceridade.

Helen testa uma porta aleatória que se abre – é uma sala cheia de livros velhos e empoeirados. São clássicos em edições escolares de capa dura, como *Grandes esperanças, As tragédias de Shakespeare* e os compêndios das antologias de Norton do cânone da literatura norte-americana; há pilhas de livros tão altas que ultrapassam Helen.

– Que sorte – sussurra ela, e entra. Ela abre um livro e ri, depois o joga para ele. – Primeira página.

Grant o abre e vê o registro dos nomes dos estudantes que pegaram esse exemplar específico de *Retrato do artista quando jovem.* Entre os alunos das turmas de 2007 e 2009 está escrito *Lauren DiSantos* em um rabisco cursivo espremido.

Ele ri e pensa em tirar uma foto e mandar para Lauren. Mas isso não seria esquisito?

– Eu nem me lembro de quais a gente leu em qual ano – comenta ele, deixando o livro de lado.

– A gente leu Shakespeare no último ano – diz ela, mexendo nos livros. – Austen e Brontë no segundo ano. E não me lembro do resto. Quero ver se encontro o meu *O morro dos ventos uivantes.* Se eu encontrar, vou levar.

Ele abre um exemplar de *O morro dos ventos uivantes* em busca de nomes conhecidos. Alguns despertam breves lembranças, mas nada concreto. Ele abre outro e um nome o encara, escrito em um pilot bem forte.

– Aqui – diz ele com a voz carregada, dando um tapinha no livro.

– Você encontrou?

Ela se aproxima, depois para quando vê o nome que ele está apontando. *Michelle Zhang, 2010.*

– Ah.

– Quer ficar com ele? – pergunta Grant, tentando manter a voz baixa e neutra.

Helen toca no nome da irmã.

– Não – diz ela por fim. – Ele vai ficar melhor aqui, vivendo a própria vida, educando alunos do ensino médio. – Ela solta uma risada triste. – Isso deve parecer loucura.

– Não. Faz total sentido.

Ela sorri para ele com gratidão, e Grant engole em seco.

– E agora? – pergunta ele.

– Onde é que você passava mais tempo quando a gente estava aqui?

Ele pensa, depois aponta para fora com a cabeça.

– No treino de futebol americano. Mas está muito frio. Acho que, quando era inverno, a gente fazia uns exercícios no ginásio norte.

– Vamos lá – diz ela, e ele vai na frente.

Andar pelos corredores vazios da antiga escola é como entrar em uma lembrança. Helen toca as paredes com a ponta dos dedos para afirmar a si mesma que elas são reais. O dia está com um aspecto estranho, parecendo um sonho, e, se ela pudesse, estenderia a mão e tocaria em Grant para checar se ele também é real.

– Aquele era o meu espelho preferido – comenta ela, apontando para um espelho em uma das interseções do corredor no caminho para o ginásio. – Eu sempre olhava o cabelo e as roupas nele no caminho até a aula.

A primeira porta do ginásio também está trancada, mas, quando Grant testa a outra, Helen vê uma coisa que a faz soltar um gritinho de alegria.

– Olha você aqui! – exclama ela, apontando para uma foto emoldurada cheia de poeira na parede ao lado da estante de troféus. "Time de Futebol Americano Dunollie Warriors, Temporada de 2007-2008."

Grant se aproxima e, antes que ela perceba, está ao seu lado.

– Hum – diz ele, analisando a foto do time.

Helen se vira para observar a reação dele.

– Deve ser estranho ver que você se tornou parte do cenário daqui – comenta ela. – Eu me lembro de passar por essas fotos o tempo todo e não as ver de verdade. E eis você aqui.

– Estranho – ecoa ele.

Helen pega o celular e tira uma foto da imagem emoldurada.

– Vou mandar isso pra sala dos roteiristas – diz ela. – Feliz Natal, pessoal.

– Espera, não, isso não é justo – protesta Grant, tentando pegar o celular dela. – A menos que tenha uma foto sua com os nerdões do jornal por aqui em algum lugar.

Por instinto, ela esconde o celular embaixo do suéter, longe do alcance dele.

– A escola não valorizava as nossas conquistas como valorizava as suas. Você tem sorte de estar imortalizado nessas paredes!

Grant ri e a pega pelos ombros por trás.

– Me dá – pede ele, e a voz é um rosnado grave no ouvido dela.

Ele está com um braço atravessado no peito dela, segurando-a contra o próprio corpo. Um arrepio estranho sobe pelas costas de Helen, e ela sente que ele engole em seco.

– *Ei!*

Grant a solta e ela deixa o celular cair, fazendo barulho.

Um homem de meia-idade vem na direção deles, saindo da ponta mais distante do corredor. O walkie-talkie dele apita no cinto, e ele aponta de forma acusatória para os dois.

– Como foi que vocês entraram? Estou falando com vocês!

Helen olha para Grant.

– Corre – diz ele, e segura a mão dela antes de disparar na direção da porta mais próxima.

PARECE QUE CORRER não foi a ideia mais inteligente.

– Vocês tropeçaram num alarme silencioso – diz o vice-diretor Peters a eles no estacionamento, onde esperava com dois seguranças. – O que é que vocês estavam fazendo lá dentro?

Grant observa Helen se transformar em uma mulher indefesa diante de seus olhos.

– Ai, meu Deus, isso é tão vergonhoso – murmura ela. – Nós nos formamos aqui anos atrás e só queríamos ver a escola.

– Arrombando portas e invadindo?

– A gente não arrombou nada – replica Helen, e olha para Grant com os olhos arregalados e inocentes. – Não é? A porta lateral estava destrancada.

– É, eu lembro que a gente entrava escondido por aquela porta quando eu estava no último ano – conta Grant, apontando para a porta danificada. – As trancas já estavam quebradas naquela época. Vocês deviam ter consertado.

– A gente não está encrencado, né?

Helen se vira para o vice-diretor, parecendo ansiosa. Ela o encara como se ele tivesse o destino dos dois nas mãos, e Grant acha que é um pouco de exagero.

– Eu juro que a gente não pegou nada – continua ela. – A gente só queria ver... o lugar onde a gente se apaixonou. Né, amor?

Ela dá um soquinho no braço de Grant.

Ele pigarreia.

– É. Ela é romântica demais. Eu avisei que ia dar problema, mas... você é casado, vai me entender.

Grant aponta com a cabeça para a aliança na mão esquerda do vice-diretor.

– Vocês dois são casados? – pergunta ele, parecendo amolecer.

Helen olha de um jeito irritado para Grant.

– Não. Eu não tenho uma aliança.

Grant a puxa para si.

– Ainda não. A gente vive discutindo sobre como ela quer que eu a peça em casamento. Eu ainda quero fazer o pedido no campo de futebol americano na volta às aulas.

O vice-diretor Peters fica radiante.

– Bem, seria uma bela história: dois ex-alunos da Dunollie ficando noivos na volta às aulas. Aposto que vocês até conseguiriam aparecer na primeira página do *Ampersand*.

Helen bufa, e Grant sorri torto para ela.

– Você ouviu isso? Primeira página do *Ampersand*.

Depois de trocarem endereços de e-mail com o vice-diretor ("Caso vocês *realmente* decidam fazer alguma coisa na volta às aulas", disse ele) e oferecerem alguns pedidos de desculpas convincentes por perturbarem a paz na véspera de Natal, Grant e Helen andam em silêncio até o carro no estacionamento norte.

– Não ria – diz ela. – Ele ainda está olhando.

– Como você acha que seria a manchete da matéria do nosso noivado no *Ampersand?* – pergunta ele quando os dois se aproximam do carro.

Helen revira os olhos.

– Eu nunca colocaria uma história dessas na primeira página. Talvez uma notinha na página de esportes.

– "Ex-rei do baile finalmente encontra sua rainha" – sugere Grant, se sentando no banco do motorista.

– "Padrões de notícias do *Ampersand* despencam; um relato da antiga editora-chefe" – retruca Helen.

– "Cria da cidade vai se casar com o assassino da própria irmã" – oferece Grant.

Um silêncio aturdido se segue enquanto Helen se vira para olhar para ele.

Grant congela.

– Desculpa – diz ele imediatamente. – Me desculpa...

E ela cai na gargalhada.

– Ai, meu Deus – solta ela, secando as lágrimas dos olhos. – Você vai pro *inferno.*

– E você vai de carona comigo – replica Grant enquanto engata a ré no carro.

O SOL ESTÁ SE PONDO QUANDO GRANT leva Helen de volta até o próprio carro no topo do Washington Rock.

– Foi divertido – comenta ela.

Helen sente que está entregando alguma coisa ao falar isso – parte dela está palpitando ansiosamente, como se dissesse: *E se ele não concordar?*

– É – concorda ele, sorrindo para Helen de um jeito que provoca sensações engraçadas na barriga dela. – O que você vai fazer amanhã?

– No Natal? Ajudar a minha mãe a limpar a casa, depois cozinhar pra todas as tias e tios chineses que vão jantar lá.

– Parece um bom Natal.

Se ele fosse qualquer outra pessoa, ela o convidaria.

– Quer fazer alguma coisa no dia seguinte? – pergunta Helen.

Ele assente.

– Claro. Você escolhe a hora e o lugar.

Grant está apoiado na porta do carro, com os braços cruzados na altura do peito, enquanto observa o rosto dela. Ocorre a Helen que tem alguma coisa incrivelmente *fofa* nessa posição dele, e ela detecta uma alegria súbita por ele estar aqui com ela.

Um pensamento surge em sua mente, insistindo para ser externalizado.

– Você... você iria comigo ver a minha irmã?

Grant congela, e ela pensa que talvez tenha cometido um erro ao interpretar as ações dele. É um pedido importante demais para uma relação tão nova e frágil, uma... *amizade*? O que eles são um para o outro?

Ele pigarreia, depois assente.

– Claro – responde por fim. – Se você quiser que eu vá.

Helen pensa no dia do funeral de Michelle, em Grant aparecendo com um suéter e uma gravata no único ambiente no qual a presença dele não era apenas indesejada, mas firmemente rejeitada. Ela se pergunta se ele também está pensando nisso enquanto seus olhos castanhos buscam os dela.

– Quero, sim.

– Tá bom – diz ele, com a voz suave. – Eu vou.

12

O Natal da família chinesa majoritariamente agnóstica de Helen se tornou uma mistura íntima de tradições. Todo ano, ela acorda às oito da manhã com o sol, ao som de pratos e tigelas de porcelana se agitando no andar de baixo. Enquanto escova os dentes e lava o rosto, o aroma característico da manhã flutua até o andar de cima – uma mistura acolhedora de caldo de osso, tâmara chinesa e gengibre.

Quando ela desce, a mãe já preparou um café da manhã rápido para eles comerem na hora em que acordarem. Este ano, é raiz de taro salgada cozida no vapor, já descascada e enrolada em uma camada de filme de PVC. Helen nunca acordou cedo o suficiente para ver a mãe comer na manhã de Natal – ela já está passando pano no piso.

Helen ajuda a arrumar a sala de estar e tira a poeira das fotos emolduradas sobre a lareira. Alguma coisa sempre revira em seu estômago quando ela chega à única imagem dela com Michelle. As duas estão na segunda metade do ensino fundamental, no auge de suas fases esquisitas, vestindo agasalhos de neve em cores neon em uma viagem aleatória de esqui que fizeram com os amigos do trabalho dos pais. Elas parecem felizes e nada como realmente eram – Helen acha que nunca mais foram esquiar e que aqueles amigos do trabalho acabaram desaparecendo da vida deles como se fossem um barulho de fundo.

A família de Helen não tem meias, guirlandas nem nenhuma decoração desse tipo – ela se lembra de ir à casa de uma amiga em dezembro e ficar boquiaberta com a sensação de entrar em um cartão de Natal da Hallmark. Na casa dela, o Natal fica confinado em um único cômodo perto da porta da frente – eles montam uma árvore falsa que compraram na Target vinte anos atrás e a decoram com os mesmos enfeites plásticos todo ano.

Mesmo assim, ainda há um sentimento festivo no ar quando ela tira a toalha de mesa vermelha do porão e ajuda a mãe a expandir a mesa da sala de jantar para acomodar mais convidados.

A contribuição de Helen este ano é fazer uma cidra quente, que ela prepara numa panela de cozimento lento de acordo com a receita que Tom, da sala dos roteiristas, mandou para ela por e-mail. Ela liga o rádio no programa *Yule Log* e escuta músicas natalinas no novo sistema de alto-falantes que os pais compraram na última Black Friday. O pai aspira todos os carpetes enquanto a mãe coloca um pato para assar no forno. Quando Helen abre o congelador, está cheio de tiramisú comprado no supermercado mais próximo.

Perto das três da tarde, os primeiros amigos dos pais dela chegam carregando pratos cujos nomes Helen nunca aprendeu, mas que se tornaram tão conhecidos que ela inventou nomes para eles: *aquele prato de cogumelo auricularia que todo mundo gosta, as verduras com o molho escuro gostoso, o espaguete fino e claro com as tirinhas de legumes verdes e o porco moído.*

Todos a cumprimentam e dão a ela um *hongbao* – um envelope vermelho cheio de notas novinhas em folha – na porta, e a mãe a cutuca para lembrá-la de agradecer, como se ela ainda tivesse 12 anos. Ocorre a Helen que ela está chegando a uma idade em que talvez seja vergonhoso ainda aceitar esses envelopes com dinheiro – os pais com certeza estavam com 30 e poucos anos quando começaram a distribuí-los para os filhos dos amigos.

Às vezes, os amigos levam os filhos que, a esta altura, já são adultos como Helen. Este ano é Theo Jiao, que está no terceiro ano de um cargo pós-residência em… *algum hospital acadêmico* – Helen se desligou da conversa quando todos começaram a repetir "faculdade de medicina". Inevitavelmente, chega o momento em que a conversa no jantar se transforma em uma competição entre os pais, que se gabam humildemente – "A Helen está sempre tão ocupada com a série de TV que nem me liga mais" de um lado e "O Theo não dorme o suficiente, está muito sobrecarregado com o posto na cardiologia" do outro –, seguida pela parte nada sutil da noite em que todos se perguntam, de brincadeira-mas-não-muito, por que Helen e Theo simplesmente não namoram e se casam e têm bebês logo.

Depois do jantar, o pai liga a TV e os adultos (Helen ainda pensa neles como "os adultos") conversam despreocupados enquanto ela e Theo assistem a *Titanic*.

– Que legal eles fazerem uma série de TV com os seus livros – comenta Theo. – Eu me lembro que você estava sempre lendo essas coisas quando a gente era criança. Minha mãe doou os seus livros pra biblioteca local.

Helen agora se sente mal por não ter prestado mais atenção ao papo sobre a residência de Theo.

– Que legal da parte dela – diz. – Os meus pais também têm orgulho de você. Eles me mandaram fotos quando você se formou em medicina.

Helen se pergunta se Theo realmente é solteiro ou se tem uma namorada esperando ele ligar depois que tudo isso acabar. A amizade deles sempre foi por conveniência – alguém com quem conversar durante essas reuniões infinitas de famílias chinesas, alguém que entendesse esse mundo sem precisar de explicações. Provavelmente seria *mesmo* mais fácil se eles simplesmente se apaixonassem, e Helen se lembra vagamente de uma época da adolescência em que achou que podia estar a fim dele e treinou para flertar com ele. Mas isso nunca deu em nada – talvez saber que os pais queriam tanto aquilo enfraquecesse qualquer potencial que a ideia pudesse ter.

Theo verifica o celular e Helen entende isso como um sinal de que não seria grosseria verificar o dela também. Tem uma fileira de mensagens de *Feliz Natal* do grupo de autores de livros para jovens adultos e dos roteiristas de *Ivy Papers,* que no momento estão opinando em um concurso de suéter mais feio no Natal da família de Owen. Ela manda um emoji festivo para o grupo e vota no tio de Owen. O celular dela apita, e é uma mensagem de texto de Grant, no privado:

> Tudo certo pra amanhã?

> A propósito, Feliz Natal.

GRANT SE LEMBRA DE QUANDO o Natal da casa dele era um evento de fim de ano imperdível. Sua mãe decorava os corredores e contratava paisagistas para pendurar um aparato de luzes espetacular que o deixava orgulhoso de dizer que a casa no topo da colina era a dele. Ela o fazia vestir um terno para a celebração de Natal na igreja e depois eles recebiam toda a família estendida para um jantar com um bufê contratado.

A comemoração se manteve no primeiro ano em que Grant voltou da faculdade, mas, no segundo, os pais estavam separados e a mãe disse que era trabalhoso demais para ela fazer tudo aquilo sozinha. Em vez disso, eles foram à festa de uma das amigas dela do clube de leitura. Nos últimos dois anos, ela não quis se aventurar a sair de casa ("As ruas estão com muito gelo, e é muito trabalho para ir a uma festa chata", disse). Grant ainda passa o jantar de Natal em casa, mas agora é uma refeição simples para dois.

Mas este ano parece que a mãe está mais imbuída do espírito natalino. Ela cantarola enquanto prepara o assado de Natal e oferece vinho a ele.

– É o nosso último Natal nesta casa – cantarola ela, animada. – Falalalala!

Grant percebe que esta também pode ser uma das suas últimas viagens a Dunollie, se a casa for vendida com a rapidez que o corretor prometeu.

– Marca tudo que você não quer que eu jogue fora – disse a mãe quando ele chegou. – E eu te mando pelo correio quando chegar a hora.

Ele não tem espaço para guardar todas as lembranças da infância dele que ainda estão nesta casa, nem tem tanta vontade de ficar com elas.

Mas ele pegou a mãe chorando por causa de um dos seus troféus de futebol americano outro dia ("Nós tínhamos *tanto* orgulho de você...", choramingou ela) e sabe que ela vai empacar só de pensar em jogar tudo no meio-fio com a árvore de Natal deste ano. Ela provavelmente vai guardar tudo em um depósito em algum lugar, gastando um dinheiro desnecessário para preservar lembranças insignificantes.

Por isso, ele cola post-its em coisas aleatórias – antigos anuários, alguns livros, uma bola de futebol americano qualquer. Vai ser mais fácil jogar tudo fora quando ele tiver propriedade total sobre essas coisas.

O celular dele apita com uma mensagem e ele viola a antiga regra de não usar celulares à mesa de jantar, já que Lisa Shepard no momento está dançando na cozinha ao som de Bobby Vinton.

É da Helen.

> 16h é muito tarde? Tenho que ajudar a limpar a casa de manhã.

Ele reage à mensagem com um polegar para cima, e a próxima mensagem dela é a localização do Cemitério Somerset Grove, seguida de:

Te encontro no estacionamento
na base da colina.

Um polegar para cima parece quase bizarro demais para a conversa agora, e ele pensa por um instante em uma resposta adequada antes de digitar:

Obrigado por me convidar.

13

Grant compra flores no supermercado de última hora porque não sabe qual é a coisa certa a fazer, mas prefere errar levando alguma coisa do que errar chegando de mãos vazias. A moça do caixa abre um sorriso indulgente quando ele coloca as flores na esteira, e ele se sente desconfortável ao pensar que ela está interpretando mal o gesto.

Ele entra pelos portões de ferro batido do cemitério e vê que o estacionamento está bem cheio. Faz sentido, supõe ele, que muitas pessoas queiram visitar seus entes queridos no fim do ano.

Helen está do lado de fora do carro, usando um casaco de lã, e ele se sente mal por ela estar em pé no frio o esperando.

– Desculpa – diz Grant, e mostra as flores. – Eu não sabia se devia trazer alguma coisa.

– Não, isso é... muito fofo – responde Helen. – É por aqui.

Ela os conduz por uma subida em um caminho de cascalho, passando pelas lápides mais antigas cobertas de líquen e pelas árvores assimétricas que provavelmente criam um cenário mais pitoresco na primavera e no verão, mas atualmente dão ao lugar uma sensação assombrada de inverno. A neve de alguns dias atrás já derreteu e a terra ainda está úmida e escura.

Helen está usando botas com salto, e ele vislumbra meias-calças escuras e finas sob a parte de baixo esvoaçante do sobretudo comprido bege.

Eles chegam ao topo da colina e Helen desacelera para que os dois fiquem lado a lado, roçando os cotovelos de vez em quando conforme seguem pelo caminho acidentado.

– Como foi seu Natal? – pergunta ela.

– Foi bom – responde ele, depois pensa melhor. – Foi razoável. Nada impressionante. Só um jantar em casa. Mas eu não me importo. Sempre tomo a minha dose de espírito natalino em Los Angeles antes de vir pra cá.

Ela assente.

– O Natal em Los Angeles deve ser muito diferente – comenta ela. – Sem neve.

– Também não tem neve aqui este ano.

– É, mas tem uma chance de ter, e isso faz diferença, acho.

– Tem neve falsa no Grove – diz ele, falando de um sofisticado shopping ao ar livre em Mid-City. – Ela cai mais ou menos de hora em hora, com espuma de sabão.

– Mas não é a mesma coisa.

– Não, mas é divertido mesmo assim.

Helen sorri, depois diminui o ritmo. Ela aponta diretamente para os pés deles, para a fileira mais próxima das lápides.

– Ela está aqui.

O coração de Grant bate um pouco mais rápido, e seu corpo fica tenso. Helen o encara com olhos que sempre parecem ver demais.

– Vem – diz ela em um tom suave, e pega a mão dele enquanto o conduz. Eles param em frente a uma lápide de mármore escuro.

MICHELLE ZHANG
24 de maio de 1992 – 7 de junho de 2008
Filha, irmã e amiga querida

HELEN OBSERVA GRANT se agachar e colocar as flores de supermercado na base da lápide. Elas estão embaladas em celofane festivo, e quase parece que ele está desejando *Feliz Natal, Feliz Natal, Feliz Natal* para sua irmã morta. Ela se senta na grama em frente à lápide, e ele se senta ao lado.

– Por que você foi até a igreja naquele dia? – pergunta ela.

Grant hesita, e Helen percebe que os dois ainda estão de mãos dadas. Ele analisa as mãos enluvadas dela enquanto pensa numa resposta.

– Eu achei que devia – responde ele. – Eu não queria realmente ir. Só senti que... devia isso a ela, ou sei lá. Olhando pra trás, foi uma idiotice. Eu estava pensando em mim, e não em como eu faria a sua família se sentir. Meu pai tentou me fazer desistir, pra ser justo.

– Deve ter sido difícil pra você – diz ela.

Ele ri sem humor.

– Difícil pra mim – murmura ele. – Você perdeu a sua irmã.

Helen se vira para olhar a lápide, e ele dá um leve aperto na mão dela.

– Meus pais me pediram sugestões pro texto da lápide. Eu dei a mais genérica e sem graça de propósito. – Ela analisa o túmulo pelo que parece muito tempo antes de olhar para ele de novo. – Você sabia que, se alguém na sua família se suicidar, as suas chances de se suicidar aumentam?

Grant se vira com um olhar penetrante. Helen solta o ar.

– Um dos conselheiros da escola me disse isso. Eu passei o resto daquele verão paranoica toda vez que eu pegava uma faca ou uma tesoura. Sinceramente, foi idiotice. Porque, mesmo depois de todo esse tempo... eu ainda não entendo como ela conseguiu.

Eles encaram a paisagem, como se uma resposta pudesse se materializar diante dos dois.

– Depois que ela morreu, eu fiquei com muita, *muita* raiva das organizações de prevenção ao suicídio. Eu sei que isso parece esquisito – continua Helen. – Pra todo lugar que eu olhava, parecia que havia mensagens dizendo pra você entrar em contato se estivesse preocupado com alguém, pra dizer à pessoa que a amava, que ela não era um fardo, e ajudá-la a encontrar auxílio. Isso me enfureceu. A ideia de que todas essas organizações pareciam acreditar que havia alguma coisa que *eu* pudesse ter feito pra impedir a Michelle de se matar.

Helen mexe na grama com a mão livre, depois aperta a palma na terra.

– São as apostas de vida ou morte. Todo mundo quer acreditar que poderia salvar a vida de outra pessoa se vir os sinais certos, se tiver as ferramentas certas. Tipo, se desta vez eu disser as palavras certas, na combinação certa, talvez ela *escolha viver*. Mas não é assim que funciona. – Ela dá uma risada curta e frágil. – O que acontece é que a sua irmã se afasta e fica distante, mas não o tempo todo, e você pensa que *ela está só sendo uma adolescente*, mas depois descobre que ela está fazendo coisas que você nunca *sonharia* em fazer... Ela arranja um namorado e um traficante antes mesmo de você dar o seu primeiro beijo... Mas aí você quer ser *legal* em relação a isso tudo, não quer parecer que está exagerando e não quer meter ela numa encrenca, e ela retribui sendo a porra de uma *escrota*, e você começa a ir atrás o tempo todo para ver como ela está, e ela te afasta sem parar até você finalmente dizer: "Tá bom! E vai se foder você também!" E, de repente, ela está morta.

As letras na lápide ainda estão bem destacadas e fáceis de ler, e Helen tem que desviar o olhar.

– Eu me recusei a me sentir culpada depois que ela morreu – diz para o chão. – E ninguém sabia como falar comigo. Todo mundo sabe dizer: "Não foi culpa sua". Mas, se você responde "Eu sei que não foi culpa minha, foi *dela*", as pessoas ficam desconfortáveis. E talvez elas estejam certas. Talvez... talvez não fosse a Michelle no controle do próprio corpo naquela noite. Ela morreu sem nunca ter feito terapia, então eu não tenho a menor ideia de quais transtornos podiam existir e a conduzir. Ela provavelmente era viciada... Não parecia ser, considerando como eu imaginava os viciados antes: estranhos desesperados em situação de rua. Ela morava na nossa casa. Era inteligente e tinha pessoas que a amavam, e *mesmo assim* não foi suficiente...

Helen seca uma lágrima, frustrada.

– Liguei pra um número de prevenção ao suicídio na segunda-feira depois que ela morreu. Eu não queria me matar – continua ela. – Só queria falar com alguém que estivesse acostumado a conversar com pessoas que queriam. Eu me lembro de perguntar a ele: "Você acha que, se todas as pessoas do planeta passassem pelo treinamento que você passou, se aprendessem a falar sobre suicídio sem todo o... *estigma* e o constrangimento, a gente viveria num mundo em que ninguém mais se mataria?" Eu queria saber se existia uma cura, como um câncer. E eu nunca vou me esquecer... o homem do outro lado da linha disse: "Não. Eu posso quase te garantir que algumas pessoas ainda se matariam." E eu desliguei depois disso.

Helen respira fundo.

– Eu levei o suicídio dela pro lado pessoal de verdade. – Ela ri, um som abafado e úmido. – Parece que ela pegou todo o amor que eu tinha pra dar e disse: "*Não, isso não é bom o suficiente.*" E provavelmente esse não é o jeito mais saudável de ver a situação. Mas... eu estou muito cansada de sempre ser a pessoa saudável.

A respiração dela sai em soluços trêmulos agora, e Helen sente o calor do corpo de Grant, o lado esquerdo dele encostado no lado direito dela, enquanto ordena a si mesma: *não chora*. Grant move um pouco o braço – não o suficiente para abraçá-la, mas o suficiente para ela sentir o apoio nas costas.

– Você a conhecia em algum nível? – pergunta ela de um jeito denso.

– Não – responde Grant, a voz rouca. Helen sente que parece que faz muito tempo que ela não a ouvia. – Talvez ela fosse amiga de algumas pessoas que eu conhecia, mas eu não prestava muita atenção a coisas assim naquela época.

– Ela era... barulhenta, esperta e imprevisível – diz Helen, pensando nas discussões aos gritos em longas viagens de carro e nas demonstrações súbitas e inesperadas de afeto entre irmãs. – Era como se a Michelle sentisse todas as emoções, boas e ruins, numa saturação mais alta que qualquer pessoa da nossa família. Ela também sabia ser muito engraçada. A gente brigava... "Você pegou o meu suéter emprestado", "Você foi escrota em relação a alguma coisa enquanto eu estava muito chateada", coisas de irmãs... e ela me vinha com umas falas tão incrivelmente *malvadas*, bem no momento certo, que eram tão engraçadas que eu tinha dificuldade de continuar com raiva porque queria muito rir. Ela provavelmente poderia ter se tornado comediante, se quisesse. Mas eu não tenho ideia do que... do que ela ia querer.

– Ela deixou um bilhete? – pergunta Grant, com a voz baixa.

– Não um bilhete físico – responde Helen, e se sente estranhamente grata por ter a chance de contar a ele. – Mas eu sempre achei que, se ela tivesse tentado escrever um bilhete, teria sido no notebook... ela ficou muito obcecada com aquele negócio quando o ganhou. Eu fiz um back-up de todo o disco rígido dela e já procurei várias vezes, mas nunca encontrei nada.

– Sinto muito – murmura Grant, e ela fica pensando pelo que ele sente muito.

– Nós a enterramos na seção da comunidade chinesa do cemitério. Então, ela vai passar a eternidade com todas as avós, avôs e diretores da escola chinesa de sábado de manhã que nunca a aprovaram. Se existem fantasmas, ela provavelmente está fazendo da existência deles um inferno.

– Você acha que vai ser enterrada aqui? – pergunta ele.

É uma pergunta direta e existencial. E Helen já pensou nisso.

– Não – responde ela. – Eu sempre gostei da ideia de ter as minhas cinzas espalhadas num lugar significativo. O problema é que eu nunca tive um sentimento tão forte por lugar nenhum. Eu gosto de muitos lugares, mas o suficiente pra passar a eternidade? Por outro lado, provavelmente não importa. Estou pensando demais, eu sei.

– Eu li em algum lugar que você pode transformar os seus restos mortais numa papa orgânica e eles plantam uma árvore em cima do seu corpo – diz Grant.

Parece macabro falar de corpos sendo transformados em papa quando ele está tão quente e sólido e *vivo* encostado nela. Helen apoia a cabeça no ombro dele, que parece estar esperando.

– Que tipo de árvore você seria? – indaga ela.

– Não sei – responde ele, e ela sente a vibração profunda da voz dele no próprio corpo. – Acho que eu me sinto mais ou menos como você em relação a lugares, só que em relação a árvores.

Helen ergue levemente a cabeça e analisa Grant Shepard, mais próximo dela do que nunca.

– Eu sinto que você seria um carvalho. É tipo o golden retriever das árvores.

Grant ri, desta vez uma risada genuína – o som destoa do cemitério. Helen olha para a paisagem e tenta ver um parque tranquilo em vez de um lugar de descanso eterno.

– Eu não vinha aqui sem os meus pais desde a semana em que a enterramos – conta ela. – Fiquei com muita raiva dela por muito tempo. E esse lugar é meio deprimente.

– Obrigado por me trazer – diz ele, e dá um beijo suave ao lado da sobrancelha dela.

Eles fazem silêncio e, por um instante, ela fica escutando a respiração sincronizada dos dois, inspirando e expirando com o vento.

– Não é grande coisa – comenta ela, por fim, e desvia o olhar. – Mas é melhor a gente ir embora antes que escureça.

Ele oferece a mão, e ela aceita.

– Está com fome? – pergunta Grant.

– Um pouco – responde Helen, embora não esteja.

O caminho é rochoso, e ele toca no cotovelo dela de leve enquanto ela sobe a colina.

– Você devia ir lá em casa jantar – convida ele. – Sempre tem comida demais, de qualquer forma.

– Não teria nenhum problema? – pergunta ela, erguendo as sobrancelhas.

– Claro que não. Vamos lá.

14

Helen digita o endereço de Grant no GPS do carro, embora saiba que consegue chegar lá de cabeça pelos anos de trajeto do ônibus escolar ainda gravados no cérebro. Ela segue para leste na Rota 22, sobe a montanha, passa pelo Washington Rock, depois pelo beco sem saída com as casas recém-construídas (não tão novas, agora), logo depois da placa à direita.

Ela toca a campainha e percebe, pelo jeito animado como a Sra. Shepard a cumprimenta, que Grant já avisou sobre a visita.

– É tão bom te receber aqui – diz Lisa (*ela insiste!*). – O Grant está tomando banho no andar de cima. Posso pegar seu casaco?

Helen tenta não ficar boquiaberta com o interior da antiga casa vitoriana. Parece vagamente familiar para um lugar no qual ela nunca esteve – ela se lembra de ver o papel de parede exuberante de pavões na sala de visitas ("Somos tão elegantes!") no Facebook, no fundo das fotos de festas às quais ela nunca foi. Tem um suporte para guarda-chuva antigo perto da entrada e uma plaquinha alegre que diz: "Deus abençoe este lar com amor e felicidade." *É daqui que Grant Shepard veio.*

Ela lava as mãos no banheiro do andar de baixo e se analisa no espelho. Sente-se grata por ter acordado com vontade de usar acessórios – o vestido tipo suéter preto é casual, mas o colar e os brincos de ouro o salvam de ter um clima preguiçoso de funeral. Ela prende o cabelo comprido em um rabo de cavalo depois de pensar um pouco. Em seguida, manda uma mensagem para os pais:

> Estou jantando com amigos,
> não me esperem.

Grant está ajudando a pôr a mesa quando ela entra. Ele veste um suéter antigo dos Dunollie Warriors com gola redonda que ela também tem, enterrado em algum lugar no fundo do armário.

– Posso ajudar? – pergunta ela, pegando uma cadeira para ter alguma coisa para fazer com as mãos.

– Não, não – diz Lisa, trazendo uma travessa fumegante de vagem. – Você é nossa convidada. Ah! Vinho. Precisamos de um bom vinho.

Lisa desaparece na cozinha, e Grant sorri torto para Helen.

– Ela vai trazer o vinho bom que estava guardando – comenta.

– Ah, não, diz pra ela não…

– A gente vai ter que se livrar disso antes da mudança, de qualquer maneira. E ela não gosta de beber sozinha.

– Pronto – anuncia Lisa, retornando com duas garrafas. – Um bom tinto, mas eu também achei esse lindo branco enquanto estava vasculhando lá e pensei: *por que não?*

Grant revira os olhos.

– A Helen vai achar que a gente está tentando embebedá-la, mãe.

– Bem, se ela ficar bêbada, pode tirar um belo cochilo no sofá – diz Lisa com uma piscadela sagaz. – É isso que eu faço quando exagero.

Entre batatas assadas, vagens, porções de carne assada do dia anterior e uma garrafa surpresa de vinho do Porto que aparece antes da sobremesa, Helen descobre mais coisas sobre Lisa Shepard do que jamais soube sobre o próprio Grant. Ela conta a eles sobre as fazendas de ovelhas na Irlanda que andou pesquisando e revela que está entre duas opções prováveis. Uma tem um contrato mais longo e fica um pouco mais distante das partes da Irlanda que interessam a ela; a outra tem um contrato mais curto, mas talvez isso seja uma bênção disfarçada…

– A gente nunca sabe o que pode estar esperando por nós no fim do arco-íris de uma oportunidade – conclui.

Lisa conta a Helen sobre a infância no condado de Bucks, Pensilvânia, e sobre crescer sendo vizinha dos irmãos Shepard.

– Muito bonitos, *muito* desejados – destaca ela.

Ela também recorda o casamento e fica radiante quando lembra que encontrou sua antiga foto de noiva no porão outro dia.

– Um segundo – pede ela, e dispara escada abaixo.

Helen olha para Grant e não consegue evitar rir da expressão sofrida dele.

– Desculpa – diz ele. – Ela não tem muitas oportunidades de conversar com gente nova ultimamente.

– Ela é um charme. Dá pra ver como foi que você aprendeu a falar com as pessoas.

– Eu sou bom em fazer os outros falarem. Ela é boa em falar de si mesma. É diferente.

Lisa reaparece com uma foto emoldurada de si mesma no dia do casamento, em um vestido vitoriano com mangas bufantes e colarinho de renda.

– Esse era o estilo naquela época – comenta ela. – Eu me lembro de me sentir a garota mais linda do condado de Bucks naquela manhã.

– Você foi uma noiva muito bonita – diz Helen com sinceridade.

– Aham. – Lisa assente, encarando a foto com carinho. – Bonita que nem uma modelo fotográfica. E aqui estou eu, em uma foto que acabou indo parar no porão! Rá! É lá que essas coisas acabam, às vezes.

Grant dá um suspiro audível, e Lisa ri dele.

– Ele está com vergonha. É tão bom conseguir envergonhá-lo. Faz séculos que ele não traz nenhum amigo aqui.

– Mãe, a gente pode encerrar o espetáculo antes da meia-noite?

Lisa olha para o antigo relógio no canto e bate palma uma vez, surpresa.

– Ai, meu Deus, já passa das nove! Bem, o tempo voa quando temos boas companhias.

– E três garrafas de vinho – murmura Grant baixinho, e Helen ri.

– Helen, você quer um café descafeinado antes de dirigir?

Helen leva as mãos às bochechas, apertando e sentindo um fluxo de calor por causa do vinho.

– Seria ótimo, Sra. Shepard.

Grant olha preocupado para ela quando Lisa sai da sala.

– Você não devia dirigir. Minha mãe praticamente derramou um galão de álcool na sua garganta.

Helen apoia a cabeça no jogo americano de linho, sentindo um sono acolhedor.

– É, por que você deixou ela fazer isso?

Ela boceja, e os olhos se fecham por vontade própria.

Grant ri; o som agora tem uma vibração conhecida.

– Eu te dou uma carona quando você estiver mais sóbria. Você pode pegar o seu carro amanhã de manhã.

Helen abre um olho e força a vista para ele.

– Um carvalho tão robusto.

– Mãe, traz o café aqui em cima! – grita ele para a cozinha, depois se inclina para bater na mesa na frente dela. – Vem. Se você dormir, não vai conseguir fazer a tour completa.

ELES SOBEM A ESCADA DEVAGAR, supostamente para ver as antigas fotos de família e desenhos infantis emoldurados na parede, mas também porque Grant quer garantir que ela não vai cair por cima do corrimão, obrigando-o a explicar a morte inesperada da segunda irmã Zhang sob o olhar dele.

– Você cresceu na casa dos meus sonhos de infância – murmura Helen enquanto ele a conduz pela sala de estar no segundo andar. – Eu implorei muito pros meus pais terem uma casa antiga como essa.

– Não é tão romântico quanto você pensa – diz Grant. – Nenhuma das portas cabe nas guarnições, o sistema de aquecimento faz um barulho que dá a impressão de que quatro fantasmas comeram um gato e, nesta época do ano, é mais frio do que um cadáver.

Helen cai na gargalhada, depois passa por ele e entra no quarto seguinte.

– Esse é o seu quarto – constata ela com um leve espanto.

Ela olha ao redor com um entusiasmo tão puro que ele sente vontade de tirar uma foto dela: a autêntica Helen.

– Você tem um sofá aqui.

– É – diz ele, se apoiando na porta enquanto ela inspeciona a estante.

– Muita ficção científica – comenta ela, vasculhando a coleção de livros.

– Alta fantasia – corrige ele, reflexivo.

Helen ri, depois olha para ele com um sorriso sugestivo.

– Sexy.

Ele sente um frio na barriga e se vira para uma caixa ao lado da cama.

– Isso pode te interessar – comenta, pegando um anuário grosso com capa de couro. – Acho que tem até uma edição do *Ampersand* aqui dentro.

– Tá brincando – responde Helen, e se aproxima rapidamente.

– Toc, toc – diz a mãe dele, e os dois olham para a porta.

Lisa está segurando uma bandeja de prata com um bule de café e xícaras.

– Ah, você achou o seu antigo anuário… que legal!

– Mãe – protesta ele.

– Vou deixar isso aqui – explica ela, e coloca tudo ao lado do sofá. – Boa noite pra vocês.

Ela sai e puxa a porta, deixando-a entreaberta. Grant a fecha de um jeito firme. Ele tenta ignorar a dor de cabeça que está aumentando desde o jantar, conforme observava a mãe revelar camadas e mais camadas da vida doméstica dos dois para Helen. *O que você esperava quando a convidou? Por que você a trouxe aqui?* Grant também ignora esse pensamento ao ver Helen se jogar no sofá com o anuário.

– Eu nem sei onde está o meu – comenta ela, lançando casualmente as pernas para cima das almofadas do sofá.

Os dedos dele coçam com uma vontade estranha de apertar a panturrilha dela, coberta pela meia-calça. Em vez disso, ele abre espaço e se senta na extremidade oposta do sofá, de modo que a cabeça dela fica perto da coxa dele. Ela parece interpretar isso como um convite e se ajeita até a cabeça estar apoiada no colo dele.

Ai, porra. As mãos dele pairam constrangidas por um instante enquanto ela ajeita o anuário para que os dois consigam vê-lo. Por fim, ele pousa a mão esquerda no cabelo dela e apoia o anuário com a direita.

– Uau, a gente raspava demais as sobrancelhas naquela época – murmura ela, folheando as páginas de fotos do último ano.

O polegar dele passeia ao longo da têmpora dela, roçando de leve na sobrancelha.

– Parece que a sua voltou a crescer direitinho – fala ele, e sente a vibração da risada dela.

– Olha só você – diz ela, dando um tapinha na foto dele no último ano.

– Hum.

Grant observa os próprios dedos passarem lentamente pelo cabelo dela.

Helen fecha os olhos e solta o ar com um suspiro baixinho e satisfeito, e ele obriga os dedos a pararem antes que faça alguma coisa idiota.

– Pula para a seção de extracurriculares. Meus braços estão cansados – diz ela, apontando com a cabeça para o anuário.

Ele pega o anuário e obedece, virando as páginas para ela. Helen usa a mão livre para soltar o cabelo do elástico de veludo, depois volta a se deitar no colo dele e segura o livro.

A mão esquerda dele pousa por vontade própria no cabelo de Helen. Desta vez, ele a penteia com a ponta dos dedos e massageia o couro cabeludo dela.

– Eu odiei a minha roupa nessa foto – confessa ela, analisando uma foto em grupo do clube do jornal da escola. – Minha irmã pegou emprestada a blusa que eu ia usar.

– Você ficou bonita mesmo assim – garante ele, com a voz rouca.

Helen ri e ergue o olhar para ele.

– Se você tivesse falado isso pra mim naquela época, eu teria ganhado o ano.

Grant sorri e inclina o queixo dela de volta para o anuário. A mão direita dele fica ali, depois se acomoda e roça o nó do dedo indicador no maxilar dela. Pode ser só imaginação, mas ele acha que ela se inclina na direção do toque dele como um gato sedento por afeto.

Helen vira as páginas até encontrar as fotos do grêmio estudantil.

– Olha você aí de novo – murmura ela.

– Olha eu aí – concorda ele.

Os nós dos dedos dele saem do maxilar dela e descem, parando no pescoço palpitante. Não é imaginação desta vez – ela se inclina e roça a bochecha na parte interna do pulso dele.

– Você se lembra do tema da sua campanha?

– Não – responde ele.

Grant prende a respiração enquanto passa a parte externa dos dedos no rosto dela, estabelecendo um contato leve com a pele e parando logo antes de chegar nos lábios, bem perto.

– Eu me lembro – murmura ela, e o movimento faz seu lábio inferior carnudo tocar a ponta do polegar dele.

Ele engole em seco, com o polegar parado entre os lábios dela.

– Do quê? – pergunta ele, sem saber muito bem qual é o assunto da conversa.

Helen passa o lábio inferior pela lateral do dedo dele e, de repente, Grant nunca esteve com tanto tesão na vida. Seria vergonhoso se ele não estivesse tão excitado. Ela vira o rosto de leve e dá um beijo lento e quente no topo do polegar dele. *Puta merda.*

– Você disse que ia reformular o sorteio de vagas no estacionamento e angariar fundos pra a nova grama sintética do campo de futebol americano.

Ela ergue o olhar, e ele engole em seco.

– Ah – diz.

Ele desce o polegar, passando pelos lábios dela e se acomodando na clavícula, tentando acalmar a tensão quente que se acumula no próprio corpo.

– Eu entrevistei a sua gerente de campanha pro jornal – continua Helen.

Grant mal consegue dar sentido às palavras. Ela mostra uma garota na foto do grupo.

– Acho que ela era a fim de você.

A mão dele se expande e se contrai na base da clavícula dela, flertando com o centímetro de pele pouco abaixo do colarinho do vestido.

– Você podia ter me entrevistado – responde ele, com a voz rouca.

Ela balança a cabeça devagar, e ele pensa que precisaria de um milagre para ela não sentir a ereção dele pressionando-a pela calça jeans.

– Você não me respondeu a tempo. – Ela suspira. – Eu tinha um prazo.

– Pobre Helen – diz ele.

A mão direita dele já desistiu totalmente de fingir ser respeitosa e agora está passando lentamente um dedo safado sob a alça esquerda do sutiã dela. Grant fica apenas no caminho do elástico, como se isso provasse alguma coisa.

– Sempre com um prazo.

– Grant – chama ela, com um gemido grave escondido na voz que ele descobre na mesma hora que é o som mais sexy da droga do mundo inteiro.

– Hum?

Ele desenha círculos lentamente ao longo da parte externa do ombro dela. *Círculo, círculo, ponto, ponto.*

Ela ri.

– Faz o negócio do cabelo de novo – murmura ela.

Devagar, Grant tira a mão direita do tecido do suéter e passa as duas mãos no couro cabeludo de Helen.

– Isso é tão bom – sussurra ela.

Ele não confia em si mesmo para responder e, em vez disso, se concentra em colocar mais pressão enquanto passa os dedos pelo cabelo dela de novo.

Helen solta o pesado anuário no peito e levanta uma das mãos, com a ponta dos dedos procurando a lateral do rosto dele.

Grant inclina a cabeça e tenta não gemer alto com a sensação da palma quente dela na barba. Os dedos dela flutuam inocentemente até os lábios dele, e ele não consegue evitar uma risada curta e grave. Ele dá um beijo rápido no dedo indicador dela e ela passa os outros dedos pela boca dele, parando por tempo suficiente para ele beijar a ponta de cada um.

Ele não resiste a pegar o dedo mindinho dela com a boca e passar a língua na parte de baixo.

Helen bate um dedo repressor nos lábios dele assim que ele o solta, como se tivesse quebrado alguma regra tácita.

Ele ri e murmura:

– Desculpa.

Em seguida, aproveita a oportunidade para beijar a parte interna da palma dela, e Helen puxa a mão. Ela segura as mãos dele e as usa para puxá-lo para baixo *apenas o suficiente* para ele pairar sobre ela. Os olhos dela estão fechados, mas ele tem quase certeza, pelo latejar no pulso dela, que Helen está tão desperta quanto ele.

Helen inspira e expira algumas vezes de maneira lenta e instável. O latejar furioso do sangue nas veias dele desacelera apenas o bastante para registrar o suspiro suave dela.

– Posso dormir aqui? – pergunta ela.

Enquanto isso, os polegares dele continuam roçando na pele dela. *Para a frente e para trás, para a frente e para trás.*

– Se você quiser – diz ele, com a voz rouca e grave.

Grant espera uma resposta, mas não há nenhuma. Ele sente a pulsação dela de novo – está lenta e constante; pode ser que ela já tenha dormido.

– Vou pegar um cobertor pra você.

Ele apoia a cabeça na parede por um instante. *Recomponha-se, Shepard.*

Em seguida, a afasta delicadamente do próprio colo e se levanta. *Calma aí, garoto.* Ele toma uma xícara de café descafeinado frio, depois segue pelo corredor até o banheiro do andar de cima. Encontra um cobertor no armário e volta para o quarto.

Ele franze a testa, confuso, para a marca na forma de Helen no sofá. Um baque no andar de baixo atrai a atenção dele para a janela, e os olhos se ajustam à escuridão bem a tempo de ver o carro dela saindo da entrada.

Ah, porra.

Grant fecha a porta e deixa o cobertor no sofá. Ele nota um pedaço macio de veludo preto na almofada – o elástico de cabelo dela.

Ele se inclina sobre o sofá e se atrapalha com o zíper até se soltar. Fecha os olhos e se masturba enquanto pensa no cabelo sedoso, *Grant, faz o negócio do cabelo de novo, isso é tão bom,* nos toques suaves dos dedos, *desculpa,* nos lábios carnudos e na língua roçando bem de leve o polegar dele, *isso é tão bom...*

Ele goza com um resfolegar rápido e trêmulo, ofegando sobre o sofá enquanto o orgasmo percorre o seu corpo.

... Porra.

15

HELEN DIRIGE PARA CASA E se concentra o dobro na estrada, tentando ignorar o *tum tum tum* insistente do coração. Os números no relógio dizem que é pouco depois de uma da manhã – ela passou quase nove horas na companhia de Grant Shepard hoje, mas, de algum jeito, parece que tudo aconteceu em poucos minutos, depois evoluiu em segundos de acelerar o coração.

Ela não sabe bem se a conversa furada sobre o anuário se transformou em alguma coisa a mais, alguma coisa que flertava perigosamente com a sedução. Ela ri ao parar em um sinal vermelho. *Se aquilo foi um flerte com a sedução, eu estou ferrada.*

O rosto fica ruborizado e quente quando ela se lembra da sensação dos dedos de Grant passeando pela pele dela – devagar, com inocência, sem ultrapassar os limites da negação plausível até que... *até que você praticamente fez um boquete no polegar dele.*

Se alguém fez as coisas escalonarem, foi ela e a própria boca descarada.

Isso não é justo, protesta consigo mesma. *Ele também queria.*

Helen se lembra da pressão insistente da ereção dele na calça jeans e tenta ignorar a vergonhosa reação de umidade na calcinha de algodão, antes perfeitamente respeitável.

Tecnicamente – *tecnicamente!* – não aconteceu nada que eles não possam explicar.

Ela ri dessa linha de pensamento. *Lembra quando a gente ficou de mãos dadas no cemitério? Foi igual a isso, só que... um pouco mais.* Ele também beijou a testa dela naquele momento. *Beijar dedos e beijar testas é basicamente a mesma coisa. Gestos castos entre amigos.*

Ela passa a mão pelo cabelo na esperança de que não esteja embaraçado de forma muito incriminadora.

Posso dormir aqui?

As palavras escaparam em uma construção inocente o bastante, mas ela poderia muito bem ter dito: *Por favor, você pode me foder com tanta força que nós dois vamos esquecer o nosso nome?*

Eram vergonhosas a facilidade, a rapidez e a certeza com que teria se jogado em cima de Grant se ele tivesse se inclinado para cima dela só uma fração de centímetro a mais. *E depois?*

Helen balança a cabeça ao parar na entrada de carros da casa dos pais. Não existe um *depois* com Grant Shepard. Não existe um mundo em que uma noite de tesão insano e temporário termine em alguma coisa além de arrependimento, constrangimento, evasivas e... *e se for tarde demais e isso estragar tudo quando a gente voltar para Los Angeles?*

Ela fica sentada no carro, batucando o dedo no volante. Pensa nas primeiras semanas desconfortáveis na sala dos roteiristas, quando eles mal olhavam um para o outro – como se fosse o último mês do último ano do ensino médio se repetindo.

Não.

Não é tarde demais. Está tudo bem. Tecnicamente, nada aconteceu. Não ultrapassamos nenhuma fronteira sem volta. Em poucos meses, Grant vai esquecer que essa coisa-que-não-é-praticamente-nada aconteceu.

Helen assente, respira fundo para se acalmar e entra na casa.

Ela o está evitando.

Grant olha furioso para a lista de chamadas no celular. Ele não ligou para ela na manhã do dia 27. Precisou de um tempo para pensar e, para ser sincero, repetir os acontecimentos da noite anterior mentalmente mais algumas vezes até que eles estivessem permanentemente tatuados na memória.

Ele *ligou* no dia 28, mas ela não atendeu, e ele achou melhor esperar 24 horas para ela retornar. As 24 horas se transformaram em 36. Ele sabe que ela ainda está na cidade – viu um story no Instagram dela comprando bagels. Tentou mandar uma mensagem cuidadosamente pensada: "Quais são seus planos para o Ano-Novo?"

Já são nove da manhã do dia 30 e Helen ainda não respondeu.

Grant pensa em dirigir até a casa dela e socar a porta como um homem das cavernas até ela atender. *E depois?*

Depois ele ia arrastá-la de volta para a caverna e terminar o que eles começaram.

Ele ri do pensamento surpreendentemente primitivo. Mas não sabe onde ela mora – algum lugar na base da montanha, do outro lado da estrada. Além disso, e se outra pessoa atender à porta? O que vai acontecer?

Grant afasta esse questionamento. *O que vai acontecer* não importa se ela não quer nem falar com ele, porra. Será que ela espera conseguir evitá-lo até eles voltarem para Los Angeles? *O que vai acontecer depois?* Eles vão ficar sentados em uma sala pensando em possíveis enredos e piadas e ele vai fingir que não se masturbou três vezes no fim de semana pensando nas outras coisas que poderia ter feito com ela enquanto seu corpo quente e disposto ainda estava embaixo dele?

O celular dele apita, e a rapidez com que o pega é vergonhosa, mas logo relaxa quando vê o nome: Kevin Palermo.

> Ouvi dizer que você está na cidade! Festa de Ano-Novo na minha casa, só vem.

Logo em seguida, mais um apito – a imagem de um convite brega chamando para a Festa Maneira de Ano-Novo do Kevin, com os detalhes e o endereço.

Grant suspira. Ele não quer ir à Festa Maneira de Ano-Novo do Kevin – é um evento que só fica mais triste a cada ano, conforme mais e mais amigos antigos têm filhos e precisam voltar para casa para render a babá. Ele consegue pensar em uma centena de coisas que prefere fazer do que ficar sentado no porão dos pais de Kevin ouvindo uma playlist no Spotify de hits do início dos anos 2000. Pelo menos noventa dessas coisas envolvem Helen Zhang e aquela boca interessante dela. Fodam-se todas as cem coisas.

Por outro lado…

Ele tenta pensar além da névoa inflamada do desejo. Talvez uma abordagem passiva e neutra fosse melhor.

Grant pensa no jeito como ela bateu o dedo – de maneira tão decorosa e repreensiva – nos lábios dele quando violou quaisquer que fossem as regras insanas que ela havia determinado mentalmente para o jogo de "quem consegue deixar a outra pessoa com mais tesão sem tecnicamente ultrapassar uma barreira".

> Vou estar na festa de Ano-Novo
> do Kevin Palermo amanhã.

> Vem comigo se você
> estiver por aqui?

Ele compartilha a imagem do convite e ignora a sensação profunda que diz que *talvez ela não vá; ela já pode estar cansada de você.*

HELEN XINGA A SI MESMA DE IDIOTA pelo menos vinte vezes no Uber a caminho da casa de Kevin Palermo. Será que Kevin sabe que ela está indo? Será que ele se lembra dela? Seria pior se ele se lembrasse?

Inquieta, ela puxa a saia do vestido um pouco para baixo. Levou poucas roupas para a viagem, e nenhuma delas é muito adequada para uma festa de Ano-Novo. Depois de cogitar ir de última hora ao shopping e rejeitar a ideia por ser patética demais, ela decidiu usar um vestido de seda preto que levou para usar como camisola. Sinceramente, está frio demais para um vestido desses, mas ele gruda na bunda dela de um jeito que a favorece, e seu orgulho não a deixaria aparecer usando um vestido tipo suéter que parece um saco sem forma, como fez da última vez que viu Grant. Ela complementou com uma jaqueta de couro e um borrifo de perfume, rindo de si mesma o tempo todo. *Para quê?* Disse aos pais que ia à casa de um velho amigo e eles não se importaram; já tinham planos com os pais de Theo em Edison.

Helen toca a campainha, e uma mulher bonita de cabelos escuros usando um vestido prata justo de gola rulê abre a porta. Ela inclina a cabeça, analisando Helen, e então seu biquinho se transforma num sorriso.

– É você – diz ela.

Helen procura a imagem da mulher sorridente no arquivo mental e chega a...

– Oi, Lauren.

Lauren DiSantos avalia Helen de cima a baixo.

– Há quanto tempo – cumprimenta.

A amiga colorida da cidade natal de Grant Shepard está me recebendo na festa. Helen fica pensando se seria mais constrangedor ficar ali ou voltar correndo para o Uber e pedir para o motorista levá-la para casa. Ou para a Sibéria. Talvez para o Polo Norte.

O problema é que, se ela fizesse isso, Grant com certeza ia descobrir. E isso seria pior.

– Está muito frio aqui fora – comenta Helen.

– Vem, vamos pegar uma bebida pra você – diz Lauren, abrindo a porta.

Helen a segue até a cozinha, tentando não virar o pescoço 180 graus para procurar Grant em todos os cômodos dessa casa do meio do século XX, que parece ter sido decorada pela avó de alguém. Elas passam por grupos de adultos desconhecidos com rostos vagamente familiares, e Helen se sente uma menina do segundo ano brincando de se arrumar em uma festa cheia de gente *cool* do último ano.

– No cardápio tem champanhe barato ou vinho em caixa – oferece Lauren.

– Tanto faz por mim – diz Helen.

Lauren dá um sorriso presunçoso.

– Ou...

Ela se abaixa e pega uma garrafa de Lagavulin de dezesseis anos embaixo da pia.

– Tem o uísque escocês especial que o Kevin esconde e esquece todo ano. Você vai se aquecer mais rápido.

– Está ótimo – aceita Helen.

Lauren serve uísque puro para as duas.

– Saúde – diz ela, e as duas brindam.

Helen não costuma beber uísque escocês, mas conclui que depois desse vai começar a beber, enquanto sente o sabor defumado do uísque envelhecido descer pela garganta e viajar direto para o estômago.

– Então – começa Lauren. – Quais são as novidades?

– Hum – diz Helen, tomando mais um gole. – Quase nada.

Lauren ri.

– Meu bem, a gente não se vê há catorze anos. Quase nada?

– Talvez eu tenha novidades demais, então. Eu nem saberia por onde começar.

Helen está ansiosa e agitada. De repente, ela se lembra do quanto odeia festas e ficar na rua até tarde com pessoas que não conhece tão bem e se pergunta *por que caralhos veio até aqui.*

– Ouvi falar que você está trabalhando em uma série de TV – comenta Lauren. – Isso é coisa pra caramba.

– É – diz Helen, com a boca no copo. – É empolgante.

– Vai ter alguém famoso?

– Hum, não sei. Acho que eles ainda estão na fase de… contratos e tal.

Lauren a analisa e toma um gole de uísque.

– O Grant está trabalhando nessa série, né?

– Está, sim – responde Helen, e olha para baixo.

– Deve ser esquisito pra você, considerando tudo que aconteceu. Como é trabalhar com ele?

– Ele é… legal. O ensino médio foi há muito tempo.

Lauren a analisa com curiosidade. Helen espera que ela não insista nesse assunto.

– Foi mesmo – concorda Lauren por fim. – Sabe, o Grant está aqui em algum lugar.

– É, eu sei – responde Helen. – Foi ele que me falou da festa.

Ele me falou de você, pensa ela, se perguntando se tem alguma coisa que ele não contou. Talvez ela esteja pensando demais. Talvez ele já tenha esquecido do que aconteceu no dia depois do Natal. Talvez ele nem tenha questionado o silêncio de Helen diante das ligações e mensagens de texto e simplesmente tenha mandado o convite para ser simpático.

Talvez ele já esteja planejando voltar para casa com Lauren.

– Eu imaginei. A gente nunca te viu por aqui – fala Lauren. – Quer dizer que vocês são amigos?

– Alguma coisa assim – concorda Helen.

– O Grant e eu também já fomos "alguma coisa assim" – conta Lauren casualmente. – Mas agora não tanto. Acho que ele mudou desde que eu o conheci.

– Faz sentido – afirma Helen, sem muita certeza de que faz mesmo.

– Você também está diferente do que eu me lembro.

Helen se sente desconfortavelmente quente sob o olhar direto de Lauren.

– Espero que sim – responde, dizendo a si mesma para erguer a cabeça. – Eu tentei.

Lauren sorri.

– Sei como é – diz ela por fim. – Eu também estou tentando mudar. Mas, você sabe, velhos hábitos…

Será que o Grant é um velho hábito?

– Acho que ele está lá embaixo – comenta Lauren.

Quando Helen pisca, atônita, Lauren aponta com a cabeça para os degraus acarpetados que levam ao porão.

– Grant. Se você quiser dar um oi.

– Ah – diz Helen, e sua pulsação acelera. – Obrigada. Eu vou lá, sim.

– Espera.

Lauren deixa a bebida de lado e segura o queixo de Helen com uma das mãos, depois limpa os lábios dela com um guardanapo.

– Seu batom está borrado. A gente não quer isso, né?

Helen espera Lauren terminar, depois se afasta.

– Obrigada – agradece ela, insegura.

– Sem problemas. As mulheres têm que cuidar umas das outras. Boa sorte.

Ela ergue o copo em um brinde levemente irônico.

GRANT NÃO ERGUE O OLHAR quando Kevin salta do sofá e grita "Mano!" pela décima quarta vez na noite. Outro rosto perdido do passado dele, provavelmente.

– Eu não te vejo há uma eternidade, porra – diz Kevin.

– É… bom… – responde uma voz feminina.

Grant vira a cabeça com tanta rapidez que se surpreende de não quebrar o pescoço. É *ela*.

– Eu não costumo ter muito tempo livre quando venho pra casa – continua ela.

– Você está *ótima* – diz Kevin, no eufemismo do século.

Ela está usando um vestido de seda preto que parece extremamente fino, o que é ridículo nesse clima e também a deixa *gostosa pra caralho*. O cabelo comprido está escovado e cacheado, e a mão dele coça de desejo de enroscar aqueles cachos nos dedos. *E depois?*

Helen fica vermelha com o elogio patético de Kevin de um jeito que faz Grant querer nocautear o velho amigo.

– Obrigada – agradece ela. – Eu tentei. Você também está ótimo.

Os olhos dela disparam para Grant e, de repente, o ar parece ter sumido do ambiente.

– Oi.

– Oi – responde ele, tentando manter a voz calma.

– Quais são as novidades, cara? – pergunta Kevin, totalmente alheio ao clima. – Posso pegar uma bebida pra você?

– Eu, hum, já tomei uma – responde ela. – A Lauren me deu um pouco do seu uísque escocês lá em cima. Espero que não tenha problema.

Helen murmura isso para o chão, e Grant franze a testa. Ele reflete que ela deve estar desconfortável aqui, com tantas pessoas que não conhece. De repente, ele odeia Kevin, Lauren e todas as pessoas na casa que estão impedindo que ele converse diretamente com Helen.

– Claro, claro – garante Kevin. – A Lauren é uma velha amiga. Ela sabe onde a gente esconde as coisas boas. E agora você também sabe! Engraçado como as pessoas se tornam velhas amigas, né?

– É – concorda Helen, olhando para Grant.

– E como é que *você* está? – insiste Kevin.

Grant se levanta e se aproxima dos dois, porque sente que só vai aguentar até certo ponto antes de fazer alguma coisa drástica.

– Eu estou bem – diz Helen. – Andei ocupada… escrevendo coisas. E você?

– O de sempre – responde Kevin. – Tive um emprego, perdi o emprego, consegui outro, não deu certo, mas tudo bem, porque vou tirar umas férias pra passear com o meu primo no lago Michigan em janeiro, de qualquer maneira.

– Ouvi falar que é lindo – comenta Helen.

– É, a gente vai trabalhar no barco dele – diz Kevin. – Eu nunca trabalhei num barco, mas, você sabe, parece divertido. Talvez seja a minha vocação.

– Acho que a contagem regressiva vai começar daqui a pouco – comenta Grant. – É melhor você...

– Ai, merda, é verdade – diz Kevin, e dá um tapa na cabeça. – A gente tem um projetor enorme lá fora pra poder ficar acendendo velas de estrelinhas e tal, mas ele está falhando pra caralho esse ano. Quer dizer, a gente pode assistir à contagem regressiva na sala de estar lá em cima, mas sem as estrelinhas não tem graça, né?

– É – responde Helen.

– Falo com vocês depois – diz Kevin e sobe, deixando os dois sozinhos. Finalmente.

– Então... – começa Grant. – Você veio.

Helen assente. Ela tem um ar distante, e ele fica com uma impressão meio alucinada de que ela está parecendo um gato vira-lata pensando em atravessar a rua. *Eu vou até você, se for mais fácil.*

– Eu queria ver... como seria – murmura ela enquanto ele avança lentamente em sua direção.

– E? – pergunta ele.

A pulsação dela acelera. Ele para diante de Helen, perto o suficiente para os dois poderem se tocar.

– O que você está achando?

Ela olha ao redor, para todos os lugares, menos para ele.

– Eu me lembrei que odeio festas – responde ela.

– E pessoas... e falar com elas... e eu – diz ele com a voz baixa, pousando a mão na parede com painéis de madeira atrás dela, ordenando mentalmente que ela incline o queixo e olhe para ele. – Certo?

– Eu não... – começa ela.

Helen gagueja quando ele finalmente, *finalmente,* estende a mão para acariciar o ombro dela. Ela sente arrepios no braço... porque está frio e o vestido dela é fino, claro.

– Eu não odeio as pessoas – replica ela, baixinho.

Grant bufa de leve, e o cabelo na frente do rosto dela se move com a respiração dele. Ele desce a mão até estar segurando suavemente o cotovelo dela com o polegar e o indicador.

– Pessoas – repete ele. – Tá bom.

– Eu não sei o que é isso – diz ela, erguendo o olhar para ele.

– O que você quer que seja? – pergunta ele, puxando-a para cada vez mais perto até ela estar praticamente se curvando em direção ao corpo inclinado dele.

– Nada. Quer dizer... eu não sei.

Ele ri e abaixa a cabeça até o ombro de Helen. A mão dela se ergue e entrelaça o cabelo dele, massageando lentamente. *Bom garoto.*

– Me ajuda – pede ele com a boca encostada na pele dela. – Eu não sei as regras.

– As regras?

A voz de Helen sai fraca, e ele roça os lábios no ombro dela. A pressão não é suficiente para chamar aquilo de um beijo. Mas é... *alguma coisa.*

– Desse jogo que a gente está jogando – responde ele, afundando os dedos na seda fria do vestido e sentindo o calor exalando dela em ondas. – O que é que eu ganho se vencer?

– Não tem como vencer.

Ele levanta a cabeça, depois abaixa a alça fina do vestido dela, tirando-a do ombro.

– Não?

– Não é algo... possível.

Helen respira pesado enquanto ele abaixa a cabeça até o milímetro do ombro que acabou de ser exposto. Ele encosta o nariz na pele dela e roça de um lado para o outro.

– Mas eu estou gostando mesmo assim – sussurra ele, com os lábios percorrendo a clavícula dela.

– Do que mais você está gostando? – pergunta Helen, baixinho.

Os dedos de Grant se fecham no quadril dela, e ela ofega.

– Estou gostando desse vestido – diz ele. – Se é que dá pra chamar assim.

Helen encosta nele e, em resposta, sente uma rigidez gratificante abaixo do cinto.

– Eu quis dizer... – Ela ofega quando ele pressiona o joelho entre as pernas dela e a puxa para baixo, roçando a seda no jeans duro. – Você está gostando... de mais alguém?

Ele se afasta de maneira abrupta, e ela se vê tremendo no porão relativamente frio sem o calor do corpo de Grant Shepard.

– O que você quer dizer – fala ele, encarando-a – com "mais alguém"?

– Eu vi a Lauren lá em cima – murmura ela, e desvia o olhar. – E fiquei pensando se vocês estavam...

Ele suspira de um jeito suave.

– Desta vez, não. Pra ser sincero, já faz um tempo.

– Ah – diz ela, corando. – Tá bom.

Grant inclina a cabeça, depois sorri torto.

– Você é fofa quando está com ciúme.

Ela bufa e desvia o olhar, mas não nega. Não quando ainda sente a satisfação percorrer o próprio corpo ao processar as informações aparentemente muito importantes de que: (1) ele acha que ela é fofa e (2) ele não vai para casa com Lauren.

– Então essa é uma regra? – pergunta ele, analisando-a. – Não gostar de mais ninguém?

Helen acha que deve estar parecendo ridícula neste momento, com o cabelo bagunçado, a pele vermelha e o vestido amarrotado. *Foda-se essa merda.*

Ela é inteligente demais para isso.

Então, se afasta da parede e estende a mão para empurrar o peito dele, assumindo um pouco do controle. Ele não resiste e, com poucos passos, para nas costas do sofá em que estava sentado quando ela desceu.

– Seria mais fácil – diz ela, suavemente – se a gente pudesse dizer que nada aconteceu.

– Mas nada aconteceu *mesmo* – responde ele, baixinho.

Helen desliza a palma pelo peito dele, descendo até o cinto. Ela para, depois roça lentamente as costas da mão na frente da calça jeans. Grant solta o ar bruscamente.

– Eu quero... – começa ele.

– Eu não quero saber o que você quer – interrompe ela, e afasta a mão.

– Tudo bem – diz ele, com a respiração ofegante.

Ela se sente poderosa, como se ele pudesse fazer qualquer coisa que ela pedisse agora. Depois de passar a ponta dos dedos na parte externa da coxa dele, ela mergulha a mão por baixo do cinto, entrando na calça jeans.

– *Puta merda* – diz ele, expirando.

Helen se inclina para a frente, respirando na orelha de Grant, como uma sugestão ardente enquanto o massageia por cima do tecido macio da cueca boxer. Ela consegue sentir um ponto úmido e quente. Os músculos da garganta dele parecem retesados.

– Não tem como vencer, no nosso caso – diz ela, acariciando, apertando, puxando. – Só tem... isso.

A respiração dele sai em explosões curtas e irregulares. Ele está quase lá, pensa ela – seria tão fácil descer e provar o sabor dele. *Ele deve ter gosto de algo que ela não pode ter.* Grant segura a nuca dela e a traz para perto o suficiente para apoiar a testa na dela.

– Olha pra mim – ordena Grant, parecendo se esforçar para manter o controle. – Você quer isso?

Ela o observa com olhos vidrados e passa a ponta da língua nos próprios lábios, que de repente parecem secos. Um músculo treme no maxilar dele e seus olhos cintilam, mas ele continua olhando para Helen com uma intensidade tensa até ela assentir bem de leve. Ele não vai resistir muito mais.

– Eu quero isso – sussurra ela.

– Então você pode ter. – Ele ofega. – Eu preciso gozar.

– Goza pra mim, então – murmura ela.

Ele obedece, apoiando a cabeça no ombro dela e abafando um rosnado quando goza na mão dela através do tecido. Grant desliza a boca – *lábios, dentes, barba* – na pele dela com tanta força ao chegar ao clímax que Helen acha que vai ficar marcada. Então, ela diz:

– Era isso que eu queria.

Seria mais fácil se a gente pudesse dizer que nada aconteceu.

Grant se limpa no banheiro o máximo que consegue. Até o momento, ele poderia dizer que Helen Zhang é responsável por dois dos orgasmos mais rápidos e maravilhosos da vida dele. Mas ela é cuidadosa com ele do mesmo jeito que é cuidadosa com tudo. As mãos dela nunca chegaram até a pele, não importando o quanto o pau dele estivesse pressionando com determinação a abertura da cueca boxer. Quando ele terminou, ela o deixou ficar encostado nela pelo tempo de alguns batimentos cardíacos preciosos e fortes antes de tirar lentamente as mãos e murmurar:

– Acho que tem um banheiro ali.

Ela também não o beijou, pelo menos não na boca.

Bem, pensa Grant com tristeza, *ele* também não a beijou.

Mas ela está dois pontos à frente dele, e *isso* o incomoda.

Goza pra mim, então. Era isso que eu queria.

E o que ele quer? Ele quer enfiar o rosto entre as pernas dela e descobrir se ela goza fazendo barulho, sem nenhuma inibição, ou com espasmos silenciosos e trêmulos. Ele quer transar com ela encostada numa parede, depois de novo na cama dele e talvez em um carro também.

Eu não quero saber o que você quer.

Grant se lembra da chama nos olhos dela quando ele perguntou se *ela* queria isso. Se ela o queria.

Eu quero isso.

Uma sensação quente de orgulho masculino flui no peito dele com o pensamento de que essa mulher – essa mulher espinhosa e singular – o deseja. Ou, pelo menos, algumas partes dele. Grant não sabe o quanto ela está disposta a dar, mas de repente percebe que está disposto a receber o que puder, pelo tempo que durar.

Não tem como vencer.

Mentira. Grant seca as mãos e se encara no espelho. Parece que acabou de correr uma maratona. Ele se sente um adolescente com tesão, como se pudesse construir uma casa com as próprias mãos. Ele é a porra do Grant Shepard. E, antes de Helen Zhang entrar na sua vida, sempre foi bom em vencer.

Então é isso que vai fazer. Ele sai do banheiro e encontra o porão vazio. Quando sobe, não fica nem um pouco surpreso ao descobrir que ela já foi embora. Grant localiza o próprio casaco e também escapa em silêncio. Não precisa ficar até a contagem regressiva. Precisa bolar um plano.

16

— Helen vai ter um encontroooooo – anuncia Owen triunfante ao se sentar.

— Não vamos falar nesse assunto – diz Helen, se acomodando na cadeira e pegando o notebook.

— Mas é uma fofoca tão *maravilhosa* – protesta Owen.

Não é, mas Owen gosta de exagerar.

Já faz quase quatro dias que eles voltaram à sala dos roteiristas, e ela ainda sente um embrulho desconfortável no estômago toda vez que encontra por acaso os olhos de Grant do outro lado da mesa.

Helen voltou de avião no primeiro dia de janeiro e logo descobriu (lendo com atenção os comentários no último post de Grant no Instagram) que ele ia ficar em Dunollie mais uma semana para ajudar a esvaziar a casa da mãe. Ele não ligou, não mandou mensagem nem respondeu diretamente as mensagens dela no grupo da sala dos roteiristas desejando feliz Ano-Novo a todos. Depois de sofrer um pouquinho e mergulhar na banheira para pensar, ela concluiu que ele estava deixando a bola no campo dela.

E ela deixaria a bola quicar até as folhas se acumularem, a chuva cair e todos abandonarem o jogo. Faltam nove semanas para o encerramento das atividades da sala dos roteiristas – tempo suficiente para as coisas voltarem ao normal entre os dois e, ao mesmo tempo, um período curto o bastante para que ela consiga aguentar.

Porque a verdade é que sabe que seria um erro levar essa *coisa* entre eles adiante. Ela nunca foi muito boa em relações casuais e suspeita que já gosta demais dele para erguer completamente as barreiras contra qualquer um daqueles sentimentos suaves, quentes e traiçoeiros que ameaçam aparecer toda vez que eles estão muito próximos.

Como se tivesse um sexto sentido inútil, Helen sempre sabe imediatamente quando Grant está na sala. A sensação do ar parece diferente e os olhos dela buscam áreas seguras em que focar (qualquer lugar onde ele não esteja), como um mapa de calor ao contrário. Ela também sempre sabe quando ele a está encarando, embora possa contar nos dedos de uma mão todas as vezes que olhou diretamente para ele esta semana.

Neste momento, por exemplo, ela sabe que ele está brincando com uma bolinha feita de elásticos e observando-a atentamente.

– Qual é a fofoca? – pergunta Eve.

A fofoca é que Greg, o diretor de elenco, aparentemente vem arrastando a asa – uma asinha de frango, na verdade – para Helen ao longo das últimas semanas e, de maneira muito cavalheiresca, esperou até o elenco principal da série estar completo para mandar um e-mail muito simpático com um link para uma pesquisa no Google Forms chamando-a para sair, contendo opções de múltipla escolha para as datas em que eles poderiam marcar o encontro.

– Bem, *obviamente* a gente tem que te ajudar a preencher a pesquisa – diz Suraya.

Relutante, Helen manda o link para o grupo da sala dos roteiristas.

– Acalme-se, coração, o romance não está morto – diz Eve, sorrindo enquanto rola a tela do Google Forms.

– "Nível de elegância: esporte casual, casual, traje de negócios, semiformal, smoking completo/vestido de gala" – lê Nicole. – Eu voto por você marcar "smoking completo" e aparecer de esporte casual. Ou marcar "casual" e aparecer de vestido de gala.

– Eu gosto que ele traz opções de lugares, mas também deixa espaço para suas sugestões – observa Saskia. – Mas esse negócio de "encontro na praia de Malibu", não sei, não. Isso é um passeio de dia inteiro… é muita coisa pra um primeiro encontro.

– Eu aposto as minhas fichas no boliche – opina Tom. – Se ele for bom, você vai saber que ele quer se mostrar e que a habilidade mais impressionante dele é o boliche; se ele for ruim, você vai ver como ele reage em situações de estresse.

– Um pensamento interessante – comenta Eve. – Eu votaria em refeição caseira por motivos semelhantes.

– É, mas e se ele fizer uma escolha errada de cardápio e isso destruir um encontro que poderia ter potencial? – sugere Owen. – Opinião impopular: comer é uma coisa pessoal demais pra fazer em um primeiro encontro. Tipo, olha aqui, vou te mostrar como eu sustento e nutro o meu corpo? Nojento.

– Eu acho que o importante é escolher o que vai fazer a Helen se sentir na zona de conforto – diz Suraya. – Depois ela pode avaliar se o Greg está contribuindo ou não para melhorar o estado mental e emocional geral dela.

– A minha zona de conforto é em casa, com o meu notebook, numa poltrona perto de uma saída e sem janelas ou portas atrás de mim – declara Helen.

Grant faz um barulho suspeito que soa como *mas é claro*. Ela olha para ele, mas o vê rolando a tela do celular com uma expressão levemente entediada.

– Grant, você quer compartilhar as suas ideias com a turma? – pergunta Suraya, paciente.

Ele solta um resmungo baixinho que Helen tem quase certeza de que ninguém mais ouve, e então olha rapidamente para o rosto dela antes de voltar a atenção para a tela do celular.

– Meu voto é smoking completo/vestido de gala, porque assim você pode descobrir se ele tem um smoking; boliche, porque o Tom está certo; e tacos, porque aí você pode ir embora cedo se o encontro for ruim ou prolongar a noite se for bom – lista Grant.

Ele deixa o celular de lado e abre um sorriso plácido para Helen. Ela percebe que ele lançou algum tipo de desafio e sente uma vontade súbita de aceitá-lo.

– Uau, acho que ele acertou – diz Owen. – Está perfeito, não tenho nada a acrescentar.

Eles acabam fechando a história do segundo episódio da temporada naquela tarde, e Suraya manda Grant sair para esboçar e depois escrever o roteiro. Helen não pensa muito a respeito até ele não aparecer na sala na manhã seguinte.

– Onde está o Grant? – pergunta ela, tentando soar casual.

– Escrevendo – responde Suraya. – A gente tira os roteiristas da sala quando eles estão escrevendo os roteiros.

– Ah – diz Helen, se sentindo burra.

Claro. Por que ela achou que todos iam ficar sentados digitando roteiros ombro a ombro na mesma sala, até o fim, como se estivessem estudando para as provas finais?

Na saída, ao fim do dia, ela se pega passando pelo escritório dele antes mesmo de conseguir se impedir de fazer isso. Os escritórios individuais dos roteiristas são uma fileira de closets reformados ao longo da parede de trás do salão aberto. Ela nunca tinha visto Grant no dele e fica surpresa ao avistá-lo pela porta aberta. Ele está franzindo a testa para o notebook, recostado em uma cadeira giratória ergonômica.

– Toc, toc – diz Helen, e fica com vergonha na mesma hora.

Os olhos dele vão até ela, depois voltam para a tela do notebook.

– Eu só queria ver como está o progresso – continua ela.

Grant ergue os olhos, e ela sente a intensidade total do olhar dele pela primeira vez no dia. De repente, se lembra do que sentiu uma vez em que era jovem e estava correndo para dentro de casa, fugindo do frio do inverno: um fluxo de calor seguido imediatamente pelo solavanco desagradável de cair em um piso duro e frio.

– Nada bem. Eu ando distraído.

– Ah.

Ela para na porta, indecisa. O canto da boca de Grant se curva em um sorrisinho enquanto ele a observa.

– Fecha a porta – pede ele.

Helen hesita, mas puxa a porta e a fecha. Grant batuca uma caneta na mesa, ainda observando-a em silêncio. Ela se recosta, segurando a maçaneta da porta com um pouco de ansiedade.

Ocorre a ela que ele podia estar querendo lhe dizer para ela fechar a porta ao sair. Merda.

– Eu, hum, eu deveria te deixar...

– Vem cá.

As pernas dela obedecem ao comando antes que o cérebro tenha tempo de argumentar, e de repente ela está parada na frente dele, com os joelhos dos dois quase se tocando e o tecido do vestido transpassado flertando com a calça jeans.

Grant ergue o olhar para Helen, com uma tensão preguiçosa na maneira como se recosta de novo na cadeira.

– Que horas é o seu encontro? – pergunta.

– Seis e meia.

Ele olha para o relógio na parede, que marca 17h45.

– Então eu tenho um tempinho – murmura ele, e se levanta conforme a puxa para si.

De repente, Helen se vê encostada no peito de Grant, que sobe e desce enquanto ele enfia o rosto no cabelo dela e inspira fundo. Os dedos dele se espalham nas costas dela, acariciando-a em um movimento reconfortante e carinhoso que a puxa para cada vez *mais perto*, como se o objetivo fosse eliminar todo o espaço entre os dois. É *demais* e, ao mesmo tempo, não é suficiente. O corpo dela vibra baixinho com o contato – *sentimos falta disso*, seus membros parecem cantar –, e a pele se arrepia com a consciência do que está acontecendo.

– Desculpa – diz ela, embora não saiba o motivo.

Ele ri no cabelo dela, e ela sente um beijo na têmpora.

É um beijinho suave. Helen ainda poderia sair dos braços dele agora e ir embora, pensa ela, e esse seria o fim. Eles poderiam seguir em frente sem muito constrangimento: um abraço e um beijo na testa dizendo o que palavras parecem não conseguir expressar.

Comecem a andar, ordena ela aos pés, mas parece que eles não querem escutar.

– Pobre Helen – murmura Grant, lhe dando mais um beijo, desta vez na sobrancelha, e depois outro no canto do olho esquerdo dela. – Tantos conflitos internos.

Ele desenha círculos no braço dela lentamente com o polegar e roça os lábios na bochecha dela.

– Eu não sei por que… – diz ela, a voz enfraquecendo quando ele avança para beijar a outra bochecha – … eu sempre acabo aqui.

Grant passa o nó do dedo lentamente nos lábios dela, encarando a boca com um desejo evidente nos olhos. Ele engole em seco com força. Em seguida, inclina a cabeça e a beija no maxilar, subindo em direção à orelha dela.

– Talvez você tenha sentido saudade de mim – sugere ele.

Helen solta o ar bruscamente quando ele captura o lóbulo de sua orelha com os lábios. Ela balança a cabeça de leve – ou talvez simplesmente esteja tremendo.

– Eu vi você todos os dias esta semana – replica ela.

– Hum – diz ele, permitindo que os dedos subam pelos braços dela, deixando marcas pálidas na pele corada. – Na minha cabeça, foi diferente.

Ele dá um beijo suave e demorado no pescoço de Helen, e a mão dela sobe involuntariamente para se enterrar no cabelo dele.

– Eu é que vi *você* – continua ele no pescoço dela. – Na verdade, eu não consigo parar de te ver.

Grant se afasta de repente, e ela sente vontade de chorar com a falta do contato. Estende as mãos para trás, segurando a borda da mesa, impedindo-as de irem na direção dele.

Ele se joga na cadeira, e ela pensa que talvez esteja prestes a ser dispensada. Em vez disso, ele analisa um pedaço de tecido floral amarelo na mão, e ela percebe que ele está segurando a ponta da corda que dá o nó no vestido transpassado. De repente, parece que não há ar o bastante no ambiente.

– Até onde eu tenho permissão pra ver, Helen? – pergunta ele, baixinho.

Devagar, *muito* devagar, ela tira uma das mãos da mesa e puxa a outra ponta pendurada do vestido transpassado. O laço se solta e ela sente o vestido ficar solto no corpo, preso apenas pela gravidade e um nó muito malfeito.

Os olhos de Grant parecem incendiar com um brilho quente, frio e perigoso, e ele puxa o tecido até o nó frouxo se desfazer. Ele o solta, e ela sussurra um agradecimento silencioso para os deuses do guarda-roupa por ter vestido calcinha e sutiã combinando quando o vestido cai, expondo uma faixa de pele e renda preta.

Ele engole em seco com força.

– Você é a minha visão preferida naquela sala – diz ele de repente, e cai de joelhos na frente dela.

Grant percorre com beijos uma linha da barriga até o elástico da calcinha de renda.

– E não importa o quanto eu tente – continua ele, beijando o triângulo de renda na frente, insistente, delicioso, *buscando*, ofegante –, você nunca retribui o meu olhar.

– Isso não é verdade – murmura ela, enroscando os dedos no cabelo de Grant enquanto ele a lambe com ousadia por cima do tecido. – Eu... eu olho pra você.

Ele solta uma respiração curta e quente, e Helen sente que o sopro vai direto para o clitóris dela. *Porra.*

– Você está olhando pra mim agora? – murmura ele.

Ela morde o lábio para não soltar um gemido com a fricção deliciosa da língua dele na renda.

Grant ergue o olhar para ela enquanto evolui para um ritmo constante que a faz ofegar. Há uma chama de calor nos olhos dele e uma leve camada de suor na testa. Helen se sente venerada.

Está tão molhada que tem certeza de que ensopou o tecido, e ele praticamente *rosna* nela.

– O seu gosto é delicioso, porra – diz ele, e a chupa. – Eu poderia jantar essa boceta toda noite e voltar pra sobremesa.

Um lamento abafado escapa de Helen, e ela acha que, mesmo que alguém entrasse ali agora, ela ainda seria totalmente incapaz de fazer qualquer coisa além de puxar a boca gloriosa dele para mais perto.

– Grant – sussurra ela.

– Estou aqui, meu bem.

– Eu quero... – Ela morde o lábio quando a ponta fina da língua dele pressiona o clitóris por cima do tecido. – Eu quero gozar na sua língua. Por favor.

Em um movimento fluido, ele empurra a renda da calcinha para o lado e pressiona a língua no meio das pernas dela, exatamente onde a estava torturando. Ela estende a mão sem ver nada e para no maxilar dele, sentindo a barba e a tensão enquanto ele trabalha com a boca.

Ela solta um ofegar trêmulo e sente uma onda de estupor percorrer o corpo enquanto o mundo todo desaparece, restando apenas um único ponto na língua milagrosa de Grant Shepard. *Isso, isso, isso, isso.*

Helen volta ao próprio corpo aos poucos e, quando baixa o olhar, Grant a está observando com olhos famintos, passando o dorso da mão na boca.

Ele dá um beijinho na parte interna da coxa dela, e ela estremece.

Quando ele se levanta, ela se sente arqueando sob o corpo inclinado dele enquanto Grant estende a mão para trás dela. Ela não consegue deixar de notar um ponto escuro e úmido na calça jeans dele e os músculos pulsando no pescoço, implorando para serem beijados. Ele pega um marcador azul em um pote de canetas e tira a tampa.

– O que você está fazendo? – murmura ela enquanto ele se recosta na cadeira de rodinhas em um gesto preguiçoso.

Ele encosta a ponta do marcador na parte interna da coxa direita dela e começa a escrever.

– Te dando meu endereço – responde. – Pro caso de Santa Monica ser longe demais pra você dirigir até lá depois do seu encontro.

Grant ergue o olhar, apertando a coxa dela, e Helen percebe um vislumbre de humor nos olhos dele.

– É um marcador lavável – acrescenta ele, e o coração dela dá uma cambalhota engraçada. – Se você estiver preocupada com isso.

Ela *está* preocupada, mas não com a tinta azul lavável. Está preocupada com a possibilidade de, mesmo depois de lavá-la, a pele se recusar a esquecer a sensação de Grant. Está preocupada com a perspectiva de eles estarem seguindo em direção a algo inevitável.

GREG, O DIRETOR DE ELENCO, encontra Helen na pista de boliche em Burbank, perto do estacionamento do estúdio.

– Tem um rinque de patinação e um hipódromo aqui perto, se a gente precisar de ideias pro segundo encontro – diz ele.

Helen sorri e pega a bola de boliche marmorizada roxa que de repente a faz lembrar dos sais de banho que ela usou para lamentar o silêncio de Grant na semana passada. Ela se força a voltar os pensamentos para o homem charmoso e perfeitamente normal diante dela.

– Você joga boliche sempre? – pergunta.

– Não – responde Greg, e faz uma jogada impressionante apesar disso. – Caramba, isso foi pura sorte.

– E aí, qual foi o processo por trás da escolha das opções no formulário de pesquisa? – indaga ela. – Eu adoraria saber.

– Bem, o negócio é que um encontro deve ser divertido – diz ele. – Eu inventei o formulário um tempo atrás pra fazer ser divertido pra mim.

Tentei pensar numas opções de coisas que os meus amigos e eu sempre dizemos que queremos fazer, mas nunca conseguimos.

– É uma novidade interessante – diz ela, e joga uma bola na calha.

– Tem uma pesquisa opcional de saídas – conta Greg. – Ela é enviada automaticamente por e-mail pra eu não amarelar.

– Parece que você está coletando um monte de dados.

– Não tantos quanto você pensa. – Greg ri. – Não sou esse cara, Helen.

Ela ri e pensa que Greg provavelmente seria um bom namorado para alguém. Ele é divertido, tem uma boa conversa e está sempre pronto para preencher uma pausa com uma história engraçada do trabalho ou uma pergunta atenciosa. Helen descobre que ele tem dois irmãos mais velhos, um que também trabalha na TV e outro que lida com sistemas de informação em Las Vegas. Ela conta a ele que tem pensado em outras ideias possíveis de séries de livros para vender para a agente.

– Talvez alguma coisa com uma liga de adolescentes que jogam boliche – diz ela, e consegue derrubar uns poucos pinos.

– Quer umas dicas? – pergunta Greg, porque ele realmente é melhor do que ela.

– Claro.

De repente, ele está ao lado dela, ajustando sua posição e tocando seu braço. Helen tenta não pensar na tinta azul em forma de endereço que parece estar abrindo um buraco quente na parte interna da coxa direita.

– É só levar a sua mão pra trás e… soltar – indica ele.

Ao fazer isso, recua para uma distância adequada para observá-la jogar. Ele é tão *adequado,* pensa Helen.

Eles observam a bola rolar até a calha, e os dois riem.

– Eu te falei que não sabia o que estava fazendo – diz Greg.

ROTARY DRIVE, Nº 1.847.

Já está escuro quando Helen passa dirigindo pelo Reservatório de Silver Lake e entra em uma das ruas sinuosas ali perto. As ruas estão lotadas, e ela diz a si mesma que, se não encontrar uma vaga, vai dar meia-volta no topo da montanha, ir direto para casa e nunca mencionar esta parte da noite para ninguém.

Mas tem uma vaga bem em frente à entrada de carros, e ela estaciona ali com facilidade, sentindo o coração martelar.

O bangalô do número 1.847 da Rotary Drive é amarelo-claro, no estilo espanhol, coberto com bougainvílleas, e uma luz acolhedora de cor quente está acesa no alpendre quando ela sobe os degraus e toca a campainha.

17

Grant abre a porta e encontra Helen parada no alpendre com uma sacola marrom de comida para viagem.

Ele cruza os braços e se apoia no batente da porta, inspecionando os detalhes. Ela está sorrindo; um pouco nervosa, mas sorrindo mesmo assim. Jogou um casaco de inverno por cima do conhecido vestido amarelo, talvez porque as temperaturas de deserto em janeiro passam rapidamente de quentes para congelantes depois que o sol se põe. Parece reservada e elegante. *Ela gozou na língua dele algumas horas atrás.*

– Como foi o seu encontro? – pergunta Grant.

– Foi tranquilo – responde ela. – Foi bom.

O maxilar dele fica tenso, e Grant tenta não pensar no que significa *bom*.

– Você acha que vai vê-lo de novo?

Helen inclina a cabeça, pensando na pergunta. Ele fica imaginando que cálculos estão acontecendo naquele cérebro afiado e lindo neste momento.

– Acho que não – diz ela suavemente. – Não.

– Hum.

Ela dá um leve sorriso e ele sente um aperto no peito. Quer tocar de novo nela. Mas ela já sabe disso.

– Eu trouxe sobremesa – avisa Helen, mostrando a sacola. Depois, com um pouco mais de insegurança: – Posso entrar?

Grant encara a mulher no alpendre, cujas camadas escondidas ele está apenas começando a revelar, e tem uma sensação estranha e incisiva no fundo do cérebro de que pode estar correndo algum perigo, o que é ridículo.

Depois de pensar brevemente em mandá-la para casa – *rá* –, ele assente de um jeito ríspido e abre espaço para ela passar.

Helen olha ao redor da sala com uma curiosidade evidente enquanto ele pega o casaco dela.

Vê-la existir neste espaço familiar transforma o local – ele se sente grato por ter escutado o corretor imobiliário, que sugeriu persianas de madeira customizadas em vez das cortinas baratinhas da Target, e a decisão sobre valer ou não a pena manter o sofá de repente parece depender muito das próximas horas. Ele acha que pode estar enlouquecendo.

Não tem ganchos suficientes no armário mais próximo, então pendura o casaco dela em cima de um dele.

– Você quer alguma coisa? – pergunta, seguindo para a cozinha.

– Chá, se tiver – murmura ela.

Helen está passando as mãos sobre a mesa de jantar de madeira, e uma imagem das palmas dela pressionando a madeira enquanto ele entra *nela* passa pela mente de Grant.

Chá.

Ela está mexendo na correspondência quando ele retorna com uma caneca de chá de camomila.

– Você recebe muitas cartas – diz ela.

– A maioria é lixo.

– Muitos DVDs.

Ela segura algumas cópias antecipadas de uns filmes que tinham esperança de conquistar o Oscar no ano passado.

– Pode ficar com qualquer um desses.

Ele ignora o pensamento borbulhante de que ela pode ficar com qualquer coisa que quiser na casa dele. Então, acende a luminária de chão e vai até a cozinha para pegar pratos.

– Estou impressionada de você ter tantas obras de arte nas paredes – comenta ela, e a voz vai da sala de jantar até a cozinha. – Eu ainda tenho coisas pra pendurar em Nova York.

Helen analisa toda a parafernália emoldurada – uma cópia assinada pelo elenco do primeiro roteiro de episódio que ele produziu, uma captura de tela do primeiro crédito como roteirista, fotos de bastidores, cartazes de filmes antigos.

– Eu posso fazer uma moldura pra você, se precisar – oferece ele. – Acho que fiz mais ou menos metade dessas.

– Impressionante – diz ela.

Ele fica um pouco envergonhado com o tanto que gosta de ouvi-la dizer *impressionante*.

– Eu comecei a ver uns tutoriais de marcenaria pra dormir, anos atrás. As molduras são fáceis; o vidro é que é complicado.

Ela fica em silêncio por um tempo e ele volta a atenção para a sobremesa que ela trouxe: bolinhos com cobertura de açúcar e canela. Grant tenta não pensar se Greg, o diretor de elenco, está em casa com a parte dele da mesma sobremesa e os aquece antes de colocá-los ao lado de uma tigela de calda. Então, se senta na cabeceira da mesa; depois de avaliar rapidamente os assentos, Helen escolhe a cadeira mais próxima dele.

– Eu parei em um food truck de doces no caminho pra cá – conta ela. – Não queria aparecer de mãos vazias. Mas não sabia muito bem do que você gostava.

Ele engole em seco ao ouvir isso.

Ficaria feliz em passar horas dizendo a ela do que gosta e não gosta e catalogando as preferências dela também, mas tem a nítida impressão de que não é isso que ela quer dele.

– Eu gosto de tudo – diz Grant em vez disso, pegando um bolinho.

Ela pega outro e bate no dele, em um movimento excêntrico de brinde.

– Saúde – fala ela, depois enfia o bolinho na boca e geme de leve. – Porra, que delícia.

Ele registra esse gemido como novo e pega outro bolinho.

– Do que vocês falaram no encontro? – pergunta ele casualmente.

Helen ergue o olhar, lambendo o açúcar com canela dos dedos. Ela estica uma perna macia e nua até pousá-la no colo dele. A mão esquerda dele desce para apertar a canela dela.

– O de sempre. De onde você é, o que você faz pra se divertir, onde você se vê no futuro.

– Hum – diz Grant, massageando a panturrilha dela. – Você o beijou?

– Eu não costumo beijar no primeiro encontro – responde ela, se recostando e pousando a segunda perna no colo dele. Ela fecha os olhos e murmura: – Isso é bom.

Grant engole em seco. Ele tira as pernas dela do colo e se levanta. Helen abre os olhos e pisca para ele, parecendo um gato que foi jogado no chão quando estava em um colo perfeitamente aceitável.

– O que foi? – pergunta ela.

Ele fecha a cara.

– Nada.

Ela inclina a cabeça.

– Você está chateado comigo.

– Você me fez esperar – resmunga ele, olhando para um relógio. – Talvez eu queira dormir.

– Quer que eu vá embora?

Grant solta a respiração de um jeito curto e desdenhoso e segura o encosto da cadeira, porque suas mãos não são confiáveis perto dela. Está com a terrível sensação de que já jogou todas as cartas que tem e ela mal começou.

– Por que você veio? – pergunta ele por fim.

– Eu queria ver onde você morava – responde Helen. – Eu não sabia quando ia receber outro convite.

Helen prende a respiração, esperando ele mandá-la embora. Ela não o culparia – está tarde e ela cometeu o terrível pecado de aparecer para uma reunião sem saber o que quer. Suraya a alertou logo no início para sempre ter uma pauta em mente ("caso contrário, é uma perda de tempo para todos e, sim, eles vão se lembrar").

Por que você veio? Ela não esperava que ele perguntasse de um jeito tão direto, sendo que nem ela mesma tinha se feito essa pergunta. A sinceridade parecia ser o melhor caminho, mas, quando vê um músculo tremer no maxilar dele, ela pensa que talvez seja hora de pedir licença e fugir antes que a humilhação de vê-lo mandá-la embora seja inevitável.

Em vez disso, ele diz:

– Vamos jogar.

E é assim que ela acaba sentada em uma poltrona em frente a Grant no sofá, jogando Lig 4 na mesa de centro.

– Eu jogava isso no porão de uma igreja em Westfield – comenta ela.

Eles constroem a estrutura da grade, encaixando peças de madeira polida umas nas outras. É uma bela versão adulta de Lig 4, assim como tudo na casa dele parece ser uma combinação um pouco decadente de *belo* e *adulto*.

– Os meus pais sempre eram os últimos a me pegar no acampamento de verão, e as freiras que administravam o programa só tinham três jogos: xadrez, damas e Lig 4 – continua Helen.

– Eu nunca fui a um acampamento de verão de verdade – diz ele, separando as fichas vermelhas e pretas. – Estava sempre em algum tipo de regime forçado de treino de futebol americano.

– Se te ajuda, não era o que eu esperava que fosse. Eu sempre imaginei que o acampamento tivesse cabanas no bosque, canoas e crushes. Esse era parecido com a escola, só que as aulas eram todas eletivas. Eu fiz aula de cerâmica, de música e uma oficina de poesia.

Grant ergue uma sobrancelha.

– Ah, quer dizer que existem poemas?

– Tenho quase certeza de que queimei todos eles – responde Helen, pegando a sua porção de fichas vermelhas para colocar uma delas no lado esquerdo da grade. – Sua vez.

Ele franze a testa para o jogo.

– Eu escrevi uns poemas um tempo atrás. Eram sobre você.

Ela ergue o olhar para ele, e Grant coloca cuidadosamente uma ficha preta no lado oposto.

– Mentiroso – diz ela, e coloca uma ficha vermelha.

– Estou falando sério – replica Grant, e ela vê um leve sorriso surgir nos cantos da boca dele enquanto ele coloca uma ficha preta. – "Todas as conversas que eu quero ter com você". Esse era o título. Foi uma tarefa de escrita criativa no meu primeiro ano da faculdade. A gente devia escrever poemas endereçados a alguém com quem queríamos falar, mas não podíamos.

– Não acredito – responde ela, colocando outra ficha. – Posso ler?

– Não. Estão em um disco rígido antigo e o meu notebook não é mais compatível com ele.

– Eu aposto que a gente consegue recuperá-los… a tecnologia está aí pra isso – reflete Helen.

– Eu prefiro simplesmente conversar com você agora.

O estômago dela dá uma cambalhota animada quando ele a olha. Grant dá um tapinha na estrutura do jogo.

– Eu ganhei esse jogo de presente no fim de uma filmagem. A série de TV em que eu trabalhei tinha uma coisa com o Lig 4 e eles deram jogos personalizados pra todos os roteiristas depois da produção.

Helen pega uma das fichas vermelhas e a inspeciona.

– *The Guys* – lê ela, e coloca a ficha para bloquear a dele.

– Foi a minha primeira grande série como braço direito dos showrunners – diz ele, e coloca outra ficha preta perto.

– Como você é na nossa série.

– Mais ou menos.

Grant bloqueia uma sequência de três fichas vermelhas dela com uma jogada decisiva, e ela acha que nunca se sentiu tão atraída por alguém enquanto jogava Lig 4.

– É diferente em cada série — continua ele. — Essa foi criada por dois irmãos, Dan e Chris. Caras legais, bons roteiristas também. Mas acho que eles não eram muito bons em lidar com a parte política dos bastidores, e a série foi cancelada em pouco tempo. Mas, com o dinheiro dela, eu dei entrada nessa casa.

– Você gostaria de fazer a própria série de TV um dia?

Grant ri.

– Claro, esse é o sonho, né?

– Por que não faz?

Helen coloca a ficha perto do meio.

– Não é tão fácil convencer pessoas poderosas que têm muito a perder a confiarem milhões de dólares e anos da própria vida a você – responde ele, colocando a ficha à direita da dela. Em seguida, com um brilho divertido no olhar, acrescenta: – A propósito, parabéns por convencer os caras na sua primeira tentativa.

Ela tenta não se orgulhar pelo elogio e analisa o quadro.

Grant mexe nas fichas restantes.

– De qualquer maneira, eu não me importo de ajudar outras pessoas a concretizarem suas ideias. Talvez eu seja melhor nisso do que em criar minha própria ideia.

Helen coloca uma ficha à direita, e ele contra-ataca imediatamente.

– Eu acho que você seria bom se estivesse no topo – diz ela. – Quando você substitui a Suraya, a gente consegue produzir mais.

Ela coloca uma ficha, e Grant coloca a dele imediatamente em cima. Ele estende a mão e toca em um padrão diagonal de fichas pretas com o dedo indicador: *uma, duas, três, quatro.*

– Ah – diz Helen. – Acho que isso significa que eu perdi.

Grant ergue uma sobrancelha.

– O que é que eu ganho?

Tem um toque de amargura no sorriso dele, e ela fica pensando no que ele acha que ela está tentando fazer. Helen tem a nítida impressão de que ele acredita que ela está no controle disso – do que quer que esteja acontecendo entre eles. E ela se sente mais como um piloto percebendo, quilômetros depois da decolagem, que o sistema de navegação está com defeito e eles estão voando em direção a uma tempestade.

De repente, Helen só quer tirar aquele sorriso convencido e levemente *triste* do rosto dele.

Ela se levanta e contorna a mesa de centro. Ele a observa colocar um joelho na almofada do sofá ao lado dele, testando o peso antes de se acomodar no colo dele. Então, apoia as mãos enganosamente imóveis na lateral do corpo dela, sentindo o próprio coração disparar nas palmas que ela encostou no peito dele.

Helen se inclina para dar um beijo lento no lóbulo da orelha de Grant – uma jogada justa, já que ele fez o mesmo no escritório dele.

Ela o sente inspirar perceptivelmente com o contato.

Então, vira a cabeça para roçar o nariz no dele. Os lábios de Grant mal encostam nela, e Helen imagina que consegue sentir as moléculas no ar entre os dois. Ela fica ali, provocando a si mesma e a ele. Grant emite um som abafado no fundo da garganta.

– Não… me provoca – diz ele.

– Eu achei que você gostava da minha provocação – retruca ela.

Grant dá uma risada curta, e seus olhos vão até os lábios dela.

– Eu não consigo aguentar muito, Helen – murmura. – Sou apenas um homem.

O desejo rouco na voz dele provoca alguma coisa nela por dentro, e Helen se inclina para a frente, dando um beijo rápido e impulsivo nos lábios dele. São macios, quentes e *distantes* – ela se afasta antes que ele consiga pegar de novo os lábios dela. Ele expira lentamente e fita seus olhos. Ela se pergunta se ele consegue ver a mesma coisa que ela está vendo nos dele: uma escuridão tão convidativa que dá vontade de mergulhar nela.

Em um movimento rápido, ele a captura pelo pulso e a puxa para o segundo beijo – as pálpebras dela se fecham, trêmulas, e Helen mergulha na sensação de ser minuciosamente e profundamente *beijada*. Ela se sente ao mesmo tempo afundando e evaporando. É lento e viciante e, quando ela começa a recuar, Grant faz um barulho insistente enquanto persegue os lábios dela. *Dessa vez você não vai conseguir fugir.*

A língua dele abre caminho para dentro da boca de Helen, e ela geme ao se lembrar do que aquela língua fez no escritório. Helen responde ao desafio implícito e se ajeita no colo de Grant, e o lábio inferior dele se abre em um suspiro. Ela o mordisca de leve e ele ri, depois segura o rosto dela e a beija de maneira lenta e persuasiva, como se ambos tivessem todo o tempo do mundo – e então ele desacelera o que ela já está começando a chamar de *a droga do melhor beijo da vida dela*, tirando-o do presente para transformá-lo em lembrança.

A respiração dela está saindo em lufadas curtas quando ele recua, com o rosto corado de esforço, e uma dureza familiar a pressiona por baixo.

– Você está me matando – diz ele por fim.

As mãos dele descem dos ombros dela para os quadris e as panturrilhas, vagando, massageando, apertando tudo pelo caminho.

– Talvez esse seja o objetivo – provoca Helen.

Grant solta um *rá* curto, depois ergue o olhar para ela.

Ele tira um fio de cabelo do rosto de Helen e o ajeita atrás da orelha, e ela se lembra do calor do uísque escocês que bebeu naquela noite na cozinha de Kevin Palermo, na maneira como ele traçou um caminho quente da boca até dentro dela. Grant a puxa de volta para o presente com um roçar lento e insistente do polegar no tendão de aquiles dela.

– Pergunta séria – diz ele. – Existe um objetivo?

Helen bufa e se inclina para beijá-lo. *O objetivo é beijá-lo quantas vezes for possível.* Grant se submete a um, dois, três – *rá, quase quatro* – beijos, depois recua.

– Helen?

De repente, ela se sente muito exposta. Engole em seco, analisando os micromovimentos do rosto dele. As mãos dela coçam para tirar o franzido da sobrancelha dele e afrouxar a tensão na boca sisuda. Mas ela as mantém fechadas no colarinho da camiseta dele, como se pudessem ajudá-la a se agarrar melhor a ele.

– Não sei – responde ela. – Precisa existir?

Grant desenha círculos lentos na parte de trás das coxas dela, e ela sente que está andando como uma sonâmbula em direção a um penhasco.

– Eu não gosto de surpresas – diz ele. – Se você tiver um destino ou uma data de validade em mente, eu prefiro saber agora.

Data de validade. Como se eles fossem um pacote de pão ou aquele iogurte grego aguado que ela tem no fundo da geladeira. Helen coloca o dedo indicador nos lábios dele, calando o pensamento.

Ele dá um beijo lento no dedo dela, com um calor no olhar que ela não consegue suportar.

– Eu não consigo pensar com você me tocando desse jeito – murmura ela, fechando os olhos.

– Hum. Eu sei bem o que você quer dizer.

Ela se inclina e o beija de novo, desta vez com uma urgência à qual ele corresponde, e o aperto dele, antes leve como uma pluma, fica firme e forte em um instante. É um beijo que procura e persegue, que sabe que o mundo *não é* grande o bastante e o tempo não é longo o suficiente para todas as maneiras como querem se possuir; pelo menos não hoje à noite. Em algum lugar, nos corredores sombrios da mente dela, Helen pensa que pode ser divertido fazer esse jogo de beijo com Grant para sempre, mudando o ritmo e as regras até eles terem voltado àquele primeiro beijo perfeito. Quando ele se afasta, é ela que cai levemente para a frente, irritada com a rapidez com que aprendeu a perseguir a sensação dos lábios dele nos dela. Ele dá uma risada delicada.

– Me avisa quando você tiver uma resposta – diz, soltando o ar. – Eu gostaria de ter uma chance de lutar pela minha sobrevivência.

Helen está fitando um ponto mais profundo na clavícula dele, acariciando aquele centímetro de pele com a testa franzida de concentração.

Ele engole em seco, e os olhos dela estremecem com o movimento que isso causa.

– Helen – chama Grant, tentando atrair sua atenção de novo.

– Hum – responde ela, e a mão vai subindo para analisar a barba por fazer.

– Por que você foi embora depois de ter pedido pra dormir na minha casa naquela noite em Nova Jersey?

Ela para de acariciá-lo, e agora a expressão de testa franzida está direcionada para *ele*. Bom, ele está acostumado com isso. Sente uma necessidade sincera de estender a mão e alisar a testa dela.

– Eu achei que, se ficasse, ia fazer alguma… idiotice.

Grant ri. *Idiotice*. Helen é tão elegante, até mesmo em um momento desses. Ele aperta mais a cintura dela e, em um movimento suave, vira os dois corpos horizontalmente no sofá. Ela agora está corada embaixo dele, e a boca forma um O perfeito com a surpresa. Uma parte primitiva dele fica levemente satisfeita. *Então essa é a sensação de ter o corpo dela embaixo do meu.*

– Helen… – diz ele, pressionando a ereção inconfundível na coxa dela. – A gente não vai transar hoje à noite. Eu não estou no clima.

Ela ri quando ele afunda o rosto no pescoço dela para esconder o quanto quer fodê-la até o próximo fim de semana.

– Você pode dormir aqui hoje? – pergunta ele no pescoço dela.

– Hum.

Parece que uma eternidade se passa antes que ela continue:

– Mas eu não tenho nada pra vestir.

Ele levanta a cabeça.

– Você é do mal, porra. Sabia?

Ela cai na gargalhada, e ele rola para fora do sofá antes que faça alguma… *idiotice*.

– Vou te dar uma camisa – consegue dizer Grant, seguindo para o quarto.

Grant dá a Helen uma camiseta macia cinza mesclada que ela tem quase certeza de que já o viu usando, sentado do outro lado da mesa, e uma cueca boxer pela qual ela se sente grata, porque sua calcinha de renda está ensopada em um nível vergonhoso. Ele a deixa no quarto para que tenha privacidade para trocar de roupa, e ela acha que esse é um gesto educado e sábio até perceber que ficou sozinha *no quarto dele*.

O quarto em que ele dorme. Onde provavelmente ele já transou. Provavelmente, sendo sincera, onde vai transar com *ela*, porque eles forçaram tanto os limites de *é só uma questão de tempo* que chega a ser engraçado. Em algum lugar no fundo da mente, ela lembra a si mesma que hoje de manhã estava determinada a deixar aquela bola no próprio campo até a bola se perder e ficar esquecida. *E aí...*

Ele bate na porta antes de entrar, e os dois se tornam um reflexo das versões passadas deles no escritório de Grant. Os olhos dele percorrem o corpo dela, desde a camiseta larga até a faixa fininha da cueca escapando por baixo do tecido cinza. Ele engole em seco, e ela percebe que os próprios mamilos endureceram sob a camiseta.

– Grant?

– Hum?

– Você bateu na porta.

– Nossa! – exclama ele, e ri de si mesmo. – É. Eu tenho uma escova de dentes reserva pra você. Se você quiser.

Helen sente uma intimidade meio estranha ao escovar os dentes ao lado de Grant, embora ele ainda esteja totalmente vestido e ela esteja usando as roupas dele. Parece que os dois estão rindo de alguma piada interna enquanto se encaram no espelho do banheiro com as escovas.

– O que foi? – pergunta ela depois de limpar a boca.

– Nada – diz ele. – Você fica bem usando as minhas roupas.

Ela volta primeiro para o quarto, cobrindo os joelhos enquanto espera por ele. Quando Grant volta, está com um travesseiro reserva e uma coberta embaixo do braço.

– Você vai ficar bem no sofá, né? Só tem uma cama, e ela é *minha*, então...

Ela joga um travesseiro na cabeça dele.

Ele desvia e ri.

– Desculpa. Não resisti – diz ele.

A risada em seus olhos se dissipa a cada passo que ele dá em direção à cama. E, quando chega na beira, ela já está ajoelhada, esperando ele se aproximar o suficiente para jogar os braços ao redor do seu pescoço.

– Então isso significa que você vai ficar aqui – conclui Grant quando os dois finalmente se alcançam, e parece uma pergunta.

Helen puxa a camisa dele em resposta, e ele levanta os braços para ela poder tirá-la.

Ah. O peito de Grant Shepard, firme, em carne e osso. As mãos dela voltam levemente para os ombros dele, e um dedo aventureiro desce devagar para explorar os sulcos do que deve ter sido um *trabalho árduo*. Ela nunca foi muito fascinada por homens com peitorais malhados e nus – sempre preferiu um climinha de suéter aconchegante que a fizesse se sentir morando dentro de um catálogo masculino da J.Crew. Mas, ao sentir cada músculo duro do peito perfeito de Grant Shepard se expandir e se contrair ao toque, ela pensa que talvez seja só porque nunca pensou que ia encontrar um corpo como o dele pessoalmente, tendo permissão para tocar, explorar e, como sugere a respiração difícil dele, *atiçar*.

Ela pensa vagamente que já deve tê-lo visto sem camisa, talvez passando por ela na aula de educação física, correndo, e quer gritar para si mesma, do outro lado do túnel do tempo: *Corre mais rápido!*

– Como é que uma coisa dessas *acontece*? – pergunta ela, descendo a mão pelo abdome de Grant, e ele ri.

– Malhar me ajuda a esvaziar a mente. Às vezes eu penso demais.

Quero lamber cada centímetro dele até ele não ter mais nenhum pensamento sobrando no cérebro.

Grant deve ver algum traço do pensamento na expressão dela, porque engole em seco, depois fica observando o rosto dela em busca de uma reação enquanto baixa as mãos para abrir a calça jeans. Helen respira fundo, e então se vira de repente. Ela ouve a risadinha dele e o baque suave do tecido caindo no chão.

– Estou tentando ser educada – diz ela. – Para de rir de mim.

Ela ouve gavetas abrindo e fechando, depois sente o colchão afundar ao lado e o peso quente do joelho dele na cama. Ao se virar, vê que Grant está usando uma calça de moletom. Ele se acomoda para ficar sentado de frente para ela, encarando-a, e coloca uma perna atrás, puxando-a para que ela encaixe em seu corpo.

De repente, o ar frio de janeiro se transforma em um calor irradiante, e ela se sente como um coelhinho burro preso em uma armadilha.

Ele leva a mão até o cabelo dela e roça o polegar na têmpora.

– Às vezes – diz ele, baixinho –, eu acho que você tem medo de mim. Mas você sempre está no controle.

Helen não acha que isso é verdade, de jeito nenhum. Em toda a história dos dois, ele é a pessoa que todos escutam, que parece se sentir à vontade em todos os lugares onde ela se sente deslocada. A pessoa que consegue ver através dela tantos anos depois.

Se estivesse no controle agora, teria respostas para as perguntas sinceras demais que ele fez e que continuam ressoando nela. *Por que você veio?* Ela ainda não tem certeza, mas está começando a se esquecer de que não ir já foi uma opção.

– Eu não estou… não estou tentando sair com ninguém de verdade neste momento – explica ela, apressada. – Porque daqui a uns meses vou voltar pra Nova York.

Grant faz um "hum" suave enquanto ajeita o cabelo dela atrás da orelha.

– Então Greg, o diretor de elenco, não foi de verdade.

Ela tem certeza de que ele consegue ver o latejar no pulso dela, tentando sair da pele.

– É só um jeito de passar o tempo – concorda ela. – Achei que seria bom eu ter uma distração.

– Eu poderia te distrair – murmura Grant, passando os nós dos dedos nos braços dela. – Você precisa se distrair do quê?

– Eu, hum… – Helen solta o ar. – Não me lembro.

– Viu? – provoca ele, e as palavras o deixam provocativamente mais perto, mas *não perto o suficiente.* – Já está funcionando.

Ela está prestes a acabar com o espaço entre eles, mas Grant olha para baixo e solta um *rá* divertido quando vê o endereço dele rabiscado na parte interna da coxa dela.

– Desculpa por isso – diz, roçando o polegar na pele dela. – Dei uma de homem das cavernas aqui.

– Eu não liguei muito – murmura ela, e o canto da boca dele se curva em um sorrisinho.

– Então. — Os olhos dele vão até os lábios dela, que os lambe com expectativa. Ele engole em seco. – Quer ver um tutorial de 45 minutos sobre construção de armários comigo?

Aparentemente, tutoriais de marcenaria no YouTube são um jeito muito aconchegante de passar uma noite de sexta-feira. Ela se senta ao lado dele, os dois mal se encostando, enquanto ele explica as piadas internas do marceneiro meio vovô de humor sarcástico na tela.

– Rá. — Ela ri, sentindo o sono derrubar seus sentidos enquanto afunda no travesseiro. – Nunca mais me mostre esses vídeos, por favor.

Grant dá uma risadinha.

– Tudo bem – diz ele, e segura o queixo dela para lhe dar um beijo rápido na boca. – Vou botar os fones de ouvido.

Uma sensação aconchegante e desconhecida inunda o peito dela, e Helen a afasta enquanto se aproxima aos poucos do ombro dele. Grant curva o braço direito ao redor dela enquanto o esquerdo alcança os fones de ouvido na mesa de cabeceira.

Ela o observa vendo o vídeo por um tempo, com um dos fones pendurado no peito, e pensa no tempo que passaram juntos no avião, quando ele parecia mais jovem e menos invencível assistindo a *Babe – o porquinho atrapalhado*. Talvez esse seja o único ângulo do qual ela consegue ter um vislumbre dessa versão dele, olhando para cima para vê-lo levemente inclinado para o lado. *Talvez essa seja minha visão favorita de você, Grant.*

– Também é uma visão boa pra mim – diz ele.

Lentamente, ela percebe que deve ter falado isso em voz alta antes de cair no sono.

18

Quando Helen acorda, o sol está entrando pelas janelas e o braço de Grant está pesado, prendendo o corpo dela contra o dele. É um peso quente e bem-vindo, e ela sente um alívio delirante por ele ainda estar *ali*, por ela não ter alucinado nas últimas 24 horas. Ao fitar a parede mais distante do quarto, nota como parece diferente sob a luz do dia – menos aconchegante e segura e mais uma parede normal e cotidiana. Ela engole em seco e fica pensando no que eles poderiam dizer um ao outro hoje de manhã, depois da noite passada. Aos poucos, sente a respiração lenta e profunda dele se tornar mais ofegante, e um volume duro a cutuca por trás.

– Hum – resmunga ele, sonolento.

Grant desce a mão pela barriga dela, por cima da camiseta emprestada, depois escapa para debaixo do tecido.

– Acho que eu já tive esse sonho – murmura ela, e sente a risadinha de resposta no ouvido enquanto ele roça o polegar nos poucos centímetros de pele acima do umbigo. – Quando a gente estava na cabana.

– O que foi que aconteceu nesse sonho?

Ele flexiona a mão, e isso faz o polegar passar pouco abaixo do seio intumescido dela. Helen solta o ar, trêmula, e ele também.

– Foi o seu edredom – diz ela, pressionando o corpo para trás, e escuta um "hum" gratificante. – O seu cheiro estava ali, e eu acho que, de algum jeito, fui induzida a desejar isso.

Ele se ajeita em cima dela de novo, e o tecido da cueca boxer dela sai do lugar, de modo que Helen sente a ponta da ereção em sua pele nua. Ele tira a mão de debaixo da camiseta e pousa na curva do quadril dela, buscando-a com os dedos.

– O que mais você está desejando?

Ela junta as coxas, friccionando-as, e ele geme no pescoço dela enquanto a puxa pelos quadris. Helen se esfrega lentamente nele, e ele expira.

A mão de Grant desce pelo quadril dela e desliza para pressionar o ponto úmido e quente dela por cima da cueca emprestada.

– Porra – diz ele. – Você está toda molhada.

– Aham – responde ela, mordendo o lábio e empurrando o corpo no dele.

– Você consegue gozar assim, meu bem?

Ele rosna a pergunta no ouvido dela enquanto a mão a pressiona insistentemente.

– Eu...

Ela ofega quando ele sobe até o clitóris por cima do tecido, depois afasta os dedos.

– Você... – provoca ele, repetindo o movimento.

– Eu quero os seus dedos – implora ela.

– Achei que você nunca ia pedir – responde ele, e escorrega o dedo do meio entre as pernas dela.

– *Ah* – geme ela, ajustando-se à sensação de tê-lo *dentro* de si.

– *Porra* – diz ele, retomando o movimento lento e ascendente da pressão dos dedos.

– Grant.

Helen solta o ar, inclinando-se contra ele em círculos curtos de pressão.

– Você vai cavalgar o meu dedo como uma boa menina?

Ele beija o pescoço dela.

– Sim.

Ela ofega, devolvendo o aperto dele com os músculos internos.

– Que tal mais um? – murmura ele.

– Sim – repete ela, como se não existisse nenhuma outra palavra.

Ela solta um gemido involuntário quando ele enfia outro dedo nela.

– Como foi que o seu sonho terminou, Helen?

– Eu queria gozar – sussurra ela. – Mas não pude, porque você estava no andar de baixo.

– É verdade, eu estava – diz ele com a voz rouca. – Se eu soubesse que isso estava me esperando...

Helen solta um "hum" baixinho e ansioso, e ele dobra o dedo dentro dela, fazendo um movimento de "vem cá".

– Por favor, Grant – pede ela, ofegante.

– Eu gosto de como você diz isso – rosna ele.

– Por favor, Grant – repete ela, necessitada.

Ele a recompensa repetindo aquele movimento rápido e instigante, bem fundo no calor escorregadio do corpo dela; de novo, de novo, *de novo* até ela estar vibrando de *desejo*.

– Posso gozar agora?

– Você só pode gozar quando eu mandar – avisa ele com a voz grave. – Em cinco...

Ele expira devagar.

– Quatro...

Ele a pressiona de novo.

– Três...

Os dedos penetram até o fim.

– Dois...

A base da palma faz força contra ela, e Helen geme.

– Um.

Ele dobra os dedos para atingir *aquele ponto*, e o mundo dela explode por trás dos olhos fechados. Helen tem a fraca consciência de que o choramingo desesperado que escuta é *ela*. *Ah, ah, ah*. Ela agarra o pulso de Grant, pressionando-o contra a frente dela. *Por favor, Grant*. Atrás de si, sente a respiração dele saindo em sopros curtos no cabelo dela e sabe que ele está chegando ao clímax também.

Depois, quando os dois voltam à terra, ela fecha os olhos com força e finge roncar. Grant ri atrás dela, com a respiração ainda ofegante, curta e difícil.

Ela se vira, e ele a está observando de perto.

– Que belo jeito de evitar o hálito matinal – murmura ela.

Ele aperta os olhos com preguiça, rindo.

– Você é mais engraçada do que eu pensava que seria – confessa ele. – Antes de te conhecer.

Helen sente uma pontada no coração ao ouvir *antes de te conhecer*, e fica pensando no que ele quer dizer com isso. Até onde, no passado, vai a memória dele? Antes da viagem deles para casa no Natal? Ou antes? Antes de ela se mudar para Los Angeles? Antes daquela noite que ligou para sempre o nome dele à história da família dela?

Ela se pergunta com que frequência ele pensava nela naquela época, *antes de conhecê-la* – se é que pensava. Sabe que tinha a reputação de ser uma chata mal-humorada no ensino médio, mas mesmo assim dói pensar que ele também devia achar isso.

A risada desaparece dos olhos dele enquanto a observa.

– Desculpa – murmura ele. – Eu fui idiota de ter pensado isso.

Helen abre um sorriso fraco e dá de ombros.

– Eu não dei nenhum motivo pra você e as outras pessoas pensarem diferente.

Grant estende a mão e tira o cabelo do rosto dela, e de repente ela pensa em como é improvável que eles estejam *aqui,* na cama dele, depois de tanto tempo. Ela pensa que ambos devem ter feito umas curvas erradas acidentalmente e sente um tipo de pânico urgente e surpreso ao perceber o quanto devem ter passado perto de isso nunca acontecer. Parece que essa cama, essa manhã, essa *coisa* entre eles só existe em uma bolha precária que pode estourar e desaparecer assim que ela for embora.

– Lá vai você de novo – murmura ele, traçando o rosto dela com o nó do dedo. – Um olhar a mil quilômetros de distância enquanto eu estou bem na sua frente.

– É que...

Ela faz uma pausa e se aninha no toque dele. Ele é *tão bom* em tocá-la que ela acha que pode sentir saudade disso para sempre.

– O meu cérebro fica trabalhando. Mas eu ainda estou aqui.

O canto da boca dele se curva em um sorriso ao ouvir isso.

– Eu sei. Esse seu cérebro nunca para, né?

– Acho que ele só parou por um segundo, ainda agora.

Grant ri (ela gosta de ser responsável por isso), depois a analisa.

– O que você vai fazer hoje?

Helen dá de ombros.

– Eu preciso comprar um cabideiro – diz ele do nada. – Vem comigo.

19

O LUGAR ONDE GRANT quer comprar o cabideiro é um mercado de antiguidades que acontece todo fim de semana em um hangar de aeroporto desativado em Santa Monica (fica a uns vinte minutos da casa dela). Isso dá a Helen uma desculpa para ir embora enquanto ele vai para o chuveiro, para poder tomar banho com os próprios produtos de higiene, passar sua maquiagem e, ai, meu Deus, o cabelo dela deve estar parecendo um ninho de rato.

Ela manda uma mensagem com seu endereço antes de ter tempo para pensar demais e pega a estrada.

Na longa viagem de carro, passa por pelo menos dois outros mercados de pulga e se pergunta por que ele quer um cabideiro de repente.

Quando abre a porta do apartamento, Helen fica levemente surpresa ao encontrar tudo exatamente como deixou ontem de manhã. As mesmas bancadas de mármore, os mesmos móveis bege, a mesma arte genérica nas paredes. Ela pensa em como a mãe ficou preocupada com os terremotos na cidade e se pergunta se terremotos emocionais têm o mesmo tipo de efeito, só que por dentro – estruturas chacoalhadas, fundações abaladas, tudo pendurado meio torto nas paredes. E fica pensando se *ele* também se sente assim e no que ele está pensando neste momento.

Helen entra no chuveiro e abraça o próprio corpo devagar sob a água quente. O vapor enevoado da umidade sobe, embaçando o vidro, enquanto ela se rende à meditação silenciosa e purificante da água escorrendo pelo corpo.

Ela se permite *ruminar* por um momento sobre os acontecimentos das últimas 24 horas.

Ela beijou Grant Shepard.

Ela dormiu na cama dele, nos braços dele.

Eles compartilharam orgasmos pelo menos três vezes desde aquela festa de Ano-Novo no porão, embora ela já tenha perdido a conta.

Isso não vai acabar bem, lembra uma voz baixinha no fundo da mente dela. *Não tem como.*

Helen não vai enganar a si mesma. Sabe que teve a sorte de conseguir uma coisa que jamais conseguiria manter: *a atenção exclusiva de Grant Shepard.* Manter Grant na própria vida de qualquer maneira *real* seria como atear fogo a uma tapeçaria que ela passou a maior parte dos últimos treze anos tecendo com cuidado. Os pais dela nunca conseguiriam entender nem aceitar isso, e toda vez que eles o vissem iam reviver as mesmas dores que ela trabalhou *com tanto afinco* para ajudar os dois a curarem e seguirem em frente.

Então, não, essa batalha entre seus desejos fundamentais e suas necessidades antigas não pode terminar bem.

Mas, apesar disso, ela também tem certeza de que isso *ainda* não pode terminar.

Ainda não, protesta ela. *Será que não devemos curtir isso antes de termos que desistir de tudo?*

Talvez ela já esteja curtindo demais.

HELEN VESTE UMA CALÇA JEANS e uma blusa branca de botões e só tem tempo suficiente para secar o cabelo quando o celular vibra com uma mensagem – o arrepio de empolgação que dispara dentro dela quando vê o nome dele na tela é ridículo.

Estou aqui.

Quando abre a porta, ela o vê antes que ele a perceba – está apoiado em uma placa de estacionamento, usando óculos escuros e um casaco com capuz azul-marinho que ela se lembra de ter visto pendurado no armário dele. Grant está deslizando a tela do celular, e ela fica tentada a tirar uma foto dele nessa pose – uma evidência de que ele esteve ali esperando por ela, algo que possa ver como prova de que tudo isso aconteceu quando estiver velha e grisalha.

Ele ergue o olhar nesse momento, e é como se o sol tivesse saído apenas para destacar o sorriso de Grant Shepard. Está parecendo o personagem de um filme, e ela brinca constrangida com a alça da bolsa ao se aproximar. Ele ajeita um pouco a postura e guarda o celular quando ela chega mais perto.

Grant estende a mão e a puxa para um beijo – lento, determinado, *firme*. Ela expira de leve quando ele a solta, apoiando a testa na dela, e sente a pulsação latejar em uma vibração satisfeita.

– Só estava conferindo – diz ele.

Helen sente um aperto no coração, como se alguém tivesse acabado de esmagá-lo.

– Você vai dirigir? – pergunta ela.

Ele assente e vai para o lado do motorista do seu conversível cinza. Ela se senta no banco do carona e percebe que é a primeira vez que entra no carro dele em Los Angeles. Não entende nada de carros, mas já viu filmes suficientes para saber que garotas como ela – *boas garotas, que escutam os pais* – não andam pela cidade em conversíveis como este.

– E aí? – pergunta ele quando param no trânsito. – O que você gosta de fazer pra se divertir?

– Eu, hum – começa ela, percebendo que está nervosa por algum motivo. – Eu saio pra caminhar e escuto podcasts apresentados por comediantes de stand-up.

Grant dá uma risadinha leve ao fazer uma curva para a esquerda.

– Por que comediantes de stand-up?

– Eles são bons de falar com os outros, e eu não sou, então gosto de ouvi-los conversando com outras pessoas. Normalmente eu escuto um podcast antes das minhas reuniões, como um lembrete prévio de como falar com as pessoas.

– Você não é tão desajeitada quanto pensa.

– Então está funcionando – murmura ela, e ele ri. – E você, o que gosta de fazer?

Grant troca a marcha do carro. Helen olha para a mão dele e se pergunta o que ele faria se ela estendesse a própria mão e o tocasse.

– Às vezes eu jogo hóquei – conta ele. – Uns caras de uma sala dos roteiristas em que eu trabalhei uns anos atrás criaram uma liga. Eles precisavam de mais pessoas, aí eu entrei pra ter alguma coisa pra fazer.

– Você patinava no ensino médio?

Ela franze a testa, tentando se lembrar.

– Não – responde ele. – Eu fiz aulas depois de adulto. Ficava na pista de gelo com todas aquelas criancinhas, que nem uma girafa de patins.

Ela tenta não pensar demais em Grant Shepard na pista de gelo cercado de crianças – os ovários dela não aguentam.

– Você é o cara que joga em equipe – diz ela. – Futebol americano, hóquei, roteiros pra TV. O que você faz quando está sozinho?

Grant a olha e pega delicadamente a mão dela pelo pulso. Seus dedos deslizam e se entrelaçam nos dela.

– Hum – murmura ele. – Marcenaria, se algum amigo tiver um projeto pra mim. Vou à academia. Leio coisas que a minha agente me manda. Não sei. Acho que eu sou um tédio quando estou sozinho.

Ele levanta a mão dela para dar um beijo rápido no dorso quando eles param no sinal de trânsito. Ela prende a respiração – ele acaricia lentamente o polegar dela com o dele.

– Eu não te acho um tédio – murmura ela, e o coração dispara, concordando.

– Bom sinal.

O mercado de antiguidades de Santa Monica é um mercado de pulgas relativamente pequeno. Mesmo assim, Grant sabe que é um ótimo lugar para observar as pessoas e conversar andando em zigue-zague entre as barracas, cada uma com produtos levemente diferentes, interessantes para qualquer pessoa que tenha um fascínio romântico pelo passado.

Helen para em uma barraca de livros usados e gravuras artísticas raras e passa um bom tempo conversando com o idoso que cuida dela – Yanis, ex-programador de computadores que pediu demissão na década de 1990 para correr atrás da sua verdadeira paixão: o comércio de arte. Ela leva alguns ex-libris raros e uma edição do século XIX de *O vigário de Wakefield*, e Grant percebe que ela está de bom humor pela maneira como toca no ombro dele para mostrar alguma coisa interessante sempre que dão uns poucos passos.

Eles encontram algumas opções de cabideiro, e ele descobre que Helen pechincha como se fosse um esporte olímpico.

– Quanto é? – pergunta ela. – Hum. Tem um defeitinho aqui, mas ele é lindo. Talvez a gente volte.

Os dois escolhem um cabideiro vintage de um vendedor que tem móveis muito maiores com que se preocupar. Helen consegue negociar e baixar o preço para 60 dólares, depois sussurra para Grant que provavelmente custaria mais de 125 dólares na internet. O vendedor enrola o cabideiro em filme de PVC e entrega um recibo para Grant pegá-lo depois. Ele vai na frente quando os dois atravessam o mercado para voltar ao estacionamento.

– Como é que você sabe tanto de preços de móveis antigos?

Ela dá de ombros.

– Uma das minhas amigas autoras de Nova York, Elyse, mobiliou a casa toda indo a mercados de pulgas aleatórios e vendas de garagem – conta ela. – E eu fiquei meio obcecada. A gente nunca teve nada antigo na casa em que eu cresci; meus pais sempre diziam que os mercados de pulgas pareciam sujos.

– Hum – diz ele. – Você acha que a Costa Leste vai ser o seu lar pra sempre?

Helen para.

– Eu nunca pensei em morar em nenhum outro lugar – responde ela. – Não a sério.

– Você consegue se ver ficando em Los Angeles por algum motivo? – pergunta ele.

– Pela série. Se ela for bem, talvez. Eu gosto do clima. Gosto de estar numa costa diferente da dos meus pais, por mais que isso pareça terrível. Eles se preocupam comigo, e eu não... sinto tanto isso, estando aqui.

– Eles te visitavam muito lá em Nova York?

Helen balança a cabeça.

– Eles meio que esperavam que eu fosse na casa deles muitas vezes, e eu estava perto o suficiente pra sentir que eles estavam certos e que eu devia mesmo fazer isso. – Ela dá de ombros. – De qualquer maneira, o estúdio pagou pelo meu apartamento até o fim da produção, em abril, então eu tenho um tempinho pra tomar decisões.

Grant se pergunta se ele vai pesar nessas decisões.

– Hum – diz ele, de novo.

Os dois chegam ao carro, e ele dirige até a área de retirada de objetos.

– Como é que você vai transportar isso? – pergunta Helen.

– Com cuidado – responde ele.

Eles entregam o recibo para um funcionário de colete laranja e esperam perto da entrada, apoiados em uma barreira de estacionamento perto do portão. Grant olha de soslaio para Helen – as bochechas dela estão coradas e o cabelo está bagunçado pelo vento depois de andar ao ar livre nas últimas duas horas. O coração dele se aperta de leve com um desejo súbito de puxá-la para perto – ela é tão *linda* –, mas ela está mantendo uma distância respeitável desde que eles saíram do carro.

Grant olha para baixo para analisar as mãos dos dois – a dele está parada perto da dela em cima da barreira de granito do estacionamento. Ele cutuca o dedo mindinho dela com o dele e Helen responde levantando o dela para cobrir o dele. Não é exatamente dar as mãos em público, mas é… *alguma coisa.*

– Olha aí, a porra do Grant Shepard! Ei!

Ele se vira na direção da entrada, sentindo Helen tirar a mão e, em seguida, o calor da presença dela se afasta do lado direito dele.

É um trio de rostos conhecidos: Andy, um operador de câmera da última série de TV em que ele trabalhou; o namorado dele, Reese; e… *Karina, dos figurinos.* Karina sorri para Grant, e seus olhos disparam brevemente para o lado dele.

– Oi – cumprimenta ele.

– Ué, a gente não se abraça mais? – pergunta Karina.

Enquanto isso, ela conduz o grupo na direção deles, e Grant dá um abraço nela com um braço só, fazendo o mesmo com Andy e Reese.

Ele se vira e vê que Helen está parada a uma distância educada.

– Esta é a Helen. Helen, estes são Andy, Reese e Karina. O Andy e a Karina trabalharam em *The Guys* comigo; eles são dos departamentos de câmera e figurinos. E o Reese…

– Acabou de ficar noivo – diz Reese, mostrando o dedo anelar. – Na semana passada.

– Caralho. – Grant sorri. – Parabéns pros dois.

– Ah, já estava na hora – comenta Andy.

– Que romântico – replica Reese, revirando os olhos.

– O que você faz, Helen? – pergunta Karina.

– Eu, hum, sou escritora – responde ela. – O Grant e eu trabalhamos juntos.

– Faz sentido – diz Karina, com um sorriso se abrindo lentamente enquanto inclina a cabeça. – É um prazer te conhecer, Helen.

De repente, Grant se arrepende de tudo que já contou a Karina e do conceito da existência de ex-namoradas.

– A gente tem que ir, antes que as coisas boas sejam vendidas – lembra Andy. – Foi bom te ver, cara.

– Bom ver vocês também.

Grant faz um sinal com a cabeça e se despede de todos com um aceno.

Ocorre a Grant que ele não tem *amigos* de fato, apesar da sua agente dizer que todo mundo gosta dele. Ele achava que Andy era seu amigo, mas agora percebe que a amizade deles era meio casual, por conveniência, e aconteceu porque eles trabalharam juntos mais de doze horas por dia durante meses. Eles agora têm uma relação amigável, mas não são amigos – não no sentido de acompanhar a vida um do outro nem de fazer um esforço para se verem fora do trabalho.

Eles sempre saíam juntos naquela época: Andy e Reese, Grant e Karina. Mas, depois que a série acabou, também terminou a maioria das coisas que eles tinham em comum, incluindo o relacionamento dele. Grant acha que isso pode ser uma falha de caráter sua, essa capacidade de entrar em amizades e relacionamentos tão facilmente, já que eles nunca parecem durar para além das armadilhas iniciais do que o torna temporariamente relevante na vida das pessoas. Ele não sabe bem como consertar isso.

– Vocês... – começa Helen, olhando para o grupo. – Esquece.

Ela está com a testa franzida, e ele pensa na expressão dela quando perguntou sobre Lauren DiSantos naquele porão na festa de Ano-Novo – como se ela estivesse chateada até mesmo de tocar no assunto. De repente, ele quer tranquilizá-la, mas nem sabe o *motivo*.

– A Karina e eu namoramos – conta ele. – Não foi muito sério.

Helen assente.

– Entendi.

Alguém traz o cabideiro e eles conseguem ajeitá-lo no conversível com a capota abaixada. O objeto cria uma barreira perfeita entre ele e Helen no caminho para casa.

Eles param para almoçar em um drive-thru do In-N-Out e ficam sentados no estacionamento com hambúrgueres e batatas fritas sob uma fileira de palmeiras.

– Eu não entendo esse negócio de cardápio secreto – comenta Helen enquanto acaba com as batatas com queijo, molho e cebola caramelizada. – Por que dificultar as coisas?

– As pessoas se sentem mais especiais – explica ele. – Por saberem de coisas que nem todo mundo sabe.

O celular dela toca, e Helen fica meio paralisada.

– É a minha mãe. Eu devia…

Ela atende e ele se vê prendendo a respiração de repente.

– Mãe? Oi – diz ela, se afastando um pouquinho dele. – Não, eu só saí pra almoçar com um… amigo… é.

Um amigo. Grant fica pensando em como chamaria Helen, se a mãe dele perguntasse. Ela arqueou as sobrancelhas calmamente quando ele contou quem ia jantar no dia seguinte ao Natal, depois perguntou na maior tranquilidade se Helen tinha alguma restrição alimentar. No dia antes de ele pegar o voo de volta, ela perguntou se ele veria Helen de novo em breve.

– Nós trabalhamos juntos, mãe.

Ela lançou um olhar engraçado para ele e disse:

– Espero que você saiba o que está fazendo.

Helen está falando em uma mistura confusa de inglês e mandarim agora – ele consegue captar uma ou outra coisa em inglês, como *a série de TV* e *o escritório de produção* e *o Sheraton em Santa Monica* –, e ele fica pensando no que *exatamente* está fazendo.

Grant deixou Nova Jersey com a determinação certeira de que a relação deles ainda não tinha terminado e passou os dias posteriores à festa de Ano-Novo ponderando suas opções no caso de Helen não concordar. Ele optou por uma abordagem lenta e sutil – se tivesse feito outra coisa, teria sido muito fácil ela se agarrar a qualquer minúscula evidência de afastamento ("você não está usando pontuação nas mensagens de texto, isto aqui está fadado ao fracasso") e aumentar a distância até construir uma barreira intransponível entre os dois.

Ela agora está sentada no carro de Grant, e não tem nenhum muro entre eles. Mas tem um cabideiro. E Grant não consegue evitar sentir que essa porcaria é uma metáfora magrela para *alguma coisa*.

– Tudo bem. Sim. Vou, sim. Tchau.

Helen desliga e olha para ele.

– E aí? A ligação foi boa? – pergunta Grant.

– Os meus pais vêm pra cá daqui a algumas semanas, pro começo da filmagem – diz ela. – Eles querem ver o set, tirar fotos e se gabar de mim pros amigos.

– Me parece um bom motivo pra se gabar.

Ela ergue o olhar para ele, e a apreensão toma seus olhos.

– Eu não contei pra eles que você está na série – comenta Helen.

Uma ruga de preocupação se forma entre as sobrancelhas dela, deixando-o com vontade de alisá-la e beijá-la para tranquilizar Helen.

– É, eu imaginei.

– Eu meio que achei que poderia contar a eles mais tarde, depois que tudo tivesse acabado, depois de ter certeza de que o episódio ia ser transmitido. – Ela ri de si mesma. – Eu sei que parece idiotice. Mas é assim que eu lido com tudo que é… complicado com eles. Espero até o último minuto possível pra ter certeza de que a conversa é absolutamente necessária, depois arranco o band-aid de uma vez só e sigo em frente quando é tarde demais pra eles fazerem alguma coisa a respeito.

Ele ajeita um fio de cabelo solto atrás da orelha dela.

– Não parece idiotice. Parece que você encontrou um jeito de fazer o relacionamento com os seus pais funcionar.

– É – diz Helen, desviando os olhos antes de voltá-los para ele. – Mesmo que você não esteja no set, vai estar nos créditos como coprodutor-executivo. Talvez eu possa dar um jeito de eles não verem a ficha. Todo mundo no set tecnicamente trabalha pra mim, certo?

Grant dá uma risada alta.

– É, vamos só empurrar isso com a barriga.

Ele ignora a pontada que diz *isso pode doer ainda mais depois* em algum lugar embaixo das costelas.

Helen resmunga.

– Teve uma vez que eu tive que buscar os dois no aeroporto pra levar direto pro meu apartamento na faculdade, depois me lembrei que os meus pais são os meus pais e tive que mandar uma mensagem frenética pra minha vizinha invadir o meu quarto e sumir com qualquer coisa incriminadora.

– O que poderia te incriminar tanto assim?

– Ah, só... as coisas de sempre. Meu diário. Lingerie. Brinquedos sexuais. Grant ergue uma sobrancelha e ela dá de ombros, envergonhada.

– Bom, a diferença é que agora você é adulta – diz ele, tentando não pensar na coleção de lingerie e brinquedos sexuais de Helen. – Com o próprio apartamento, a própria renda e a própria série de TV.

– É – responde Helen, assentindo.

Ela fica em silêncio por um instante, depois ergue o olhar para ele com uma vulnerabilidade clara.

– Mesmo assim, eu não quero magoá-los.

Grant tem uma sensação estranha de que acabou de perder alguma coisa. O maxilar fica tenso e ele assente.

– Eu amo os meus pais de verdade – diz Helen, meio hesitante. – Às vezes acho que não parece quando falo deles. Pra pessoas que vêm de outros tipos de famílias. Famílias que sabem expressar o amor uns pelos outros em voz alta. A minha nunca soube. Nenhum de nós nunca disse que amava a Michelle, tenho certeza.

Grant a observa.

– Algum deles já falou isso pra você?

Helen baixa o olhar e levanta um ombro.

– Eu comecei a falar "eu te amo" pros meus pais sempre que eu desligava o telefone na faculdade. Sempre me pareceu meio forçado, e eles só retribuíam, tipo, metade das vezes, mas...

Ela sorri e faz um gesto de desdém, como se dissesse "fazer o quê?".

Grant a espera continuar.

– Não é que eu tenha sentido falta disso nem nada. Eu me encolhia sempre que as pessoas falavam *amor* em livros e filmes – conta ela. – *Eu te amo*, *fazer amor*, qualquer coisa com *amor*... sempre me pareceu tão inimaginável alguém dizer isso em voz alta sem, tipo, morrer de vergonha na mesma hora.

– O que você dizia em vez disso?

Helen dá de ombros.

– "Vamos transar" – diz ela.

O tranco no cérebro de Grant deve ser visível, e Helen abafa uma risada.

– Era isso que eu dizia pra não falar *fazer amor* – explica.

– Ah, sim – responde ele. – Claro.

– Enfim, eu não quero que você pense que eu... que eu não amo os meus pais ou algo assim – continua ela, baixinho. – Eu sei amar as pessoas. *Eu amo, Helen ama, a robô ama.* Isso é, hum, uma piada que eu tinha com as minhas melhores amigas em Nova York. Eu era uma robô, "Helen, a Máquina", e às vezes tentava se tornar senciente no meio de todas as suas realizações idiotas. Era uma bobagem.

Grant franze a testa.

– Quem são as suas melhores amigas?

Helen massageia as têmporas e balança a cabeça.

– A gente não precisa falar delas agora. Elas meio que não falam mais comigo, na verdade. Acho que ficariam até surpresas de eu chamá-las assim.

Ele a analisa com atenção enquanto ela olha pela janela. Helen parece bem, como se não precisasse da aprovação que ele subitamente se sente impelido a dar. Mas Grant decide falar mesmo assim.

– Eu sei que você é humana, Helen. E tenho certeza de que você sabe amar as pessoas, mesmo que você não fale isso em voz alta o tempo todo.

Grant fica surpreso com o aperto quente e súbito na mão direita – ela enfiou a mão por baixo do cabideiro para apertar a dele. Ele olha para ela, que o está observando com uma suavidade no olhar.

– Obrigada – murmura ela.

Ele solta o ar e dá partida no carro.

– Vou te levar pra casa.

Grant leva cerca de 45 minutos para dirigir do apartamento de Helen em Santa Monica até a casa dele em Silver Lake e passa a maior parte do tempo dando voltas mentais ao redor da mesma pista de problemas.

– Você quer subir? – perguntou ela quando ele parou na zona de desembarque em frente ao prédio dela. – Tem uma vaga pra convidados na garagem.

Ela pareceu tão esperançosa ao convidá-lo. Ele olhou para o prédio e pensou nas horas que poderia passar ali, vendo onde Helen comia, dormia e sonhava.

– Tenho que levar isso pra casa – disse ele em vez disso, dando um tapinha no cabideiro.

Foi um ato de autopreservação.

O primeiro problema, determina ele, é que *gosta* dela. Helen é inteligente, engraçada e sexy para cacete quando quer. Quando está prestando atenção nele. Quando não está. Ela o faz se sentir como se tivesse que ser mais inteligente e mais engraçado e *melhor* para que ela o deixe ficar por perto.

E esse é o segundo problema. Ele tem quase, quase certeza de que ela *não vai* deixar ele ficar por perto, não por muito tempo. Existem milhares de Grant Shepards só nesta cidade, e é uma questão de tempo até ela encontrar um de quem goste tanto quanto dele e que não tenha esse tipo específico de bagagem nas costas.

Ele não sabe quanto tempo tem nem com que facilidade ela vai cortá-lo da própria vida quando chegar a hora. Grant sente uma pressão crescendo no peito ao pensar nisso.

Enquanto leva o cabideiro para dentro de casa, escuta um zumbido fraco nos ouvidos e sente a visão ficar borrada. E sabe que está à beira de ter um ataque de pânico.

Você devia encontrar alguém pra conversar.

Grant pensa no que Karina disse por telefone uns meses atrás. Ele supôs que ela estava falando de uma terapeuta (e ele tem uma; já tinha naquela época), mas talvez ela estivesse falando mais de um amigo. Será que Helen conta como amiga? A palavra parece pateticamente incompleta quando aplicada a ela.

Ele ainda não falou de Helen com a terapeuta. Ou, melhor dizendo, da Helen pós-Natal. A situação parecia nova e complicada demais para entrar na consulta mensal.

Grant vai com as pernas bambas até o sofá e segura o encosto. Fecha os olhos e solta o ar. Lembra-se de estar sentado neste sofá na noite passada – esperando, observando, *desejando* –, tentando não mover um músculo quando Helen foi na direção dele. Estava querendo que ela se aproximasse, que chegasse perto o suficiente para ele lhe dar um argumento convincente para ela ficar. *E ela ficou.*

O zumbido nos ouvidos vai diminuindo lentamente e ele se levanta, franzindo a testa sob a luz do fim do dia.

O que é que ele estava fazendo mesmo?

Ah, sim, o cabideiro.

Ele franze a testa para o objeto, sem saber muito bem por que o comprou. Vai até o armário e o abre, e então se lembra. Não havia nenhum cabide disponível na noite passada, quando Helen veio. Ele acordou de manhã com a sensação de que devia abrir espaço na vida dele para pessoas com casacos de inverno compridos.

Grant franze a testa novamente, encarando todas as jaquetas e casacos de moletom velhos pendurados sob a luz fraca.

Talvez, pensa ele, *eu deva me livrar das coisas que não são mais necessárias.*

20

Helen faz uma festa do pijama só para garotas solteiras no apartamento dela na sexta-feira seguinte.

— Eu ia zoar você por ter se mudado pro lado oeste como qualquer outra pessoa da Costa Leste, mas isso...

Nicole abre as janelas para apreciar o píer de Santa Monica perfeitamente emoldurado ao longe, iluminado como um parque de diversões à noite.

— Isso vale a pena — completa ela.

— Onde está o saca-rolhas? – pergunta Saskia, abrindo e fechando as gavetas da cozinha.

Helen não bebe tanto vinho a ponto de ter comprado um saca-rolhas para o apartamento temporário, então elas assistem a um tutorial no YouTube para aprender a tirar a rolha usando a chave do carro e uma caneta.

Elas colocam o filme *Segundas intenções*, já que Saskia nunca o viu, e na metade da explicação de como o elenco é icônico, incluindo o louro-platinado Joshua Jackson ("Você quer dizer o marido da Jodie Turner-Smith?"), Nicole pausa o filme.

— Tudo bem, a gente não vai ver mais nem um segundo desse filme enquanto a Helen não concordar em contar como foi o encontro dela.

A segunda-feira foi uma vergonha por causa da atenção geral que recebeu na sala. Todos estavam interessados demais no encontro do Google Forms. Grant estava lá quando o assunto surgiu – apareceu para se juntar a eles no almoço, sentando-se no lugar de sempre, em frente a Helen, e abriu uma lata de Coca Zero de um jeito barulhento quando Nicole exigiu detalhes do encontro.

– Foi divertido – contou Helen. – Nós jogamos boliche.

Owen a acusou de estar escondendo o jogo, Saskia quis saber se ela havia sentido frio na barriga e Grant pediu para ela passar uma bala de menta para ele.

No fim das contas, Helen falou que não ia mais sair com Greg, o diretor de elenco, para enorme decepção de Eve e Saskia.

– Mas por quê? – perguntou Nicole.

Nesse momento, Suraya começou a olhar para o quadro de vidro do jeito que sempre fazia quando achava que as conversas do almoço estavam se estendendo demais, e Helen interrompeu o assunto com a promessa de contar tudo depois. Grant saiu para o escritório dele e ela escapou para o banheiro antes que eles começassem a sessão da tarde sobre o episódio quatro.

Ela deu dois passos antes que Grant estendesse a mão – e, de repente, se viu presa contra a parede atrás da sala dos roteiristas, sendo beijada de um jeito minucioso e *intenso*.

– Vai lá em casa hoje à noite – disse ele, com a voz grave e vibrante de um jeito que a fez ter vontade de pressionar o corpo nele com mais força e de novo e *ainda mais*.

– Não – respondeu ela. – Eu não trouxe roupa.

– Eu compro roupas novas pra você – insistiu ele, mordiscando o lábio inferior dela.

– Vai lá escrever um bom roteiro – replicou ela –, e, se conseguir, talvez eu vá até a sua casa.

Helen escapou dele nesse momento, se obrigando a não se virar quando ouviu a risadinha silenciosa de Grant.

Ela está orgulhosa de ter mantido a promessa – com uma ou outra passadinha diária no escritório dele apenas para verificar como estava o roteiro.

Na tarde de quinta-feira, a caixa de entrada dela apitou com um e-mail de Grant.

(Sem assunto)

Pode vir.

Anexo: *The Ivy Papers*_Episódio 1x02_Grant Shepard_Rascunho 1.pdf

Ela ficou tão corada que Nicole perguntou o que estava acontecendo no celular dela. Atarantada demais para conseguir pensar em uma mentira melhor, Helen disse:

– Acho que eu tenho um encontro no fim de semana.

Isso fez com que Suraya soltasse um suspiro pesado do tipo "isso não parece relevante para a história", então Nicole arrancou de Helen a promessa de cumprir a promessa anterior sobre contar todas as fofocas relacionadas a encontros. Elas combinaram a festa do pijama na sexta-feira, o que daria a Helen mais tempo para descobrir o que significava exatamente *pode vir*.

– Helen – choraminga Saskia agora, com a taça de vinho na mão. – Eu achava que nós éramos amigas. Por que você está sendo tão evasiva com esse assunto?

Helen abaixa a cabeça e tenta pegar o controle remoto da mão de Nicole.

– Porque ela está saboreando o fato de ter uma fofoca – responde Nicole, enfiando o controle remoto embaixo da blusa. – Para de palhaçada e conta pra gente que encontro é esse. É com o Greg?

– Não, eu já falei que não vou mais sair com ele – responde Helen. – Esse encontro é… Eu não sei. Uma coisa nova e esquisita.

Nicole a analisa com astúcia.

– Por que é esquisito? – pergunta Saskia.

– Hum – diz Helen.

– É alguém que a gente conhece? – indaga Nicole, semicerrando os olhos.

– Eu…

– Caralho, você está trepando com o Grant – declara Nicole.

Helen fica vermelha como um tomate, o que não ajuda em nada a sustentar sua negação:

– Não, não, não. Não é nada disso. A gente *não está* trepando.

– Mas você quer! – diz Nicole, e bate em Helen com uma almofada. – Sua safada, eu sabia, porra!

Saskia olha de uma para a outra, boquiaberta.

– Não… não, é sério?

Helen afunda a cabeça na almofada no colo de Nicole e solta um grunhido abafado.

– É... complicado.

– É, aposto que sim – diz Nicole, dando um tapinha na cabeça dela. – Quando vocês trepam, ele fica no controle, já que é o braço direito da Suraya? Ou é você que fica, porque são os seus livros e, portanto, a sua série de TV?

Helen bufa ao ouvir isso.

– Como foi que começou? – pergunta Saskia, parecendo um pouco impressionada.

– Não sei – responde Helen. – A gente foi pra nossa cidade nas férias de inverno e foi... diferente.

– Foi... um tesão – sugere Nicole, apoiando-a.

– Mas agora a gente voltou pra cá e... eu não sei.

Helen se vira para cima e encara o teto, como se estivesse deitada no divã do terapeuta.

– É como se o tempo todo em Nova Jersey a gente estivesse numa zona indefinida que não era o passado nem o presente. Nada parecia real, e talvez só por isso tenha sido... possível. Desde que a gente voltou pra Los Angeles, parece que... que pode haver consequências reais.

– Que tipo de consequência? – indaga Saskia.

Helen reflete. Provavelmente alguma coisa como... gostar demais dele para conseguir se afastar em um momento sensato, ficar estupidamente apegada e se enfiar em uma situação totalmente evitável e impossível.

– Não sei, eu só estou falando qualquer merda – murmura Helen. – Talvez nem seja um encontro. O e-mail dele só dizia: "Pode vir."

Nicole faz um ruído de escárnio.

– É, ele estava falando pra você ir até o pau dele.

– Eu ia gostar de fazer isso – diz Helen com um ar de resignação trágica.

Nicole e Saskia caem na gargalhada. Helen tem uma sensação eufórica e inesperada de alívio nesse momento – como se compartilhar esse segredo o deixasse mais fácil de carregar, embora ela saiba que nenhum dos fatos tenha mudado.

– Vocês precisam é de um bom e velho acordo de termos de serviço – declara Nicole por fim. – Desse jeito, tudo fica claro e todo mundo está na mesma página. Extremamente necessário em qualquer relacionamento casual. Quanto mais cedo vocês falarem disso, melhor.

Isso faz sentido na cabeça de Helen, então ela manda uma mensagem para ele pouco antes de meia-noite:

> Se eu for aí amanhã, a gente pode falar sobre termos de serviço antes?

A resposta é quase imediata:

> Em que serviços você está interessada?

Ela fica corada, pensando nele acordado na cama, esperando uma resposta. Ela pondera os prós e os contras de uma provocação e de uma resposta séria, mas ele manda uma segunda mensagem antes:

> Te vejo de manhã.

GRANT ABRE A PORTA antes que ela consiga bater.

É sábado de manhã, e ele ainda está com uma calça de moletom, uma camiseta velha e uma expressão sonolenta ao passar a mão no cabelo desgrenhado. Se apoia preguiçosamente na porta, e de repente ela quer enfiar a cara no peito dele para poder ouvir o estrondo da risada enquanto seu rosto sobe e desce com a respiração de Grant.

Mas isso seria maluquice, então ela cutuca a pantufa dele com o próprio tênis.

– Porra, você fica ótima usando calça de ioga – diz ele por fim e a puxa para dentro enquanto ela ri.

– Eu não li o roteiro – murmura ela, entre beijos com gosto de pasta de dentes sabor hortelã.

– Quem se importa? – replica ele, enterrando o rosto no pescoço dela.

– Grant.

Ela tenta levantar a cabeça dele, mas só consegue embolar os dedos no seu cabelo.

– Quem foi que inventou a semana de trabalho de cinco dias? – pergunta ele, distribuindo beijos enquanto desce até a clavícula dela. – Deixa eu voltar no tempo e assassinar essa pessoa.

– Eu também senti saudade de você.

Helen solta o ar e, depois de uma breve pausa, ele a recompensa com um beijo forte e ousado na boca, puxando-a para o próprio corpo.

As mãos dela se enfiam por baixo da camiseta dele para arranhar o peitoral, que ela sente vibrar com um rosnado de aprovação.

– A gente precisa conversar sobre… isso – murmura ela na boca dele.

– Então para de me beijar – responde ele, inconcebivelmente.

Ela desliza a mão que está na nuca dele até a frente da camiseta, finalmente separando os dois. Os lábios, pelo menos – Grant encosta a testa na de Helen e brinca com a barra do seu casaco de moletom.

– Eu estou preocupada – começa ela, depois para enquanto sente o outro polegar dele roçar no pescoço. – Estou preocupada com a possibilidade de estarmos começando uma coisa que pode terminar… mal.

– Hum – diz ele, roçando o polegar lentamente de um lado para o outro no mesmo ponto. – Continua.

– Acho que a gente devia estabelecer umas… regras básicas.

– Regras básicas.

Ele assente na testa dela.

– Eu não quero que isso afete o nosso trabalho. Talvez já esteja afetando.

– Mas como você sabe, se não leu o meu roteiro? – provoca ele.

Seus lábios parecem atraí-la para perto.

– Eu ia ler – murmura ela, e parece que os batimentos estão acelerando só para acompanhar a sensação da pele dele. – Mas eu não tenho impressora.

– Hum.

Ele passa o polegar naquele mesmo ponto, depois dá um beijinho rápido no canto da boca de Helen.

– Tudo bem. Vamos lá.

Ela franze a testa ao parar de sentir o calor das mãos e do corpo dele.

– Hã?

Grant se afasta dela e segue pelo corredor, entrando no quarto.

– Vamos pro escritório – diz ele de outro cômodo. – A gente pode conversar lá sobre como isso vai afetar o nosso trabalho ou não. Eu só preciso me vestir.

– Mas…

Ela dá alguns passos e para em frente à porta do quarto dele. Grant está só de cueca boxer e ergue uma sobrancelha ao vê-la.

– Helen – diz ele com firmeza. – Se você entrar aqui, eu vou te comer na minha cama até você esquecer o seu nome, o meu nome e todas as perguntas muito inteligentes e importantes que você está remoendo nessa sua linda cabecinha, porque você não vai nem conseguir pensar direito de tantas vezes que eu vou te fazer gozar. Então, se você *não quiser* isso, fica… longe.

– Ah – murmura ela, e apoia as costas na parede. – Tudo bem.

Ele ri e fecha a porta na cara dela.

ELES NÃO CONVERSAM MUITO no carro enquanto Grant dirige até o estacionamento do estúdio. Ela está *consciente* demais da presença dele e, embora ele não esteja encostando nela, Helen sente o rosto ruborizar toda vez que Grant olha na sua direção. O segurança do fim de semana deixa os dois passarem depois que eles mostram os crachás do estacionamento, e ela não sabe o que fazer com as mãos. Grant abre um sorriso torto e reconfortante que parece ir direto para um canto vacilante do coração dela. *Quase lá,* ele parece dizer.

Passam pelos *soundstages*, normalmente agitados, e por fileiras de trailers brancos vazios. É um dia ensolarado de janeiro em Burbank, e Helen se sente grata pela desculpa para usar óculos escuros ao lado de Grant.

– Você já veio aqui num fim de semana?

– Não – responde ela.

– Normalmente tem umas pessoas trabalhando nos escritórios no prédio – comenta ele, segurando a porta para ela. – Não muitas, mas… os showrunners são pessoas ambiciosas e competitivas.

– Ah.

– A Suraya mantém um equilíbrio decente entre trabalho e vida particular – conta Grant no caminho até o elevador. – Graças a Deus. Os últimos showrunners com quem eu trabalhei nunca encerravam a sala antes das oito da noite. Acho que eles deviam odiar as próprias famílias.

A viagem de elevador é curta e tensa e, quando as portas apitam, eles observam a cidade fantasma das baias no lado de fora da sala dos roteiristas.

– Vem.

Grant a conduz pelo escritório familiar. Ele destranca a porta da sala dos roteiristas, depois a fecha com um clique suave assim que entram, e Helen estremece.

Eles se sentam um de frente para o outro, nos seus lugares habituais.

– Então – começa ele. – Você está preocupada de isso afetar o nosso trabalho.

– Como poderia não afetar? – Ela cruza os braços. – Eu vou ter que ficar sentada aqui e te olhar todos os dias durante as próximas sete semanas.

– Quatro semanas – retruca ele. – Depois disso, você vai estar no roteiro, escrevendo o seu episódio, e, quando voltar, nós dois estaremos naquele ponto da temporada em que todo mundo está "na sala", mas trabalhando remotamente nos roteiros na maior parte do tempo. Aí a produção vai começar, e você e a Suraya sempre vão ser chamadas ao set pra uma coisa ou outra, e depois *disso*, a sala vai ser oficialmente encerrada e você vai ficar no set o tempo todo.

– E você não vai estar lá? — pergunta ela, franzindo a testa.

– Não, a menos que a Suraya precise de mim, mas ela é mais do tipo que fica no set – explica ele. – Meus agentes já estão me mandando materiais de outras séries de TV pra avaliar.

– Ah – diz ela.

– Você disse que tinha regras básicas – lembra ele.

Ao dizer isso, batuca os dedos exatamente da forma como faz quando eles estão trabalhando em uma virada na história e ele está prestes a falar alguma coisa que vai jogar a ideia toda no lixo.

– Sim – diz ela. – Pra começar… nós dois sabemos que isso não pode… evoluir.

Grant assente devagar, tenso.

– Justo.

– Qualquer um de nós pode terminar tudo a qualquer momento – continua ela.

Ele bufa ao ouvir isso.

– Igual a qualquer relacionamento, então.

– Isso não é um relacionamento.

Grant ergue uma sobrancelha.

– A gente está negociando os termos de como e onde eu posso te comer – diz ele. – Eu diria que tem algum tipo de relacionamento aqui.

Helen engole em seco. Ele está certo, e ela sabe disso.

– Não um relacionamento de verdade – argumenta ela. – Não é público. Nada nas redes sociais.

– Tudo bem.

Ela faz uma pausa.

– A Nicole e a Saskia sabem que a gente tem... alguma coisa. Acho que elas suspeitavam antes mesmo de eu falar algo – conta ela.

Ele ergue um ombro.

– Considerando que eu estou há semanas te encarando como um adolescente com um crush em alguém, isso não me surpreende.

Helen fica ruborizada nesse momento, e a palavra *crush* se ilumina no cérebro dela como uma fachada iluminada da Broadway. Ela pigarreia.

– A gente marca uma data pra terminar quando a sala dos roteiristas fechar, em março – continua ela. – Uma semana depois, talvez.

– Com possibilidade de renovar se os dois lados consentirem? – retruca Grant. – Essa é uma cláusula padrão na maioria dos contratos que o meu advogado redige.

Helen tamborila na mesa, nervosa.

– Com possibilidade de renovar mutuamente a cada semana.

Grant solta a respiração de um jeito que parece uma risada.

– Tudo bem.

– Mas o contrato é interrompido assim que a produção acabar e eu voltar pra Nova York – ela sente a necessidade de acrescentar. – O objetivo é que, quando tudo acabar, ninguém possa dizer que ficou surpreso com alguma coisa e que seja rápido e... o mais indolor possível.

Por algum motivo, Grant não acha que vai ser *indolor*, mas não fala nada.

– Então, depois que você deixar a cidade, nós dois seguimos a vida e fingimos que nada disso aconteceu? – indaga. – Nada de áudios bêbados e angustiados às três da manhã, nada de mensagens quando um de nós dois estiver na cidade do outro, nada... de nada.

– Correto – confirma ela.

– Hum – diz ele. – E quando é que a gente começa?

Helen engole em seco.

– Agora, se você quiser.

Grant batuca com uma caneta na mesa, observando-a atentamente.

– Eu quero.

Ela inclina a cabeça como se estivesse considerando o próximo movimento. De repente, ele pensa no jogo de Lig 4 dos dois, na concentração no rosto dela enquanto analisava ele e a grade. Ele ganhou aquele jogo, mas talvez Helen estivesse jogando alguma coisa totalmente diferente dentro da própria cabeça. Nesse momento, ela segura a barra do casaco de moletom, e ele para completamente de pensar. Ela tira o casaco devagar, revelando um top esportivo fino por baixo. Quando ela contorna a mesa na direção dele, Grant consegue ver a forma dos mamilos endurecidos. Ele engole em seco quando ela para a poucos centímetros dele.

– Eu tenho alguns adendos – murmura ele, erguendo o olhar para encará-la.

Helen tira os sapatos, chutando-os para longe.

– Chega de diretores de elenco – continua Grant. – Nem atores, nem operadores de câmera, nem outros roteiristas. Nem mais ninguém. Se a gente for fazer isso, vai ser só você e eu.

Ela assente enquanto prende o dedo no elástico da calça de ioga para tirá-la. Está usando uma calcinha lisa de algodão preto, do mesmo tecido do top esportivo, e ele nunca se sentiu tão excitado na vida.

– Se eu fizer alguma coisa que você gosta, você tem que me falar – diz ele, estendendo a mão e traçando a lateral da coxa dela.

Helen fecha os olhos e morde o lábio, depois assente.

– E se eu não fizer, você também tem que me falar – acrescenta ele, levantando a mão dela e dando um beijo na palma.

Ela geme em consentimento.

– E, por fim, enquanto estivermos juntos – murmura ele, com os lábios roçando a barriga dela –, eu não quero conversar sobre o fim. Prefiro não desperdiçar o tempo que eu tenho.

HELEN ASSENTE, deixando as mãos pousarem delicadamente nos ombros dele.

Com um movimento fluido, Grant a levanta e a apoia sobre a mesa. Olha para Helen como se ela fosse um banquete e ele estivesse decidindo por onde começar. As pernas dela estão penduradas na borda e ele massageia a panturrilha dela, depois abaixa a cabeça para beijar a parte interna do joelho.

Ela expira com a pressão inesperada e ele se levanta, subindo as mãos pelas coxas e passando pela calcinha e pelas laterais do corpo dela. Engancha os polegares na parte inferior do top e ela estremece com a sensação dos dedos dele a provocando por baixo da faixa elástica.

Grant a observa atentamente, passando os polegares nas laterais dos seios de Helen.

Ela inspira fundo quando encontra o olhar dele – uma sensação de calor a inunda por dentro, parecendo derretê-la.

– Mais – pede, e os polegares dele roçam nos mamilos por baixo do tecido.

Helen costumava ter vergonha dos seios pequenos e se lembra de ficar preocupada, no ensino médio, com o momento em que teria que ficar nua pela primeira vez na frente de alguém, revelando uma decepcionante falta de curvas. Os homens com quem ela esteve desde então nunca falaram nada, muitas vezes passando direto pelos seios depois de uma exploração para satisfazer a curiosidade e parando nas outras partes dela, que eram mais acolhedoras.

Ainda hoje, há um momento de hesitação em toda primeira vez, enquanto ela se prepara para a inspeção.

Grant faz uma pausa no meio de um beijo na lateral do rosto dela.

– O que foi? – pergunta ele.

– Nada – diz ela. – É bobagem. Eu só... não gosto de pensar na comparação entre os meus peitos e os de outras mulheres.

O calor sobe pelo rosto dela quando ele se afasta para olhá-la. Helen fica dolorosamente consciente de que parece estar pedindo elogios e decide que o melhor caminho para passar por isso é garantir rapidamente a ele:

– Esquece o que eu disse. Eu amo o meu corpo. Você tem muita sorte de estar aqui. Volta.

Grant escuta. Ela se entrega a outro beijo demorado e entorpecente e os dedos dele sobem para roçar no maxilar dela, depois descem pelo pescoço e pelos ombros.

Os lábios dele seguem os dedos, e ele desce beijando até o decote do top. Helen sente a sensação quente e macia da língua dele no tecido, roçando na pele. Ela inspira fundo e tem certeza de que ele consegue escutar seu coração martelando no peito.

A outra mão dele desce pela barriga, passa pela calcinha, chega às coxas e, por fim, desenha círculos lentos na parte interna dos joelhos dela. Helen escuta um gemido que vem do fundo da própria garganta.

Grant solta um rosnado baixo em resposta enquanto desce a mão e passa o polegar no calcanhar e no osso do tornozelo.

– Por que isso é tão bom? – sussurra Helen.

Ele segue o caminho das mãos mais uma vez, beijando a barriga, depois a parte interna da coxa – *onde ele escreveu o endereço dele*, ela se lembra de repente – e a parte interna do joelho. Por fim, beija a parte interna do tornozelo dela, se ajeitando na cadeira, o olhar ardendo no dela mesmo estando em contato apenas com o tornozelo.

GRANT SE RECOSTA, sentindo o maxilar ficar tenso e a respiração sair em sopros bruscos e irregulares.

Helen tem mais sensibilidade nas partes macias e internas das coxas, joelhos e tornozelos, e ele se deleita com essa descoberta. Fica desenhando um círculo lento ao redor do osso do tornozelo dela, sem querer interromper completamente o contato – sente que acabou de começar um livro que virou um favorito e não consegue deixar de lado para não perder a página onde parou.

– Acho que você não tem a menor ideia – diz ele devagar – de quantas vezes eu imaginei isso.

Os olhos de Grant percorrem lentamente o corpo dela; ele nota a caixa torácica dela subindo e descendo.

– Quantas vezes eu gozei na minha mão pensando em você nessa mesa – murmura ele, e observa os olhos dela arderem de tesão.

Grant tira a camisa e a joga no chão.

– Você se toca, Helen?

Ela observa as mãos dele indo em direção ao cinto com uma concentração tão intensa que ele quase consegue sentir o calor do olhar dela nos nós dos dedos. Ela assente devagar.

Em alguns movimentos curtos, Grant abre o cinto e enfia a mão livre – a que não está desenhando círculos lentos na parte interna do tornozelo dela – dentro da calça. Ele dá uma apertada em si mesmo e solta uma respiração trêmula. O pau dele pulsa na mão, como se lhe lembrasse de que tem um lugar mais quente e mais acolhedor bem na frente dele.

– Tira o top – pede ele – e segura os seus seios pra mim.

Ela o observa enquanto tira a peça, finalmente, *finalmente* revelando mamilos marrons redondinhos e as formas pontiagudas que o deixam com a boca cheia d'água, como um homem faminto. As mãos dela sobem para pegar os seios, obedientemente, o olhar alternando entre os olhos e a mão dele, que trabalha em um ritmo lento abaixo do cinto.

– Belisca os seus mamilos – instrui ele.

Grant fica satisfeito ao ouvi-la ofegar enquanto obedece. Ela fecha os olhos para curtir a sensação enquanto a cabeça cai para trás, mas ele aperta seu tornozelo.

– Não, não fecha os olhos. Eu quero você aqui comigo.

Helen abre os olhos e faz um biquinho sensual.

– Seus peitos são tão lindos que eu quero lambê-los enquanto você goza – diz ele, apertando-a com mais força.

Helen solta o gemido mais suave do mundo, e ele tem que se obrigar a ficar na cadeira e ignorar o desejo de mergulhar dentro dela que o consome.

– Você pensa em mim quando se toca? – pergunta ele.

Helen expira e assente.

– Me mostra – exige ele.

Ela desce uma das mãos e passa a palma na frente daquele triângulo enlouquecedoramente provocante de tecido preto. Ela prende o polegar no elástico enquanto a outra mão continua a mexer nos seios.

– Eu pensei em você desse jeito – diz ela. – Sentado na sua cadeira. Me observando.

Helen se contorce na própria mão, com a boca formando um *O* perfeito com a sensação, e ele percebe que ela está quase gozando só pelo brilho nos olhos e pela maneira como ela se balança na mesa, sem o menor pudor.

Grant dá um beijo rápido na parte interna do joelho dela, uma das mãos se curvando no seu tornozelo e a outra no próprio pau. Ele sabe que precisa desacelerar o ritmo, mas não consegue resistir a um puxão final antes de se levantar e ficar entre as pernas dela. A calça dele cai até os tornozelos, um movimento que ele acha muito deselegante, mas com o qual não se importa porra nenhuma quando consegue sentir o calor irradiando da boceta perfeita de Helen através do tecido.

– Agora eu acho que você vai se tocar até gozar pra mim – sussurra ele no ouvido dela, apertando as laterais da coxa de Helen. – E eu vou lamber os seus mamilos até você implorar por mim.

Ela geme enquanto ele pousa a língua toda em um dos mamilos marrons pontiagudos. Ele a lambe como se fosse um sorvete – devagar, deslizando a língua, saboreando.

– Eu…

Helen ofega, ainda se contorcendo na própria mão, e é a cena mais excitante que ele já testemunhou. Ela solta um gemido torturado.

– Por favor, Grant.

– Por favor, Grant, o quê? – murmura ele no peito dela.

– O outro agora – sussurra ela, e ele obedece.

– Eu vou te dar tudo que você quiser, meu bem – murmura Grant. – Você só precisa pedir.

Ela geme de novo e ele suga a auréola para dentro da boca, passando os dentes delicadamente no mamilo. Helen ofega, e ele sente ela se desfazer em pedaços na própria mão uma vez, duas vezes, e a outra mão dela sobe para agarrar o cabelo dele enquanto ela desaba na mesa. Grant a sente estremecer na língua dele sob o aperto de aço das mãos dele nas coxas, e ela solta um único rosnado sofrido antes que a própria respiração se transforme em sopros curtos.

As mãos dela puxam o cabelo dele e o trazem mais para cima para que ela o beije desesperadamente; tão desesperadamente que ele sente que está se afogando nela.

– Eu amo o seu corpo – diz Grant, entre beijos intensos. – Eu tenho muita sorte de estar aqui, porra.

Helen desce a mão entre os dois, entrando na cueca boxer dele e *puta merda, a mão dela está no pau dele.*

– Eu quero te sentir – murmura ela na boca dele. – Por favor.

Um rosnado abafado escapa da garganta dele quando ela passa o polegar na cabeça úmida e o aperta mais para baixo.

– Eu tenho que...

Grant se afasta dela, pensando na camisinha que está na carteira, em algum lugar no chão.

– Eu uso DIU – diz ela de repente. – Eu... por favor, Grant, eu preciso te sentir.

Ele ofega enquanto ela o liberta da cueca boxer e tenta acalmar o latejar no cérebro por tempo suficiente para pensar. *Eu uso DIU. Eu preciso te sentir.*

– Eu fiz um exame no fim do ano passado – afirma ele, ofegando. – E não estive com ninguém desde... desde...

E não consegue terminar o pensamento, porque as unhas dela estão arranhando suavemente suas bolas enquanto as puxa com delicadeza.

– *Porra* – diz ele.

– Sim – responde ela.

Helen se levanta um pouco da mesa para tirar a calcinha. Ele olha para baixo, levemente impressionado, e observa enquanto ela conduz a cabeça do pau dele até o próprio corpo.

– Só... vai devagar – pede ela.

Ele range os dentes com a sensação de entrar nela, com o calor dela o apertando e envolvendo a cada milímetro lento e escorregadio. *Estou fodido,* pensa ele ao erguer o olhar e vê-la ofegando com a mesma sensação. *Eu vou precisar disso para sempre.*

HELEN ENCARA GRANT, pensando através da névoa: *então essa é a sua cara quando você faz isso.*

O maxilar dele está tenso de tanta concentração e, de um jeito inacreditável, ele ainda está deslizando para dentro dela, e a umidade do interior quente o faz entrar mais rápido.

– Ah – diz ela, ofegando enquanto o aperta involuntariamente.

Ele rosna, como se estivesse sentindo dor, depois inclina o quadril com um solavanco e, de repente, *Grant* está dentro dela até o talo. Helen ofega com essa sensação, desconhecida, mas que fica cada vez mais familiar – *inesquecível* – a cada segundo.

A respiração dele sai quente na têmpora dela, e as mãos dele apertam as laterais dos quadris dela enquanto Helen rebola – *uma vez, duas vezes* – no corpo dele, experimentando o movimento. Grant dá um beijo contido nos lábios dela e apoia a testa na sua, com os olhos fechados e concentrados, e de repente ela pensa no quanto ele é injustamente *lindo*.

– Hum.

Ele solta o ar e ela toma consciência de que ele a está penetrando lentamente, depois recuando e repetindo. Os dois olham para o ponto onde os corpos estão se juntando – a respiração dela falha ao ver o quanto isso parece primitivo.

– Eu... eu não acredito que você está me comendo nessa mesa – diz ela.

Grant solta uma risada em um suspiro curto.

– Eu acredito. Já pensei nisso tantas vezes que parece até que eu estava me lembrando desse momento.

Ele passa o polegar em um dos mamilos dela e desliza para fora um pouco mais, desta vez, antes de penetrar de novo.

– Você é muito gostosa, porra – diz ele, expirando na orelha dela. – Como ousa?

Helen solta uma risada gutural que se transforma em um ofegar enquanto ele se enfia de novo nela com força.

– Grant – chama ela, ofegando, cheia de desejo, no ouvido dele. – Acho que eu vou gozar de novo.

Ele desliza o polegar entre os dois, tocando o clitóris dela de maneira insistente e implacável apesar dos gemidos. Helen ofega, arqueando o corpo na direção dele. De repente, estrelas brancas e quentes explodem na sua visão. Grant rosna enquanto ela sente a onda pulsante de prazer tomar o seu corpo, sacudindo-a, e ela se esquece de fazer silêncio à medida que libera o orgasmo em soluços contidos.

Aos poucos, percebe que ele a está deitando na mesa e o observa com um fascínio tranquilo enquanto ele desce o polegar dos lábios dela até o ossinho do peito. Ela morde o lábio quando ele se afasta só para voltar e penetrá-la com força, com a mesa fria balançando embaixo dela, e em seguida recua de novo.

Helen ergue a mão, e ele a captura para beijar a parte interna do seu pulso – um gesto estranhamente afetuoso que a pega de surpresa. Ele desliza para dentro dela uma vez, duas vezes – ela observa com fascínio o suor na sobrancelha dele –, depois sai com um rosnado e ela sente o fluxo quente do gozo dele se espalhar aos poucos na barriga dela.

Grant abaixa a cabeça até o pescoço dela e solta o ar em lufadas lentas e irregulares enquanto volta ao próprio corpo. Ele beija o ombro dela e dá uma risada grave e rouca que faz a barriga dela ficar tensa com um tipo desconhecido de desejo.

– Vamos fazer isso todo fim de semana – diz ele no ombro dela, e Helen ri.

Grant limpa a barriga dela usando os lenços do quadro de vidro, e Helen já sabe que vai ficar vermelha toda vez que olhar para a embalagem corriqueira de plástico (que ainda está com a etiqueta de 3,99 dólares) na segunda-feira.

Ela veste a calcinha e as roupas e se lembra de uma vaga conversa que teve com Suraya nos primeiros dias da sala dos roteiristas.

– Alguns roteiristas são ruins na sala, mas ótimos na página – explicou ela. – É mais difícil pra eles no início da carreira, mas, quando as pessoas os descobrem, eles *funcionam.*

Helen se perguntou se Suraya estava falando indiretamente que a própria Helen era ruim na sala, então era bom ela ser ótima na página.

– Mas a grande maioria dos roteiristas de TV é bom na sala e fica entre decente e muito bom na página – continuou Suraya. – É um caminho mais fácil para o que muitas pessoas querem.

Helen foi para casa naquele fim de semana tentando catalogar os roteiristas da sala, relendo as amostras de roteiros especulativos de cada um em que ela só tinha passado os olhos quando Suraya as enviou depois da noite de drinques de boas-vindas.

Saskia era quieta na sala, mas a amostra dela brilhava com emoção. Nicole era sempre engraçada na sala, mas tinha uma tendência a falar demais, a ponto de irritar Suraya, e Helen achou que sua amostra tinha uma voz parecida, bem particular. Owen, Tom e Eve eram *ótimos* na sala – sempre engraçados e prontos para contribuir com a energia da mesa, fazendo conexões entre tópicos de conversa totalmente diferentes ao longo do dia. A escrita deles também era muito boa – mais confiante e competente do que a de Nicole e Saskia, mas talvez menos *especial*.

E Grant. Ela sabia, até mesmo naquela época, que ele era *excelente* na sala. Sempre foi, e ela folheou a amostra dele esperando alguma coisa entre adequado e bom.

E então ela leu a amostra do piloto. Devorou o roteiro dele mais rápido que todos naquela noite, atraída, contra a própria vontade, para a teia emaranhada de relacionamentos complicados, segredos e mentiras que unia os personagens dele em uma cidadezinha à beira-mar em South Jersey. Não era o tipo de série de TV que ela normalmente veria por livre e espontânea vontade, mas, quando chegou à última página, sentiu uma compulsão idiota de mandar mensagem para ele perguntando o que acontecia depois. (Ela não fez isso, claro.) Helen se sentiu desagradavelmente humilhada pelo trabalho dele e pela percepção de que, não importava o quanto ela viesse a ser *ótima* na página, ele sempre estaria à frente dela por ser capaz nas duas coisas.

Então, quando Grant deixa uma cópia impressa do primeiro rascunho do episódio dele na mesa em frente a ela, Helen sente o nervosismo a invadir. Não em relação à escrita dele, mas em relação à *dela*. Em relação à ideia de Grant passando uma semana explorando intimamente os personagens que ela criou na privacidade da própria mente, no primeiro apartamentinho espremido em Nova York, em cafeterias no Brooklyn, em bibliotecas públicas pela cidade.

Ela tem medo de ler o roteiro dele e perceber um vislumbre sincero de como ele enxerga *Helen*, e receia que isso possa destruir o que quer que esteja florescendo entre os dois. De algum jeito, isso parece mais íntimo do que ele estar dentro do corpo dela, e uma sensação claustrofóbica cresce contra a sua vontade.

– Vou ler mais tarde – diz ela por fim. – Vamos voltar pra sua casa.

Grant lhe oferece a mão e ela se levanta. Ele inclina o queixo dela para beijá-la com delicadeza, e Helen sente um calor atordoante nos braços dele.

– Seu coração está batendo forte – murmura ele. – Foi alguma coisa que eu fiz?

Ela ri.

– Meio que sempre é – responde.

Ele solta um "hum" satisfeito que a preenche com um anseio nervoso.

21

– Não sei por que você não pode simplesmente ficar feliz – diz Helen para a mãe em uma chamada de vídeo. – Parece que foi muito bom.

A mãe está ligando da estrada depois de sair do brunch de despedida do casamento da prima de Helen no Canadá, para dizer que o casamento foi lindo, mas parecia mais o casamento da filha de uma amiga do trabalho do que de alguém da família.

– Não tinha chineses suficientes – replica a mãe. – Todo mundo é francês, tudo é francês. Acho que a sua prima tem vergonha de ser chinesa.

Helen revira os olhos e abre as fotos marcadas da prima, Alice, no Instagram.

– Ela usou um símbolo neon de dupla felicidade e eles fizeram a dança do leão. Isso é bem chinês, mãe.

– Não é a mesma coisa. Eu sei que a mãe dela está meio triste, apesar de estar feliz. Você não entenderia.

Helen acha que a mãe está certa nisso, pelo menos.

Na faculdade, quando tinha vagas aspirações de ser uma grande voz no cenário da ficção literária estadunidense, ela escreveu vários contos sobre as pequenas tragédias da assimilação de uma criança filha de imigrantes, sobre a sensação de desconexão que a invadia sempre que visitava a cidade natal dos pais na China ao longo dos anos, sobre a maneira como ela pegava os avós reclamando dela em cantonês nativo e sobre não ser capaz de entendê-los por causa de decisões que os pais tomaram antes mesmo de ela nascer. Às vezes, acha que, se quisesse fazer uma transição de carreira na literatura, ainda poderia escrever um livro inteiro de poemas sobre todas as maneiras como ela parte o coração da mãe em um só dia.

– Quando você se casar, certifique-se de convidar mais chineses – comenta a mãe. – Minha irmã está tão triste. Tudo que ela tem é o seu tio, eu e o seu pai.

– Aham – diz Helen. – Vou me lembrar disso.

– Vai se lembrar disso, rá! Você nem traz ninguém aqui em casa para conhecermos. Pelo menos a Alice está casada.

Helen assente ao ouvir esse salto totalmente lógico para o time Alice-Pelo-Menos-Ela-Está-Casada.

– Eu levo amigos aí o tempo todo – retruca ela.

De certa forma, é verdade. As amigas dela em Nova York ainda veneram o salmão com shoyu que a mãe fez para elas três anos atrás.

– Você sabe o que eu quero dizer – diz a mãe. – Um amigo *especial*.

– Ah, um amigo *especial*.

Apesar de ser impossível, Helen pensa em Grant e no café da manhã que ele fez hoje de manhã. Ela ficou impressionada com a capacidade dele de fazer um ovo poché.

– Mãe, você passou duas décadas e meia dizendo pra eu me concentrar na escola e no trabalho e não pensar em garotos — continua ela. — Talvez eu não esteja casada justamente por isso, porque sou uma *guai nui*.

Uma *boa garota*. É uma das únicas expressões que ela sabe em cantonês, a única que os pais e os avós dirigiam a ela como elogio – quando estavam na frente de amigos, quando ela fazia alguma coisa que eles aprovavam, quando tranquilizavam uns aos outros aos sussurros depois do enterro, dizendo que Helen nunca faria nada assim.

Helen sempre foi uma boa garota. Ela se lembra da frustração de ver Michelle se mover pela vida encontrando maneiras de perturbar todo mundo o tempo todo. Também invejava um pouquinho isso – a ideia de simplesmente *não se importar* lhe parecia tão estranha que às vezes ela nem acreditava que as duas eram filhas dos mesmos pais. Ela percebe um sentimento maldoso de ressentimento crescendo contra a irmã mais nova, mesmo tantos anos depois.

Foi tudo tão mais fácil para você do que para mim, pensa Helen. *Você tinha a mim. E mesmo assim não conseguiu enfrentar tudo?*

A mãe de Helen está no meio de um monólogo sobre a tragédia de ter uma filha que diz escutar mas que, no fundo, não escuta nada.

– É a ordem natural da vida, Helen, os seus filhos devem crescer e formar uma família e ter os próprios filhos – diz a mãe. – Você também precisa de alguém na sua vida, para cuidar de você quando seus pais não estiverem mais aqui.

– Eu posso cuidar de mim mesma... Eu *cuido* de mim mesma – Helen lembra a ela. – Eu estou muito bem.

– Eu sei, eu sei. Uma mulher muito moderna.

Helen suspira.

– Se um dia eu encontrar alguém que valha a pena levar pra casa, eu te aviso – diz ela por fim. – Enquanto isso, deixa eu viver a minha vida.

– Humpf! – solta a mãe.

Helen fecha os olhos para afastar a dor de cabeça iminente e deseja que as coisas fossem pelo menos um pouquinho *mais fáceis*.

GRANT MEXE NO CELULAR e tenta não interferir enquanto Helen se movimenta pela cozinha, parecendo um pouco estressada ao abrir gavetas à procura de utensílios aleatórios.

Eles levaram duas semanas para chegar ao ponto de cozinhar as refeições em casa, porque sempre ficavam ocupados demais com outras atividades desde o instante em que ela entrava pela porta, e depois era tarde demais e eles estavam exaustos demais para fazer comida do zero. "Para de tentar me distrair", disse ele de manhã, indo direto para a cozinha. "Eu comprei ovos só para fazer café da manhã para você."

Helen insistiu em retribuir o favor no jantar, e ele está com a nítida impressão de que ela está se sentindo levemente competitiva em relação a isso.

– A gente vai fazer salmão, arroz e vagem com um molho de feijão preto com alho – anuncia ela. – Eu pensei em fazer um negócio com tomate e ovo que é muito bom, mas não funciona como acompanhamento só pra duas pessoas. Mas a gente pode fazer no café da manhã, talvez.

Grant pensa em sugerir que os dois convidem mais pessoas para comer com eles, mas abandona a ideia quando ela traz uma taça de vinho branco e o beija no canto da boca de um jeito casualmente possessivo que o cutuca em algum ponto secreto escondido sob as costelas.

– Vou conectar no seu Bluetooth – diz ele, e escolhe uma playlist aleatória para cozinhar em casa.

Ela olha para ele por cima do ombro com um sorrisinho súbito.

– Essa é a playlist "Cozinhando com amigos" do Spotify?

– Você a conhece bem? – pergunta ele de um jeito seco, tomando um gole de vinho e pensando que ela está adorável para caralho neste momento.

– Eu escuto o tempo todo quando estou cozinhando com amigas – confirma ela. – Eu gosto de procurar vibes muito específicas e depois colocar a playlist de outra pessoa pra tocar. Essa é uma das minhas preferidas.

Grant sente que guarda mentalmente essa informação, que será inútil para ele daqui a uns meses, mas que ele tem quase certeza de que vai ficar alojada no seu cérebro por muito mais tempo.

– Qual é a sua maior expectativa pra essa semana? – pergunta ele enquanto ela vai ver o forno, que está apitando. – E o que te dá mais medo?

– A maior expectativa é conhecer pessoalmente a diretora do piloto – responde ela. – Parece que ela é muito legal e jovem, e a Suraya convenceu o estúdio a dar uma grande chance pra ela. E estou com medo… da reunião de feedback do estúdio na quinta-feira. Eles me odeiam.

– Eles não te odeiam.

– Eu sou tipo um membro extra com o qual eles têm que lidar… eles nunca sabem o que me dizer antes da Suraya entrar na chamada – argumenta Helen, servindo colheres de arroz fumegante em tigelas. – Eu me sinto minúscula com isso.

Ela deixa uma tigela de arroz cair no chão sem querer e solta um gritinho.

– Hum – diz ele, se levantando para ajudá-la na cozinha. – Eu achei que você ia dizer que a sua maior expectativa era me ver de volta na sala dos roteiristas.

Quando ele chega ao outro lado da ilha da cozinha, ela o pega pelo colarinho para beijá-lo contra os armários da pia.

– Porra, você é tão meloso – murmura nos lábios dele, e Grant sente o sorriso dela.

Depois do jantar, eles ficam sentados na grama artificial da varanda dela. Ele encosta na parede e ela se encaixa no meio das pernas dele para se apoiar no seu peito. O corpo dele parece vibrar de leve com o contato, e ele se inclina para encostar o nariz no pescoço dela, um gesto que identificou como um dos preferidos dela pelo jeito como ela sempre solta um pequeno suspiro e se inclina para o toque como um gato carente.

– Você daria um bom namorado – comenta ela, deixando a frase pairar no ar.

Grant se afasta do pescoço dela de repente.

– Obrigado – diz ele, sem conseguir evitar o tom brusco na voz.

– O que você está fazendo nessa varanda comigo em vez de estar namorando alguma garota legal e adequada por aí?

Helen gesticula vagamente para a rua e para o píer de Santa Monica diante eles. Ela vira o rosto para olhar para ele de um jeito astuto.

– Qual é o seu problema, Grant Shepard?

Ele dá uma risada curta.

– Bom, a minha terapeuta diz que eu tenho ansiedade – responde ele. – E medo de não ser digno.

Ela aperta o braço pesado dele sobre o seu ombro e roça o polegar no antebraço dele de um jeito rápido e reconfortante.

– Não é tão ruim – murmura. – Aposto que você consegue superar isso.

Grant volta o rosto para o pescoço dela, e Helen solta outro suspiro trêmulo.

– Você acha que eu devia arrumar uma namorada? – murmura ele no pescoço dela.

– Só se ela te merecer – diz Helen, com a voz baixa e suave. – Eu posso vetar as candidatas pra você.

– E você? – pergunta ele.

O estômago de Grant dá uma cambalhota engraçada, como se ele estivesse na montanha-russa antiga e despedaçada do píer.

Helen fica em silêncio por um instante, e a voz sai baixa quando finalmente responde:

– Você quer saber por que é que eu estou enrolada nesse lance sem nenhuma perspectiva real de futuro em vez de encontrar um jovem pra casar?

Não foi nada disso que ele quis dizer, mas Grant espera ela responder à própria pergunta.

– Acho que eu ainda não estou pronta pra ser saudável – diz ela finalmente. – Um dia, talvez.

Grant fecha a cara ao ouvir essa frase enigmática. Tem a sensação de que, se analisasse a fundo, a frase ia se despedaçar, e talvez essa coisa frágil entre eles também.

– Helen – chama ele, beijando o ombro dela. – Para de falar tanta merda. Está tarde demais e eu estou cansado demais pra acompanhar.

Ela ri e inclina a cabeça para ele poder beijar sua boca. É um beijo lento e demorado, mas que, de algum jeito – e ele não sabe quem começa –, acaba se tornando quente e intenso. Parece que os dois estão discutindo e, quando ela se vira para segurar o maxilar dele, Grant se levanta e a puxa consigo até ela estar presa entre o corpo dele e a parede.

Helen beija o pescoço dele, depois o encara com *alguma coisa* suave nos olhos, e a sensação de Grant é que o olhar o estilhaça por dentro. Ele levanta a mão para tirar o cabelo da têmpora dela, depois desce para tocar o seio esquerdo. Ela ofega e ele franze a testa, apertando com mais força, beliscando o mamilo.

– Estou te machucando? – pergunta ele, com a voz grave.

Ela balança a cabeça e morde o lábio.

– Eu gosto quando você me machuca um pouco – sussurra ela.

Os lábios dele atacam os dela de um jeito agressivo, contundente, ávido. Talvez, se a beijar por tempo suficiente, ele consiga afastar o sabor de amargura e *sofrimento* que sente, embora não saiba de onde esteja vindo.

– Helen – murmura ele na sua boca. – Eu não quero uma namorada.

Ela assente, gemendo de leve enquanto ele mordisca o seu lábio inferior.

– E eu nunca mais quero falar disso – diz ele, com a voz rouca. – Entendeu?

Helen não responde, procurando os lábios dele de maneira insistente, de modo que ele se afasta, apoiando a testa na dela.

– Você ouviu o que eu disse? – insiste ele.

– Sim – responde ela. – Eu te ouvi.

Ela captura os lábios dele de novo e ele retribui o beijo desta vez, e, pelo resto da noite, a conversa consiste apenas em ofegadas leves e nos nomes dos dois.

22

Na terça-feira, Helen fica surpresa por ser a primeira a chegar ao escritório. É o dia seguinte ao Dia dos Namorados (que ela passou jantando com Nicole e Saskia e depois foi para casa sozinha, por princípio), e aparentemente há um engavetamento de sete carros na autoestrada que está prendendo o trânsito de todos vindo para Burbank do sul. Suraya manda uma mensagem dizendo para eles começarem sem ela assim que Grant chegar. Mais ou menos quarenta minutos depois, ela manda outra para dizer que eles estão basicamente fechando o episódio 9, de qualquer maneira, e ela tem muitas reuniões de pré-produção, então vai direto para o escritório de produção e todos podem trabalhar em casa hoje.

Helen está prestes a voltar para casa quando as portas do elevador se abrem e Grant aparece. Ele está usando um casaco de moletom e um boné de beisebol, e ela vê os ombros dele subindo e descendo de um jeito estranho.

Tem alguma coisa errada.

Ele a vê, mas está andando a passos largos e rápidos em direção ao próprio escritório.

— Grant?

— Água — diz ele, rouco, e enfia uma caneca embaixo do bebedouro do escritório.

Grant aperta a água quente sem querer e xinga antes de mudar para a fria. Ela chega ao lado dele nesse momento e, de perto, percebe que ele está pálido e suando.

— O que aconteceu? — pergunta, tocando delicadamente a mão dele.

– Ataque de pânico – responde Grant de forma sombria, fechando os olhos ao se apoiar na parede.

– Me fala do que você precisa agora – diz Helen.

– Eu preciso contar. Letras em cartazes ou... qualquer coisa...

– Quer que eu conte com você? – oferece ela e aponta para um pôster na parede. – Aquele pôster?

Ele assente, e ela segura a mão dele enquanto os dois contam em ordem crescente.

– Um... dois... três...

Quando chegam a cinco, a respiração dele está saindo em soluços lentos e sofridos, e ela desliza o braço na cintura dele para abraçá-lo. Grant baixa a cabeça até o cabelo de Helen, e ela sente o calor úmido da respiração e das lágrimas dele enquanto Grant inspira e expira, aceitando o alento sem retribuir o abraço.

– O que aconteceu? – pergunta ela quando a respiração dele desacelera e ela sente que ele se endireita.

Helen passa as mãos na parte superior dos braços dele, tentando aquecê-lo.

– É besteira – murmura Grant, e ela dá um beijo no pescoço dele, encorajando-o a continuar. – O trânsito na cinco norte, por causa do engavetamento.

– O acidentezão de carro?

– Teve outro alguns quilômetros depois do engavetamento. Tinha uma pessoa coberta por um lençol no chão.

– Ah.

– Eu fiquei pensando que a pessoa tinha conseguido passar por todo aquele trânsito só pra morrer uns quilômetros depois – murmura ele. – Ou talvez tenha acontecido antes e provocado o outro engavetamento. Não sei.

– E você teve um ataque de pânico? – pergunta Helen, erguendo o olhar para ele.

Grant seca o rosto com a mão, que ela pega para dar um beijo na palma.

– Você já fez isso antes – diz ele, e engole em seco.

– Você também estava sofrendo naquele momento – murmura ela, entrelaçando os dedos nos dele.

Ele expira de um jeito curto.

– Às vezes eu fico assim – resmunga ele. – Eu não sei o motivo. São os gatilhos mais aleatórios, porra, é uma vergonha.

– É sobre...?

Helen não termina a pergunta, mas ele a escuta mesmo assim.

– Provavelmente – confirma ele. – Quero dizer, aquilo definitivamente fodeu com a minha cabeça, se é isso que você está perguntando. Os paramédicos demoraram demais pra chegar lá, e eu ainda me lembro do engarrafamento.

– Vem – diz Helen, e puxa a mão dele para guiá-lo ao próprio escritório.

Ela fecha a porta e se senta no sofá encostado na parede. Ele tira o boné de beisebol e se apoia na porta. Está gelado e pálido, e dói em Helen ver como parece vulnerável.

– Vem cá – chama ela.

Quando ele vai até o sofá, ela o faz se abaixar até deitar a cabeça no colo dela. Helen passa a mão no cabelo dele, repetindo o movimento em um carinho tranquilizador.

– Você pensa muito naquela noite?

– Eu tento não pensar – resmunga Grant. – Eu me sinto inútil pra caralho sempre que penso.

– Não tinha nada que você pudesse fazer – murmura ela.

– Você não sabe – diz ele baixinho.

– Não tinha nada que você pudesse fazer – repete Helen, balançando a cabeça. – Não foi culpa sua.

– Eu achei que ia ser preso – comenta ele, e dá uma risada engasgada. – Eu estava mais preocupado comigo mesmo.

– Isso faz sentido. Você era só um garoto. Você não sabia o que podia acontecer. Foi assustador.

Grant esfrega os olhos com a base das mãos.

– Você... de todas as pessoas do mundo... não devia estar me consolando. A minha vida deu muito certo desde então – diz ele. – Isso é tão errado, porra.

Ela cobre as mãos dele, na esperança de que o peso adicional seja reconfortante para ele até mesmo na escuridão dos olhos fechados, e, depois de um instante, ele entrelaça os dedos dos dois sem dizer nada.

– Você pode me contar, sabe? – diz ela, tão baixinho que se sente impelida a repetir. – Você pode me contar sobre aquela noite. Se ajudar ter alguém com quem… com quem relembrar tudo.

Os dois ficam imóveis por um instante.

Grant respira fundo, e então começa.

23

Sempre que Grant se lembra de tudo agora, parece que são flashbacks, como se – e isso parece muito idiota para ele, dizendo em voz alta – a lembrança dele tivesse se transformado em uma montagem.

Grant se lembra do evento em que estava, depois de uma decisão de última hora de ir à festa de Brianna Peltzer, que não comemorava nada além de mais uma sexta-feira. Ele tinha vagos planos de ver Lauren DiSantos depois – mas a festa não era o tipo de lugar que Lauren frequentava.

Ele se lembra da garrafa de Pabst Blue Ribbon que alguém entregou a ele no início da noite, do suor na garrafa, da maneira como ter uma cerveja na mão sempre o fazia se sentir, como se fosse mais velho e mais cansado do que todo mundo, como se já estivesse na faculdade. De erguer o olhar e ver a ex-namorada, Desiree, e da atração proibida pelo conceito de *ex-namorada*. Ela pegou a mão dele de um jeito deliberado e o puxou para a pista de dança. Eles dançaram. Eles se beijaram.

– Me dá uma carona pra casa – sussurrou ela no ouvido dele.

Ele só tomou um gole de cerveja, enquanto todos os outros da festa ainda estavam bebendo.

Pareceu a coisa certa a fazer.

Eles pararam na entrada de carros da casa de Desiree pouco depois da meia-noite. Havia um conhecido carvalho em frente, onde haviam tirado as fotos da formatura uma semana antes. Grant e Desiree ficaram juntos desde o segundo ano do ensino médio. De repente, pareceu estranho e triste eles não serem mais um casal. Desiree o olhou, sentada no banco do carona, e ele percebeu que ela estava pensando a mesma coisa.

– Eu estou com medo do que vai acontecer depois – confessou ela. – Depois do ensino médio.

– Eu também – disse Grant, embora nunca tivesse pensado nisso.

Ele tinha passado pela maior parte do ensino médio com a impressão de que ainda não conhecia a versão verdadeira de si mesmo; estava empolgado para começar o próximo capítulo. Mas, ao ver Desiree no banco do carona, na conhecida entrada de carros, de repente ele percebeu que estava falando a verdade.

– Você quer entrar? – perguntou ela.

Grant não se lembra exatamente do que disse. Só se lembra dos lábios carnudos de Desiree e da maneira como eles se curvaram para cima um pouco com a resposta dele. De ajeitar o cabelo dela no ombro, da luz suave da entrada de carros atravessando a cortina de cabelos louros. De rir enquanto eles desviavam dos irrigadores no gramado dos pais dela e do jeito que ela pressionou o dedo nos lábios enquanto os dois subiam na ponta dos pés até o quarto. De sentir uma pontada de culpa ao pensar em Lauren Di-Santos – ele disse que estaria na casa dela à meia-noite. Talvez se atrasasse um pouco.

Ele se lembra do sexo ter sido bom e triste, e talvez tenha sido bom por ser um pouco triste.

– Eu não posso fazer isso de novo – declarou ele, parado do outro lado da porta do quarto de Desiree pela última vez. – Tenho que ir.

– Eu queria que você não tivesse tanta certeza – disse ela. – Essa é a parte que dói mais.

Grant agora deseja não ter tido tanta certeza.

GRANT NÃO SE LEMBRA DA MÚSICA que tocava no rádio, nem da cor do carro à sua frente, nem do sabor do refrigerante no apoio de copos da minivan da mãe.

Ele se lembra da hora…

2h03 da madrugada.

e do tempo...

nublado, com possibilidade de chuvas fracas

e do seu destino...

A casa de Lauren DiSantos,

mas talvez a própria casa,

ele não precisava decidir até a próxima parada na Rota 22.

Ele se lembra do velocímetro...

96 quilômetros por hora...

e de levantar os olhos e ver...

UMA PESSOA, MERDA...

104 quilômetros por hora

GRANT ACHA QUE NÃO DEVERIA *te contar essa parte, mas você quer ouvi-la.*

ELE SE LEMBRA DE ABRIR A PORTA e sentir o cheiro de fumaça no ar e o vidro esmagado sob os pés. De ver que o carro não tinha sido muito danificado – ele acha, *mas não tem certeza*, porque os pais se livraram do carro na semana seguinte. Havia outras pessoas – os rostos, as roupas e os gêneros todos borrados pela memória agora – emolduradas pelas luzes piscantes que formavam um arco ao redor dele.

– Você viu quem estava dirigindo? – perguntou alguém.

– Um garoto – respondeu outra pessoa. – Ele parecia apavorado.

Grant quis perguntar: *Você está falando de mim?*

Mas ele precisava verificar a vítima primeiro.

Ele se lembra de ser interrompido pelo aperto firme de um desconhecido, um homem de quase 50 anos que tinha a aparência que Grant achava que *pais* deveriam ter. (Isso não fazia o menor sentido, porque Grant *tinha* um pai que não se parecia nem um pouco com aquele homem, mas que não estava ali naquele momento.)

– Filho – disse o não pai de Grant. – É melhor você não ir ali.

– Eu tenho que ir – replicou Grant. – Preciso ver se a pessoa está bem.

O homem balançou a cabeça.

– Todo mundo viu o que aconteceu. Não foi culpa sua.

Grant se lembra de um pavor súbito e intenso invadindo o estômago.

– Eu estou encrencado? – perguntou ele.

– Qual é o seu nome, filho? – indagou o homem, sem responder.

Grant se lembra de pensar *por um segundo alucinado* se devia mentir.

– Grant – respondeu, e parecia que tinha corrido uma maratona só para dizer a verdade. – Grant Shepard.

– Quantos anos você tem, Grant?

– Dezoito.

Naquele momento, ele estava chorando, porque, atrás do homem, viu uma figura frouxa no escuro sendo coberta pelo casaco verde-escuro de algum Bom Samaritano. O casaco tinha botões de vidro transparente, e ele os viu captando a luz junto com o vidro no chão.

– Olha pra mim, Grant – disse o não pai.

Grant secou as lágrimas e obedeceu, se concentrando no desconhecido à sua frente e não na garota morta – *ele tinha quase certeza de que era uma garota, pelo tamanho* – a poucos passos de distância.

– Você bebeu?

– Não, senhor – respondeu Grant, e ele se lembra de se sentir como se estivesse mentindo, embora o teste de bafômetro que fez depois tivesse revelado que não estava.

HELEN PENSA EM TODAS AS LEMBRANÇAS daquela noite como trancadas em um único cômodo inundado no fundo da mente. Antes de abrir a porta, ela sempre tenta se lembrar das coisas boas que antecederam aquilo.

COMO O FATO DE QUE, QUANDO CRIANÇA, Michelle era uma sombra estranhamente gentil que seguia Helen para todo lado, sempre disposta a compartilhar seus brinquedos e chocolates. Como o fato de que ela era obcecada por animais e como as duas tinham feito campanhas em conjunto para que os pais adotassem um filhote de labrador chocolate, um gatinho laranja ou talvez apenas um casal de periquitos, "não importa a cor, a gente jura" (todas sem sucesso). Como Michelle adorava os morangos que cresciam no quintal daquele primeiro apartamento de térreo espremido em

Union, Nova Jersey, onde as duas dividiram um quarto – e como ela chorou durante toda a viagem de carro quando eles deixaram as plantas para trás e se mudaram para Dunollie em busca de escolas melhores e mais espaço (muito necessário).

Nos breves dezesseis anos da irmandade das duas, Helen estima que elas eram novas demais para se lembrar dos primeiros dois, próximas como duas irmãs podiam ser durante dez e quase sempre brigando nos últimos quatro. Pesando tudo, parece uma proporção que ela deveria conseguir puxar a seu favor para afastar a lembrança de uma noite trágica.

Mas nunca funciona desse jeito.

Helen se lembra de ser deixada para trás enquanto os pais iam até o necrotério.

Ela não se lembra de como se sentiu – *triste*, foi o que disse aos psicólogos da escola que perguntaram, uma semana depois –, só se lembra de uma necessidade absurda de *limpar o quarto da Michelle agora, agora, AGORA, antes de a mãe e o pai voltarem*. Foi uma ordem mental tão imperativa que ela sentiu em cada célula da pele ainda encostada no edredom enquanto estava deitada na cama esperando o som da porta da garagem fechando depois que o carro dos pais saísse. Uma amiga da família estava a caminho da casa para cuidar de Helen; ela não tinha muito tempo.

Então, se lembra de correr até o quarto de Michelle e se sentir boba assim que entrou. O quarto tinha um cheiro que confirmava que Michelle ainda estava *muito viva*, como se ela fosse entrar apressada a qualquer momento, revoltada por Helen ter mexido nas suas coisas.

Helen sabe que a palavra *suicídio* ainda não tinha lhe ocorrido – isso viria mais tarde. Mesmo enquanto mexia no compartimento vazio de pilhas do relógio de Hello Kitty de Michelle para recuperar aqueles saquinhos plásticos fechados e cheios de pó, Helen achava que ainda era possível que todo mundo estivesse errado, que o corpo encontrado na Rota 22 naquele acidente terrível *não fosse* da Michelle. Se eles *sabiam* mesmo, por que os pais tiveram que ir identificar o corpo? Ou talvez *fosse* a Michelle, mas ela não estivesse *totalmente* morta – as pessoas não voltavam à vida o tempo todo em ambulâncias, nas séries de TV?

De um jeito ou de outro, Helen se lembra de se sentir *a melhor irmã do mundo* ao vasculhar todos os esconderijos preferidos de Michelle e dar descarga em todas as evidências que pudessem sugerir *problemas de abuso de substâncias.*

Foi aí que ela se lembrou das últimas palavras que as duas tinham dito uma para a outra.

FOI DEPOIS DO JANTAR, menos de seis horas antes. Helen estava sentada na cama, dando uma olhada nos colegas da turma de 2012 da Dartmouth no Facebook, como se saber o suficiente sobre eles lhe permitisse fazer uma projeção astral para dali a três meses, quando aquela casa sufocante e todo mundo que morava ali não passariam de uma lembrança distante. Michelle havia entrado para cachear o cabelo, *porque o espelho de Helen era melhor do que o dela.* A irmã tinha planos de sair de fininho para ir a uma festa – Helen não aprovava, mas *Helen nunca aprovava.* Michelle queria pegar um colar emprestado e Helen disse não.

– Mas é só por algumas horas – insistiu Michelle.

– Isso se você não o perdesse, como perde *tudo* – resmungou Helen, sem tirar os olhos do notebook. – A resposta é não. Foi a Popo que me deu esse colar. Eu vou levar pra faculdade.

– O único motivo pra eu não ter ganhado um colar dela é que ela *morreu* antes do meu aniversário de 16 anos – disse Michelle.

– Só lamento – retrucou Helen. – Sai do meu quarto.

– Você é sempre tão má comigo – reclamou Michelle. – E eu não faço *nada* pra você.

– Bem, em breve eu não vou mais estar morando aqui, então você não vai precisar sofrer por muito tempo, certo?

Michelle ficou em silêncio por um instante. Depois, veio a crueldade:

– Às vezes eu queria que você não fosse minha irmã.

Helen finalmente tirou os olhos do notebook.

Pode pausar bem aí, Helen sempre quer pedir à pessoa que está exibindo o filme da sua vida. Mas a cena continua, implacável:

– Bem, eu cheguei primeiro e nunca pedi uma irmã. Se dependesse de mim, eu não teria uma.

Michelle a encarou sem falar nada, com o maxilar tremendo com uma resposta que nunca saiu. Helen se lembra de ter sentido uma pontada de arrependimento, mas... *não foi Michelle quem começou?*

Então, Michelle arrancou o fio do modelador de cachos da tomada e o jogou do outro lado do quarto, em cima de Helen.

– Qual é o seu *problema*?! – gritou Helen, desviando do metal quente.

Michelle saiu correndo e bateu a porta com violência.

HELEN SE LEMBRA DE ABRIR o notebook de Michelle e de enxergar a tela um pouco borrada – devia estar chorando, embora não se lembre de ter chorado – enquanto apagava uma pasta secreta cheia das fanfics eróticas do *Senhor dos Anéis* preferidas da irmã. Até onde Helen sabia, Michelle não escrevia fanfics, mas gostava de irritar a irmã lendo as partes mais picantes em voz alta sempre que queria que a deixassem em paz. Michelle era irritante nesse nível. *Michelle era irritante demais para morrer.*

Ela abriu o histórico do navegador de Michelle na intenção de apagar todas as buscas pornográficas ou relacionadas a drogas que pudessem incriminá-la. E se lembra do que encontrou.

"QUAL É A PROBABILIDADE de uma mulher de 43 kg sobreviver se for atingida por um carro a 90 km/h" 1h38

"o que acontece quando você se mata com remédios" 1h39

"previsão de tempo em Dunollie, Nova Jersey, para 10 dias" 1h41

A SENSAÇÃO ERA DE TER ENCONTRADO uma corda de enforcamento, não um bilhete.

Helen se lembra de ter pensado com maldade: *eu nunca vou te perdoar se isso for tudo que você deixou.*

Ela não apagou, só para o caso de ter sido. E vasculhou o quarto em busca de qualquer coisa com a intenção evidente de ser lida naquela situação.

Nada.

O silêncio no quarto se tornou sinistro.

Helen se lembra de convencer a si mesma de que procurar um bilhete físico era bobagem. É claro que Michelle não teria feito isso, é claro que seria antiquado demais para ela, é claro que, se ela tivesse escrito um bilhete de suicídio, teria feito isso no notebook e deixado em algum lugar para ser descoberto digitalmente – nos rascunhos de e-mails ou em um arquivo protegido por senha enterrado tão fundo no disco rígido que só Helen saberia como acessar.

E é claro que Michelle não teria deixado este mundo sem ter a última palavra, mesmo que fosse só um último *foda-se* para a única irmã que teve.

Helen se lembra de ficar impressionada com a própria calma reconquistada enquanto copiava todo o legado digital de Michelle para um disco rígido para ser vasculhado de maneira minuciosa e exaustiva em um momento posterior.

Depois que ela tivesse certeza de que Michelle estava mesmo morta.

GRANT QUER QUE VOCÊ SAIBA *o que aconteceu depois que ele foi embora do funeral.*

ELE SE LEMBRA DE SAIR para a tarde úmida e cinzenta de verão com a voz de Helen ainda ecoando nos ouvidos. *Ela quer que você vá embora. Agora.* Ele se lembra de sentir um terrível nó sufocado na garganta e uma queimação nos pulmões e de pensar que *não podia chorar de jeito nenhum* enquanto as pessoas dentro da igreja ainda conseguissem vê-lo. Não queria ser visto nos arredores como se não tivesse entendido perfeitamente o que ela disse. *Vá embora. Agora.*

Então, Grant foi embora e dirigiu montanha acima até a antiga pizzaria, porque não queria ir para casa e contar ao pai que ele estava certo a respeito do funeral. Ele se lembra de se perguntar o que teria acontecido com o homem (o não pai) que tinha ficado ao lado dele de um jeito tranquilizador enquanto a polícia o interrogava na cena. Aquele homem desapareceu em algum momento, e Grant nunca mais o viu.

Ele se lembra do cheiro de azeite quente e de massa no ar enquanto pedia uma fatia de pizza de pepperoni com uma lata de Coca-Cola. Da linda ruiva atrás do balcão sorrindo para ele e de ouvir o próprio nome

– "Grant?" –, se virar e ver Kevin Palermo sentado com outros caras do último ano, do time de futebol americano.

– Que bom te ver aqui, cara – disse Kevin. – Quanto tempo.

Grant não os via desde a festa na casa de Brianna Peltzer, a festa idiota à qual ele não deveria ter ido.

– Desculpa – disse Grant, e o nó na garganta parecia pronto para sufocá-lo.

– Pega uma fatia com a gente enquanto espera a sua – ofereceu Kevin, levantando-se para os outros poderem abrir espaço.

Grant ainda não sabe ao certo se Kevin estava sendo legal ou distraído quando falou: "Você conhece o Grant, ele sempre foi assim."

– Ei, você soube que o escroto do Tommy Hariri vai ser capitão do time no ano que vem? – perguntou Kevin. – Pobres calouros.

– Tommy Hariri – repetiu Grant, sentando-se à mesa como se Michelle Zhang, *filha, irmã e amiga querida*, não estivesse sendo enterrada a poucos quilômetros de distância. – Não pode ser.

– Ah, *pode* – disse Kevin.

Grant se lembra de descobrir que tinha um terrível novo poder naquele dia na pizzaria.

Que ele podia se safar de ter matado alguém e todo mundo ainda ia tratá-lo do mesmo jeito de sempre, como se ele não tivesse feito nada.

24

– Desculpa – diz Grant, suspirando, e sua respiração fica irregular de novo. – Desculpa, desculpa, eu queria... eu queria...

Ele não consegue concluir as frases, e Helen pensa em todas as vezes que ficou se perguntando (embora sempre desejasse não fazer isso) *como foi para ele depois*, em todas as vezes que se permitiu brevemente o pensamento seguinte (*deve ter sido terrível*), e pensa na culpa, no ressentimento, na raiva e na dor do presente que se transforma na dor do passado várias vezes até seu coração insistir em bater em um ritmo infinito de *dor-sofrimento-dor-sofrimento-dor-sofrimento*. Ela gastou uma boa parte da própria fortuna em terapia, treinando aquele terrível poema recorrente do coração para acalmar as batidas o suficiente para que conseguisse ouvir os próprios pensamentos, o suficiente para que conseguisse pensar em alguma coisa diferente dos seus órgãos ainda em funcionamento.

Ela suspeita que sempre imaginou uma versão disso para ele também – um eco das próprias cicatrizes emocionais – ao pensar em *como foi para ele*. Mas *ver* isso, *sentir* isso, da pele fria dele até o coração não frio o suficiente dela, é muito diferente.

Helen tira os sapatos. Ela se levanta e se ajeita lentamente sobre ele, com um joelho sobre o sofá e o outro pendurado sobre o chão.

– Me abraça? – pede ela.

Depois de um segundo, Grant assente.

Ela se entrega por inteiro, estendendo as pernas e deixando o corpo cobrir o dele como um cobertor pesado enquanto sente os braços de Grant a envolvendo. De repente, ela se sente bizarramente grata por poder dar isso a ele e por ser, talvez, a única pessoa no mundo que *possa* fazer isso.

– Acho que eu te perdoei muito antes de perdoá-la – murmura ela por fim. – Eu ainda não a perdoei, na verdade. Não sei se um dia vou.

– Você não devia me perdoar – argumenta Grant. – Não é… você não devia ter raiva da sua irmã pra sempre. Não é assim que devia ser.

– Foi assim que nós duas terminamos – diz Helen. – Nós devíamos ter crescido, superado as diferenças e virado amigas. Devíamos ter sido mais próximas do que amigas… eu vejo antigas colegas de turma saindo com irmãs e irmãos com quem cresceram e queria ter treze anos a mais de lembranças, queria ter dito outra coisa naquele último momento, ou que *ela* tivesse dito outra coisa, e queria… queria que ela quisesse viver mais do que queria morrer naquele instante final. Queria poder dizer a ela como foi uma *babaquice* a última coisa que ela fez, e queria que ela pudesse responder. Enfim, não é culpa sua. Eu não te culpo por nada disso, Grant Shepard.

Helen escuta os batimentos de Grant desacelerarem enquanto desenha círculos lentos no peito dele. Acha que ele pode estar caindo no sono, mas aí ele murmura:

– Desculpa por precisar tanto disso. Eu queria não precisar.

Não peça desculpa, pensa ela, um pouco desesperada. *Eu quero que você precise de mim.*

Quando ela ergue o olhar, os olhos dele estão fechados. Helen não sabe por que sente como se seu coração estivesse se partindo, já que ele não funcionava direito há muitos anos mesmo.

GRANT ACORDA E JÁ É DE TARDE. Ele escuta um barulhinho suave e tranquilizante de Helen trabalhando no próprio notebook à mesa dele.

– Por quanto tempo eu fiquei apagado? – pergunta, meio triste.

– Algumas horas – responde ela. – É quase uma e meia.

Ele se senta, esfregando os olhos para afastar o sono. E a vergonha. Se erguer o olhar e ela o estiver encarando com pena, ele vai entrar no carro e dirigir até o Canadá.

– Acho que você devia comprar um almoço pra gente – declara Helen, ainda digitando. – Ou a gente podia ir a algum lugar.

– É a sua vez de escolher o almoço – diz ele.

– Então eu escolho aquela lanchonete de sanduíches que todo mundo gosta. Vamos lá.

Grant dirige e ela se acomoda no banco do carona, atualizando-o em relação ao trabalho que os outros fizeram desde de manhã: Owen entregou o esboço, Tom e Eve entregaram o primeiro rascunho, Nicole está enviando a revisão e Suraya mandou os três primeiros episódios para a produção.

Helen menciona que está ficando nervosa por eles estarem chegando ao episódio dela, o penúltimo da temporada, e ele cobre a mão dela com a dele por um instante enquanto o carro para em um sinal. Ela o encara com um olhar carinhoso, e o coração dele se aperta de um jeito que está se tornando familiar demais.

Eles pedem uma variação do mesmo combo e se sentam ao ar livre, sob o sol, enquanto esperam os pedidos. Helen toma um gole de água com gás de uma garrafa de vidro e, quando a apoia na mesa redonda de metal na calçada, Grant tem um pensamento nítido: *eu poderia amar você.*

Ela olha preocupada para ele.

– Você está com cara de quem vai falar alguma bobagem – diz.

– Você lê mentes agora?

Ele ergue uma sobrancelha.

Helen balança a cabeça, e o garçom traz os sanduíches em cestinhas vermelhas de plástico.

– Eu leio expressões do Grant – diz ela, abrindo o saquinho de batatas chips e jogando na bandeja. – Você fica com essa cara na sala às vezes, pouco antes de dizer algo do tipo "Eu tenho uma ideia ousada: que tal a gente mudar tudo e jogar pela janela todo o trabalho árduo das últimas seis horas?".

Grant ri.

– Vou ficar calado, então.

Helen toma um gole de água e deixa a garrafa na mesa de novo.

– Por que você não me contou que seu aniversário é na semana que vem?

Grant franze a testa e espreme um sachê de ketchup em um canto para mergulhar as batatas. Ela rouba uma com habilidade, jogando-a na boca.

– Eu vi na declaração de imposto que estava na sua mesa – acrescenta ela.

– Tudo bem, isso é esquisito.

– Você não devia deixar essas coisas à vista. O que você quer fazer no seu aniversário?

– Nada – diz ele, mordendo o sanduíche. – Quero você.

Helen revira os olhos.

– Você tem um bolo preferido? Ou um restaurante?

Ele se recosta no assento, pensando.

– Você iria comigo a um restaurante?

– Nós estamos num restaurante agora mesmo.

– A gente está numa lanchonete na hora do almoço – resmunga ele. – Estou falando de um restaurante de verdade, com garçons esnobes, pratos minúsculos e pessoas arrumadas em encontros.

– Claro. – Helen faz uma pausa. – A gente pode convidar todo o pessoal da sala.

Grant dá uma risadinha baixa enquanto limpa a boca.

– Certo, todo o pessoal. E depois a gente vai pra casa em carros separados?

Helen dá de ombros.

Grant a analisa. Talvez haja um jeito de resolver isso, mas ele ainda não descobriu qual. Talvez precise de uma sala cheia de roteiristas profissionais para preparar a cena. Ele ri da ideia, e então uma coisa lhe ocorre.

– Eu sei o que eu quero – diz lentamente. – Quero que você organize uma festa de aniversário... um jantar... na minha casa. Convide todo mundo da sala. Chegue cedo pra me ajudar a preparar as coisas. Fique até tarde pra me ajudar na arrumação. E me deixe tocar em você quando quiser, até você sair.

Helen fica ruborizada.

– O quê, tipo, na frente das pessoas?

Grant dá de ombros.

– Você me perguntou o que eu quero.

– Esse homem está apaixonado por você – diz Nicole, lendo um rascunho do e-mail que Helen está preparando para convidar todo mundo para a festa de aniversário de Grant. – O que está acontecendo aqui?

Helen fica vermelha.

– Um convite pra uma festa de aniversário, só isso.

Ela estaria mentindo se dissesse que não suspeita de *alguns* sentimentos – ela o pegou olhando para ela com aquela expressão calorosa e suave vezes demais, e teve aquele momento na varanda dela na semana passada, conversando sobre namoradas hipotéticas com quem ele deveria estar saindo, quando o coração dela foi à garganta: *E você?*

– Que você é quem está enviando, já que vocês são tão... amiguinhos que você ficou responsável por organizar a festa na casa dele?

Nicole beberica o vinho, cética. Helen está começando a se arrepender de ter concordado em ir até a casa dela "beber e reclamar".

– Se eu estiver errada, ele é psicopata por te pedir isso – continua Nicole. – *Você* está apaixonada por ele?

– Não – responde Helen com firmeza. *Não.* – A gente está se divertindo, é tranquilo e conveniente por enquanto, e depois vai acabar. Só que... acho que às vezes fica meio confuso. Porque a gente se conheceu antes, em circunstâncias meio intensas, e é impossível a gente não se ver o tempo todo, já que trabalhamos juntos.

Todo mundo na sala agora já sabe da conexão complicada entre Grant e Helen no passado. Pensando bem, parece bobo ela ter achado que eles iam conseguir manter segredo por tanto tempo, já que existe o Google. Helen ainda se lembra do dia em que eles perceberam que todos os outros sabiam, quando uma trama idiota sobre um acidente de carro fatal surgiu na sala. Um silêncio denso caiu sobre a mesa. Owen lançou um olhar significativo para Tom e Eve, Saskia tossiu de leve, Nicole ficou *estranhamente* quieta e Helen de repente percebeu: *todos estão evitando contato visual.* Ela se lembra de ver que Grant percebeu a mesma coisa, e os dois trocaram um olhar íntimo e divertido. Suraya foi a última a continuar encarando distraída o quadro de vidro, até se virar e disparar de repente:

– O que foi que eu perdi, porra?

Mas só Nicole sabe a história toda do passado e do presente. (Saskia provavelmente também suspeita, por causa da última conversa delas no início de tudo, mas é educada demais para perguntar.)

– O trauma uniu vocês dois no caminho até a atração mútua. – Nicole assente. – Que saudável.

Helen ri, depois solta um grunhido de frustração.

– Eu acho... – Ela faz uma pausa, pensando cuidadosamente nas palavras. – Eu acho que *ele* pode achar que está apaixonado, ou não apaixonado, mas com sentimentos inconvenientes. Acho que ele é do tipo que se apaixona e tem sentimentos. Você conhece ele.

– É – responde Nicole secamente. – Conheço. Sabe, eu *gosto* do Grant, como amigo. Talvez eu devesse te perguntar quais são as *suas* intenções aqui. Eu ia detestar vê-lo de coração partido e largado às traças no fim disso tudo.

Helen se ajeita, desconfortável.

– O Grant sabe o que está acontecendo – garante ela. – É só... é como um jogo nosso. Eu garanto que a gente não passe dos limites e ele está sempre tentando forçar a barra e ver até onde pode chegar. É como se a gente estivesse negociando o tempo todo e é... divertido, acho, senão a gente não ia continuar voltando um pro outro. Isso nos obriga a manter o controle. Mas ele sabe as regras. Ele não... ele não pediria uma coisa que ele sabe que é impossível.

– Hum – diz Nicole, e beberica o vinho. – Não vou mentir, isso me parece confuso e meio excitante, mas talvez você devesse ter um pouco de cuidado, Hel. Você é inteligente, mas não é mais inteligente do que os sentimentos idiotas do nosso cérebro de lagarto. Você ainda pode se machucar, mesmo com os olhos bem abertos.

– Essa é uma boa fala – comenta Helen. – Você devia colocar isso em alguma coisa.

– Eu sou *tão* roteirista.

As duas riem, e o assunto Grant e seus possíveis sentimentos ocultos e complicados morre.

Na segunda-feira seguinte, na sala de roteiristas, Suraya recusa o convite ("Vocês vão se divertir mais sem a chefe por perto") e pede para a assistente perguntar o endereço da casa de Grant para enviar uma garrafa de champanhe. Todos os outros aceitam.

– Que legal você ter organizado isso, Helen – comenta Tom, e Eve dá um soquinho nas costelas dele.

– Eu, hum, aparentemente estou tentando compensar por ter sido tão má no ensino médio – responde Helen.

Enquanto isso, Grant a observa do outro lado da mesa com olhos que dizem *eu te comi contra uma parede hoje de manhã*.

– Enfim, a produção começa na próxima semana, e a sala vai ser encerrada pouco depois disso – diz Grant. – Seria legal ver todos vocês fora daqui, pra variar.

Grant dorme na casa de Helen na sexta-feira para que ela possa escolher, no escopo completo do seu armário, a roupa para a festa. Vestindo um roupão de seda, ela seleciona opções no closet absurdamente amplo ao lado do seu quarto, colocando-as na frente do corpo para que ele avalie. Ela mostra um vestido preto sensual.

– Gostei – diz ele.

Depois, Helen pega um vestido verde estilo vintage.

– Também gostei desse.

– O meu vestido da formatura também deve estar em algum lugar por aqui, você acha que também vai gostar dele?

Ela bufa, e ele ri. Grant se levanta do banco do closet e a puxa por trás, beijando o pescoço dela.

– Você não está ajudando – reclama Helen.

– Eu gosto de te ver se vestindo. Mas está tarde, e tem outras coisas que a gente podia estar fazendo.

Ela estremece no corpo dele e se vira, pousando os braços preguiçosamente no pescoço de Grant enquanto os dois dançam uma música que não está tocando.

– Que horas são? – pergunta.

Ele olha para o relógio na mesa de cabeceira.

– Pouco mais de meia-noite.

– Feliz aniversário – diz ela.

Helen fica na ponta dos pés para beijá-lo. Grant solta um gemido satisfeito antes de retribuir o beijo. O som percorre o corpo dela, e a sensação familiar de desejo no estômago retorna. Quando ele se afasta, a respiração dela sai em pequenos sopros trêmulos.

– Às vezes eu sinto saudade de você quando você está bem na minha frente – diz ela enquanto Grant encosta o nariz na sua bochecha. – Não é esquisito?

Ele ri e inclina o rosto dela para cima para beijá-la de novo. Desliza as mãos pelos braços dela e logo Helen se sente sendo levantada, com as pernas ao redor da cintura dele enquanto ele a carrega para o quarto. Ela o ajuda a tirar a camisa e, quando os dois caem na cama dela, tudo que os separa é uma fina camada da cueca de algodão e o roupão de seda.

Grant solta gemidos leves e atenciosos, puxando o cinto do roupão, e o laço se desfaz rapidamente. Ele arranca o tecido do corpo dela com facilidade, como se fosse papel de presente, e depois percorre com a boca o caminho que as mãos fizeram.

Helen percebe que está tremendo, embora esteja calor e os lábios dele estejam quentes.

– Você está com saudade de mim agora? – murmura ele na barriga dela.

Grant desce fazendo um rastro enlouquecedor de beijos suaves, passando pelo umbigo e vagando em direção à parte superior das coxas dela.

Ela mergulha os dedos no cabelo dele e assente sem pensar enquanto o direciona para onde o quer.

– Isso – diz ela, ofegante, enquanto ele dedica a atenção aos pontos macios e secretos dela. – Que delícia.

Ele continua em um ritmo lento e constante, depois chupa o pontinho minúsculo e sensível com o qual se familiarizou tanto, e ela fica surpresa com o próprio orgasmo súbito.

– *Porra* – diz, ofegando. – Eu não sabia... que eu estava tão perto.

Helen olha para baixo e o encontra observando-a com olhos febris; ele parece *ávido* e *satisfeito* ao mesmo tempo. Ela acha que talvez esteja olhando para ele do mesmo jeito.

Grant dá outro beijo na parte interna da coxa dela, depois vai subindo até ficar por cima dela. Helen baixa as mãos e sente um rastro molhado e grudento de pré-gozo na perna, além da umidade do próprio orgasmo. É um caos a maneira como eles se desejam, e ela não parece se importar.

– Eu nunca quis tanto uma coisa como eu quero você – diz ele quando ela o aperta, como se conseguisse ouvir seus pensamentos.

Ele a segura pelos quadris e rola os corpos dos dois para acomodá-la por cima, com as mãos nos ombros dele. Helen afunda nele devagar, sendo conduzida para baixo e se deleitando com a maneira como ele expira e arranha a pele dela, apertando com força enquanto ela o enfia ainda mais dentro de si. Ela sobe as mãos pelo próprio corpo porque sabe que ele gosta de vê-la se tocar, e os olhos dele brilham de desejo quando ela segura os seios e os aperta.

Grant segura as mãos de Helen nesse momento e as levanta acima da cabeça dela, erguendo-se para beijá-la. Há um tipo estranho de intimidade em estar tão pressionada no corpo dele enquanto os quadris dela se movimentam lá embaixo, desenhando círculos lentos.

Ele ofega na boca de Helen.

– Eu não vou durar muito tempo.

– Nem eu – murmura ela. – Você pode me esperar?

Ele solta um som baixo e sofrido que vem do fundo da garganta e assente.

– Do que você precisa?

– Só disso.

Ela o aperta com os músculos internos e a respiração dele fica entrecortada.

– Disso, e de você, e disso, e de você... – continua ela.

– Helen – diz ele no pescoço dela, com a voz rouca. – Você já me tem.

Ela perde o controle e sente que ele também chega ao clímax. Grant goza em ondas oscilantes e, quando Helen volta à terra, fica surpresa ao sentir os tremores ainda percorrendo o corpo dele. Ela segura o rosto dele e o beija, adorando o gosto de sal e *dela* na língua dele.

– Você também já me tem – murmura na boca dele.

Ele não diz nada, mas abaixa a cabeça para dar um beijo reverente no ombro dela, e Helen sente um fluxo estranho de melancolia invadi-la. Grant dá uma risadinha quando ergue o olhar.

– Está com saudade de mim? – pergunta ele, colocando um fio de cabelo atrás da orelha dela.

Helen assente.

– Mas você está bem aqui, espertinha – diz ele, apertando o tornozelo dela. – Feliz aniversário pra mim.

Ela ri, e então ele a pega no colo e a leva para o chuveiro, e ela não pensa mais nisso pelo resto da noite.

25

É SURPREENDENTEMENTE FÁCIL imaginar como seria amar Grant Shepard.

Helen arruma a mesa de jantar com jogos americanos que ele tem porque a mãe o obrigou a levar para a Califórnia depois que Helen comentou de passagem que gostou dos jogos americanos deles. São feitos de um tecido liso de linho e têm um bordado em ponto de laçada na borda ("feito na década de 1920 pela bisavó dele, Margaret!") e são diferentes de tudo que Helen teve na casa dos pais.

Grant cozinha a refeição do próprio aniversário – ele usa antigas receitas de família que estavam em uma caixa que Helen encontrou na cozinha dele um tempo atrás, e uma vez ela tomou uma balinha mágica e separou todos os pratos que queria que ele fizesse para ela. Dobrados no meio das instruções para fazer pãezinhos de Páscoa, assados natalinos e steak Diane, há recortes de jornal anunciando eventos locais com a famosa torta de maçã alemã-irlandesa da vovó Vicki e mostrando o vovô Carl como jurado de um concurso de orelhas mais bonitas. Tem até uma foto de Grant aos 7 anos com a vovó Vicki na cozinha, os dois cobertos de glacê, com suéteres feios e sorrisões.

– Eu queria ter te conhecido nessa época – diz ela, tocando no sorriso de Grant na foto.

Helen pensa em onde devia estar na época – *provavelmente naquele primeiro apartamento espremido em Union, Nova Jersey, dividindo quarto e aprendendo o conceito de mente acima da matéria* – e sente uma dor familiar surgindo.

O Grant de hoje dá um beijo de leve na cabeça dela e a empurra delicadamente para longe do fogão para mexer alguma coisa derretida deliciosa.

– Você tem que parar de falar essas coisas em voz alta, senão todo mundo vai descobrir – comenta ele, com um tom provocante.

Ela se vira, o pega pelo colarinho e o beija do nada, e os braços dele erguem-se automaticamente para encontrá-la. Quando ela o solta, ele está com uma aparência desarrumada cativante, e ela se pergunta por quanto tempo consegue fazer o momento durar. Ele parece surpreso e satisfeito ao mesmo tempo. A combinação de sentimentos cai bem nele, e Helen a provocaria todos os dias se tivesse esse direito.

– Tudo bem – diz ela, e volta a cortar cebolas.

Grant olha de soslaio para ela.

– Quanto tempo a gente tem?

Helen dá uma olhada no relógio do celular.

– Não muito. A Nicole vai chegar cedo com o Owen pra aquecer alguma coisa no forno.

Ela vai até a pia, e ele a pega nos braços de repente.

– Não foi isso que eu quis dizer, espertinha – replica ele.

Helen registra vagamente que agora ele tem dois apelidos para provocá-la: *meu bem* para safadezas e *espertinha* para momentos mais fofos.

– Quanto tempo a gente tem juntos, você e eu? – pergunta ele.

Ela fita os olhos dele e pensa que está tão perto de mergulhar ali que talvez até já tenha feito isso.

– Tempo suficiente – responde ela.

– Não tenho tanta certeza – diz Grant devagar, passando o polegar no antebraço dela, e a campainha toca. Ele a solta. – Salva pelo gongo.

Nicole e Owen chegam trazendo queijo brie assado e frios e pedindo vinho.

Owen dá um tapinha no braço de Nicole ao ver Grant ajeitar delicadamente o cabelo de Helen quando ela se inclina para abrir a porta do forno.

– Nada, nada – diz ele, e cai na gargalhada quando ela se vira, intrigada.

Grant cobre o dedo mindinho de Helen na bancada com o próprio e ela ergue o olhar para ele só por um segundo antes de Owen fingir um ataque cardíaco, levantando a mão e se afastando:

– Isso é demais pra mim. Preciso me recompor.

Grant ri e dá um beijo no ombro de Helen. Nicole ergue uma sobrancelha.

– Olha... – diz ela. – Que tesão.

E também se afasta. Grant se vira para Helen, e os dois riem.

– Acho que as pessoas estavam empolgadas – murmura ela.

– Malditos roteiristas de TV – diz Grant, rindo. – Eles deviam ser mais espertos.

Tom e Eve chegam com um bolo vulcão de chocolate e Saskia traz bruschettas. Ninguém diz nada quando Grant toca a lombar de Helen, nem quando ela o segura até o último segundo quando ele sai do lado dela para verificar as cenouras.

Quando ele volta, massageia o ombro dela e roça a mão em sua nuca. Helen pega a mão dele automaticamente e dá um beijo leve sem pensar.

– Ah, gente, pelo amor de *Deus* – diz Tom de um jeito desesperado. – Mais alguém tem que ter visto isso!

A sala cai na gargalhada, e Helen percebe que está rindo também quando Grant a envolve com o braço e dá um beijo na cabeça dela.

É assim que seria amar Grant Shepard, pensa ela, e isso dói.

Depois do jantar, todos vão embora, um por um, cambaleantes, com as bochechas ruborizadas de tanto conversar, até que sobram apenas Tom e Eve.

– Tom vai se gabar disso pro resto da vida – diz Eve, rindo, enquanto eles vão para o hall de entrada. – Ele está me dizendo há semanas que eu não sei o que é um *soft launch*, e foi exatamente isso que vocês fizeram: se assumiram aos poucos.

– Ei, vocês podiam ir jantar lá em casa um dia – convida Tom, parecendo levemente bêbado. – E se vocês se casarem, eu quero ser o celebrante...

– Tudo bem, vamos pra casa, Tommy – interrompe Eve.

Ela o empurra porta afora enquanto pede desculpas a eles silenciosamente. Grant fecha a porta.

E sobram só os dois, sozinhos. De novo.

Helen ergue o olhar para ele, sorridente.

– Foi um aniversário feliz?

Ele ri e sente que ela também está rindo quando a beija.

– Helen – diz ele em um tom suave, e observa a expressão dela passar de enevoada e sonhadora para preocupada e alerta.

– Não. Não vamos conversar mais.

– Eu tenho uma coisa pra te dizer.

Grant a cutuca gentilmente com o nariz.

– A menos que seja sobre… outra coisa, eu não quero ouvir – diz ela, e se afasta.

Ele suspira e a segue até a cozinha. Ela está limpando tudo, colocando os pratos no lava-louças, com o cabelo preso em um rabo de cavalo bagunçado e frustrado. Ele está tão apaixonado por ela que chega a doer.

– A gente não pode evitar o assunto pra sempre – insiste ele.

– Claro que pode – retruca ela, enxaguando coisas. – A gente não vai estar se falando daqui a algumas semanas, de qualquer maneira, então com certeza podemos evitar o assunto… pra sempre.

– Isso é besteira, e você sabe – replica ele, irritado por soar como um gângster de um filme da década de 1950. – Março está logo ali e nenhum de nós dois quer terminar com o outro daqui a algumas semanas.

– Você não sabe o que pode acontecer em algumas semanas – argumenta ela.

– Foi uma queda lenta, mas que terminou em um choque bem permanente, Helen – diz ele, sem conseguir disfarçar o tom ácido. – Eu estou apaixonado por você.

– Não está, não.

– Estou, sim – responde Grant baixinho. – É meu aniversário, e eu digo que sim.

Helen balança a cabeça e vai para o canto oposto da cozinha, longe dele.

– Você só acha que está – diz ela, analisando as próprias mãos. – Isso não é… Você se importa comigo, mas… o que está nos unindo é uma coisa fodida do nosso passado. A gente nunca teria começado se não fosse por isso, e você está confundindo as duas coisas…

– Não é nada disso – interrompe ele. – O que está acontecendo agora tem a ver com quem você e eu somos agora, no presente. Por que você não me deixa...

Ela o beija, impedindo-o de falar *te amar.* É um beijo ávido e raivoso, que ele retribui.

– Certo, então – diz Grant na boca de Helen, e de repente ele fica com frio, apesar do calor da cozinha. – É meu aniversário. Mente pra mim. Me trata como se você também me amasse.

O BEIJO DESACELERA, e ela se afasta. Helen o encara, sentindo um aperto no peito ao ver a expressão dele.

– Grant – diz ela, e estende a mão para o rosto dele.

O beijo dela é lento e deliberado. E se transforma em algo contundente e penetrante em segundos.

– É tão difícil assim fingir que me ama, Helen? – pergunta ele baixinho, fazendo uma trilha de beijos até a testa dela.

– Isso é tão – diz ela, ofegante – melodramático.

– Nós somos artistas – responde Grant. – Faça isso por mim. Eu até retiro o que disse. Eu não estou nem um pouquinho apaixonado, Helen. Pronto, estamos quites. Agora a gente pode... fingir que se ama.

– Devo fazer minha melhor imitação de Katharine Hepburn? – pergunta ela, forçando um sotaque levemente elegante.

– Sim, meu bem – murmura ele, retrucando na sua melhor imitação de Jimmy Stewart.

Helen dá uma risada baixa.

– Você é muito meloso, porra – diz ela, e então o beija com doçura. – Eu te amo.

ELA ESTÁ MENTINDO, ela está fingindo, isso não é real.

– Ótima atuação – diz Grant, com um sentimento afiado como uma faca se retorcendo em seu peito.

Helen solta uma risada meio envergonhada e abaixa a cabeça.

– Eu teria me apaixonado por você há mais tempo, se você tivesse permitido – diz ele, e levanta o queixo dela para poder observá-la ouvindo isso. – Você é tão fácil de amar, Helen.

Ela o beija, e ele pensa consigo mesmo *está valendo está valendo está valendo* enquanto retribui o amor dela.

HELEN ACORDA NA LUZ AZUL das quatro da madrugada e entra no carro. Ela abre uma playlist no Spotify – "dirigindo para longe do maldito amor da minha vida" – e vai para casa.

GRANT APARECE NO APARTAMENTO DELA na tarde de domingo, parecendo esgotado.

– Me desculpa – diz ele, e estende os braços.

Helen mergulha nele em um abraço esmagador, e ele passa a mão de um jeito reconfortante nas costas dela, subindo até a nuca.

– Não vou mais tocar nesse assunto, espertinha. Eu sei as regras, juro.

– Isso é tudo que eu posso te dar – sussurra ela. – É o máximo que eu consigo.

– Eu aceito, você sabe que eu aceito – diz ele rispidamente no cabelo dela, com um fluxo infinito de pensamentos sem sentido: *desejar, precisar, dar, pegar, por favor.*

E então ele a beija, e ela retribui.

26

Na véspera do primeiro dia de filmagem, Helen não consegue dormir.

– Isso é normal – diz Grant, sonolento, quando ela aparece no alpendre dele à uma da manhã. – É como o Natal ou a noite antes de uma cirurgia de peito aberto.

Ele não vai estar no set de manhã; ainda vai estar na sala dos roteiristas para terminar o último episódio da temporada. É melhor assim, provavelmente – desde o aniversário dele, parece que os dois estão fazendo hora extra, e ela está tentando se acostumar com a ideia de não o ter por perto para sempre. É quase março e, em poucas semanas, ele vai ter terminado, vai estar pronto para ir para uma nova série de TV e *vai ser o momento mais conveniente para deixá-lo*. Mas ela já sente que está inventando mais desculpas – por que não esperar até a produção terminar, no fim de abril? –, apesar de saber que, quanto mais eles esperarem, maior será o sofrimento do término.

Ela começa a chorar quando ele a abraça, e ele ri no cabelo dela.

– Você odeia ser consolada nesse nível, né? – comenta ele, e ela assente no ombro dele.

Grant beija a têmpora dela primeiro, depois as lágrimas salgadas nas bochechas, antes de chegar à boca.

– Helen, eu não estou tentando te consolar. Estou tentando te seduzir.

Helen ri e retribui o beijo, envolvendo a nuca dele com os braços enquanto ele a pega no colo e a carrega até o quarto. Tem que estar no set às sete da manhã e o deixa mantê-la acordada até quase três da madrugada – rindo, ofegando, tocando.

Quando ela sai da cama dele às seis, ele ainda está meio dormindo, com o cabelo desgrenhado e as sobrancelhas levemente franzidas por causa da luz da manhã.

– Você sempre vai embora – resmunga Grant.

Ela se afasta antes que o aperto no coração a obrigue a fazer uma idiotice, como ficar.

HELEN LIGA PARA GRANT enquanto dirige do set até a própria casa – passa um pouco das seis da tarde, e eles encerraram o trabalho quase uma hora mais cedo no primeiro dia.

– Isso é bom, né? – pergunta ela, ansiosa. – Significa que a diretora sabe o que está fazendo? Ou significa, tipo, sei lá, que estamos deixando as coisas de lado...

– É bom, sim – responde Grant. – A produção pode ser brutal se você tiver que trabalhar doze horas por dia. Acabar mais cedo no primeiro dia é promissor.

Ela conta a ele sobre a equipe, dizendo que acha que o primeiro diretor assistente a odeia, mas o diretor de fotografia é aliado dela; que a equipe dos figurinos tinha perguntas que ela conseguiu responder *(surpreendente!)*; que o elenco ficou tão diferente depois de vestir o figurino e fazer o cabelo e a maquiagem que ela ficou chocada.

– É como se eles tivessem saído do meu cérebro para o mundo real... foi muito esquisito, de um jeito bom. Eu me senti fascinada pelos meus próprios personagens.

Grant sorri ao ouvir isso, com uma sensação estranha de orgulho. Uma lembrança aleatória do ensino médio vem à mente: Helen, parada na frente da sala de aula de inglês avançado, lendo seu trabalho para a turma a pedido do professor como exemplo de um bom texto. Ele se lembra que ninguém prestou muita atenção, inclusive ele, e se sente meio mal por isso. Obviamente, ser escolhida tinha significado muito para ela.

Ele acha que as pessoas vão prestar atenção desta vez, quando a série for ao ar. É das boas, e eles trabalharam muito para manter tudo que é especial nos livros dela ao mesmo tempo que deixaram a série se transformar em algo próprio. Uma das tramas preferidas dele não está nos livros, e, surpreendentemente, Helen concordou que também é uma das preferidas dela.

– Quer dizer que foi um bom primeiro dia? – pergunta ele, abrindo a porta e encontrando-a no alpendre, os dois ainda se falando pelo telefone.

– Aham. – Ela assente e cai nos braços dele, que a esperam. – Mas eu senti saudade de você.

Grant sorri no cabelo dela e se pergunta quanto tempo eles ainda têm.

HELEN APERTA O BOTÃO de parar no alarme do celular, que diz que está na hora de dirigir até o LAX.

Ela passou as últimas seis horas limpando obsessivamente o apartamento, esfregando o chão e verificando os armários e a lavanderia para garantir que não tinha nenhum rastro de *nada*. Helen não acha que a mãe vai vasculhar todas as gavetas em busca de drogas sob o falso pretexto de não estar encontrando um suéter, como fez no ensino médio, mas verifica todas mesmo assim só por garantia (não tem nada, lógico), exatamente como fazia naquela época. A mãe sempre pareceu ter tanta certeza de que Helen estava escondendo *alguma coisa* que às vezes a própria Helen não tinha certeza de que não estava.

– Na próxima vez que vocês vierem de avião, tem um aeroporto mais fácil pra eu pegar vocês, em Burbank – diz ela. – O LAX é meio caótico.

Enquanto isso, os pais guardam as malas (que têm vinte anos e supostamente "funcionam muito bem!", apesar de uma rodinha quebrada e um puxador emperrado) no carro.

– Na próxima vez… que próxima vez? – resmunga a mãe, olhando pela janela para cartazes de construção e pistas de trânsito fechadas. – Você só vai ficar em Los Angeles por pouco tempo.

Helen ignora a crescente dor de cabeça de tensão e os leva até um hotel Radisson ali perto.

– Um carro vai vir de manhã pra levar vocês pro set – informa ela. – Deve ter um passe de entrada pra vocês no portão, mas podem me ligar se tiverem algum problema.

– Eu não entendo nenhuma das palavras que você está dizendo – replica a mãe. – Minha cabeça está doendo.

– Você está com fome? – pergunta Helen. – A gente pode comprar comida.

– Sim, é melhor comprarmos comida – concorda o pai. – A menos que você já tenha comido.

– Eu ainda não comi.

– Você ainda não comeu? – As sobrancelhas da mãe se unem de repente. – São quase oito da noite.

Helen sente vontade de bater a própria testa no volante.

– Vamos comer – diz ela, e aperta o volante enquanto manobra para sair do estacionamento do hotel.

Ela os leva até a lanchonete In-N-Out e cogita explicar o cardápio secreto, mas desiste ao pensar melhor. Quando eles se sentam para dividir a refeição, a mãe relaxa, feliz, tirando da bolsa guardanapos e pacotes de nozes que pegou no avião.

– Obrigada, mãe – diz Helen, cansada.

– Então – começa a mãe, comendo uma batata frita. – Como estão as coisas?

– Boas – responde Helen automaticamente. – Deu tudo certo na primeira semana de produção. Eu fiquei nervosa no início, mas todo mundo está fazendo um ótimo trabalho e a showrunner está muito feliz.

– Eu não entendo por que você não é a showrunner, já que a série é sua – diz o pai, mordendo o hambúrguer.

– Porque eu nunca fiz isso – explica Helen pela milionésima vez. – Mas a Suraya é excelente. É como se fôssemos cérebros do mesmo saco.

É uma brincadeira com a expressão "farinha do mesmo saco", que deve ser difícil demais para eles entenderem. Às vezes, Helen se pergunta quanto do relacionamento com os pais se perdeu na tradução e como as coisas teriam sido diferentes se eles não tivessem se mudado para os Estados Unidos. Mas aí talvez ela não tivesse se tornado escritora; pelo menos, não esse tipo de escritora, contando esse tipo de história, com essas pessoas específicas, nessa época específica da vida. É então que ela percebe que se sente grata pelos pais terem tomado as decisões que tomaram.

Eles vão até o apartamento dela depois ("só para dar uma olhada"), e Helen sente uma pontada de orgulho quando o pai olha pela janela e comenta:

– Você tem uma bela vista.

A mãe bate em todas as almofadas para avaliar a maciez antes de se sentar, depois fica quicando um pouco, como se estivesse testando mercadorias em uma loja de colchões.

– O estúdio paga por tudo isso?

– Aham – responde Helen. – Até a produção acabar.

– Muito bom – diz a mãe, aprovando. – Isso é muito bom.

E *é* bom, pensa Helen. É bom deixar os pais a verem prosperar em outra costa.

Viram?, ela tenta comunicar em silêncio. *Vocês não precisam se preocupar comigo. Eu vou sobreviver.*

Eles ficam para tomar exatamente um bule de chá, e o pai perambula silenciosamente pelos cômodos enquanto a mãe lava os pratos, apesar dos protestos de Helen, que diz que tem um lava-louças para isso.

Ela se sente um pouco nervosa por ter os pais neste espaço – antes, imaginá-los se movimentando dentro dos cenários da sua vida na Califórnia parecia levemente errado na mente dela, como uma fotografia com dupla exposição malfeita. Mas, ao ouvir a mãe fofocar relaxada sobre os velhos amigos enquanto seca os pratos e o pai acender e apagar as luzes em diversos cômodos, ela nota uma sensação de *lar* se espalhar pelo apartamento e percebe que não se importa tanto quanto achava que se importaria.

Quando a mãe insiste que é tarde demais para Helen levá-los de carro até o Radisson e voltar, Helen os leva até o saguão para aguardar o Uber, sentindo-se grata, porque está *mesmo* ficando tarde.

Ela espera até o carro desaparecer antes de ligar para Grant.

– Como foi? – pergunta ele, com a voz tão baixa que ela percebe que ele está deitado na cama.

– De boa – responde. – Eles vieram até o apartamento, como eu disse. E gostaram. Chegaram perigosamente perto de dizer que estavam orgulhosos de mim em voz alta.

Grant dá uma risadinha, e ela pensa: *Eu guardaria esse sentimento, se pudesse.*

27

Os pais de Helen *amam* visitar o set.

Uma assistente de produção coloca cadeiras ("O quê, só para nós?") na área da produção e Mike, o cara da sonoplastia, pega fones de ouvido para eles poderem escutar o áudio. Suraya os apresenta ao elenco e à equipe como os pais do cérebro que criou a ideia original da série.

– Na verdade, é como se eles fossem os avós da nossa série – diz ela.

A mãe fica orgulhosa, apesar de protestar contra o alvoroço, e o pai passa a maior parte do tempo indo até o bufê para levar a Helen petiscos que ela não pediu.

– Você é importante aqui – comenta a mãe quando eles são levados até o início da fila do almoço. – Muito tratamento especial.

– Eles só estão tentando impressionar vocês – murmura Helen, meio envergonhada. – A equipe é que é importante. Eu nunca vi tantas pessoas trabalhando juntas de maneira tão tranquila. É meio incrível.

Ela achava que o conceito de produção e filmagem era intimidante e desconhecido, uma fera estranha com termos estranhos que ela ainda estava aprendendo. E se trabalhar em uma sala com outros sete roteiristas já era um desafio por si só, como pessoa introvertida, certamente uma equipe enorme com centenas de desconhecidos fazendo tarefas muito específicas que ela nem conseguia começar a identificar seria ainda pior.

Mas Helen descobre que a vida no set é inesperadamente envolvente.

Tudo funciona como uma mistura de regimento do exército e relógio suíço, cada pessoa subordinada à outra, cada um fazendo uma tarefa que mantém o coração da produção funcionando. Ela descobre que é mais fácil falar individualmente com as pessoas desse jeito – conversar com Cherise, a segunda assistente de câmera, sobre o curta que ela está filmando no fim de semana enquanto ela limpa os filtros das lentes, ou pedir para Jeff, o técnico de iluminação, mostrar as fotos da elaborada exibição de jardim que ele está montando para o Dia de São Patrício. Helen gosta de conhecer as pessoas enquanto elas estão executando as tarefas em que são muito boas – ela se lembra de alguma coisa que Suraya disse uma vez sobre zona de conforto e percebe que o set é uma zona de conforto para muitos artistas e técnicos interessantes e altamente especializados que ocupam o local com uma animação empolgante entre todos os comandos de *corta* e *ação*.

Ela gostou de encontrar seu lugar no set. Suraya está sentada ao lado da diretora do piloto, sussurrando alguma coisa no ouvido dela vez ou outra. A diretora responde assentindo e disparando para passar instruções aos atores. Quando os chefes de departamento fazem perguntas sobre os futuros episódios, Suraya deixa as questões importantes de figurino e design do set para Helen enquanto lida com ligações do estúdio, da rede de televisão e do departamento de pós-produção.

– Eu te falei que a gente seria uma boa equipe – diz Suraya, e sorri para Helen enquanto elas terminam os debates criativos no almoço.

Na verdade, Helen não se lembra de Suraya ter dito que elas seriam uma boa equipe, mas se sente grata mesmo assim.

– Ela é uma boa chefe – comenta o pai depois que Suraya sai da mesa do almoço para conferir com a diretora e o produtor-executivo alguma coisa que eles vão filmar amanhã. – Sabe lidar com muitas coisas ao mesmo tempo. Você devia aprender com ela.

– Eu estou aprendendo – diz Helen.

Suraya dispensa Helen do set algumas horas mais cedo ("Os seus pais estão na cidade. Você não vai querer entediar os dois com mais quatro horas disso. Leva eles pra jantar!"), e ela leva os pais a um restaurante moderninho de sushi em Studio City.

– Qual foi a parte que vocês mais gostaram? – pergunta Helen enquanto serve chá para os dois.

– Ver as suas histórias e palavras ganharem vida – responde a mãe. – Foi muito maravilhoso e incrível.

– Todas aquelas pessoas ali para fazer a *sua* série de TV – diz o pai.

– Não é a *minha* série de TV – protesta Helen. – Eu tenho parte do crédito de criação, mas a Suraya é a showrunner, temos uma equipe de roteiristas e...

– É, mas nada disso existiria se você não tivesse escrito os seus livros – interrompe o pai. – Estamos muito orgulhosos de você.

Helen acha que o coração vai explodir ao ouvi-lo dizer isso e pede licença para ir ao banheiro, para que eles não a vejam começar a chorar do nada. Ela tem quase certeza de que não saberia o que fazer se um dia visse o pai chorar. O mínimo que ela pode fazer é retribuir o favor.

Ela lava o rosto no banheiro, retoca a maquiagem e sorri hesitante para o próprio reflexo. *Está sendo um ótimo dia, estou passando um tempo com os meus pais, deixando eles entrarem na minha vida.* Ela passa tanto tempo com a sombra de um ressentimento em relação a eles, por causa de um milhão de pequenas injustiças na infância que não importam *de verdade* mais, que acabou se esquecendo dessa sensação – quando ela está feliz, os pais estão felizes e parece que eles representam a ideia dela de uma família feliz e amorosa.

Quando Helen volta à mesa, os dois estão brigando em cantonês em uma voz baixa e sussurrada.

– O que aconteceu? – pergunta ela.

O pai balança a cabeça, a mãe diz alguma coisa em cantonês e Helen consegue entender a frase "Deixa que eu falo com ela".

– O que foi? – insiste Helen, com um pressentimento ruim crescendo na boca do estômago.

– Por que – diz a mãe, com os nós dos dedos brancos enquanto aperta o celular – tem um roteirista com esse... esse nome trabalhando para você?

Ela vira a tela para Helen, e é um e-mail do escritório sobre a agenda de pré-produção, com uma lista simples: "Episódio 1x02, Dia 1 de Pré: Diretora: Kasey Langford / Roteirista: Grant Shepard".

Helen encara inexpressiva a forma do nome de Grant na tela. *Por que o nome dele está no celular da minha mãe?*

– Sua mãe pediu para eles nos colocarem na lista de e-mail para avisar tudo – explica o pai devagar. – Ela estava muito preocupada de nós não estarmos no lugar certo na hora certa.

Helen pisca para o celular da mãe, atônita.

Grant Shepard, ele parece repetir de forma acusatória.

E uma lembrança antiga vem à tona, da mãe sentada na beira da cama de Helen: "Grant Shepard, esse é o nome do garoto que matou a sua irmã. Você o conhece?"

– Eu… não é… não foi de propósito – responde Helen finalmente.

– Então é *ele* mesmo – diz a mãe, e parece que está cuspindo as palavras *ele mesmo*.

– Ele não é…

A voz de Helen perde força, porque ela não sabe o que pode dizer para melhorar a situação. *Ele não é tão ruim. Ele não é tão importante para mim. Ele não vai ficar por perto por muito tempo.*

– *Por quê?* – pergunta a mãe, sibilando.

– Eu não sabia que ele ia estar na série. Não sabia mesmo. Eu te falei: eu não sou a showrunner.

– *Que outros segredos você está escondendo de nós?* – grita a mãe, quase histérica.

O pai estende a mão para acalmá-la, e Helen sente o sangue subir até o rosto.

– Eu não estou… – começa ela, respirando fundo. Não quer mentir para eles. – Eu não queria guardar esse segredo. Eu só não sabia como contar pra vocês.

– Minha própria filha – diz a mãe, incrédula. Ela se levanta.

– Mãe.

– Eu *não* vou comer aqui – afirma a mãe.

Depois de uma palavra rápida e rígida em cantonês para o pai, ela vai embora.

Helen olha para o pai, que de repente parece muito mais velho e mais cansado do que ela se lembra.

– Pai.

Ele levanta a mão para impedi-la de continuar.

– Você devia ter nos contado – diz com firmeza.

E então ele se levanta e vai embora.

Helen pisca para afastar as lágrimas e espera alguns minutos até ter certeza de que os pais foram embora de Uber. Ela paga para embrulhar a refeição para viagem, entra no carro e dirige pela autoestrada até estar do outro lado da colina, nas familiares ruas sinuosas de Silver Lake.

Ela toca a campainha várias vezes até a porta se abrir. Grant aparece de moletom; está com os fones de ouvido pendurados no pescoço.

– Desculpa, eu estava escrevendo... – Ele para de falar quando vê o rosto dela. – Aconteceu alguma coisa.

– Meus pais... – começa ela, tentando não chorar.

Ele a puxa para um abraço, sem dizer nada, e de repente ela se sente em uma zona indefinida, dirigindo até a casa do rei do baile para chorar por causa dos pais. *Se o meu eu de 17 anos pudesse me ver agora*, pensa ela, sem achar a menor graça.

Quando os dois se afastam, ela percebe que, de algum jeito, entraram na casa. Grant fecha a porta e ela seca o rosto. Deve uma explicação melhor a ele.

– Eles viram o seu nome num e-mail.

– Isso é... um infortúnio – diz Grant, e um músculo treme no seu maxilar.

– Eles nem sabem que...

Helen para de falar ao pensar em como a mãe reagiria se soubesse toda a verdade sobre os últimos meses.

– E eles... Foi exatamente o que eu achei que ia acontecer se descobrissem – continua. – Foi *exatamente* como eu achei que seria.

Grant a abraça de novo e acaricia as costas dela para acalmá-la.

– Você não fez nada de errado. Você tentou me fazer pedir demissão, lembra?

– Eu devia saber o quanto isso ia magoar os dois – diz ela, balançando a cabeça. – Eu não devia...

Helen olha para ele e descobre que ele a está observando de maneira atenta, com uma ruga entre as sobrancelhas.

– Como é que eu pude fazer isso com eles? – pergunta ela, sem saber bem para quem está perguntando.

– Você não fez nada com eles – responde Grant, e ela percebe que ele não entende. – Eles são seus pais. Vão ficar com raiva por um tempo, depois vão superar. Não é...

Ele para de falar, e ela lança um olhar para ele.

– Por favor, não diz que "não é tão ruim assim".

– Eu ia dizer que não é o fim do mundo – diz ele.

GRANT PERCEBE QUE ELA está revirando um monte de informações na cabeça e isso a está conduzindo a uma conclusão inevitável.

– Helen – diz ele, tentando tirá-la do redemoinho. – Eu sei que você não queria que isso acontecesse, mas uma hora eles iam descobrir. Se não fosse durante a produção, seria depois que a série fosse ao ar. Eles iam descobrir de qualquer maneira.

Helen assente devagar, e Grant deseja que ela olhe para ele.

– Talvez seja melhor assim – acrescenta ele.

Nesse momento, ela lança um olhar feroz para ele.

– A gente não pode mais fazer isso – diz ela. – Obviamente.

– Obviamente – repete ele, aturdido.

– Já é ruim o suficiente você estar trabalhando na série; é pura sorte eles não terem descoberto sobre… sobre nós.

Sobre nós. O que alguém poderia saber *sobre nós*, Grant reflete, se nem ele mesmo tem certeza de nada? Foram mais de dois meses tendo o direito confuso de pensar em um *nós* com Helen, e ele sente que ainda está desemaranhando o cérebro, todo embolado desde aquela primeira noite que eles passaram juntos no quarto de infância dele.

– Eu discordo – diz Grant, depois acrescenta, pensando melhor: – Obviamente.

– Nós sabíamos que isso não podia levar a lugar nenhum… nós falamos isso desde o início – argumenta Helen, firme, e ele tem a terrível sensação de que ela já está decidida, talvez já estivesse até mesmo antes de entrar pela porta. – Esse foi o único motivo pra eu concordar.

– Não foi o único motivo – retruca Grant, sem conseguir controlar a rispidez no tom de voz. – Eu me lembro de outros motivos que você achou bem convincentes.

– Por que você está discutindo comigo em relação a disso? – diz Helen.

Ela parece tão genuinamente confusa que Grant sente como se tivesse levado um soco no estômago.

– Por que você acha, porra?

Ele vai até a cozinha pegar um copo d'água.

– Se isso é sobre – ela faz um gesto com a mão enquanto o segue até a cozinha – a sua festa de aniversário...

– Quando eu disse que estava apaixonado por você, sim – resmunga Grant, e toma um gole de água.

– Você sabia – começa Helen.

Há lágrimas de frustração nos olhos dela. Ele quer secá-las com um beijo no mesmo instante, o que é uma idiotice, porque ela odeia ser consolada.

– Você *sabe* por que isso é impossível – conclui ela.

– Você fica dizendo palavras como *impossível,* mas eu acho que você deve ter pensado que era impossível contar aos seus pais que eu estava trabalhando na série até ter que fazer isso – argumenta Grant.

– Certo, mas a reação dos meus pais não prova exatamente o que eu quero dizer? Se eu contasse tudo, seria... seria o fim do mundo para eles.

E para mim?, pensa ele dramaticamente, mas não fala.

– Eu não sei qual seria a reação deles se você contasse tudo – diz Grant por fim, tentando manter um tom controlado. – Eles são seus pais. Se você acha que seria ruim, provavelmente você está certa. Mas... nós somos adultos, Helen. Não precisamos da permissão de ninguém além de nós dois.

– Certo, porque todos os relacionamentos saudáveis são aqueles em que as pessoas só têm um ao outro e mais ninguém – ironiza Helen, com uma risada curta.

– Não é isso que eu estou dizendo.

– Eu nunca...

Ela para e desvia o olhar como se, de algum jeito, pudesse encontrar as palavras certas nos armários da cozinha. *Boa sorte,* pensa ele, *esses armários trabalham para mim.*

– Eu nunca quis que isso evoluísse a ponto de não ser temporário – continua ela. – Foi divertido e conveniente, e talvez o fato de ser um pouco tabu tornasse tudo mais excitante...

– Ah, porra, não faz isso – diz ele. – Não desvaloriza tudo.

– A questão é que eu nunca vi um futuro aqui. Eu falei isso com todas as letras. Se os seus sentimentos mudaram, isso é... um infortúnio, mas não tem nada que eu possa fazer em relação ao que eu sinto.

– Um infortúnio – resmunga ele, furioso. – Esse sou eu. Grant Shepard: um infortúnio.

– Tem literalmente um milhão de outras pessoas por aí com quem a gente pode ser feliz – diz Helen, baixinho.

ELE LANÇA UM OLHAR AFIADO PARA ELA. Helen sente todo o ar se esvair do ambiente.

– Você quer que eu implore? – pergunta ele. – Eu imploro. Por favor, Helen.

Grant se aproxima em alguns passos curtos e, de repente, ela está nos braços dele, e ele está beijando a testa, depois a bochecha, o pescoço, o ombro dela. Ela sente a forma das palavras *por favor, por favor, por favor* grudando em sua na pele a cada beijo, e então ele está caindo de joelhos, beijando as mãos dela, e o coração de Helen está se partindo.

– Você disse uma vez que seria mais fácil se a gente pudesse dizer que nada aconteceu – diz ele baixinho. – Ainda podemos fazer isso. Não precisamos...

Helen dá uma risada sem humor.

– Aconteceu *alguma coisa*. Essa... essa coisa entre nós é bem distante de *nada*.

Um músculo treme no maxilar de Grant.

– Eu estou apaixonado por você – diz ele.

Helen puxa as mãos para longe dele. Ela escorrega até o chão e se recosta nos armários, cansada.

– Eu queria que você não falasse isso. As coisas ficam muito mais difíceis assim.

Ele ri para si mesmo.

– Certo.

De repente, fica triste, fitando os sapatos dela, e Helen deseja poder estender a mão para tocá-lo.

– Nós dissemos que qualquer um de nós podia terminar tudo a qualquer momento – lembra ela em vez disso. – Era para ser... indolor.

– Não está sendo nada indolor – diz ele. – Está?

Grant a olha nesse momento, e ela se sente meio sem ar. Tem alguma coisa penetrante e vulnerável na expressão dele, e ela não consegue se obrigar a mentir.

– Não. – Ela engole em seco. – Não está.

– Eu não estou doido... Você também sentiu, né? – pergunta ele. – Essa coisa entre nós é diferente, é... especial. Porra, falando assim parece tão bobo. Não é especial, é... é um sentimento, na minha alma, como... como se eu estivesse esperando por isso. Por *você*.

Helen assente em silêncio.

– Eu também senti – sussurra ela por fim.

– E aí a gente deve simplesmente... desistir de tudo? – pergunta ele, com uma expressão de dor.

Ele bebe a água, e ela deseja ter pedido um copo também.

– Eu quero ser feliz. Quero ser saudável – diz ela baixinho. – E não posso ter isso com você. Parte de mim sempre vai se perguntar se o motivo pra tudo isso ter acontecido é aquela merda no nosso passado.

Grant balança a cabeça.

– Esse não é o motivo.

– Talvez se as coisas tivessem sido diferentes... – Ela engole em seco. – Talvez se a gente se encontrasse de novo depois ou se não tivéssemos nos conhecido antes.

Grant dá uma risada curta.

– Estou feliz por estarmos juntos agora – replica ele. – E fico triste por não ter acontecido antes.

– Eu acho que, daqui a uns meses, você vai ficar feliz por termos terminado tudo – começa Helen, e ele já está balançando a cabeça. – Você vai conhecer uma pessoa engraçada, interessante e que pode retribuir o seu amor sem... sem todo esse drama torturante.

– Eu gosto do seu drama torturante – diz ele simplesmente.

Helen não sabe até onde vai conseguir suportar isso, mas também não quer ter a mesma conversa com ele nunca mais. Então, ela fica. Grant olha para ela, e todas as emoções calorosas e profundas que ela viu de relance nos olhos dele antes estão ali, ardendo em silêncio.

Ele apoia a cabeça na parede.

– Você acha que poderia ter me amado de volta? Ou... sempre esteve fadado ao fracasso?

Helen engole em seco. *Sim, sim, sim,* o coração dela parece dizer a cada batida.

– Você me conhece – responde ela, baixinho. – Sempre do lado dos pessimistas.

– Eu te amo – diz ele de novo, encarando-a. O canto da boca de Grant se curva para cima. – É bom dizer isso em voz alta. Mesmo nessas circunstâncias.

Ela seca o rosto, só então percebendo que está chorando. Em um instante, ele está perto dela, puxando-a para os seus braços, acariciando os cabelos e sussurrando de um jeito reconfortante:

– Está tudo bem, você não precisa falar a mesma coisa, está tudo bem. Eu te amo, eu te amo, eu te amo.

Helen o beija para interromper as palavras, mas ainda sente a forma delas nos lábios dele quando ele retribui o beijo e nas mãos que sobem para segurar o rosto dela. Ainda sente as palavras irradiando do calor dos dedos dele no rosto dela, no movimento desesperado da língua dele e no ritmo palpitante e insistente no peito dela, que ecoa *eu te amo, eu te amo, eu te amo* até ela não ter certeza se está vindo dele ou dela.

Grant tenta terminar o beijo primeiro, devagar, mas então volta para um último, depois mais um e mais outro, até estar quase rindo na boca de Helen.

– Helen, a gente tem que parar – murmura ele, e beija o nariz dela.

– Isso não pode acabar no meu nariz – responde ela.

– Rá – solta ele.

Ela o segura pelo queixo e dá um último *(agora é sério)* beijo na boca dele – é um beijo curto, firme e insuportavelmente *quente* –, depois se levanta.

Ele ergue o olhar para ela, e ela baixa o olhar para ele.

– Você vai embora, então – diz ele.

Helen assente.

– Não volta agora, está me ouvindo?

Grant está fazendo uma péssima imitação de Jimmy Stewart, com um olhar divertido. A risada se dissipa e ele a encara com uma expressão sombria e desolada de *desejo*.

– Eu estou falando sério – conclui ele.

Ela assente de novo e engole em seco, e então sai da cozinha.

Grant não a segue, mas se levanta e fica olhando, da porta da cozinha, enquanto ela pega o casaco. Helen olha para ele quando abre a porta, e ele levanta dois dedos em um gesto de adeus desanimado. No mesmo instante, ela deseja não ter olhado para trás – a imagem é fácil demais de memorizar, e ela já está tentando esquecer a silhueta dele parada ali e a forma como ela se encaixaria com facilidade no pescoço dele.

– Tchau – murmura ela, tão baixinho que tem certeza de que ele não escuta, e sai porta afora.

Helen não escuta nada no Spotify durante o trajeto de volta para casa e chora tanto que, por um breve momento ao parar em um sinal da Sawtelle Boulevard, acha que está chovendo, de tanto que a visão está embaçada. Mas não está, e ela mantém as emoções sob controle por tempo suficiente para chegar inteira em casa.

28

A MAIOR PIADA DE TODAS é que eles têm que começar a porra da pré-produção do episódio dele na manhã seguinte, então Grant faz a barba, deixando o rosto bem liso, se veste, calça um sapato, passa a loção pós-barba como se fosse um dia normal e vai para o trabalho.

Ele para no escritório de produção para se apresentar à diretora de pré-produção, que ele conhece um pouco porque ela trabalhou em outra série de TV que ele fez alguns anos atrás.

– É um ótimo roteiro – elogia ela com aquele ar de distração simpática que todos os diretores parecem ter, com um milhão de pratos girando na cabeça. – Vai ser divertido.

– É – diz ele, e ri sozinho. – Foi uma carta de amor. Pros livros.

Ela espera ele dizer mais alguma coisa, qualquer coisa, e Grant percebe que está atrasando o trabalho dela. Há plantas baixas gigantescas de todos os sets prontos nas paredes atrás dela, e ele fica nervoso ao notar que elas estão começando a se mexer e ficar borradas no seu campo de visão. Ele esfrega os olhos e pigarreia.

– Tem, hum, uma coisa no início do terceiro ato que é um prenúncio de outra coisa que vai acontecer mais para frente na temporada, não sei se está óbvio, mas tenho certeza de que isso vai aparecer na reunião do episódio – diz ele, basicamente para ter algo a dizer.

– Ótimo. – Ela assente. – Vou ficar de olho nisso, então.

– Ótimo – repete ele estupidamente, e se afasta.

Grant passa o resto da manhã lendo bilhetes de Suraya pedindo para ele cuidar de revisões no roteiro de Owen que ela não tem tempo para fazer, o novo rascunho de roteiro de Saskia e e-mails da agente dele enviando livros para ele pensar em adaptar; aparentemente, trabalhar em *Ivy Papers* provou que ele sabe trabalhar em volta de algo com propriedade intelectual, e isso abre um novo mundo de portas.

Ele não vai ao set com a diretora para a passagem inicial pelos *soundstages* porque não sabe se os pais de Helen ainda vão estar por lá. Helen quase certamente estará, e ele não consegue distinguir se isso torna a decisão mais difícil ou mais fácil. Tenta não procurar por ela todas as vezes que olha pela janela para o estacionamento abaixo, e se irrita consigo mesmo por se sentir um pouco arrasado toda vez que não a encontra.

Grant fica parcialmente aliviado quando Suraya passa pelo escritório dele na hora do almoço para dizer que ele não precisa acompanhar o episódio no set, que ela prefere que ele cuide das últimas semanas da sala dos roteiristas.

– Pode deixar, chefe – diz ele, lembrando a si mesmo para quem trabalha.

Ele liga o vídeo que mostra os *soundstages* no fim do dia, porque eles ainda estão filmando, e um fio de esperança idiota sobrevivente insiste que talvez, talvez, Helen passe na frente da câmera durante um início de gravação e ele consiga vê-la.

Ela não passa, claro, mas ainda assim ele acha o som familiar da produção reconfortante.

– Você pode esquecer isso, ok? – diz uma garota malvada loura, fazendo beicinho para a colega de elenco mais apagada.

Ela se inclina para a frente com um olhar vago, depois dá um sorriso nervoso ao olhar para a câmera.

– Desculpa. Eu passei da minha marca.

A campainha toca e a tela fica preta quando a câmera corta, voltando logo depois: mesma configuração, segunda tomada. A equipe agora está se movendo rapidamente; todos querem ir para casa.

– Você pode esquecer isso – repete a atriz. – Ok?

Grant nunca gostou dessa fala. Ele acha que Suraya tem uma tendência a inserir no diálogo o que está subentendido em uma cena, um hábito que veio de uma década de trabalho nos dramas processuais mais comuns em redes de televisão. Ela destaca uma coisa, depois destaca de novo, e *mais uma vez* só para garantir; apesar de não gostar, Grant admite que às vezes isso funciona para dar um efeito dramático em montagens de monólogos de encerramento no fim de um episódio, em conjunto com uma boa trilha sonora.

– Desculpa, já está na hora da minha fala? Eu achei que tinha mais...

A outra atriz olha por sobre o ombro para a câmera, e Grant sabe que Suraya provavelmente está pensando em maneiras de reescrever o final para que a personagem dela seja assassinada.

– Não, eu tenho mais, eu só estava fazendo uma pausa dramática – diz a atriz loura, revirando os olhos de um jeito autodepreciativo. – Podemos recomeçar do início.

– Quando vocês estiverem prontas – diz uma voz longe da câmera.

Ele sabe que é a diretora, mas continua prestando atenção para ver se consegue ouvir mais alguém.

Você pode esquecer isso, ok?

A mãe de Helen não vai ao set no segundo dia, mas o pai vai.

Ele dá apoio em silêncio, sorrindo e assentindo para os membros da equipe que o recebem para mais uma rodada no circo. Já está chamando o pessoal responsável pelo bufê pelo primeiro nome e leva uma xícara de chá para Helen quando eles entram na décima terceira hora do dia de filmagem mais longo até agora.

– Obrigada, pai – murmura ela de um jeito sincero.

Ele assente, sentando-se de novo na cadeira dobrável preta, e os joelhos estalam quando faz isso.

Eles não falaram sobre o jantar de ontem à noite, mas o pai diz a ela, entre as preparações para a filmagem da última cena do dia, que a mãe vai estar lá amanhã.

– Que bom – diz Helen, e consegue dar um sorriso.

Todos receberam pelo menos mais dois e-mails da produção hoje contendo o nome *Grant Shepard* – ela sabe que ele vai estar na leitura dramática amanhã no almoço e na reunião do episódio depois, e está quase tão apavorada com isso quanto ansiosa.

Helen sente que talvez consiga aguentar se puder ter uns vislumbres dele por agora, antes de ter que desistir dele para sempre. Eles nem vão estar no mesmo cômodo; a produção vai filmar em locações amanhã, então todos vão participar pelo Zoom em trailers e escritórios espalhados pela cidade. Ela se pergunta se ele vai estar no escritório ou trabalhando de casa. E se pergunta se ele vai ligar a câmera.

Parte dela não consegue acreditar que a própria vida está tão dramática – até mais dramática, ao que parece, do que as cenas do drama adolescente novelesco que eles estão filmando. Ou talvez essa só seja a sensação *neste momento* e ela um dia consiga olhar para essa época com um afeto indiferente. Talvez até essa sensação intensa de *saudade* seja uma coisa que ela passe a apreciar mais tarde, por trazer um senso de alívio mais claro a cada momento desta época da sua vida, e talvez ela até se sinta grata porque, de algum jeito, isso se transformou em arte.

Seria um desperdício do caralho se a arte também ficasse ruim depois de todo esse sofrimento e drama.

Por isso, ela se concentra no trabalho. Cutuca Suraya quando acha que uma frase pode ser ajustada para ajudar os atores, envia referências de microinfluenciadores aleatórios para a figurinista, cria uma pasta no Pinterest inteira para uma locação que vai ser usada apenas uma vez para a designer de produção.

– Não exagere no trabalho! – grita Jeff, o técnico de iluminação, para ela depois que eles terminam, e agora ela já sabe que é assim que ele se despede de todos diariamente. – Precisamos de você aqui amanhã.

– Até amanhã – diz ela, dando um leve aceno para ele enquanto arruma suas coisas.

– Foi um bom dia – comenta o pai quando eles saem pelas gigantescas portas de celeiro do *soundstage*. É sempre um choque sair da falsa luz da tarde e entrar na escuridão profunda. – Você fez bastante coisa.

Helen ri do jeito como ele fala isso, como se ela fosse a única responsável por tudo.

– É – diz ela. – Eu trabalho com ótimos profissionais.

– Todo mundo está trabalhando muito – concorda o pai. – Sua mãe vai ficar feliz de saber.

Helen solta um *rá* baixinho ao ouvir isso. Ela não faz ideia do tipo de conversa particular que o pai e a mãe têm. Nunca viu os dois se beijando, nem flertando, nem mesmo falando *eu te amo*. Ela imagina que eles devem sentir algum tipo de amor um pelo outro que ela não entende, já que estão juntos mesmo depois de tanto tempo e de tanta dor. Mas ela não quer esse tipo de amor para si mesma, e logo para de pensar nisso, porque não consegue aguentar nem pensar em que tipo de amor ela *quer*.

Ela deixa o pai no transfer preto elegante que irá levá-lo de volta ao hotel, e ele dá um abraço duro nela, de lado. Deve ser o terceiro abraço que ele deu nela a vida toda; Helen se lembra de um na formatura da faculdade e de outro orientado por um fotógrafo constrangido em um dos seus eventos literários. Eles simplesmente não são de abraçar. Mas ela sorri, dando um tapinha desconfortável no ombro dele em resposta – qualquer pessoa que estivesse assistindo a isso pensaria que ele é um antigo professor preferido dela, e talvez isso descreva muito bem o relacionamento com o pai – e acena quando ele é levado.

Enquanto caminha até o carro, Helen considera rapidamente as opções de jantar que a esperam em casa; estupidamente, ela deixou todo o sushi do restaurante na casa de Grant ontem à noite, e não tem a menor energia para preparar alguma coisa do zero.

Helen não está preparada para ver o familiar conversível cinza de Grant na vaga de sempre, em frente à dela – ele ainda está *aqui*. Ela olha para trás, para o prédio da sala dos roteiristas, e se pergunta o que o está prendendo aqui até tão tarde. Uma reunião de última hora com Suraya, talvez, ou revisões para a leitura dramática. Ela tenta não pensar em todas as noites que eles passaram aqui, flertando um de cada lado da mesa ou fazendo um joguinho em que ele tentava distraí-la enquanto ela trabalhava.

Uma parte traidora de Helen cutuca seus pés, e ela dá meio passo em direção ao prédio.

Mas aí as outras partes dela – *a mente acima da matéria* – recuperam o controle dos membros infiéis e ela entra no carro para sair do estacionamento.

Helen tem uma longa viagem até Santa Monica pela frente para considerar as diversas opções de drive-thru e acabar concluindo que o resto de salada de frango na geladeira vai ter que servir e que deve ter um shake de proteína em algum lugar também.

Ela ainda está pensando vagamente em virar à esquerda em um

McDonald's – *gostaria de batatas fritas para acompanhar essa tristeza, por favor* – quando ouve *bum* estrondoso que a faz pensar por um instante em uma montanha-russa de parque temático, uma surrealidade em câmera lenta enquanto tudo ao redor parece girar para longe dela, e aí o mundo vira de pernas para o ar uma vez, duas vezes, e então soa um guincho metálico horrível antes que tudo desabe em um caos de escuridão fragmentada e vidro estilhaçado.

29

Ela acorda com o apito fraco de um monitor cardíaco e vê Suraya com as sobrancelhas franzidas.

– Que bom – diz ela. – Você está acordada.

Helen olha ao redor e vê que está em um quarto de hospital, limpo e muito cor-de-rosa, e a dor persistente em quase todos os ossos do corpo a fazem lembrar do motivo. Está usando uma camisola amarela de paciente e o ar tem cheiro de produtos de limpeza de limão, e ela sente que está estranhamente combinando com as cores em tom pastel do quarto, como se *pertencesse* ao lugar.

Uma médica – bem bonita, e Helen se pergunta vagamente se ela já pensou em ser atriz – entra antes que ela consiga elaborar uma resposta adequada para Suraya. A médica recita bruscamente uma lista das fraturas de Helen Zhang – braço quebrado, clavícula quebrada e uma costela quebrada que, por pouco, não se tornou uma coisa mais séria e potencialmente fatal.

– E síndrome do chicote – acrescenta ela. – Isso é bem comum. Nós te demos muitos analgésicos e sedativos pra você dormir. Seus pais estão lá fora, pedindo pra te ver.

– Não – pede Helen, percebendo que é a primeira vez que fala em voz alta há… desde que ela apagou. A voz está rouca pela falta de uso. – Ainda… ainda não.

Pensar na expressão de *preocupação* da mãe, com os lábios brancos, é mais do que ela consegue aguentar agora, e ela não se sente nem um pouco mal por preservar a paz por mais um tempinho.

– Como preferir – diz a médica, e sai para ver outros pacientes feridos em tons pastéis que precisam de cuidados.

Deixando-a sozinha com Suraya.

– Desculpa – diz Helen automaticamente.

Suraya faz um gesto de "deixa disso".

– Pelo quê? Não foi culpa sua aquele caminhão ter avançado o sinal vermelho do nada.

Helen sente vontade de chorar de repente e não sabe por quê. Em vez disso, abre um sorriso de desculpas para Suraya. Isso provoca uma dor inesperada, e ela percebe que há cortes com curativos no rosto.

– Você não devia ter que estar aqui neste momento. Eu sei que você está muito ocupada.

– Bem, o fato é que eu estou aqui neste momento. Reuniões são canceladas o tempo todo por motivos menos importantes – diz Suraya. – Mas por que eu sou o seu contato de emergência?

– Ah.

Helen sente um rubor quente.

Claro. Suraya não veio por preocupação de amiga; ela veio porque alguém procurou os registros de Helen e *ligou* para ela. A pontada de humilhação ao perceber isso dói mais do que a fratura na costela.

– Eu não conhecia ninguém em Los Angeles quando preenchi todos aqueles formulários – explica ela. – Eu devia ter te perguntado. Desculpa.

– Tudo bem – diz Suraya, com um toque de divertimento na voz. – É meio esquisito… eu não recomendaria que você fizesse isso no seu próximo emprego… mas agora eu acho que você tem mais amigos na cidade. A Nicole e a Saskia estão lá fora. A Saskia não para de chorar, pobrezinha.

– Ah.

Um sentimento caloroso a pega de surpresa. Tem amigas a esperando.

– Obviamente, o Grant também está aqui – acrescenta Suraya.

Helen tenta desvendar cada palavra dessa breve frase.

– Certo – diz de um jeito inexpressivo.

Suraya dá um sorriso indiferente para ela.

– Eu gosto de você, Helen, e você me parece forte o suficiente pra ouvir isso, então, posso te dar um pequeno conselho não solicitado?

Helen assente.

– Alguém me disse duas coisas no início da minha carreira. A primeira: arrume a sua casa. – Suraya inclina a cabeça. – Você não vai conseguir priorizar as coisas que precisa priorizar se estiver gastando uma energia preciosa com a sua torturante vida pessoal, por mais que possa parecer romântico no momento.

Helen tosse e sente outro fluxo quente de vergonha. *É assim que você me vê?*

– A segunda: fale com um psicólogo sobre os seus problemas com a sua mãe ou seu pai. Porque a coisa mais importante a se lembrar em relação a qualquer pessoa para quem você está trabalhando é: eu não sou a sua mãe e eu não sou o seu pai. Eu não vou continuar te amando no fim do dia se você tornar esse dia infeliz, porque eu já tenho meus próprios filhos pra isso.

Os olhos de Suraya disparam rapidamente para o celular, e ela acrescenta, refletindo melhor:

– Não que os meus filhos me deixem infeliz. É só que… a gente nunca consegue parar de pensar e se preocupar com eles, depois que eles chegam. Todos aqueles clichês ridículos sobre o seu coração viver fora do peito.

– Tudo bem – diz Helen baixinho. – Eu vou falar com o meu terapeuta sobre os meus problemas com a minha mãe.

Suraya sorri.

– Eu sempre achei que os problemas com a mãe fossem mais poderosos do que problemas com o pai – diz ela, pensativa. – Com certeza são mais motivadores. Mas podemos guardar isso pra discussão da segunda temporada. Quem você quer que eu mande entrar primeiro?

Helen pensa e escolhe a covardia.

– A Nicole e a Saskia, se você não se importar.

– Vou falar com elas. – Suraya assente. – Estou indo pro set. Acho que eles estão terminando a primeira cena agora. Você pode ver o feed da produção no seu iPad, se quiser. A sua mãe trouxe.

– Obrigada.

– Melhora logo – ordena Suraya com uma vivacidade tranquilizadora, e então sai.

Grant observa Nicole e Saskia seguirem pelo corredor, e Suraya assente de leve para ele antes de se aproximar.

– Você vai tirar o dia de folga hoje, então – declara ela, constatando o fato.

– É – responde ele, e a voz sai em um estrondo baixo que parece estranho aos próprios ouvidos. – Eu, hum… mandei as revisões ontem à noite e, se você me mandar as anotações do estúdio depois da leitura dramática, eu posso…

– Grant – diz Suraya, e inclina a cabeça.

Ela o encara com um pouco de pena, e isso faz o nó na garganta dele doer.

– Não se preocupa com isso. Eu resolvo.

– Obrigado – diz ele. – Me avisa se… se você precisar de alguma coisa.

– Aviso.

Suraya estende a mão para tocar no braço dele, um gesto que ele supõe que era para ser reconfortante.

– Como é que ela está? – pergunta ele, e percebe que a boca está seca.

– Está acordada. Machucada e cheia de analgésicos, mas… parece que vai ficar bem.

– Ótimo – diz ele com a voz rouca. – Isso é ótimo.

– É, sim. E como é que você está?

Grant tenta rir, mas sai uma lufada de ar curta e sem humor.

– Estou bem. Eu não fui atingido por um caminhão ontem à noite.

O olhar de Suraya o percorre.

– Talvez não, mas você está com uma cara horrível da porra – diz ela por fim. – Se cuida. Preciso de você inteiro amanhã.

– Obrigado. Vou tentar.

Ela assente, olha de relance para os pais de Helen (no canto distante da sala, para onde Grant não olha de jeito nenhum, porque não sabe se consegue lidar com *isso*, já que é a segunda vez que eles se veem) e segue pelo saguão até o elevador.

NICOLE E SASKIA ENTRAM no quarto com flores (Saskia), revistas pornográficas (Nicole) e lágrimas (Saskia de novo).

– Ai, meu Deus, você é tão dramática – diz Nicole, pondo o braço ao redor da chorona. – Ela está bem, olha, ela está bem.

Helen sorri e acena, depois faz uma careta porque isso dói *para caralho*.

– Eu só pensei que, se você morresse, eu nunca ia poder te pedir desculpa por ter sido tão babaca com você naquele último dia na sala dos roteiristas – diz Saskia em um tom choroso.

Helen olha confusa para Nicole. Nicole diz "não faço ideia" sem emitir som e revira os olhos.

– Ah, não se preocupa com isso – responde Helen. – Eu… eu não penso nisso desde aquele dia. Sinceramente.

– Você é tão legal – diz Saskia.

Helen teria rido se não sentisse a fratura nas costelas toda vez que tentasse.

– Então, o Grant parece estar na merda – comenta Nicole, mudando suavemente de assunto. – Caso você esteja se perguntando.

É incrível como seu maldito coração burro ainda reage ao som do nome dele. Como se ela estivesse no ensino médio, com um crush. O fato de todo mundo poder escutar isso pelo monitor cardíaco parece cruel e incomum. Nicole dá uma olhada para o monitor, mas sabiamente não diz nada.

– Estou surpresa por ele ainda estar aqui – murmura Helen para as próprias mãos.

– Ah, é mesmo? – Nicole soa cética. – Eu te falei que ele estava apaixonado por você.

Saskia dá uma risadinha nervosa.

– Ele pareceu muito… atormentado – conta ela. – Quando ligou pra gente.

– Ele ligou pra vocês? – pergunta Helen, erguendo uma sobrancelha.

– É, ele achou que você podia não querer vê-lo – explica Nicole. – Maluquice, né?

– Rá – diz Helen fracamente. E então um pensamento lhe ocorre. – Ele está lá fora com os meus pais esse tempo todo?

Nicole assente.

– Eles não estão conversando nem nada, se é com isso que você está preocupada. Tem uma coisa meio Sharks e Jets acontecendo lá na sala de espera: nenhuma gangue invade o território da outra.

– Ah. – Helen assente. – Isso é bom, acho.

– Se bem que ninguém sabe o que está acontecendo agora que não estamos lá monitorando – diz Nicole, pensativa. Ela ri da expressão de Helen.

– Não se preocupa! Tenho quase certeza de que todos estão mais preocupados com *você*.

– Certo – diz Helen, fraca. – Comigo.

GRANT FRANZE A TESTA para o chão à sua frente, desejando que o piso pare de se mexer.

Em vez disso, um copo de papel aparece em seu campo de visão, e ele ergue o olhar para o homem mais velho que ele sabe que é o pai de Helen, segurando o chá.

– Você devia beber alguma coisa – diz o pai.

– Obrigado – responde Grant com a voz embargada.

O chá é de limão com gengibre e o aquece por dentro. Ele olha de relance para as cadeiras onde os pais de Helen estavam sentados e vê que a mãe desapareceu – deve ter ido ao banheiro.

– Você está aqui há muito tempo – comenta o pai de Helen, a boca formando uma linha firme.

– Vocês também – observa Grant.

– Nós somos os pais dela – diz o pai simplesmente.

– É.

Grant assente e olha de novo para o chão.

Uma pergunta não dita paira entre eles – *Nós somos os pais. Quem é você para ela?* –, e Grant não consegue responder; nem para o pai de Helen, nem para Helen, nem para si mesmo. Ele não tem o direito de ser alguém para ela *de verdade*, mas também acha que não seria útil para mais ninguém, em nenhum outro lugar, neste momento. O jeito como Suraya o dispensou sumariamente do trabalho hoje foi risível, e ele se sente ainda mais inútil.

Recomponha-se, Shepard.

Grant tenta pensar em alguma coisa, *qualquer coisa*, que possa dizer ao pai de Helen para consertar tudo e percebe que *nem sabe o nome desse homem*. Helen realmente nunca quis que eles se conhecessem. *Será que é melhor ele respeitar as vontades dela ou tentar alguma coisa desesperada?*

O pai de Helen lança um olhar avaliador para Grant, suspira pesado e então volta para sua cadeira do outro lado da sala. Talvez ele esteja pensando a mesma coisa: *é melhor falar com a Helen primeiro.*

Grant tenta, pela centésima vez nesta hora, pensar no que vai dizer a Helen quando a vir, se a vir.

Ele nunca acreditou de verdade em bloqueio criativo – o pai dele riu dessa ideia uma vez, dizendo alguma coisa do tipo "bom, os mecânicos não têm a oportunidade de ter bloqueio criativo, não é?", e Grant ficou determinado a tratar o próprio trabalho com o mesmo ar cáustico e nada romântico.

O negócio é que ele não tem certeza de que os mecânicos *não* se sentem bloqueados de vez em quando. Grant tentou consertar o próprio carro – e fracassou – vezes suficientes para respeitar o tanto de criatividade necessária para encontrar soluções elegantes na arte da manutenção de carros.

Mas as palavras nunca o deixaram na mão – pelo menos não nos diálogos. A prosa era mais traiçoeira; ele não conseguia manter um pensamento por tempo suficiente para expandi-lo e transformá-lo em um parágrafo adequado, quanto mais em um livro inteiro. Mas ele sempre conseguiu ouvir os diálogos como se as pessoas sobre as quais ele estava escrevendo estivessem na sala com ele.

Ele tenta imaginar a voz de Helen agora, mas seu cérebro é teimoso e continua evitando todos os caminhos hipotéticos.

Não vamos viver isso mais de uma vez, parece sugerir sua psique. *É para o seu próprio bem.*

NICOLE E SASKIA FICAM por tempo suficiente para irritar as enfermeiras, depois agem como se a intenção sempre tivesse sido ir embora depois do brunch hospitalar de Helen, composto por um pudim e um copinho de frutas.

– Fica boa logo, baby – diz Nicole, e dá um beijo no topo da cabeça de Helen. – Quem é que a gente vai mandar entrar, agora? O homem gostoso e triste ou os pais aflitos e tristes?

– A sua mãe está muito preocupada – comenta Saskia. – Quero dizer, está tudo bem, só que, você sabe, ouvimos muitas coisas do tipo… "Meu bebê, eles não me deixam vê-la."

Helen bufa de leve.

– É, tenho certeza disso.

Nicole se apoia na porta com a jaqueta na mão.

– Eu voto no gostoso preocupado. Você já está machucada e merece um pouco de diversão.

– Diversão – repete Helen. – Certo.

Nicole dá de ombros e baixa a voz.

– Helen. Helen, eu te amo. Helen, hummm... – Ela dá um sorriso. – Essa foi a minha imitação do Grant, caso você não tenha percebido.

Helen solta uma risada sincera e faz uma careta.

– Você me convenceu – diz ela, tossindo de um jeito que faz Nicole parecer preocupada de verdade por um segundo. – Manda o gostoso preocupado entrar.

Elas saem e Helen percebe, horrorizada, que devia ter pedido para lhe arranjarem um espelho antes. Ela tenta ajeitar rapidamente o cabelo usando seu reflexo distorcido nas proteções cromadas do leito do hospital, depois desiste bem a tempo de ouvir passos conhecidos se aproximando.

– Bom – sussurra ela, e ele está *aqui*. – Você está com uma cara horrível. O que aconteceu com você?

Grant ri nesse momento (ela sentiu saudade desse som; quando foi a última vez que o ouviu?), apoiado na porta. A camiseta dele está bagunçada e amassada e parece que ele não dorme há dias. Ela percebe o mau jeito no pescoço dele pela maneira estranha como ele se ajeita para se largar na cadeira mais próxima à porta, bem longe do leito.

– A sua está pior – diz ele. – Parece que você foi atingida pela porra de um caminhão.

– Rá. Engraçadinho.

– Hilário – concorda ele.

– Por que você veio?

– Não é óbvio? – retruca ele, olhando para ela daquele jeito de sempre.

– Eu não tenho energia pra esse joguinho agora – diz ela baixinho. – Você pode chegar mais perto?

Grant se levanta e leva a cadeira para mais perto dela em menos passos do que ela achava que seriam necessários. Helen se vira para olhar para ele, agora perto o suficiente para se tocarem, mas ainda sem fazerem isso. Ela estende a mão esquerda fracamente e ele a pega entre as dele, depois abaixa a cabeça para beijar o polegar dela. Isso faz o coração de Helen doer, mas pelo menos o monitor cardíaco não parece revelar isso.

Ele beija o pulso, a palma e cada dedo dela. Ela sorri de leve com isso.

– Você está pensando naquele dia no meu sofá, com o anuário? – murmura ele, dando um beijo demorado na ponta do mindinho dela.

– Não – responde ela. – Eu estava pensando que senti saudade de você.

Grant bufa baixinho.

– Você tem que parar de falar essas coisas em voz alta – diz ele, ríspido. – Isso está me matando, porra.

Helen levanta a mão para segurar a bochecha áspera dele, e ele cobre a mão dela com a dele, puxando-a para perto.

– Grant – começa ela, e ele balança a cabeça.

– Talvez a gente não devesse falar tanto, espertinha – diz ele baixinho. – Posso te beijar?

Ela sabe que não devia dizer "sim", mas está tomando analgésicos suficientes para pensar que talvez não seja uma ideia tão terrível, no fim das contas.

– Você provavelmente me deve um, na verdade – resmunga ela.

Helen sente a risada dele na própria boca. Ela solta um suspiro trêmulo quando o selinho evolui para um beijo lento; parece que é a primeira vez que ela respira de verdade desde a última vez em que o beijou. Os lábios dele se demoram – quentes, doces, *saudosos* –, até que acaba e ele volta para a cadeira, observando-a.

Uma dor abrasadora no peito diz a ela que é assim que seria se sentir segura e amada, curando-se sob o olhar observador de Grant Shepard.

Ele dá uma risadinha.

– Você está com cara de que vai dizer alguma coisa que vai me deixar puto – diz ele.

Ele é tão irritante.

– Isso não muda nada – começa Helen.

Grant estende a mão como se dissesse *pronto, aí está.*

– Me leva a sério agora – continua ela.

– Seríssimo – ironiza ele, com a voz mais rouca do que ela se lembra. – Um discurso seríssimo em tons pastéis.

Ela ignora o comentário.

– Eu estou feliz de você estar aqui. Eu estaria mentindo se dissesse que não – começa ela novamente.

– Que bom que estamos na mesma página – diz ele friamente.

– Eu gostaria que você não fizesse isso.

– Dizer a verdade?

– *Interromper* – retruca ela.

– Desculpa, meu bem – murmura ele.

Ela revira os olhos.

– Os meus pais estão lá fora.

– Estão.

– A minha mãe provavelmente está tendo um leve surto com a equipe do hospital porque eu não a deixei entrar pra me ver.

– Ela teve alguns – reconhece ele. – Uns surtos minúsculos e perfeitamente sensatos, na minha opinião. Você consegue ser frustrantemente… fechada. Quando quer.

– Desculpa – diz ela, irritada.

– Tudo bem – responde ele, baixinho. – Eu estou acostumado.

– Como foi lá fora com eles? – pergunta Helen, forçando a barra apesar da dor. – Vocês conversaram sobre os meus formulários, viraram melhores amigos, a minha mãe te convidou pro jantar de Natal?

O maxilar de Grant fica rígido.

– Não.

– A minha mãe pelo menos te cumprimentou?

Grant expira de um jeito curto.

– Não.

Helen afunda no travesseiro, emburrada.

– Nada mudou, Grant. Eu sofri um acidente de carro. As pessoas sofrem acidentes de carro e quebram ossos o tempo todo. Você sabe disso.

– Mas *você* não sabe – diz ele, com a voz rouca e seca. – Sabe como eu me senti quando recebi aquela ligação da Suraya ontem à noite? A propósito, que ótima ideia escolher a sua chefe como contato de emergência, isso não é nem um pouco patético, Helen.

A raiva silenciosa que estava fervendo dentro dele desde o fim do beijo agora está quase na superfície, ela percebe. *Ótimo*. É mais fácil lidar com o Grant raivoso do que com o fofo.

– Eu não conhecia ninguém em Los Angeles – diz ela.

– Você *me* conhecia – diz ele, sibilando. – A gente preencheu aquela papelada na terceira semana, eu me lembro, eu estava lá. Foi pouco antes de viajarmos pro acampamento.

– Nós não éramos amigos naquela época.

– Nós não somos amigos agora!

Helen solta o ar.

– Você está sendo irracional. Quem se importa com uns formulários idiotas de emprego?

– Não sei – responde Grant, e passa a mão pelo cabelo, frustrado. – Eu não... eu não consigo pensar direito quando estou perto de você.

– Talvez eu *devesse* ter colocado outra pessoa. A Saskia e a Nicole provavelmente não teriam ligado primeiro pra você.

Grant olha furioso para ela.

– A Suraya me ligou porque sabia que eu ia querer saber. Foi isso que ela disse. Eu quase não atendi, já que eu não dormia há 36 horas porque estava repassando a nossa conversa mentalmente pra tentar descobrir se eu poderia ter falado alguma coisa, qualquer coisa, que pudesse ter mudado o resultado. Ainda bem que eu *atendi* essa merda de ligação, Helen. Você sabe como eu ficaria se você tivesse *morrido* e eu estivesse dormindo?

Helen o encara sem falar nada.

– Você não devia dirigir depois de ficar tanto tempo sem dormir.

– Eu peguei a porra de um Uber.

Ele lança um olhar indignado para ela, como se não suportasse nem olhar para Helen, e continua:

– Sabe o que eu fiquei pensando na viagem pra cá? Todo aquele papo de eu ser grato daqui a alguns meses, encontrar outra pessoa, ser feliz e saudável, tudo isso... é um monte de *merda*.

Ela prende a respiração ao ver o desespero nos olhos dele. Uma lembrança de repente vem à tona, de cruzar o olhar com ele naquela igreja no funeral de Michelle, tantos anos atrás. A cena parece ultrapassar o tempo e o espaço, lembrando a ela quem eles são e por que ficaram separados por tanto tempo.

– Você poderia me tratar como um segredinho sujo, vir até mim com o gosto de outros homens, e mesmo assim eu te aceitaria de volta todas as vezes, porra – continua ele, com um músculo tremendo violentamente no maxilar. – Eu preferiria ter uma *fração* sua do que tudo de outra pessoa.

Helen engole em seco.

– Eu não quero isso pra você. Pra nenhum de nós dois. Não é... não é saudável.

– Eu não *quero* ser saudável – explode Grant, com o peito ofegante como se tivesse acabado de correr uma maratona. – Eu só quero você.

Ela o encara e sabe que, se dissesse que também o ama, não haveria a menor esperança para nenhum dos dois. Eles ficariam voltando ao mesmo ponto várias vezes, se agarrando a cada vez menos partes um do outro, até não terem nada além de uma vida inteira de arrependimentos e ressentimentos por causa de dores antigas e oportunidades perdidas.

– Eu gostaria que você fosse embora agora – diz ela baixinho.

– Qual é o problema? A conversa está ficando sincera demais? – murmura Grant.

– Por favor – insiste ela.

– Você é uma covarde, Helen.

Ela percebe que está chorando, e ele também vê. Grant não se mexe para consolá-la *(ela odeia ser consolada)*, mas também não vai embora. Ele a encara e cruza os braços na altura do peito.

– Estou dispensado? – pergunta ele, sem rodeios.

– Sim – responde ela, e seca o rosto. – É melhor você ir.

– É, eu vou mesmo – diz Grant com a voz baixa e sombria, indo em direção à saída. – Tenha uma boa vida, espertinha.

– Grant – chama ela.

Ele para na porta, se vira e a observa com os olhos semicerrados. Porra, ela já está sentindo *tanta* saudade dele.

– Eu espero que você esteja errado – declara Helen. – Espero que você consiga... superar isso um dia.

Grant a encara por muito tempo, e parece que a está memorizando.

– Pode continuar tendo esperança por nós dois. Eu não tenho – diz ele por fim, com tristeza, e vai embora.

Helen pede a uma enfermeira para levá-la ao banheiro e usa o tempo para se limpar. Ela seca as lágrimas do rosto e lembra a si mesma que vai poder chorar mais tarde, todas as noites, pelo resto da vida, se quiser. Mas agora precisa se recompor por tempo suficiente para os pais verem que ela vai ficar bem – talvez um pouco arranhada e amassada, mas nada que tempo e descanso não possam consertar. Nesse momento, ela tem um pensamento terrível de que a mãe provavelmente vai insistir para ficar mais tempo em Los Angeles, talvez até se mudar para o apartamento dela para cuidar da filha até achar que Helen está suficientemente curada, e tenta pensar alucinadamente nos melhores argumentos para impedi-la. *Eu tenho amigos que podem vir cuidar de mim, o segurança do prédio fica de olho nas entradas e saídas, o único nome no contrato de sublocação é o meu e, se você se mudar para cá, eu vou pular pela janela.*

Ela se diverte com a ideia sombria de falar a última parte em voz alta. Talvez existam mães por aí que ouviriam isso e ririam ou, pelo menos, soltariam um muxoxo e continuariam a conversa. Ela sabe que a mãe a encararia, com o rosto pálido, e perguntaria: *Como você pode dizer uma coisa tão terrível?*

Helen sabe que a equipe do hospital provavelmente acha que ela é uma péssima pessoa, que não se importa com os pais, que é um terrível robô sem sentimentos se passando por uma paciente. Quando olha para as mãos – que estavam tremendo quando ela entrou no banheiro, mas parecem estranhamente calmas agora –, se pergunta se tudo isso é verdade.

Ela costumava pensar que tinha um superpoder: a capacidade de identificar angústias e deixá-las cuidadosamente de lado. *Essa raiva não está servindo para nada neste momento; coloque-a de lado e lide com os fatos. Essa tristeza não está ajudando; desligue-a e procure soluções.* Isso a tornava eficaz, produtiva – até mesmo poderosa.

Mas, nos últimos tempos, descobriu que está muito mais frágil emocionalmente do que costumava ser. Basta um abraço enquanto ela está tentando manter o controle e a represa se rompe, soltando as lágrimas. Mas ninguém vai abraçá-la agora.

Então, ela se protege das emoções que não são úteis neste momento, pratica no espelho o sorriso certo que diz *está tudo bem, parece pior do que é, eu estou bem mesmo* e toca a campainha para a enfermeira ajudá-la a voltar para o quarto. Por fim, ela diz:

– Estou pronta pra receber os meus pais.

O pai entra com uma expressão sombria e a mãe com uma expressão esgotada e vidrada; Helen percebe que ela andou chorando e sente uma pontada de culpa. A mãe estende o iPad de Helen e um saquinho de batatas chips.

– Eles disseram que você podia estar com fome – diz ela, e solta o saquinho na cama de Helen.

– Obrigada.

Helen pega as batatas, mas não abre. Tenta emplacar o melhor sorriso de *eu estou bem* de seu repertório.

– Então, obviamente, aconteceu uma coisa – continua ela. – Rá. Mas eu estou bem agora. Me desculpem por ter deixado vocês esperando. Eu não sabia que tinha se passado tanto tempo.

– Como você está se sentindo? – pergunta a mãe, e uma ruga minúscula de preocupação aparece entre as sobrancelhas.

– Eu estou bem. Quero dizer, não estou *ótima,* mas bem, dadas as circunstâncias.

– Os médicos disseram que você está com ossos quebrados – diz a mãe, os olhos percorrendo os membros de Helen.

– É, mas eu já quebrei ossos e melhorei depois. Lembra daquela vez que eu caí de queixo no quarto ano?

Helen mergulha na lembrança. Ela estava no balanço na casa da amiga da mãe e decidiu tentar pular do assento, como tinha visto as crianças mais velhas fazerem. Mas caiu de queixo no chão, e ainda consegue ver o olhar comicamente horrorizado da mãe quando viu todo o sangue jorrando do queixo da filha. Ela levou Helen até a emergência, em silêncio total, irradiando pânico do carro até o estacionamento e até a sala de espera. Helen se lembra da mãe fazendo perguntas em um inglês baixinho e ruim para o médico até eles encontrarem uma enfermeira que falasse mandarim e conseguisse explicar que Helen só precisava de uma tala de dedo e catorze pontos no queixo.

– Você era mais nova naquela época – diz a mãe.

– A questão é que vocês se preocuparam naquele dia e ficou tudo bem. Eu vou ficar bem.

– Bem, bem, você está sempre *bem* – reclama a mãe. – Você não nos conta nada.

– Eu conto, sim.

Ela não consegue controlar o tom petulante na voz, que faz com que pareça ter exatamente 17 anos.

– Olha só a nossa filha, olha como ela mente – diz a mãe, se virando para o pai. – É tão fácil para ela.

– Ela precisa descansar – afirma o pai.

– Ela disse que está bem! – dispara a mãe, e então se vira para Helen. – Eu sei o que você andou fazendo com… com *aquele garoto*.

Ela diz *aquele garoto* com repulsa, e o cérebro de Helen pensa, exausto: *eu não consigo lidar com isso agora*. Nenhuma das suas sinapses de surpresa e choque parecem disparar – Helen só consegue pensar no *cansaço*.

– Eu vi as suas *mensagens* – diz a mãe. – Eu tive muito tempo para esperar você com o seu iPad.

Helen pisca furiosamente. Ela repassa mentalmente todas as mensagens que já enviou para Grant em frações de segundos e tenta se lembrar de alguma coisa incriminatória. O fato de falar com ele por mensagem, por si só, já é incriminatório. Mas eles não se falavam *tanto* assim – afinal, passavam a maior parte das horas acordadas juntos.

– O jeito como vocês se falam: *vem na minha casa, estou com saudade, feliz aniversário…*

– Ai, meu Deus, você está exagerando, mãe…

– *Eu sei o que ele é para você!* – grita a mãe. – Você deixou ele entrar aqui antes da *sua mãe*.

Helen desvia o olhar. De algum jeito, ela havia esquecido que a mãe ia ver aquilo tudo. A capacidade do hospital de criar uma barreira mágica legal entre ela e os pais deve ter subido à cabeça dela como um poder, senão ela jamais teria esquecido uma coisa dessas, nem por um instante. Ela se lembra da última vez em que deixou algo assim passar – no ensino médio, quando voltou para casa um dia no primeiro ano e encontrou seu diário aberto na mesa da cozinha e a mãe esperando por ela com uma expressão de traída. *Como você pôde escrever essas coisas sobre a sua mãe?*

– O que a sua irmã diria?

Helen balança a cabeça em silêncio e olha pela janela.

Michelle provavelmente a teria cumprimentado com um "bate aqui" e dito: *Eu nunca achei que você era dessas.*

– Você não tem ideia do que ele é pra mim – diz Helen por fim. – Mas, de qualquer maneira, já acabou. Ele me amava, e tudo acabou, e eu realmente não quero falar sobre isso.

Ela fica levemente horrorizada ao descobrir que está chorando de novo e seca furiosa as lágrimas que se recusam a parar de escorrer silenciosamente pelo rosto.

– Helen. Isso é uma *doença*.

Ela já ouviu isso, é a frase preferida da mãe – quando Helen ficava acordada até depois das três da manhã lendo com uma lanterna embaixo das cobertas, quando ela encontrou as páginas do diário em que Helen escrevia *só mais quatro anos, só mais quatro anos, só mais quatro anos* em letra cursiva até a tinta acabar para acalmar a mente quando os pais faziam alguma coisa agora esquecida que provavelmente era para o bem dela, mas que parecia muito injusta na época. *Isso é uma doença.* E, mesmo assim, a mãe ficou revoltada quando soube que Helen tinha começado a se consultar com um terapeuta já com quase 30 anos: "Por quê? O que você está passando de tão ruim para ter que fazer terapia?"

Helen sabe que os pais sempre fizeram o melhor por ela, que só querem que ela tenha uma vida mais fácil. *Eles não são tão ruins*, lembra a si mesma. *Eles te deixaram ser escritora, mesmo que os filhos dos amigos e familiares tenham virado médicos e farmacêuticos. Eles te apoiam. Eles são presentes.* É só que eles não têm *contexto* para ela, e isso faz com que ela sinta que eles estão falando coisas opostas a ela em todas as conversas.

Mas eu não escolhi isso, pensa. *Vocês decidiram se mudar para outro país e formar uma família. Vocês deviam saber que não entender totalmente os próprios filhos seria uma consequência disso.*

Helen ama os pais, de verdade, mas é um amor complicado, e de repente ela tem uma sensação desoladora de que talvez só seja capaz de amar de um jeito complicado. Talvez, mesmo com Grant Shepard no passado de um jeito permanente e seguro, ela nunca seja capaz de simplesmente amar, sem ressalvas.

Ela sente um nó no estômago, um pânico de estar *encurralada*, e, quando abre a boca, as palavras saem em uma lufada engasgada:

– É *sufocante* ser amada por vocês.

Parece tão horrível e dramático em voz alta que ela quase não acredita que falou isso. Helen solta o ar de um jeito trêmulo e acrescenta:

– Vocês não me dão um centímetro de espaço pra respirar.

A mãe a encara, chocada.

– Eu sou sua *mãe*.

– Eu sei, porra – explode Helen.

Ela ergue o olhar e percebe que nunca viu a mãe olhar assim para ela... como se quisesse lhe dar um tapa. (O pai recuou para a cadeira no canto e está estudando o feed da produção no iPad de Helen.)

– Você leu o meu diário no ensino médio, você leu as minhas mensagens agora, você não me deixa ter *nada* – diz Helen.

A mãe a encara.

– Porque você não nos dá *nada*. O que mais eu devo fazer? Como é que eu vou saber o que está acontecendo na sua *vida*?

Essa seria a parte do episódio, pensa Helen vagamente, em que mãe e filha finalmente têm uma conversa sincera e aberta. Os muros caem, elas conseguem se *ver* de maneira verdadeira pela primeira vez e tudo se resolve no fim. É a fantasia estadunidense que enfiaram na cabeça dela em todos os episódios dos seus dramas ganhadores do Emmy preferidos da televisão, mostrando famílias rígidas-mas-amorosas.

Mas, por algum motivo, ela e a mãe sempre parecem errar a mira.

– Vamos deixá-la descansar – diz o pai do fundo do quarto. – Essa conversa não precisa acontecer aqui.

A mãe encara Helen com os punhos fechados. O pai se levanta e devolve o iPad. Ele cutuca a mãe.

– Vamos – insiste.

Helen observa a garganta da mãe se mexer, os olhos dela vidrados com lágrimas frescas.

Eu não te odeio, ela sente vontade de dizer. *Eu só odeio o jeito como você me ama.*

Mas a mãe não conseguiria ouvir isso. Helen observa em silêncio enquanto os pais rumam para a saída e sabe que esse é o fim da cena, que não sobrou mais nada para resolver entre eles. *Não faz sentido.* Eles estão quase saindo quando...

– Esperem.

Helen pigarreia, desesperada para contar *alguma coisa* para eles.

– Eu não vou mais escrever livros pra jovens adultos.

Os pais param, confusos.

– O que houve? Você tem um novo contrato de livro? – pergunta o pai.

– Não – responde Helen, com o coração acelerado.

Ela nem sabe ao certo se as palavras que está dizendo são sinceras e, de repente, pensa que talvez essa seja a emoção que outros adolescentes sentiam quando gritavam "Eu te odeio!" e batiam a porta do quarto.

– Eu não sei o que vou fazer – continua ela. – Só sei que não quero mais escrever sobre adolescentes.

A mãe e o pai se entreolham, desnorteados.

– Não me importa sobre o que você escreve – diz o pai devagar. – Mas talvez não seja bom saltar sem antes saber onde você vai cair.

– A Michelle saltou – diz Helen, lançando as palavras como facas pelo quarto. – Talvez dê mais certo comigo.

O pai segura a maçaneta da porta como se tivesse levado um soco. A mãe a encara com uma expressão traída, horrorizada.

– *Como você pode dizer uma coisa tão terrível?* – pergunta ela, sibilando.

Helen ri e seca as lágrimas que estão escorrendo inexplicavelmente pelo rosto.

– Eu não sei, mãe, provavelmente eu estou muito destruída por dentro. Por que será?

O pai segura o cotovelo da mãe e os dois vão embora.

Finalmente.

30

Grant tem três semanas de férias entre o último dia de *Ivy Papers* e a próxima série de TV, um reboot de alto orçamento da Netflix de uma das suas séries preferidas de livros de alta fantasia na infância. Ele lembra de como ficou genuinamente empolgado quando conseguiu o trabalho e levou Helen à livraria preferida dele em Los Feliz para comprar um exemplar do primeiro livro de presente para ela.

No almoço, depois da livraria, ele passou boa parte do tempo tentando explicar a complexa mitologia dos livros. Ela fez perguntas curiosas e franziu o nariz para alguns pontos antiquados da trama que *obviamente iam consertar na adaptação* e, quando eles chegaram ao carro, ele perguntou:

– Você não vai ler de jeito nenhum, né?

Ela riu, abrindo aquele sorriso que o fazia sentir como se pudesse fazer qualquer coisa, e disse:

– Vou ler só a sua versão.

Mas não vai ser a versão *dele*. Grant vai ser só o braço direito do showrunner, mas tem quase certeza de que, se fizer um bom trabalho nessa série, vai conseguir desenvolver alguma coisa em *algum lugar* depois.

– Você está sempre criando tantos passos extras pra si mesmo – comentou ela. – Por que você só não diz pra sua agente que quer fazer uma pausa e desenvolver alguma coisa sua?

Aquilo o fez parar de repente, mas só por um instante. Claro que Helen pensaria assim – ela parecia sempre tão segura dos próximos passos. *Se formar no ensino médio. Fazer uma especialização em escrita criativa. Escrever um livro. Vendê-lo. Torná-lo parte de uma série best-seller. Bloqueio criativo?*

Transformar os livros em uma série de TV e negociar um espaço na sala dos roteiristas. Ela sempre tinha uma solução para tudo e, depois que descobriu como aplicar essa habilidade na sala dos roteiristas, era magnífico observá--la trabalhando todo dia.

Grant se sentia meio que uma fraude ao lado de Helen. Ele escolheu a faculdade na Califórnia porque foi o mais longe de Nova Jersey que conseguiu imaginar e só se inscreveu em um curso de roteiro porque tinha que fazer uma eletiva de inglês. Los Angeles era uma cidade cinematográfica, então todo mundo simplesmente supôs que ele era um aspirante a roteirista, e ele levou adiante porque parecia mais fácil do que criar um sonho inteiro só dele. Em algum momento, isso *realmente* se tornou seu sonho, e ele descobriu a sensação apavorante de desejar alguma coisa para si mesmo e não ter certeza de que ia conseguir um dia.

Ele sempre tinha tanta certeza de que o próximo trabalho seria o último que dizia sim para praticamente todas as reuniões, todas as novas séries de TV que Fern mandava. Talvez ele tenha passado mais tempo aprimorando a arte de *conseguir* trabalho do que na arte de escrever em si, e todas as vezes que ouve alguém dizer que ele é *bom em uma sala*, ele sente a pontada do que está implícito.

Bom em uma sala, mas de jeito nenhum um gênio criativo.

Bom em uma sala, se você precisar de alguém para ocupar um assento vazio por um tempo.

Bom em uma sala: ele vai te conquistar e te convencer de que você precisa muito dele, quando, na verdade, é ele quem precisa de você.

Ele nem sabe quais das próprias ideias *gostaria* de desenvolver e transformar em alguma coisa real. Suas antigas amostras de pilotos, combinadas à sua lista de créditos nas séries de outras pessoas, têm sido boas o suficiente para ele conseguir ser chamado para reuniões. Ele se lembra de ter ficado empolgado com esses pilotos anos atrás, quando os escreveu. Mas, quando dá uma olhada neles agora, pensa que parecem uma fotografia antiga do seu cérebro, e não sabe se conseguiria recriar aquela versão de si mesmo nem se tentasse.

Grant sabe que agora tem o tipo de carreira que significa que, se mostrasse a página dele no IMDb para sua versão de 22 anos, *aquele* Grant Shepard ia pensar que poderia cair duro amanhã e já teria alcançado suas ambições.

Mas isso foi antes *dela*.

Antes de ele ter a experiência enlouquecedora e empolgante de amar alguém que por acaso achava que ele podia e *devia* realizar mais, que ele ainda não tinha alcançado o ápice de seu potencial.

– É uma maldição – disse Helen certa vez, quando ele expressou admiração por ela sempre criar novos objetivos para si mesma assim que alcançava algum. Ela abriu um sorriso meio melancólico. – Eu nunca vou ser totalmente feliz. Eu sei que, assim que conseguir a coisa que eu quero, vai ter outra coisa logo à frente que eu vou desejar com o mesmo desespero.

Ele pensa na viagem deles a Forest Falls, no início de novembro, e lembra de Helen falar para Suraya: "Eu detesto trilhas, de qualquer forma".

Helen é a maior escaladora de montanhas que ele já conheceu, e Grant acha que teria ficado feliz em subir montanhas com ela pelo resto da vida. Ele teria lembrado a ela de parar de vez em quando para ver até onde tinha chegado e tirar um tempo para curtir. E ela o teria ajudado a seguir em frente, passando pelos picos familiares que ele já havia escalado e contornado antes, instigando os dois a continuarem. *Vem, tem uma vista melhor logo ali.*

Grant se pergunta se conseguiria fazer isso por si mesmo. Se amar Helen – mesmo que ele nunca houvesse tido o direito de amá-la, para começo de conversa – significa que ele vai carregar uma versão dela para sempre. *Ela espera que ele supere isso.* Ele não quer superar isso, superar *Helen*, de jeito nenhum. Quer se agarrar a esse sofrimento, envolvê-lo em plástico e armazená-lo em um lugar seguro, porque provavelmente é tudo que vai ter sobrado de Helen.

No último dia de acesso do seu crachá, Grant guarda o notebook e passa pelos *soundstages* a caminho do estacionamento. O núcleo principal está filmando em uma locação em outro lugar e o diretor de arte supervisiona a construção de um novo set para os últimos seis episódios da temporada, o aroma de serragem denso no ar.

Eles estão derrubando uma cafeteria que foi construída semanas atrás para o episódio dele, a fim de abrir espaço, e seus passos deixam um rastro na serragem quando ele passa pelo local. Do outro lado da agora falecida cafeteria há um cenário de quarto para a protagonista da série – é o preferido de Helen, entre os que ainda estão de pé. Grant se lembra que ela bateu no ombro dele na primeira vez em que os membros da sala dos roteiristas fizeram um tour pelos *soundstages* e chegaram ao quarto.

– Ficou *tão* bom – dizia ela o tempo todo. – É *exatamente* como eu imaginei. Eles são tão *bons*.

E a equipe de arte *é mesmo* boa. Ele tem quase certeza de que eles ganharam uns bons Emmys na última década.

Mas ele acha que parte do crédito é de Helen, que, quando imagina uma coisa – um quarto, um objetivo, um *futuro* –, encontra um jeito de transformar em realidade. Ele queria que ela tivesse conseguido imaginar um futuro em que ele estivesse presente. Se ela quisesse de verdade, ele tem certeza de que, *de algum jeito*, eles teriam encontrado um jeito de fazer dar certo.

Grant se senta no chão do quarto falso e escuta as paredes da cafeteria caindo do outro lado, a serra barulhenta enchendo o ar de mais serragem ainda.

O celular toca nesse momento, e é a mãe dele.

– Grant, meu docinho, você nunca vai acreditar no que aconteceu.

Ele escuta e reage de maneira apropriada enquanto ela conta que a venda da casa foi fechada *muito* rápido no fim de semana, e que alguns empreiteiros *(desta vez, ela procurou a avaliação deles no Yelp antes de contratá-los!)* vão lá para fazer alguns serviços, e que ela só tem três semanas até partir para a Irlanda. A fazenda de ovelhas não está nem *pronta* para recebê-la, mas tudo bem, porque assim ela vai ter a oportunidade de explorar todas as regiões do país que não são próximas de lá.

– Olha, eu ainda tenho umas caixas com as suas coisas, se você quiser, ou posso colocar no depósito, não tem problema. Só que tem umas coisas que são pesadas demais para mandar pelo correio, sabe? Tipo as suas mesas de cabeceira e o sofá no seu quarto, que eu tentei doar, mas, meu amor, ninguém quer.

Grant está prestes a dizer para ela não se incomodar e simplesmente jogar tudo no lixo, quando, de repente, ocorre a ele que talvez nunca mais veja a casa onde cresceu e que não vai ter mais nenhum motivo para voltar a Dunollie, Nova Jersey, depois disso.

– Não – ele acaba dizendo. – Eu vou buscar tudo aí. Vou de carro.

No dia seguinte, ele aluga um SUV que gasta pouco combustível e que ele vem pensando em comprar há algum tempo e coloca o próprio conversível à venda em um grupo de carros usados. Então, faz uma mala com roupas para uma semana e percebe que Helen ainda está com sua camiseta preferida. Ele decide que ela pode guardar essa lembrança.

Grant escolhe a rota mais rápida e um pouco menos bonita que o leva pelas rochas vermelhas do Arizona, fazendo-o se lembrar da sensação dos desenhos animados que assistia nas manhãs de sábado, de ver o Papa-Léguas fazendo *bip bip* por paisagens desérticas e estradas que parecem se estender até o infinito.

Ele vê as placas que levam ao Grand Canyon e, por impulso, desvia do caminho, porque não consegue se lembrar da última vez que o viu com os próprios olhos. Então, compra uma câmera descartável em um posto de gasolina e se imagina pedindo a desconhecidos aleatórios para tirarem uma foto dele sozinho no Grand Canyon e das pessoas olhando para ele com pena. *Eles não sabem que eu fui o rei do baile em 2008*, pensa, e ri sozinho.

Grant esquece a câmera no carro quando chega lá, mas não importa, porque ele acha que fotos não fariam jus ao cenário, de qualquer forma. Ele se senta em uma rocha irregular e olha a vista extensa, cheia de vermelhos em tons queimados, roxos-azulados e uns verdes salpicados de leve no vale esculpido.

Ele decide que ou vai superar Helen antes de chegar em Chicago, ou vai comprar uma passagem de avião e se mudar para uma ilha remota na Grécia, acessível somente de barco, e construir armários pelo resto da vida.

Nenhuma das duas coisas acontece, é claro.

Grant pensa em ligar para ela quando vira em uma curva errada em Oklahoma e acaba dirigindo tarde da noite pelas planícies do Kansas. Ele não liga, mas o pensamento o mantém alerta e acordado o suficiente para chegar em segurança ao hotel em Wichita. *Obrigado, espertinha*, pensa ele, e quase não dói nada desta vez.

Ele pega a estrada cedo e, depois de dez horas dirigindo, chega ao apartamento de Julie Swain, uma amiga da faculdade que se mudou para Chicago para fazer improvisação no teatro e ofereceu o sofá quando viu que ele estava postando no Instagram paisagens da viagem atravessando o país.

Eles vão até uma loja de conveniência para Julie comprar papel higiênico – ele acha que é para ele e insiste em pagar, mas, na verdade, é para o grupo de comédia stand-up dela, que vai se reunir amanhã. Ela compra um fardo com seis cervejas e eles colocam um documentário sobre a natureza na TV quando voltam para a sala de estar dela.

– E aí, qual é a próxima de Grant Shepard? – pergunta Julie enquanto ele abre a segunda garrafa para os dois.

– Bom, eu estava pensando em terminar essa cerveja e depois usar um pouco daquele papel higiênico que eu comprei pro seu grupo de comédia.

Ela ri e dá um soquinho no ombro dele.

– Você sabe que não foi isso que eu quis dizer.

– Eu sei, mas eu sou um canalha esquivo, né? – Grant sorri torto e toma um gole da garrafa de vidro. – Não, eu tenho umas coisas planejadas. Um negócio importante da Netflix que me fez assinar tantos contratos de confidencialidade que posso até ter vendido o meu mamilo esquerdo em algum lugar nesse meio. E, depois disso, não sei. Alguma coisa vai aparecer.

– Isso é ótimo – diz ela.

Os ombros dos dois se encostam de leve.

Grant pensa que talvez haja um mundo em que alguma coisa poderia ter acontecido entre eles na época da faculdade. Mas já se passou tempo suficiente, e eles se acomodaram em uma relação mais fácil e mais confortável – o companheirismo de velhos amigos. Ele se pergunta se um dia vai ter passado tempo o bastante para ele ter uma conversa assim com Helen.

– O que aconteceu? – pergunta ela, olhando para ele de relance. – Você está, tipo, com a cabeça a um milhão de quilômetros de distância.

– Nada – diz ele, mas então pensa melhor e pergunta: – Posso te pedir um favor esquisito?

Ela assente, e talvez seja a cerveja, mas ele continua:

– Posso pegar o seu celular emprestado pra fazer uma ligação e, se a pessoa ligar de volta pra você amanhã, você diz que foi engano ou tenta vender um seguro de automóvel ou alguma coisa assim?

Julie o encara por um instante, e ele percebe um toque de pena quando ela pega o celular em silêncio e lhe entrega.

Grant sobe até o terraço para fazer a ligação, embora esteja frio o suficiente em março para ter poças de neve derretida lá em cima. Ele sabe que Helen não atende números desconhecidos, então fica surpreso quando ouve uma risada:

– Alô? Shhh… eu estou no celular! Alô?

Ele engole em seco e fica escutando o som da música – *provavelmente "cozinhando com amigos"* – e a respiração dela ao fundo. Fica parado ali pelo que parece uma eternidade, estupidamente grato por ouvi-la existindo ao mesmo tempo que ele, antes que ela desligue.

O registro da ligação diz que a duração foi de quatro segundos.

HELEN DESLIGA E SENTE um arrepio engraçado na nuca quando deixa o celular de lado.

– Deve ter sido engano – diz ela a Nicole.

Contra todas as expectativas, os pais foram embora de Los Angeles no dia seguinte ao que Helen saiu do hospital. Ela não ligou para eles desde então, e eles também não ligaram. Quase cinco semanas se passaram. Ela não sabe como interpretar o silêncio e tem uma sensação desconfortável de vergonha e culpa no estômago quando pensa demais no assunto – como tinha sempre que derramava alguma coisa quando criança e tentava esconder o resultado dos pais.

Helen também não tem notícias de Grant, não desde que a sala dos roteiristas terminou oficialmente e não havia nenhum motivo para ansiar ver o nome dele na caixa de entrada todo dia, mesmo que fosse só em um e-mail com a agenda diária da pré-produção. Ela não fala com ele desde aquele dia no quarto cor-de-rosa do hospital, e seu coração ainda acelera só de pensar nisso.

Ela sabe que ele está atravessando o país de carro e está em algum lugar em Chicago comendo tacos com uma pessoa que se chama "Julie" neste momento. É vergonhoso o quanto ela sabe. Tem visto os stories dele no Instagram pela conta oficial de *Ivy Papers* e acha que vai associar para sempre o gesto de logar nessa pomposa conta verificada ao ato de stalkear Grant Shepard.

Nicole praticamente se mudou para o apartamento dela para ajudá-la durante o tratamento. A esta altura, Helen consegue pegar quase tudo de que precisa, mas Nicole insiste em continuar lá mesmo assim.

– A sua casa é mais legal do que a minha, e eu não posso vir correndo se você escorregar por acidente e morrer na banheira – diz ela.

Helen fica sinceramente grata pela companhia. Ela não mora com ninguém há sete anos e tinha se esquecido de como é legal ter alguém com quem dividir as tarefas, as refeições e os pensamentos.

Nicole está contando a ela sobre o trabalho de roteirista em um novo programa, um *mockumentary* sobre pais suburbanos em uma competitiva liga de *e-sports*. É um documentário falso *horroroso*, mas os showrunners são ótimos e a agente dela acha que isso vai estabelecê-la melhor no ramo da comédia, no qual ela está tentando entrar, *sei lá, desde sempre*.

– Não que eu não tenha gostado do nosso tempo juntas no drama. – Nicole dá um tapinha no braço de Helen. – Ele me trouxe até esse apartamento.

Helen ri e se pergunta o que vai fazer no próximo mês, quando a produção terminar e ela tiver que escolher entre encontrar um apartamento em Los Angeles ou voltar para Nova York. Ou se mudar para outro lugar? Ela não tem a menor certeza do que vai fazer e pensa aleatoriamente em Lisa Shepard e seus planos sobre a fazenda de ovelhas na Irlanda.

– Como é que você se sente quando pensa em Nova York? – pergunta Nicole quando Helen resmunga sobre as decisões iminentes em voz alta.

– Bem, foi lá que eu morei por muito tempo. E é uma ótima cidade – reflete Helen. – Sempre tem alguma coisa acontecendo, pessoas cuidando das próprias vidas abertamente, bem na sua frente. É um lugar meio implacável, mas também meio bom, se você for escritora. E a cidade fica linda no outono e no Natal. E dá para ir andando de um lugar a outro, ao contrário de Los Angeles.

– Eu não perguntei sobre fatos. Perguntei sobre sentimentos – diz Nicole. – Tipo, como você se *sente*, quais são as sensações no seu corpo?

Esse é o tipo de pergunta hippie de Los Angeles da qual as amigas de Helen em Nova York teriam rido, depois inserido em um livro junto com referências a suco verde e trilhas. Mas Helen inclina a cabeça e fecha os olhos.

– Eu me sinto… equilibrada. Como se alguma coisa estivesse me puxando um pouco para baixo, um pouco para cima e eu estivesse bem… aqui.

Ela toca no próprio peito, abre os olhos e se sente um pouco envergonhada. Mas Nicole assente, como se isso fizesse total sentido.

– Como é que você se sente quando pensa em ficar em Los Angeles?

A respiração de Helen estremece involuntariamente, e ela fecha os olhos com força. Ela sente a testa franzida e tenta alisá-la, mas, de algum jeito, isso faz com que pense em *Grant*. Com a respiração pesada, engole em seco, e de repente o sentimento parece ser demais para ela, como se o peito estivesse cheio e a cabeça estivesse tensa e ela precisasse puxar o ar, e aí ela *puxa* e, do nada, está chorando e os olhos não estão mais fechados, mas ela não consegue ver nada, só o padrão floral na calça azul-marinho do pijama de Nicole, e Nicole está dizendo "Ai, meu bem" e acariciando o cabelo de Helen de maneira reconfortante, como se estivesse com um bichinho de estimação ansioso no colo.

– Eu amava ele de verdade – balbucia Helen, como uma idiota, na calça do pijama de Nicole.

– Eu sei – diz Nicole com suavidade.

– Eu amava ele, e ele me amava, e agora acabou, e eu nunca mais vou ter isso de volta – continua Helen, chorando.

– Você não sabe.

– Sei, sim. Ele me odeia agora. E eu me odeio agora também. Eu sou um *caos*... burra, idiota e chorona.

– É – diz Nicole, solidária. – Quero dizer, não sei. Talvez você não se odeie.

– A pior parte é que eu acho que ele estava falando sério. Eu acho que ele me aceitaria *mesmo* de volta se eu pedisse, mas eu sei que um dia ele ia encontrar uma diretora bacana de Los Angeles que *realmente* o entendesse e não tivesse... a *família* e a *história* que eu tenho, e ele ia poder ser feliz com ela. Ele nem ia pensar nisso, mas *eu* ia saber bem no fundo que estaria impedindo o encontro dele com a pessoa com quem ele realmente deveria estar e... e...

Helen respira fundo algumas vezes, trêmula e ofegante.

– Isso é uma fanfic alucinada que você está inventando, baby – comenta Nicole, e acaricia as costas dela delicadamente. – Mal posso esperar pra ouvir o final. E aí?

– E aí isso ia me matar. Saber que eu estava impedindo Grant de encontrar seu "felizes para sempre".

– Bem, foi por isso que você fez o que fez – argumenta Nicole.

– Eu nunca disse que também o amava – diz Helen.

– Mas ele sabe.

– Mas eu nunca *falei*. Por que eu não consegui falar?

Helen sabe que suas palavras não estão fazendo o menor sentido e chora por não encontrar boas palavras para se expressar e por causa *dele* e por como tudo parece *simplesmente fora de alcance*, e em algum momento acaba esgotando as lágrimas. Nicole traz uma caneca de chá e diz com delicadeza:

– Então, parece que Nova York está na frente.

Na primavera, Dunollie é basicamente um mundo de céus cinzentos e névoas, ainda mais no alto da montanha, mas Grant descobre que não se importa muito com isso.

– Eu tinha esperança de você trazer o sol da Califórnia – diz a mãe.

Ela dá um beijo na sua bochecha e ele percebe que tem se abaixado mais para receber os beijos ultimamente, e esse pensamento o deixa mais triste do que nunca em relação a fechar a casa antiga para sempre.

A casa está lotada de caixas de papelão e pedaços enormes de plástico-bolha que sobraram, e ele não tem a menor ideia de como Lisa Shepard pretende estar completamente fora da casa em duas semanas. Mas, quando ele desce para verificar o porão, fica atônito.

– Uau – solta involuntariamente.

– Eu sei – diz ela ao lado dele.

Os dois encaram o espaço vazio.

Grant sentia inveja dos amigos com porões arrumados, onde eles podiam se reunir mantendo os pés aquecidos, já que havia carpete, iluminação embutida e home theater. O porão dele era um cômodo frio, quase sempre um pouco úmido, onde os pais guardavam tudo que não sabiam onde colocar. As antigas bicicletas dele, os recibos antigos do pai, caixas e mais caixas de fotos de família da mãe e os fantasmas das decorações passadas de Natal.

Agora parece um espaço vazio, e talvez a próxima família que morar aqui coloque carpete, aquecimento e um home theater. Ele franze a testa, sentindo um aperto no peito com a sensação de saudade de casa.

– Quem comprou a casa? – pergunta ele, a voz meio arranhada e desconhecida.

– Ah, foi um casal tão *encantador* – responde a mãe, voltando para o andar de cima na frente dele. – Recém-casados e obviamente apaixonados. Eles se conheceram na faculdade, terminaram, voltaram e a história toda parece muito sofrida, mas eles a fazem parecer tão *engraçada* agora que acho até que os filhos deles vão ser comediantes de stand-up.

Grant assente e a segue, passando pelas caixas, até o segundo andar.

– Eu coloquei todas as suas caixas no seu quarto – diz ela, indicando a segunda porta à direita. – Vendi a sua cama porque achei que você não ia voltar. Mas o sofá está lá, e eu guardei o seu saco de dormir em algum lugar.

Ele ergue uma sobrancelha.

– O saco de dormir de quando eu estava no sétimo ano?

– Tudo bem, já entendi – diz a mãe.

Grant acaba dirigindo até a A&P local para comprar um colchão inflável onde dormir, achando que pode ser útil levá-lo para casa depois. A mãe o despachou com uma lista de compras de perecíveis: pizzas congeladas, frango de padaria, esse tipo de coisa. Ele se lembra de ficar no estacionamento dessa A&P com Lauren DiSantos no último verão que passou em Dunollie antes da faculdade, e de repente sente vontade de sair de Nova Jersey o mais rápido possível.

– Por favor, você pode pegar aquela mistura de bolo para mim?

Grant baixa o olhar e é como se um balde de água gelada caísse sobre ele. É a mãe de Helen, e ela parece igualmente surpresa de vê-lo parado ali no corredor de confeitaria da A&P local. Ele se lembra que está usando um boné e se pergunta vagamente se deve pedir desculpa por enganá-la a respeito de sua identidade sem querer.

Ele estende a mão e pega uma mistura para bolo dos anjos na prateleira de cima.

– Este aqui?

Ao olhar de novo para a mãe de Helen, ele meio que espera que ela tivesse desaparecido. Mas ela simplesmente assente em silêncio. Ele entrega a mistura e ela a pega sem erguer o olhar para ele, parecendo enraizada, os olhos fixos na marca na embalagem. Ela abre e fecha a boca algumas vezes, e ele não sabe se ela está arfando em busca de ar ou tentando dizer alguma coisa.

Como é que ela está?, ele quer perguntar, mas não o faz.

A mãe de Helen coloca a caixa no carrinho e se vira impetuosamente, deixando-o sozinho no corredor de confeitaria.

Ele se dá conta de que talvez esta seja a primeira vez que ouviu a voz dela de verdade.

GRANT ENCHE O COLCHÃO no quarto e encara o sofá por tanto tempo que acha que, se tentasse o suficiente, conseguiria invocar os fantasmas das versões passadas dele e de Helen. Engole em seco quando pensa naquela noite – uma noite que revisitou tantas vezes na própria memória que provavelmente vai assombrá-lo até Los Angeles.

Na segunda-feira seguinte, ele decide pegar um trem até Nova York, e a mãe o encara, surpresa.

– Mas você odeia Nova York – diz ela, e não está errada.

Quando ele sai na Penn Station, seus pés começam a andar automaticamente pela Sétima Avenida. Ele vira à direita na Times Square, passando por turistas, promotores de shows de comédia e cartazes da Broadway em marquises, e continua andando até chegar às mesas verdes de piquenique no Bryant Park.

– Eu costumava escrever na biblioteca pública perto do Bryant Park – disse Helen uma vez em um podcast que ele escutou bem alto só para irritá-la, porque adorava ver o tom rosado de vergonha no rosto dela. – Depois eu parava pra almoçar no parque e ver os velhinhos jogando xadrez.

Grant compra um sanduíche em um quiosque, embora ainda sejam 10h45 e não tenha quase nenhum velhinho jogando xadrez. Ele se pergunta se existe um mundo onde os caminhos deles teriam se cruzado de maneira diferente. Afinal, esteve em Nova York meia dúzia de vezes nos últimos anos a trabalho, normalmente contra a própria vontade, odiando tudo o tempo todo. Até já esteve no Bryant Park e se sentou nestas mesmas mesas de piquenique. Mas será que ele a teria reconhecido na multidão? E, se a reconhecesse, teria feito alguma coisa em relação a isso? E se eles não tivessem se conhecido no ensino médio? Será que, mesmo assim, uma parte essencial dele teria reconhecido uma parte essencial dela?

Ele passa a próxima hora na biblioteca ao lado, vagando pelo labirinto do prédio, de andar em andar, se perguntando quais seriam os lugares preferidos de Helen. Dá para ver que a série foi inspirada por esses corredo-res de mármore no estilo Belas-Artes, pelos tetos dourados, pela atmosfera de igreja que faz todos falarem sussurrando assim que passam pela porta.

Uma bibliotecária informa que a biblioteca de pesquisa não tem uma seção de livros para jovens adultos, então ele compra uma ecobag e um ímã na loja do primeiro andar, sai do prédio e entra em uma biblioteca depressivamente moderna do outro lado da rua. Ele procura *Ivy Papers* nas prateleiras. Dos quatro volumes da série de livros, há apenas dois disponí-veis, e o canto da boca de Grant se curva para cima ao ver isso. Helen está em alta. Ele pega o mais grosso, o segundo volume (o que ela *menos gosta*), e procura uma poltrona.

Ele passa a tarde lendo o que Helen Zhang escreveu. Às vezes, acha que consegue ouvir a voz dela na personagem da melhor amiga e no interesse romântico dela. Parece que esse é o máximo que ele tem dela há muito tem-po, e ele saboreia a sensação, apesar da dor.

O sol está baixo no céu no instante em que ele sai da biblioteca e anda devagar em direção à Penn Station.

Ele está quase caindo no sono no trem quando olha pela janela e seu coração para.

Parada ali na plataforma, desembarcando do trem na direção oposta – *não pode ser,* só que *é* –, está ela.

Helen, em carne e osso. Ela usa um casaco familiar de lã cinza e uma tipoia para o braço. O cabelo está solto, a expressão no rosto é de irritação e ele sabe lá no fundo da alma que *é ela*.

O trem apita e ela ergue o olhar na direção dele bem nesse momento, como se soubesse exatamente onde encontrá-lo. Ele registra a surpresa no rosto dela, a maneira como a boca se abre um pouco e a sobrancelha franze.

Grant se levanta imediatamente e anda pelo vagão.

Ela também segue em direção ao trem, e o movimento é tão suave que ele percebe que o trem já está saindo da estação. Ele sente um pânico su-bir, um medo de nunca mais vê-la, de que ela nem esteja ali de verdade e que aquela seja só uma aparição que ele invocou ao assombrar as antigas assombrações dela.

Mas ela também o vê, e ele sabe que é real. Grant bate na janela quando chega ao fim do trem e observa quando ela chega ao final da plataforma.

Ela vai ficando cada vez menor, e ele acha que a vê pegando o celular, mas olha para baixo e nota que o dele está sem sinal. Uma voz nos alto-falantes diz: "Esta é a Linha Raritan Valley das 16h13, com destino a Secaucus."

Quando eles saem do túnel e a luz azul cintilante do céu entra no trem, Grant pega o celular e o olha fixamente, esperando as barras do sinal de recepção aparecerem. Nada. Conforme o trem o leva para mais longe, ele tem cada vez menos certeza de que a viu. O sinal vai voltando, mas não aparece nenhuma chamada perdida, nem recado na secretária eletrônica, nem mensagem de texto. Quando chega a Westfield e vê três barras cheias de sinal, ele não se importa mais e – *foda-se* – liga para ela.

"Alô, aqui é a Helen. Por favor, deixe seu recado após o sinal."

Grant registra o fato de que houve dois toques antes de ir para o correio de voz e sente a pontada brutal da rejeição. Engole em seco.

Chega.

Quando salta do trem em Dunollie, ele apaga o número dela do celular.

HELEN LANÇA UM OLHAR DE DESCULPAS para a funcionária da Biblioteca Pública de Nova York, depois verifica o celular. *Chamada perdida: Grant Shepard.*

Ela não vê a forma do nome dele no celular há tanto tempo que quase tem um ataque cardíaco. Era *mesmo* ele naquele trem, naquela plataforma quente demais com pessoas demais e milímetros demais de vidro para que tivesse certeza de que não tinha acabado de ver um fantasma. Helen enfia o notebook na bolsa com a mão trêmula e tateia o casaco. Ela sai da sua biblioteca preferida do mundo o mais rápido possível, mas, na verdade, não é tão rápido assim.

Quando finalmente chega ao térreo, sua respiração está saindo em trancos apavorados e, quando entra na Quinta Avenida, as pessoas olham para ela como se fossem precisar chamar alguém para ajudá-la.

Helen abre o registro de chamadas, deixando o polegar pairar sobre o nome dele.

Ele atenderia, ela tem certeza. Ela ligaria e ele atenderia, e ela diria que tinha se mudado de volta para o antigo apartamento em Nova York que não parece mais o seu lar, e que está com tanta saudade dele que o coração dói o tempo todo, e que o ama tanto que às vezes não consegue imaginar um mundo em que vai ser verdadeiramente feliz de novo. Ele voltaria e ela cancelaria o jantar de reconciliação com os pais amanhã, e ela poderia *tocar* nele de novo, e... e... *e...*

... nenhum dos dois ia conseguir seguir em frente por culpa dela.

Deixe-o ir, ela lembra impetuosamente a si mesma. *Ele merece ter uma vida feliz e normal com uma pessoa feliz e extraordinária.*

O tipo de mulher que merece Grant o teria encontrado na costa certa, aquela que ele chama de lar, e ele teria aberto os braços e ela teria caído neles pela primeira vez sabendo na mesma hora que aquele era seu lugar preferido no mundo. O tipo de mulher que merece Grant não teria lutado contra uma mistura confusa e terrível de impulsos de fugir e se entocar ao mesmo tempo, escolhendo fugir no fim. O tipo de mulher que merece Grant teria percebido o que tinha em mãos quando tinha e não teria esperado semanas para chorar e lamentar a perda dele em uma banheira, mergulhada por tanto tempo que descobriu como ficariam seus dedos do pé caso se afogasse. *O tipo de mulher que merece Grant teria sido capaz do tipo de amor que mantém irmãs mais novas vivas.*

Grant Shepard merece um final de filme de Hollywood, com o volume da música aumentando, movimentos de câmera extensos e beijos na chuva. Esse filme teria um epílogo com uma iluminação quente, piadas de tiozão do pavê e jantares em família em um jardim de verão durante os créditos finais.

E Helen Zhang nunca foi feita para esse tipo de "felizes para sempre" descomplicado.

31

Helen aparece para jantar na casa dos pais com cupcakes da Magnolia Bakery e se lembra de tentar recriar a cobertura de glacê na cozinha deles com Michelle em uma manhã de Natal, provocando um aroma doce de baunilha aquecida. Não vai dormir aqui desta vez; ela decidiu ser ousada e explorar o mundo dos Airbnbs da sua antiga cidade.

A casa que ela escolheu não fica na parte da cidade que ela conhece bem, e as cortinas florais exageradas e os carpetes cor-de-rosa a fizeram lembrar da Sra. Stover, a professora de geometria floral e exagerada do segundo ano do ensino médio. O proprietário é um polonês de quase 60 anos cujos filhos já foram para a faculdade, e ele levou biscoitos quentinhos para Helen quando ela fez o check-in. Ele perguntou no que ela trabalha e anotou os títulos dos livros dela para mandar para a filha na Universidade Columbia.

A mãe abre a porta quando ela toca a campainha, e seus olhos varrem Helen da cabeça aos pés.

– Eu já fiz um bolo – anuncia ela, mas pega a caixa de cupcakes mesmo assim.

– Bom te ver também, mãe – diz Helen enquanto tira os sapatos.

Ela resiste à vontade de correr escada acima para o antigo quarto de Michelle e segue a mãe até a cozinha, onde várias panelas e frigideiras chiam e soltam um vapor delicioso de shoyu, gengibre e cebolinha. O pai está sentado no sofá assistindo a uma série pirateada de drama histórico chinês no iPad. Ele acena casualmente para ela.

– Como está o trabalho? – pergunta ela primeiro.

O pai conta que não está indo nada bem. Ele acha que, por conta do inglês, já subiu o máximo que seria possível na empresa, e está ficando velho demais para ser tão impressionante quanto a garotada que está saindo da faculdade. Diz que está pensando em entrar no negócio de startups na China, pois existem mais oportunidades para alguém como ele, e suas habilidades com a língua inglesa seriam mais valorizadas por lá.

– Eu acho que o seu inglês é ótimo – diz Helen com sinceridade.

O pai resmunga e pergunta como está a série.

Helen conta a ele sobre a pós-produção e que o programa que ela está usando para acompanhar remotamente as sessões de edição é terrível, cheio de bugs, e às vezes ela nem sabe se vale a pena estar lá. Conta que, de vez em quando, uma sessão de edição se estende muito e Suraya precisa sair para fazer o jantar dos filhos, deixando Helen assumir, e essas são as suas sessões preferidas, quando ela e o editor-chefe abrem o jogo em costas opostas e conversam sobre merdas aleatórias da própria vida enquanto esperam as sequências renderizarem para o playback.

É como uma terapia, de certa maneira – sentar em um sofá, revisitar todos os erros da produção, destacar as partes boas, cortar e excluir as pausas constrangedoras, encontrar tomadas perfeitas estragadas pelas coisas mais idiotas (como uma mosca pousando no cabelo da atriz) e ficar com raiva de novo quando alguém nos bastidores deixa cair uma caixa de maçãs durante uma fala importante e decisiva. Ao observar o editor moldar e polir uma cena até ficar mais parecida com a coisa que está no cérebro dela, Helen se sente vivenciando um milhão de ciclos de empolgação (*a filmagem bruta está tão boa!*), decepção (*por que a diretora escolheu essa tomada?*), frustração (*ah, foi por isso*), foda-se-não-me-importo-mais (*enfia a tomada esquisita com a mosca, talvez ninguém perceba*) e uma surpresa agradável de que, na verdade, com alguns golpes criativos no teclado, tudo dá certo no final.

– E o seu próximo livro?

Ela ainda não tem uma resposta para isso. A agente falou que ela provavelmente poderia fazer parte da equipe da série de TV de outra pessoa como roteirista, se quisesse. "A gente teria que trazer alguém pra te representar em tempo integral nessa área, se você se interessar", disse ela.

Helen flertou com a ideia de realmente tentar isso por um tempo, mas a verdade é que não tem a menor ideia de como seria. Ela não sabe se *conseguiria* flutuar casualmente de uma série para outra, abrindo mão das coisas porque *esse não é o bebê dela* e *ela só está aqui para fazer um trabalho*. Talvez pudesse aprender alguma coisa se trabalhasse subordinada a outra pessoa, talvez outra Suraya, mas será que ela quer aprender essa lição vaga ou quer encontrar um jeito de consertar o que a está impedindo de fazer seu trabalho *de verdade*, que ela amava tanto (*ainda ama*, insiste seu coração de maneira reflexiva, e ela pensa, *cala a boca, não estamos falando dele*), para que ela possa cumprir a promessa de ser escritora?

– Eu ainda estou tentando ver como vai ser – diz ao pai.

A mãe bate palmas no outro cômodo para anunciar que o jantar está pronto.

À mesa de jantar, ela se vê repetindo para a mãe a maioria das coisas que contou ao pai, e a mãe assente e pisca depressa, por vezes passando a impressão de que está pensando em um milhão de outras coisas enquanto Helen fala, mas por fim diz:

– Você vai descobrir o que fazer logo, logo. Você sempre descobre.

Helen fica surpresa com a lufada de ar quente que parece inflar o seu peito ao ouvir isso e diz, com sinceridade:

– Obrigada, mãe.

A mãe dispensa o agradecimento com um gesto como se fosse uma mosca no ar, e Helen percebe um sentimento familiar se acomodando. *Na nossa família, a reconciliação é assim.*

– Desculpem – diz Helen, subitamente dominada pela vontade de dizer isso em voz alta. – Pelo que eu falei no hospital aquele dia. Eu estava com raiva e machucada, e eu… eu queria ter lidado melhor com tudo em vez de tentar machucar vocês também.

O pai assente para Helen de maneira curta e envergonhada. A mãe se levanta de repente para tirar as tigelas da mesa.

– Está na hora do bolo – anuncia bruscamente, sem olhar para Helen.

É um bolo dos anjos de mistura pronta, e Helen se lembra de fazer um com a mãe quando era pequena – tão pequena que Michelle era nova demais para ajudar. Ela observou a mãe quebrando os ovos e ficou maravilhada com a magia daquilo, as gemas douradas presas em uma *aura* transparente. Na época, tinha aprendido essa palavra em um filme de animação, e achou que irradiava uma elegância tão perfeita que procurou desculpas para usá-la em qualquer frase o ano todo.

A mãe mostrou a ela como usar hashis para misturar os ovos e a farinha do bolo, apresentando o conceito de *agentes de ligação* e *química*, e ela ficou sentada de pernas cruzadas na frente do forno enquanto os aromas doces, deliciosos e dourados enchiam o ar. Helen se lembra de pensar *isso que é felicidade*, e agora se pergunta se alguma parte dela se lembra dessa sensação toda vez que passa pelas caixas de mistura para bolo no mercado e não as compra.

Alguma coisa cintila na expressão da mãe quando Helen pergunta se pode levar um pedaço de bolo para o anfitrião do Airbnb, mas a mãe só funga e responde:

– Fique à vontade.

A mãe sai para lavar à mão todos os pratos e colocá-los no lava-louças para armazenar, e Helen fica sentada com o bolo e o chá em frente ao pai enquanto ele franze a testa para coisas que aparecem no celular. Depois de terminar, ela vai até a cozinha e começa a secar os copos que a mãe lavou.

– Você não precisa fazer isso – diz a mãe.

– Algum dia isso te impediu de fazer alguma coisa? – retruca Helen, e quase flagra um sorriso no cantinho da boca da mãe.

Elas arrumam tudo em silêncio, e a mãe pega um banco-escada. Helen tenta ajudar, mas a mãe insiste – "eu sei onde estão as coisas" – e alcança os antigos potes de plástico nos armários superiores.

– Por que você guarda coisas tão necessárias tão fora de alcance? – reflete Helen.

A mãe solta um *rá* baixinho para si mesma.

– Nós precisamos de muitas coisas e não temos espaço suficiente para tudo estar numa altura conveniente – diz ela. – Eu pego quando preciso.

Helen acha que às vezes a mãe parece falar por metáforas, mas o pote de plástico é minuciosamente lavado e cuidadosamente secado com uma toalha de papel antes de a mãe cortar um pedaço grande de bolo.

– Para o seu anfitrião do Airbnb – diz a mãe, piscando rapidamente.

Helen sente vontade de chorar nesse momento, pensando de repente em todas as frutas, bolos e doces que elas compartilharam ao longo dos anos em vez de frases como *me desculpe* e *eu te amo*, e pede licença para ir ao banheiro antes de ir embora.

Quando chega ao quarto temporário no Airbnb, ela veste sua camiseta roubada preferida (também tem uma camisa de flanela com botões que ele deixou no apartamento, mas não pôs na mala) e escova os dentes.

Ao se enroscar na cama que range, ela pensa naquele antigo disco rígido assombrado e nas horríveis últimas palavras que não consegue apagar.

Às vezes eu queria que você não fosse minha irmã.

Se dependesse de mim, eu não teria uma.

Helen pensa no que diria a Michelle se elas pudessem ter mais uma conversa agora. Elas não iam falar do passado. Ela ia falar do pai e de como está preocupada com o envelhecimento dele. Ia falar da mãe esnobando os cupcakes, e Michelle diria *que escrota* enquanto revirava os olhos. Helen admitiria que não foi ao andar de cima para prestar homenagens a ela nesta viagem e examinaria a estranheza de querer pedir desculpas por isso. Ela ia falar de Grant e perguntar se Michelle achava que ela havia feito muita merda em relação a ele, e Michelle diria *sim, é óbvio, e eu te perdoo por trepar com ele tantas vezes e se apaixonar por ele.*

Talvez não a última parte.

Helen abre o Facebook no celular e passa pelas antigas fotos de perfil, assistindo a si mesma envelhecer ao contrário até ir parar em uma das suas primeiras fotos, de 2007. As sobrancelhas finas demais e a franja lateral agressiva a cumprimentam; na foto, ela está com a cabeça inclinada e encostada na da irmã. Michelle exibe um delineado impressionantemente bem-feito, considerando que foi um tempão antes dos tutoriais de beleza e do YouTube. O cabelo está preso em um rabo de cavalo no topo da cabeça, e mesmo assim ela parece tão *cool*. Helen usa um cardigã e brincos de pérolas e se lembra vagamente das duas tirando aquela foto antes de saírem para a cerimônia de iniciação na Sociedade Nacional de Honra.

Tinha sido um dia promissor que azedou no jantar, ela se lembra, quando Michelle entrou em uma briga com a mãe e o pai por causa de alguma coisa que disse para a garçonete. Helen ficou puta com a irmã mais nova por sempre achar um jeito de fazer com que tudo fosse sobre *ela*. Mas, mesmo assim, ela transformou a imagem em foto de perfil, porque gostou de como estavam as suas bochechas.

Eu sinto sua falta, pensa ela, e não parece mais tão insuportável admitir isso.

Helen respira fundo e faz a única coisa que parece fazer sentido agora.

Abre o aplicativo de notas no celular e começa a digitar:

Cara Michelle,

Ela para e tenta pensar em como continuar.
Em como se dirigir à irmãzinha morta depois de tanto tempo.

Cara Michelle,

Sua idiota burra.

Não. Essa seria a resposta de Michelle. Helen ri para a tela do celular – um som que parece estranho neste quarto frio e vazio, desprovido até da esperança dos antigos fantasmas conhecidos – e recomeça:

Cara Michelle,

Quanto tempo...

32

Quatro meses depois

HELEN DESEMBARCA NO AEROPORTO Bob Hope em Burbank quando volta para Los Angeles para a turnê de imprensa e a pré-estreia. É bem menor do que ela esperava, possivelmente o menor aeroporto em que já esteve e que ainda merece esse nome. As paredes têm um carpete cor de areia que parece estar ali desde a época de *Mad Men* e não é lavado desde então. Há exatamente um quiosque e nenhuma opção boa de comida, e ela desiste de comprar uma água mineral de 5 dólares no último segundo. Mas sai do portão e chega à esteira de bagagem em menos de um minuto, e a viagem no transfer para pegar o carro alugado ali perto é fácil. Sinceramente, ela podia até ter ido a pé.

É um bom aeroporto, e ela está feliz por ter pedido especificamente esse local. Fica em Los Angeles por apenas duas semanas – o estúdio vai cobrir as despesas e lhe deu um itinerário lotado de dez dias de entrevistas, sessões de foto com o elenco, cafés da manhã, almoços, jantares e coquetéis (com executivos, relações-públicas, atores). Ela mal tem tempo para pensar em Grant Shepard e, quando o faz, seus pensamentos sempre parecem girar em torno da noite de pré-estreia de *Ivy Papers (na próxima quarta-feira, 24 de agosto, sete da noite, no hotel Hollywood Roosevelt)* e se ele vai estar presente ou não.

Helen tenta se concentrar em detalhes como o que vai vestir (Nicole a convence a falar com um estilista), o que quer dizer para o pessoal da sala dos roteiristas (ela escreve um discurso curto sobre *gratidão* e *sonhos que se tornam realidade*) e o que vai fazer no cabelo (*como será que Grant prefere?*, ela se pergunta, então ignora o pensamento, depois decide usá-lo solto – não, preso).

Ela questiona se ele vai *levar alguém* para a pré-estreia, em seguida lembra a si mesma com maldade: *era isso que você queria para ele*. Helen não é idiota o suficiente para pensar que alguém como Grant Shepard ficaria no mercado por muito tempo (*você me contratou por um preço abaixo do mercado,* ele lhe disse uma vez). Se isso acontecer, ela vai *sorrir* e *acenar* e *ser simpática*.

Ao longo da semana e meia que se segue, enquanto está dirigindo para reuniões e entrando em estabelecimentos ao ar livre para jantar, ela tem conversas inteiras na própria cabeça com Grant e sua namorada fictícia.

É tão bom te conhecer, diz a uma criatura sem rosto e naturalmente perfeita. *Grant tem muita sorte de ter você na vida dele.*

É, eu e Grant nos conhecemos no ensino médio, confirma ela para uma mulher que com certeza existe. *Não, a gente não se falava muito naquela época. Mas nos conhecemos um pouco melhor na sala dos roteiristas. Que jeito engraçado de esbarrar em alguém do passado.*

Não, eu não estou apaixonada pelo seu futuro marido, diz a uma figura feminina que tem o rosto da Natalie Portman e a natureza caridosa da Madre Teresa de Calcutá. *Se vocês me convidassem para o casamento, eu iria com toda a certeza.*

Estou muito feliz por você, diz ela a Grant na própria cabeça várias e várias e várias vezes. *Eu? Eu estou ótima.*

Ela nunca consegue falar do jeito certo. Talvez devesse tentar outra resposta.

Eu? Não tenho certeza de que ainda tenho sentimentos.

Helen *está* ótima, na verdade, se alguém perguntar a qualquer outra pessoa. Sua vida em Nova York foi retomada como ela queria. Ir para Hollywood e voltar fez com que ela se tornasse a amiga pródiga nos antigos círculos de autores, e Helen descobriu que foi surpreendentemente fácil voltar a ser um rascunho inicial de si mesma.

– Nós sentimos saudade de você! – exclamou Pallavi no brunch que combinaram para botar o papo em dia, como se nunca tivesse rolado uma distância estranha entre elas. Talvez estivesse tudo na cabeça de Helen.

– É bom ter a velha Helen de volta – disse Elyse quando a recebeu para jantar. – Ainda bem que você não ficou esnobe com a gente por causa de Hollywood.

Helen agora está olhando pela janela para a Hollywood Boulevard, no oitavo andar do hotel histórico (e supostamente assombrado, observou sua relações-públicas de maneira conspiratória) onde vão acontecer as coletivas de imprensa de *Ivy Papers*. Ela mapeia mentalmente as ruas familiares que pegaria para ir dali até a casa de Grant. Poderia dirigir por aquele longo caminho com palmeiras e outdoors enfileirados e, em apenas quinze minutos, *estaria na casa dele.*

Mas o elevador anuncia sua chegada, as portas se abrem e, em vez disso, ela vai para a coletiva de imprensa no mezanino.

Quarta-feira, 24 de agosto, 20h15

É A NOITE DA PRÉ-ESTREIA, e Grant já está no segundo – talvez terceiro? foda-se, quem se importa? – copo de uísque escocês. Já se passaram quatro meses desde aquele dia no trem, e ele ficou todos esses dias dizendo a si mesmo para *seguir em frente e foda-se*, lembrando que Helen Zhang claramente não quer nada com ele e provavelmente um dia vai se casar com um cara legal e *normal* que os pais dela provavelmente vão *amar*, e Grant vai ficar feliz porque ela conseguiu o que queria, no fim das contas, porque ele se curou e também seguiu em frente. E toda noite, antes de cair no sono, ele decide: *amanhã eu me esforço mais.*

Pensa que talvez estivesse se agarrando a um último fio de esperança minúsculo para esta noite. Está sentado no seu escritório em casa, usando um terno sob medida que vestiu duas horas atrás com a intenção de sair. Pode ser que ele ainda saia.

Grant recebeu por e-mail o convite para a festa de pré-estreia de *Ivy Papers* semanas atrás e pensou por alguns minutos antes de concluir *foda-se* e confirmar presença, assinalando que ia sozinho. Ele observou o evento marcado no calendário chegando cada vez mais perto – aquele ponto verde ameaçador no iCal era um sacolejo maior do que cafeína para acordar. Ele viu os stories de Helen no Instagram como um filme de sofrimento autoinfligido, desde o pouso no aeroporto Bob Hope no domingo até os compartilhamentos da turnê de imprensa, que parecia um furacão, até fotos vagas de reuniões e almoços em diversos restaurantes e terraços de Beverly Hills, todos *na porra da direção errada*.

Grant lembra a si mesmo que *isso fazia parte do acordo*, que eles iam cortar o contato direto depois que tudo terminasse. Os dias se passaram sem nada para contradizer isso na sua caixa de entrada.

Ele não conseguiu dormir ontem à noite – culpou um problema no terceiro ato do novo piloto que estava escrevendo. Foi para o escritório, analisou o documento no Scrivener, onde guardava todas as anotações e rascunhos organizados e, de repente, se lembrou que o único motivo para ele conhecer o Scrivener foi um dia em que ele e Helen estavam trabalhando juntos em uma cafeteria. Ele estava alternando de um lado para o outro entre um rascunho no Google Docs e o roteiro no Final Draft e percebeu que ela estava usando um programa que ele nunca tinha visto.

– É mais fácil rastrear todos os capítulos quando estou rascunhando um livro – disse ela, e mostrou a espinha dorsal de uma história no painel à esquerda. – Eu tenho um arquivo separado pra série... e crio um novo "capítulo" para as anotações diárias.

Parecia um jeito genial de organizar os pensamentos sem bagunçar o disco rígido, e Grant baixou o programa imediatamente.

Sente uma vontade esquisita de deletá-lo do notebook agora.

Ele afrouxa a gravata e olha fixo para os sapatos no outro lado do cômodo. *Levante-se e calce os sapatos*, tenta ordenar mentalmente a si mesmo.

Em vez disso, o cérebro decide jogar seu novo jogo preferido: *qual a próxima cena?*

Grant tenta redirecionar os pensamentos, mas o filme começa mesmo assim...

```
INT. ALGUM LOCAL ELEGANTE PRA CARALHO - NOITE

Grant entra. Ele vê Helen de imediato. Ela também o vê.

                GRANT
                Helen. Eu sei que você disse todas
                aquelas coisas naquele hospital, eu
```

sei que você ignorou a minha ligação
naquele dia no trem e eu sei que não
tive nenhuma maldita notícia sua desde então, mas… Eu te deixaria partir
o meu coração mil vezes de novo em
troca de apenas mais uma noite.

Helen estende a mão para tocar o peito de Grant no coração. Ela dá um sorriso triste para ele. Ele cobre a
mão dela com a própria.

Um instante. Ela sorri, ele franze a testa e ela empurra mais a mão, e mais, até que se ouve um estouro e um
estalo e a mão dela está dentro da porra do peito dele.

       HELEN
      Isso dói? Desculpa.

Helen puxa o coração ensanguentado de Grant, que ainda
está batendo, com um sorriso triunfante. Ela o segura
entre os dois, depois o joga no chão.

Grant bufa. Ele beberica o uísque e muda mentalmente para a próxima
cena do filme.

INT. / EXT. CASA DE GRANT - NOITE

A campainha toca. Grant abre a porta. É Helen. Os dois
se encaram. Não há necessidade de palavras.

Eles se movem na direção um do outro ao mesmo tempo - os
lábios se encontram, as mãos tateiam, os corpos se cho-
cam. Ele a puxa para dentro de casa e tira as roupas dela.

O resto do filme é proibido para menores de 18 anos.

Grant fita a porta de um jeito idiota e esperançoso. Nada.

Ele olha para o relógio. São 21h15.

A exibição acabou. Eles devem estar na festa agora.

O celular dele apita e o coração dá um salto, e é o antigo chat em grupo da sala dos roteiristas, ressuscitado por fotos de Owen sem camisa, de óculos escuros e com um sorriso orgulhoso. Feliz noite de pré-estreia para vocês, diretamente de Bali! Beijos, diz a mensagem.

Grant pensa em jogar o celular de um penhasco. Mas isso exigiria se levantar e sair de casa.

Ele tenta um último cenário...

INT. ESCRITÓRIO DE GRANT - NOITE

Grant está sentado à mesa, repassando todas as lembranças possíveis de Helen, bebendo para afastar o gosto dela.

Ele manda uma mensagem no chat em grupo - *parece uma bela festa, pena que estou perdendo!!!*

Grant olha para o hotel onde está acontecendo a pré--estreia. Ele manda rosas para ela, mas sem um bilhete.

Ele se serve de mais um copo. Então, fica bêbado sozinho a ponto de perder a consciência. Amanhã ele vai baixar a porra do Tinder e deslizar a tela para o lado até sentir alguma coisa.

Ele escolhe a última opção, no fim das contas.

Quarta-feira, 24 de agosto, 21h30

> parece uma bela festa, pena que
> estou perdendo!!!

Helen olha fixo para a mensagem no antigo chat em grupo – o primeiro contato de Grant desde aquela chamada perdida na Biblioteca Pública de Nova York – e uma sensação horrível de afogamento inunda seu peito, escapando daquele cômodo trancado de lembranças indesejadas e emoções inúteis. Ela olha ao redor, para a festa barulhenta e glamourosa feita para comemorar o resultado de tantos anos de trabalho árduo e *a mente acima da matéria* e *usos produtivos do sofrimento pessoal*.

Eles estão em um salão de baile que já abrigou quase um século de festas brilhantes e cheias de pompa, e o vestido vintage que ela está usando é uma coisa linda e justa, feita de camadas de tule preto apertado e minúsculos cristais costurados à mão. Parecia perfeito quando ela o vestiu horas atrás, mas agora parece absurdamente sem sentido.

O salão está enfeitado com uma fortuna em esculturas de flores e de gelo, e ela tem um pensamento muito estranho nesse momento, de que estão todos dançando em um navio naufragando e ela é a única que sabe disso. Um garçom passa com uma bandeja de ostras e a bola de espelhos sobre a pista de dança lança reflexos minúsculos e dançantes das luzes azuis da festa. Helen percebe, com um medo súbito, que *talvez seja tarde demais e já tenhamos afundado*.

O que mais você esperava?

Helen procura um jeito de sair dessa espiral e descobre um pequeno compartimento secreto de esperança que deve ter ignorado deliberadamente nos últimos quatro meses – um pedacinho minúsculo que deve ter sussurrado esse tempo todo: *talvez tudo se resolva se você o vir mais uma vez*.

Ela se odeia pela própria inconsistência. *Helen burra e idiota*, repreende a si mesma. *Você já não teve a sua cota de arrependimento sem sentido?*

Do outro lado da pista, os atores principais estão dançando com Suraya, Tom e Nicole enquanto Eve e o resto do elenco mostram cartazes comicamente grandes com notas para as performances ao redor. As luzes azuis e roxas da festa lançam um brilho sobrenatural sobre a cena bizarra, e Helen pensa que provavelmente poderia ir até lá para sorrir, rir, dançar e ignorar o sentimento morto e entorpecente que está crescendo dentro dela por mais uns quinze ou vinte minutos.

Mas e se for tarde demais até lá?

Se ignorar os sentimentos por mais um instante, *pode ser que ela nunca mais sinta nada*. Helen desconfia de que sabe disso porque já fez algo assim antes, e o longo período entre o funeral de Michelle e aquelas primeiras faíscas de emoção com Grant foi marcado por uma vasta extensão de *nada, nada, nada*.

Então ela tira o sapato de salto alto de grife e vai para o elevador, se esquivando de produtores familiares demais e de desconhecidos curiosos no caminho. As portas do elevador se abrem, depois se fecham, e ela se vê presa em uma caixa espelhada engolindo as lágrimas súbitas enquanto o chão dá um solavanco para cima daquele jeito lento e rangido que os elevadores velhos têm. As portas se abrem de novo e uma parede de fotografias emolduradas em preto e branco, de um passado não tão distante de Hollywood, fica borrada enquanto ela se apressa pelo corredor acarpetado até seu quarto no fim do andar.

Na porta, há rosas e uma garrafa de champanhe esperando por ela.

Parabéns pelo ótimo trabalho!

Com amor,
Suraya, Grant, Owen, Nicole, Saskia, Tom,
Eve e a família toda de Ivy Papers <3

Helen não sabe por que esse bilhete é instantaneamente a coisa mais desanimadora que já leu na vida, e ela se apressa para abrir a porta pesada de mogno antes que alguém veja que está chorando de um jeito tão horroroso por *absolutamente nada*. Ela abre o champanhe e bebe direto da garrafa. Então, pega o buquê de rosas, abre a janela e arranca as pétalas das flores perversamente, uma por uma, jogando uma revoada de pétalas vermelhas na rua lá embaixo. *Mal me quer ou não?*

Ela abre o notebook e o documento em que esteve trabalhando nos últimos quatro meses – sobre o qual ainda não contou à agente, caso não dê em nada.

Cartas que você nunca vai ler.

É um título provisório, guardando o lugar para um título mais vendável e testado com o público, se ela conseguir chegar à última linha. *Quando* ela chegar à última linha. Cada capítulo é uma carta para Michelle, a conclusão de uma antiga provocação na terapia *(e o que você diria à sua irmã se pudesse falar com ela agora?)* que Helen rejeitou deliberadamente nos últimos catorze anos, vasculhando o disco rígido de Michelle em busca de uma carta de suicídio em vez de pensar em uma resposta.

Ela escreveu sobre fofocas antigas e planos futuros, catalogou lembranças de infância e reuniu lições aprendidas em uma correspondência divagadora de mão única para depois ser editada e transformada em alguma coisa parecida com um livro.

Mas ela não sabe como finalizar.

Helen abre o arquivo do Scrivener no último capítulo em branco, intitulado *É aqui que eu te deixo.* É o capítulo que ela vem adiando.

Por que não agora, por que não aqui? Helen toma outro gole de champanhe.

O cursor pisca para ela.

E então ela começa a digitar.

Cara Michelle,
~~*Eu finalmente desisti de ter notícias de você primeiro.*~~

Cara Michelle,
~~*Mais do que a vida após a morte, eu espero que um dia eu vire uma esquina e você esteja lá. Vou fazer tudo do jeito certo desta vez.*~~

Cara Michelle,
Antes de me despedir, quero que você saiba que estou muito bem sem você. Não sinto nenhuma culpa, porque não foi culpa minha, e vai se foder mais uma vez, por sinal, e eu me recuso a sentir saudade de alguém que nem queria estar aqui.

Quero que você saiba de tudo isso, mas estou começando a suspeitar que tenho que detectar melhor as minhas próprias mentiras.

Eu não estou bem. Já faz um tempo que não estou, e eu te culpei por tanto tempo porque a última coisa que você fez foi me ensinar o quanto o amor pode doer.

Eu te amei e você foi embora mesmo assim. Eu tentei não me alongar nesse sentimento, tentei não me perguntar o que eu poderia ter feito de melhor, tentei não sentir nada. E aí, dois meses depois de você morrer, eu fui para a faculdade e falei para um garoto que eu o amava, uma semana depois de nos conhecermos. Ele ficou envergonhado, aí eu ri alto e falei que era óbvio que não era verdade, que só pareceu um momento perfeito demais para não falar aquilo em voz alta. Eu nunca tinha falado isso, nem mesmo para você. Eu desperdicei o meu primeiro eu te amo e, depois disso, nunca mais quis dizer essas palavras para ninguém.

E aí eu me apaixonei pela primeira vez, de verdade.

Isso me deu vontade de consertar uma coisa que eu fingia não estar quebrada: meu próprio coração, que mal estava batendo.

O problema é que eu não sei por onde começar.

Se eu estivesse escrevendo um daqueles livros de ficção científica que o nosso pai lia para nós, eu começaria inventando a viagem no tempo e voltando para a nossa última briga no meu quarto. Eu bateria na sua porta, pediria desculpas e diria que te amo.

E aí eu empurraria a alavanca da máquina do tempo mais para trás, encontraria os nossos avós e lhes ensinaria a dizer essas coisas para os nossos pais primeiro.

E depois voltaria para o presente para ver o que estava diferente. Talvez nada.

Afinal, esta não é uma história de ficção científica. Em vez disso, vou começar por aqui:

Me desculpe por todas as formas como te magoei enquanto você estava viva, e eu gostaria que você pedisse desculpas por todas as formas como você me magoou desde que morreu. Se eu tivesse uma segunda chance, faria muitas coisas de um jeito diferente. Mas eu não consegui assumir as rédeas da sua vida naquela noite e te obrigar a ficar, e sinto raiva de você há muito tempo, mas isso nunca mudou porcaria nenhuma.

Isso me serviu bem até agora. Você é o demônio que eu não quero exorcizar. Se eu me curar e seguir em frente, tenho medo de acabar te perdendo para sempre. Mas eu quero ser saudável. E quero ser feliz, embora eu nunca tenha confiado na felicidade. Para mim, a felicidade é uma experiência fugaz, de batida em batida do coração, que vem e vai e temos esperança de que volte. Tenho medo de que os "felizes para sempre" não existam para pessoas como nós.

Sendo assim, este é o fim que vou tentar escrever:

O tipo de fim em que eu não tenho que te deixar para trás mesmo seguindo em frente, porque você sempre será uma parte de mim – mesmo que essa parte pareça um buraco no meu coração. (O amor pode doer, e quero amar mesmo assim.)

O tipo de fim em que outra pessoa vê o melhor e o pior de mim e me ama também. Vamos ser felizes juntos, vamos ser tristes juntos, vamos ser tudo juntos. E, quando tudo terminar e nós chegarmos a outro fim, as minhas cinzas serão espalhadas sobre a árvore que cresce em cima do corpo dele, porque "até que a morte nos separe" não vai ser suficiente, porque eu preciso de mais do que uma breve eternidade com ele.

Eu sempre achei os fins mais difíceis do que os inícios, as despedidas mais difíceis do que os encontros. Quando eu era criança, tinha uma ideia – uma esperança, na verdade – de que a vida e a morte eram dois lados da mesma porta e que, quando você morria, tinha um longo corredor no além-vida onde você passaria pelas portas de todas as suas vidas anteriores. Minha teoria era que, nesse corredor, você poderia se lembrar de todas as vidas que viveu e, se concentrasse todo o seu esforço nisso, poderia levar uma única intenção ou lição com você antes de abrir a próxima porta e começar a próxima vida.

Não sei se um dia voltaremos a nos ver. Atualmente não tenho muita fé no paraíso nem na vida após a morte. Mas eu estava errada sobre muitas coisas nesta vida, então talvez eu também esteja errada em relação a isso. Acho que ninguém vivo pode saber, e eu não estou com pressa para descobrir.

Mesmo assim – espero que este seja o tipo de história onde há um epílogo. Um dia eu vou virar a última página e, de repente... você vai estar lá. E eu terei mais uma chance de fazer tudo certo dessa vez.

Eu ia começar te dizendo: "Eu te amo."

Vou manter as esperanças por nós duas.

Helen

HELEN APERTA O BOTÃO DE EXPORTAR o documento e o anexa a um e-mail para a agente antes que tenha chance de pensar melhor.

Para: Chelsea Pierce
Assunto: Andei escrevendo

pode ser alguma coisa, pode não ser nada, mas eu quis escrever mesmo assim.

Helen envia o e-mail, faz uma pausa e então clica na opção *encaminhar*.

Para: Grant Shepard

Não quero te surpreender depois, então estou te enviando o manuscrito em que estou trabalhando agora. O último capítulo é relevante. Se tiver alguma coisa que você queira que eu tire, podemos conversar.

Estarei na cidade pelo resto da semana, se te interessar.

Sempre sua,
Helen

33

Grant olha fixamente para a mensagem na tela e se pergunta se isso é algum tipo de teste fodido de interpretação de texto com o qual ele está alucinando por conta de um puro e reprimido *desejo*.

Sempre sua,
Helen.

34

É UMA DA MANHÃ E O TELEFONE está tocando. Helen acende a luz.
– Olá, Srta. Zhang, aqui é da recepção...
– É uma da manhã – resmunga ela.
– Sim, tem um, é, *um cavalheiro muito insistente* aqui para vê-la. Eu queria saber...
Helen se senta.
– Quem?

AS PORTAS DO ELEVADOR SE ABREM no oitavo andar e Grant olha para cima, com o coração disparado.
Quarto 805. Fica no fim do corredor mais comprido do mundo, em um elegante hotel histórico de Hollywood que tem cheiro de *você não pode pagar por isso*. Cada passo que ele dá parece ser pontuado pelo carpete verde felpudo, que lhe diz *desista, desista, desista*, e o coração dele parece ressoar seu último fio desgastado e surrado de esperança respondendo *não, não, não*.
A porta com a placa de metal *805* já está à vista, *ele espera que isso não seja um engano*, e de repente está na frente dela, *é agora ou nunca*, e ele bate.

ELA ABRE A PORTA E *é Grant*.
Há um brilho selvagem nos seus olhos. Ele está vestindo um terno preto elegante, porém desgrenhado, a gravata há muito derrotada. O maxilar está

travado, as mãos apertando o batente da porta – ele está com a aparência de um herói de Byron se aproximando da beira de um penhasco do qual não espera retornar.

– Helen – diz ele, em uma voz baixa e predatória.

– Grant – diz ela, e engole um nó na garganta. – Senti saudade de você.

Ele assente rapidamente, e seus olhos vasculham cada detalhe dela; de repente, Helen toma plena consciência do cabelo bagunçado depois da pré-estreia e do roupão cinza do hotel que está vestindo.

– Eu li o seu manuscrito – declara ele. – Do início ao fim. Tudo que eu quero saber é o que você quis dizer com isso.

Grant levanta o celular e mostra o e-mail dela bem iluminado na tela. Ela passa os olhos nele, depois os baixa, decepcionada. *Ah. A parte dos avisos judiciais.*

– Eu quis dizer que queria te mandar antes caso...

– Não – interrompe ele.

As mãos dela coçam com um desejo nervoso. Faz tanto tempo que ela não fica perto o suficiente dele para tocá-lo.

– Não é essa parte – diz Grant. – Mais embaixo. Lê isso pra mim.

Ele toca na parte relevante da tela.

– Em voz alta, se você não se importar – acrescenta suavemente.

O coração de Helen tropeça em duas palavras curtas. Ela dá uma olhada em Grant nesse momento – os olhos dele estão semicerrados, e ela tem um pensamento súbito e humilhante de que *talvez ele tenha vindo aqui com o objetivo de se vingar, de dar a ela um gostinho do próprio veneno antes de dizer para nunca mais falar com ele.*

– "Sempre sua, Helen" – lê ela.

– Você é minha? – A voz dele está firme, e as palavras são frias. – É agora ou nunca, Helen.

É agora ou nunca. Helen contempla algumas eternidades de *nuncas* que já viveu. Ela nunca disse à irmã que a amava. Nunca falou verdades desagradáveis para os pais. Nunca se sentiu tão amada quanto na primeira vez em que Grant Shepard a abraçou.

Traga Grant Shepard de volta para o tempo presente, onde ele deve ficar.

– Sou – diz Helen por fim, e vê um brilho ardente surgir no fundo dos olhos dele. – Se você ainda me quiser.

Grant não se aproxima, mas os nós dos seus dedos estão brancos de tanto apertar o batente da porta.

– Aquele dia no hospital – começa ele, devagar e com cuidado. – Acho que eu menti pra você. Eu te falei, e não consigo parar de repetir na minha mente sempre que penso nisso: "Eu preferiria ter uma fração sua do que tudo de outra pessoa."

Helen engole um nó de arrependimento.

– Eu me lembro.

– O negócio é que... Eu tive uma fração de você naquela época, e isso quase me matou.

– Ah. – Ela assente, compreensiva. *Ele está dizendo que é tarde demais.* – Me desculpa.

Ele dá um passo à frente, e o mundo dela parece se inclinar no eixo.

– Desta vez, eu quero tudo – diz Grant, com a voz intensa e inacreditavelmente próxima. – Eu quero as noites, os dias, os fins de semana e os feriados. Eu quero você do meu lado, na minha cama e na minha vida. Eu quero conhecer os seus pais e quero te levar a uma fazenda de ovelhas na porra da Irlanda e na casa do meu pai em Boston. Eu quero ver que tipo de pessoa você vai ser com 80 anos. Eu quero fazer isso de verdade, e quero tanto te chamar de *minha* que parece a porra de uma *piada*, mas, se você não conseguir assinar o contrato pra série completa desta vez, não...

Ela se lança para a frente e o beija, e ele está com gosto de uísque e surpresa. As mãos dele imediatamente a puxam para *mais perto, mais perto, mais perto* e os batimentos desesperados do seu coração colidem com os do dela.

– Eu também quero tudo isso – murmura Helen.

Grant parece se ofender por ela se afastar dele por tempo suficiente para dizer isso em voz alta. Ele solta um *humpf* rosnado e puxa os lábios dela para perto.

– Eu ainda tenho muito medo de estragar tudo – continua Helen. – Acho que ainda não me curei completamente, e você merece alguém inteiro...

– Helen – diz ele, soltando o ar, com a testa apoiada na dela. – Você não precisa se curar completamente pra ser tudo que eu quero. Pra ser *minha*. Eu amo *todas as partes de você*, sua mulher boba e *exasperante*. Eu amo até as partes de você que ainda não conheci.

– Eu também te amo – declara ela, e seu coração partido e frio de repente parece reluzir com a sensação de dizer isso em voz alta para outra pessoa e estar sendo *tão sincera*. – Eu te amo tanto que isso não faz sentido em palavras.

– Nesse caso – diz Grant, e abaixa a cabeça para beijá-la de novo –, vamos falar menos.

35

Por volta das 6h25 da manhã, um terremoto de magnitude 6,8 atinge a costa do norte da Califórnia a oitenta quilômetros de distância. No número 7.000 da Hollywood Boulevard, os tremores duram 39,73 segundos, e Helen acorda com a sensação dos braços de Grant a segurando com firmeza enquanto o quarto todo chacoalha. Ainda meio sonhando, ela tem um pensamento fugaz de que eles estão andando em uma montanha-russa despedaçada que está prestes a sair voando pelo teto e que talvez *Grant nunca tenha aparecido no seu quarto de hotel* e que tudo tenha sido um sonho terrível e maravilhoso. *Não acorde*, ordena a si mesma.

– É só um terremoto – murmura Grant no ouvido dela.

Helen descobre um novo medo: ele está aqui e ela está prestes a perdê-lo de novo. Ela ouve um som apavorante e estridente quando o solo sacode as fundações do prédio e tudo dentro dele, desde os móveis de madeira e os pratos de porcelana até os dois apaixonados recém-reunidos cujo amor foi escrito nas estrelas.

– Você está em segurança – garante ele.

– Eu nunca vivi um terremoto – diz ela, e de repente ele acaba.

Helen se vira para encará-lo e fica aliviada de ver que Grant ainda está *aqui*, observando-a com um ar de alerta penetrante. Ela estende a mão e pressiona a palma no rosto dele, e ele espera pacientemente enquanto ela verifica sua solidez: *ele é de verdade*.

– Você esteve em vários, aposto – acrescenta ela.

Grant pega a mão dela e beija a palma, depois traça a bochecha dela, como se também estivesse verificando se ela é real o suficiente.

– Às vezes rolam uns tremores secundários – diz ele por fim, depois que fica satisfeito. – Se você for mesmo ficar aqui, provavelmente teremos que falar de segurança em terremotos em algum momento.

Ela ouve um tom de dúvida por trás das palavras e sente o coração se partir com isso.

– Eu vou ficar mesmo – garante.

– Ótimo – diz Grant simplesmente.

A mão dele desce pelo pescoço de Helen, depois traça um caminho lento e quente até o ombro. Ela está nua por baixo do lençol, e ele parece fascinado ao ver a própria mão desaparecendo ali também.

– Grant – diz ela, soltando o ar de um jeito trêmulo enquanto os nós dos dedos dele roçam as costelas dela.

– Helen – devolve ele tranquilamente.

Os olhos castanhos grudam nos dela enquanto os dedos exploram as curvas e os vales escondidos embaixo do tecido branco.

– A gente tem que – diz ela, inspirando fundo – evacuar o prédio ou alguma coisa assim?

Ela percebe um brilho de diversão nos olhos dele.

– Não.

Grant se inclina para beijar a barriga dela, descendo. Então, pega as mãos de Helen e as coloca na própria cabeça, e ela entrelaça os dedos no cabelo dele em um reflexo.

– A primeira regra da segurança em terremotos é que, se você estiver na cama, é melhor ficar nela durante os tremores.

– Ah – diz ela. *Ah*.

– Depois, você deve se enroscar e proteger a cabeça – continua ele, entre as coxas dela.

– Isso é, hum – começa ela, perdendo o fio da meada quando a língua dele acerta *ali*. – *Ah*.

– Em seguida, você se abaixa, cobre a cabeça e segura em alguma coisa sólida – diz Grant, e a voz grave reverbera no âmago acalorado do corpo dela.

– Grant – diz ela, ofegando, necessitada. – Por favor.

Ele dá a ela o que os dois sabem que ela quer, e ela morde o lábio conforme a crescente tensão explode e um orgasmo percorre seu corpo.

Grant ressurge em cima de Helen nesse momento, com os braços ao redor dela de um jeito que a faz se sentir *segura* e *amada*, mesmo que ela não saiba se os tremores estão vindo do próprio corpo ou do prédio.

– Você acha que vai conseguir se lembrar de tudo isso? – pergunta ele, ajeitando-se na entrada dela.

– Sim – diz Helen, ofegando quando Grant entra.

– Ótimo – fala ele, com a voz tensa.

Ela adora vê-lo desse jeito, envolvido no calor dela e perto o suficiente para que ela veja cada expressão passando pelo seu rosto. Os olhos dele estão rindo, apesar de os músculos da garganta estarem se mexendo de maneira espetacular.

– Treina dizer isso pra mim.

Helen o aperta com os músculos internos, e os lábios dele formam o nome dela sem emitir nenhum som enquanto ele enfia até o talo.

– Você me quer – diz ele, e ela perde o ar quando ele recua.

– Sim – responde ela, e Grant enfia de novo.

– Mais alto – exige ele, recuando mais uma vez. – Você me ama.

– Sim – responde ela, *mais alto*, e ele a recompensa.

– Você vai ficar comigo, então? – pergunta ele, enterrando o rosto no pescoço dela.

– *Sim, sim, sim.*

Grant a conduz em um ritmo selvagem, até o mundo dela se partir e se refazer com o som do clímax dele, que ecoa pelo quarto.

Depois, o ar parece estar cantarolando algo quente e familiar – algo brilhante e não dito entre os dois. *Me deseja, me ama, me toma, me protege*, os batimentos dela parecem comunicar de maneira acelerada.

– Vamos ter que descobrir o que fazer em relação aos seus pais – diz ele, e ela ri, sem fôlego.

– Os meus pais são as últimas pessoas em que eu quero pensar neste momento – responde Helen, e cobre os olhos. – A gente vai dar um jeito.

É UMA MANHÃ CHUVOSA no início de setembro em Dunollie, Nova Jersey, quando Helen anuncia o reaparecimento de Grant para os pais por chamada de vídeo, duas semanas depois do ocorrido. Ela nota os galhos esparsos das árvores oscilando nas janelas atrás deles. *O clima está tão diferente aqui.*

– Eu, hum, comecei a sair com uma pessoa em Los Angeles. Eu vou me mudar pra lá. É sério. É... é ele, é o Grant. Eu gostaria que vocês se encontrassem com ele. Ele quer ver vocês quando eu for buscar as minhas coisas em Nova York daqui a algumas semanas. Mas, se vocês não conseguirem ser simpáticos com ele, nós não iremos.

A mãe pisca, ri e solta aquele muxoxo baixo que costuma soltar de vez em quando, um som de *desaprovação fulminante*, e então se levanta de repente do sofá e sai.

– Eu achei que você tinha acabado com isso – diz o pai. – De qualquer forma, você nem sabe o que vai acontecer. Quem sabe, daqui a um ano, talvez você sinta outra coisa. Você não devia falar nesses assuntos até ter mais certeza.

– Eu tenho certeza.

– Você é muito jovem – insiste o pai, e ela pensa: *Eu tenho 32 anos.* – Não tome decisões com tanta rapidez.

Grant aperta a mão dela quando Helen desliga e olha para ele com uma expressão de desculpas no rosto.

– Vamos pra praia – diz ele antes que Helen consiga pedir desculpas pelo histórico familiar e pelas histórias complicadas do passado que não podem ser reescritas. – O dia está perfeito.

Está nevando do lado de fora da Biblioteca Pública de Nova York em janeiro, e Helen tem quase certeza de que Grant vai pedi-la em casamento. Ele sabe que ela sabe, com certeza, porque fica olhando-a e enfiando as mãos nos bolsos do casaco só para pegar o celular.

– Você é muito irritante – resmunga Helen quando eles mostram as bolsas para o segurança e Grant faz um show ao esconder a dele.

– Você me ama – responde ele, e dispara na frente dela até o salão de leitura.

Eles se sentam sob céus azuis perfeitos pintados no teto dourado e apoiam os notebooks em uma comprida mesa de madeira nos fundos. Helen está trabalhando nas revisões do seu livro de memórias – aquele que contém ensaios e que ela vendeu para outro selo da editora que publica seus livros para jovens adultos e cujo título virou *Enviando todo o meu amor*. Grant está revisando um piloto que se passa em um mundo de ficção científica emocionante criado por ele mesmo. Seu roteiro especulativo foi vendido em um leilão acalorado mesmo sem ter um piloto e tem sido citado com esperança no setor como uma prova do valor duradouro de ideias originais em um mercado de adaptações perpétuas.

Os dois falavam em vir à biblioteca para trabalhar juntos há meses – uma chance de reescrever a lembrança do último quase encontro dos dois. Helen adora o silêncio, a atmosfera de igreja entre colegas bibliófilos digitando em silêncio. Depois de uns dez minutos, ela percebe que Grant odeia o lugar.

– Ei – sussurra ele.

Com isso, recebe alguns olhares furiosos dos frequentadores estudiosos ao redor. Para ser justa, é a terceira vez que ele fala no último minuto, e é sempre alguma coisa desnecessária como "Você pode chegar sua cadeira pra lá?" ou "Você tem a senha do wi-fi?" ou, neste momento: "Você pode me emprestar uma caneta?"

Helen entrega sua melhor caneta a ele em silêncio. Ele trabalha na história em um caderno preto, deixando o notebook abandonado por alguns instantes antes de começar a bater o pé com uma energia contida. Ela detém o pé dele com o dela, e ele ergue o olhar.

– Desculpa – sussurra ele no ouvido dela, esbarrando no seu ombro quando se aproxima para falar, e ela estremece apesar do calor.

Grant para de bater o pé, mas, cinco minutos depois, a mão esquerda começa a batucar inquieta no planner dela. Uma bibliotecária pigarreia de maneira incisiva, e Helen cobre a mão dele com a dela e lhe lança um olhar pedindo silêncio. Grant revira os olhos e fita a mão dela.

Ele vira a mão capturada sob a dela e, de repente, ela é que está capturada.

Helen sente o coração martelar com o olhar dele. Ele põe um dedo nos lábios pedindo silêncio com a mão livre, depois enfia a mão no bolso e tira um anel.

É um diamante simples de corte redondo em um anel de platina com aparência eduardiana.

É perfeito.

Ele o mostra a ela casualmente e levanta um ombro em silêncio. *O que você acha?*

Como se eles estivessem em uma sala de estudos silenciosa e ele a estivesse convidando para o baile de formatura.

Helen pisca. O tempo parece estar se movendo de maneira diferente.

É assim que Grant Shepard te pede em casamento, pensa ela, e mal consegue acreditar que isso está acontecendo. *Ele é o rei do baile!!!*, acrescenta a Helen de 17 anos desnecessariamente, e ela sente o momento escapando porque quer rir de uma piada futura que eles vão contar aos amigos envolvendo "Quantas palavras são necessárias para um roteirista pedir uma autora em casamento?".

Então ela ergue o olhar e percebe um leve tremor de nervoso nos olhos dele, apesar da postura casual, e o coração dela parece pronto para entrar em colapso com o peso de amá-lo.

Sim, responde ela em silêncio, apenas assentindo.

Grant solta uma lufada de ar curta e aliviada, dá uma risada grave e coloca o anel no dedo dela. Ele levanta a mão dela e beija os nós dos dedos, depois se inclina para a frente, os joelhos dos dois se encostando quando ele dá um beijo na bochecha ruborizada, no nariz e, finalmente, nos lábios que estão esperando.

Eles estão noivos.

ESTÁ CHOVENDO GRANIZO quando eles encontram os pais de Helen uma semana depois, em um restaurante de *dim sum* na Rota 22 que Helen se lembra de frequentar entre os 8 e os 18 anos. Na entrada, eles passam por uma garota chinesa mal-humorada de 13 anos lendo um livro grosso enquanto ignora todos à mesa, e Helen cutuca Grant com certa empolgação.

– Aquela era eu – comenta ela.

Grant mantém os olhos na mesa à frente, onde os pais de Helen estão esperando por eles. O coração dela fica apertado com a expressão sombria dele.

– Vai dar tudo certo. – Ela aperta o cotovelo dele. – Nem uma manada de cavalos poderia me impedir de casar com você.

O almoço corre tão bem quanto o esperado, ou seja, nada bem.

A mãe se recusa a fazer os pedidos da mesa, fazendo um gesto para Helen como se dissesse: *faz do seu jeito, pede o que você quiser, já que é assim que você quer.*

O pai tenta conversar com Grant sobre o trabalho, mas usa isso como oportunidade para detonar toda a filmografia dele.

– Eu vi aquela série de TV que você fez antes da série da Helen. Nenhum dos meus amigos ouviu falar nela.

Quando chega a conta, Grant se oferece para pagar e a mãe diz, toda formal:

– Obrigada, isso é muito gentil.

Helen abafa uma risada desesperada – ela se lembra de todas as guerras mundiais que os pais começaram para defender o direito de pagar a conta do jantar. Eles ficam sentados em silêncio, esperando a garçonete voltar para pegar a assinatura de Grant, e Helen pensa se foi um erro insistir que ele não pedisse a permissão dos pais antes de pedi-la em casamento. *A minha permissão não é a única necessária?* Talvez ela estivesse errada em relação a isso.

Os pais trocam um olhar cheio de significado e Helen tem um pressentimento ruim.

A mãe suspira de maneira pesada, depois diz:

– Pelo menos ele é alto. A Alice, filha da minha irmã, casou com um baixinho.

Ela balança a cabeça, e Grant olha para Helen como se dissesse: *Isso não estava no fluxograma de possíveis respostas.*

Helen fecha os olhos e ri mentalmente até chorar.

– Nós estamos pensando num casamento no verão – informa ela em voz alta.

A mãe torce o nariz com desdém como se dissesse: *claro que estão, quem sou eu para impedir?*

– Você vai ter que prestar homenagens a Michelle – diz ela por fim, com o olhar grudado em Grant.

HELEN ENTREGA A GRANT dois incensos acesos e os dois ficam em frente ao retrato sorridente de Michelle na estante de livros. Ela ainda está emocionada por ver Grant na sua casa da infância. Parece uma imagem tão impossível que seu cérebro fica mandando os olhos *confirmarem mais uma vez.*

– Eu realmente não sei o jeito adequado de fazer isso – começa Helen.

– Eu só sei o que eu faço. Eu seguro o incenso, olho para ela, digo "oi, Michelle" e, hum, qualquer coisa que me venha à mente. E faço uma reverência. É mais ou menos assim que sempre fizemos na nossa casa.

Grant pega o incenso e encara o retrato.

– Oi, Michelle – diz ele. – Sinto muito por você não estar aqui. Seria legal se todos nós pudéssemos sair juntos.

– Isso teria sido muito esquisito – murmura Helen ao lado dele. – Sabe, normalmente a gente não faz isso em voz alta.

– Eu não me importo se você escutar o que eu tenho a dizer – comenta Grant baixinho e faz outra reverência para o retrato de Michelle. – Quero que você saiba que eu vou tomar conta da sua irmã. E obrigado por me receber aqui.

– Agora, você coloca os bastões de incenso no pote ao lado da foto – acrescenta Helen.

Grant segue as instruções. Helen sorri e dá de ombros.

– É basicamente isso. Eu nunca tenho muita certeza de que estou fazendo do jeito certo.

– Você faz certo – diz a mãe bruscamente, do corredor. – Não é tão complicado. A Helen pensa demais. O mais importante é ainda termos uma conexão com ela. Os chineses se preocupam com essas coisas, com os vivos e os mortos... Ainda estamos todos conectados, então honramos essa conexão.

Eles se casam ao ar livre no fim de agosto, em uma fazenda de ovelhas na Irlanda. É um evento pequeno e íntimo com pouco menos de sessenta convidados, basicamente amigos e familiares próximos. O clima está estranhamente perfeito.

– Eu me sinto numa porra de livro do Thomas Hardy – comenta Nicole enquanto pega o buquê e espia pela janela da casa do século XVII onde elas estão se arrumando. – Muita gente e umas ovelhas chegando ali fora.

– Rá – diz Helen.

Ela tenta ignorar as sensações que reviram seu estômago. Está usando um vestido com estrutura simples de crepe de seda marfim com uma longa fileira de botões de seda nas costas que levou quase uma hora para Nicole fechar com um grampo de cabelo (enquanto fazia piadas o tempo todo, dizendo que Grant iria torturá-la com a paciência dele ou "entrar em uma vibe de rasgador de corpete" no fim da noite).

– Eu acho que essas belezuras podiam seduzir um ajudante de fazenda atraente se a situação fosse favorável – murmura Nicole, ajeitando os seios e se olhando em um espelho dourado perto da entrada. – Não é?

– Seus seios estão ótimos – diz Helen. – Eu meio que me sinto como se estivesse morrendo.

Nicole ajeita o batom.

– É só você falar e eu arrumo um carro pra fugir.

Helen balança a cabeça.

– Não, eu acho que isso é normal. Não é?

Nicole dá de ombros.

– Você é que tem que me dizer, baby. Como é estar parada diante do precipício do "felizes para sempre"?

Helen solta um ruído abafado que talvez pareça uma risada.

Ela está apavorada. Tem pavor de ser incapaz de desejar uma coisa e consegui-la, da vida real obliterando o clima perfeito e os finais felizes se ela decidir escrever mais um capítulo ou até mesmo mais uma frase. *Só significa que você quer muito isso*, ela lembra a si mesma enquanto o coração martela em concordância.

Então assente e diz:

– Estou pronta. Vamos.

Pensando bem, é um dia bem *normal*.

O quarteto de cordas tem dificuldade para encontrar um local onde os convidados e os noivos possam ouvi-los, o florista se esquece de acrescentar miosótis ao buquê de Helen e tem uns amarrotados irritantes que Nicole não consegue alisar com o ferro no véu da família, que ficou guardado por quase um século.

Mesmo assim, quando Helen dá o braço ao pai e as notas do Cânone em Ré Maior se espalham pelo ar, ela não consegue deixar de sentir como se alguma coisa *um pouco extraordinária* estivesse acontecendo. Eles estão parados meio fora do campo de visão e Helen tem que lembrar a si mesma de respirar antes de os dois darem um passo à frente.

– Devagar – diz o pai enquanto eles se aproximam do corredor improvisado criado por uma profusão de flores de camomila plantadas pela mãe de Grant meses atrás, na expectativa do casamento. – Você está andando muito rápido.

– Estou andando num ritmo normal – diz Helen.

Agora eles estão andando pelo corredor e, a cada passo, Helen vê rostos familiares que a conheceram em diferentes momentos da vida. Ela sente uma estranha sobrecarga sensorial nostálgica quando cada rosto desbloqueia uma lembrança do passado – *beber champanhe em copos de plástico, comemorar o primeiro contrato de livro em um bar de hotel, rir de revistas pornográficas em um hospital, chorar no banheiro por causa de uma crítica ruim de livro, cair do balanço em um quintal, fazer bolo de banana pela primeira vez.*

E então ela ergue o olhar e… *é ele.*

Grant Shepard. *Grant Babaca Shepard, bom em uma sala, ótimo na cama e o improvável amor da minha vida.*

Ele sorri como se conseguisse ler a mente dela. Quando ela finalmente o alcança e Grant levanta o véu, ele sussurra no seu ouvido:

– Bom te ver.

Ela estremece um pouco e olha para os convidados. Vê a mãe dele primeiro, com o coração nos olhos, segurando a mão do fazendeiro de ovelhas irlandês com quem se casou meses atrás. Então, vê os próprios pais, sentados na primeira fileira, de mãos dadas. A mãe está com uma expressão frágil, o canto da sua boca sem conseguir decidir se quer ir para cima ou para baixo. O pai parece que vai chorar a qualquer momento.

Helen olha para o outro lado do corredor e vê Nicole olhando para o pai de Grant com um interesse sexual ostensivo. Nicole a vê e dá uma piscadela, como se dissesse "gostei".

Grant aperta a mão dela.

– Vem ficar aqui comigo – diz ele baixinho, e ela o encara e vê os olhos sorridentes. – Eu senti saudade de você a manhã toda.

Ela sorri e sente um puxão na parte de trás do vestido.

– Shelley, não! – exclama a mãe de Grant.

Uma ovelha errante com uma coleira floral está mastigando o crepe de seda do vestido de noiva de Helen.

Grant se aproxima e ela morre de vontade de estender a mão e tocar no cabelo dele.

– O nome da ovelha é Michelle – diz ele. – Dá pra acreditar?

– Vamos esperar o pessoal do figurino – brinca o celebrante, um diretor de episódios.

Eles esperam enquanto Nicole luta para tirar a cauda do vestido da boca da ovelha, e Helen olha nos olhos de Grant e pensa: *É isso.* Ela pensa na ironia de como as coisas podiam ter sido mais fáceis para eles em uma linha do tempo diferente, na qual eles tomaram algumas decisões diferentes, na qual *todo mundo* fez escolhas um pouco diferentes pelo caminho. *Teria sido uma história totalmente diferente.*

Ela pensa nas histórias de amor infinitamente diferentes que eles poderiam ter vivido – e decide que vai escrever todas elas. Vai dividir esse sentimento em um milhão de estilhaços de vidro que refletem a mesma história de amor inacreditável, capturando-a para os dias em que precisar lê-las para si mesma e para ele... quando eles estiverem tristes, cansados, irritados ou sofrendo. *Ou felizes*, lembra a si mesma. Amá-lo é como uma poesia, e ela acha que vai se arriscar a escrever uma também.

– Esta é a minha parte preferida do dia em que eu casei com você – diz Helen, sorrindo.

– Até agora – concorda Grant.

O coração dela, *aquele órgão confiável*, bate bem alto, concordando em um ritmo de *me queira, me ame, me tenha, me proteja* que leva a um belo *felizes para sempre.*

Agradecimentos

ESTE LIVRO NASCEU NO ESCURO e precisou de muitas pessoas e muitos manuscritos para trazê-lo à luz.

Primeiro: Zack Wallnau, meu marido e alma gêmea criativa, que eu obriguei a ler este livro na minha frente, todas as noites antes de dormir, enquanto eu estava escrevendo o manuscrito. Obrigada por cuidar de mim e dos nossos gatos enquanto eu estava escrevendo, e obrigada aos nossos gatos, Canary e Eloise, por serem os melhores companheiros de colo.

Depois: Ginger Jiang, minha melhor amiga de infância e a primeira pessoa a ler um manuscrito completo. Obrigada por me dizer que eu tinha algo digno de ser lido. E obrigada por se tornar médica e alguém para quem eu posso mandar mensagens com perguntas sobre medicina na ficção.

Meus leitores do "manuscrito inicial": Meghan Fitzmartin, Julie Ganis, Priyanka Mattoo, Whitney Milam, Anna O'Brian, Rosianna Halse Rojas, Rebecca Rosenberg e Scott Rosenfeld. O apoio e o estímulo de vocês, além das cutucadas gentis para eu ser mais clara, me ajudaram a melhorar. Um agradecimento também a Vicki Cheng e Heather Mason pelo apoio moral e pelas respostas sobre a logística de turnês de divulgação.

Meus leitores do "manuscrito longo": Alison Falzetta, Tim Hautekiet e Stephanie Kim Johnson. Vocês leram a versão inicial estendida deste livro e me disseram o que eu podia excluir e o que valia a pena manter.

Em uma menção exclusiva: Sarah MacLean. Eu enfiei esse manuscrito diante dos seus olhos por meio do leilão Romancing the Vote e você apoiou e defendeu *tanto* esta história e estes personagens que eu sinto vontade de chorar quando penso muito nisso. Eu aprendi demais lendo os seus livros e ouvindo o seu podcast de romance (*Fated Mates* – todo mundo que escreve histórias com beijos devia escutar!) e estou muito feliz por uma reviravolta do destino (o lance frenético que dei para receber uma crítica sua a um manuscrito, em prol da democracia e também pelos meus propósitos egoístas) ter te trazido para a minha vida.

Minha agente, Taylor Haggerty. Você representa uma constelação de estrelas literárias, e eu continuo encantada por você ter escolhido me representar. Obrigada por me dar dicas que deixaram o manuscrito pronto para jogo de maneiras que eu nunca poderia ter feito sozinha; obrigada por ser minha defensora e minha fada madrinha no mundo desconhecido das editoras; obrigada por saber exatamente como vender este livro.

Minha editora, Carrie Feron. Quando me disseram que você estava saindo da Avon depois que terminamos este livro, eu passei 24 horas chorando, arrasada, e não acho que fui nem um pouco dramática. Você sempre vai ser a primeira editora com quem eu trabalhei neste setor, e que bela marca você deixou em mim como autora! Obrigada por desejar trazer este livro ao mundo comigo e obrigada por me moldar até eu ser o tipo de autora que eu nem sabia que podia ser.

À equipe toda da Avon: primeiro, obrigada por tornarem o mundo um lugar mais romântico com os livros que vocês publicam. É uma honra ser publicada por vocês. Obrigada especialmente a Asanté Simons, DJ DeSmyter, Jessica Lyons, Ellie Anderson, Alessandra Roche, May Chen e Liate Stehlik por me fazerem sentir bem-vinda e responderem às minhas muitas perguntas nesse processo. Obrigada também à minha revisora, Katie Shepherd, por ser paciente com as minhas vírgulas criativas, e à minha preparadora de textos, Stephanie Evans, pelo olho afiado e pela verdadeira lição de humildade que foi ler as minhas cenas de sexo editadas de acordo com um manual de estilo.

Um agradecimento enorme às pessoas excepcionalmente talentosas que transformaram o arquivo docx do manuscrito em um lindo objeto na prateleira: o ilustrador Alan Dingman, a diretora de arte Jeanne Lee Reina, a diagramadora Diahann Sturge e a editora-chefe Brittani DiMare. Vocês têm um senso estético fenomenal e eu sou muito grata pelo tempo, energia e criatividade dos quatro. Obrigada também a Henry Sene Yee, cujos esboços iniciais e trabalho árduo neste livro me deram um curso rápido sobre a arte de fazer capas, nos ajudando a seguir pelo caminho certo.

Minha leitora sensível, Anna Akana. Obrigada por ser uma amiga generosa e uma alma gentil que eu tenho tanta sorte de ter na minha vida. Obrigada também por ler este livro quando era todo feio e cheio de espinhos e me orientar até eu encontrar uma versão que parecesse mais emocionalmente sincera e alinhada à história que você sabia que eu estava tentando contar. Fico muito grata por isso.

Obrigada a Kimberley Atkins, Lily Cooper e Jo Dickinson, da Hodder & Stoughton; Heather Baror-Shapiro, da Baror International; Kristin Dwyer, Jessica Brock e Molly Mitchell, da LEO PR; Holly Root e Jasmine Brown, da Root Literary; e Kassie King, da The Novel Neighbor, por me conduzirem ao longo da minha primeira jornada editorial.

Obrigada às minhas equipes na UTA (Jenny Maryasis, Amanda Hymson, Greg Iserson e Mary Pender) e na Kaplan/Perrone (Alex Lerner e Ben Neumann), além do meu advogado, Phil Klein, por trabalharem incansavelmente para que esta artista criativa e apaixonada tivesse também uma carreira. Os conselhos e a orientação constante de vocês ao longo dos anos é uma das maiores vantagens injustas que eu tenho.

Obrigada a todas as mulheres inteligentes que me deram bons conselhos na última década e a todas as mulheres que deram bons conselhos a elas antes – este livro não existiria sem vocês.

Obrigada a todos que leram e fizeram resenhas das minhas antigas fanfics e me disseram que um dia eu devia escrever um livro. Levei muito tempo para chegar até aqui, mas espero que vocês encontrem este livro.

Obrigada aos meus pais, Ron Kuang e Sumei Ruan, que apoiaram os meus sonhos de maneiras grandiosas e pequenas desde que eu anunciei pela primeira vez, à mesa de jantar, que um dia eu queria ser escritora, e escrevi uma fanfic de Lisa Frank para um trabalho da escola. Eu amo vocês e sinto muito por ter dificultado a vida dos dois de diversas formas ao longo dos anos. Se vocês vieram até os agradecimentos para ver se foram citados *antes* de ler o livro, sugiro que pulem os capítulos 14, 15, 16, 17, 18, 20, 21, 24 e 35. E, se vocês os leram, eu nunca vou querer saber. <3

Minha irmã, Olivia Kuang – catorze anos mais nova e muito mais legal do que eu fui na idade dela, ou em qualquer idade. Eu amo poder te ver crescer. Obrigada por ser legal em relação a essa trama quando eu te liguei para falar dela.

Por fim, às autoras que confiaram em mim para adaptar seu trabalho para a telona: Maurene Goo e Emily Henry. Eu sempre serei grata por ter encontrado aquele caco de vidro refletindo um pedacinho de mim na bela escrita de vocês.

CONHEÇA OUTRO LIVRO DA EDITORA ARQUEIRO

Não era pra ser uma história de amor
Sarah Adler

Millicent Watts-Cohen tem uma missão a cumprir. Determinada a reafirmar o poder duradouro do amor, ela decide levar as cinzas da Sra. Nash, uma idosa de 98 anos que se tornou uma grande amiga, de Washington até a Flórida. Seu objetivo: reuni-la, ainda que simbolicamente, ao grande amor de sua vida, oitenta anos depois.

Mas as coisas não saem como previsto por Millie. Depois que uma pane geral no sistema de aviação cancela todos os voos, ela acaba pegando uma carona com Hollis Hollenbeck, um antigo colega do seu ex, que está indo de carro até Miami. Ele é um escritor enfrentando um bloqueio criativo e certamente não acredita no clássico "felizes para sempre".

Ao longo de muitos quilômetros de estrada, enquanto os dois discutem sobre a playlist ideal para a viagem e lidam com restaurantes exóticos, uma pousada de gosto duvidoso, um festival de brócolis e um cervo histérico, Millie começa a suspeitar que seu relutante parceiro pode gostar mais da companhia dela do que deixa transparecer.

E, quanto mais perto eles chegam do destino, mais ela se vê forçada a admitir que essa viagem não é apenas sobre a história de amor da Sra. Nash – talvez seja sobre a dela também.

Para saber mais sobre os títulos e autores da Editora Arqueiro,
visite o nosso site e siga as nossas redes sociais.
Além de informações sobre os próximos lançamentos,
você terá acesso a conteúdos exclusivos
e poderá participar de promoções e sorteios.

editoraarqueiro.com.br